JN221699

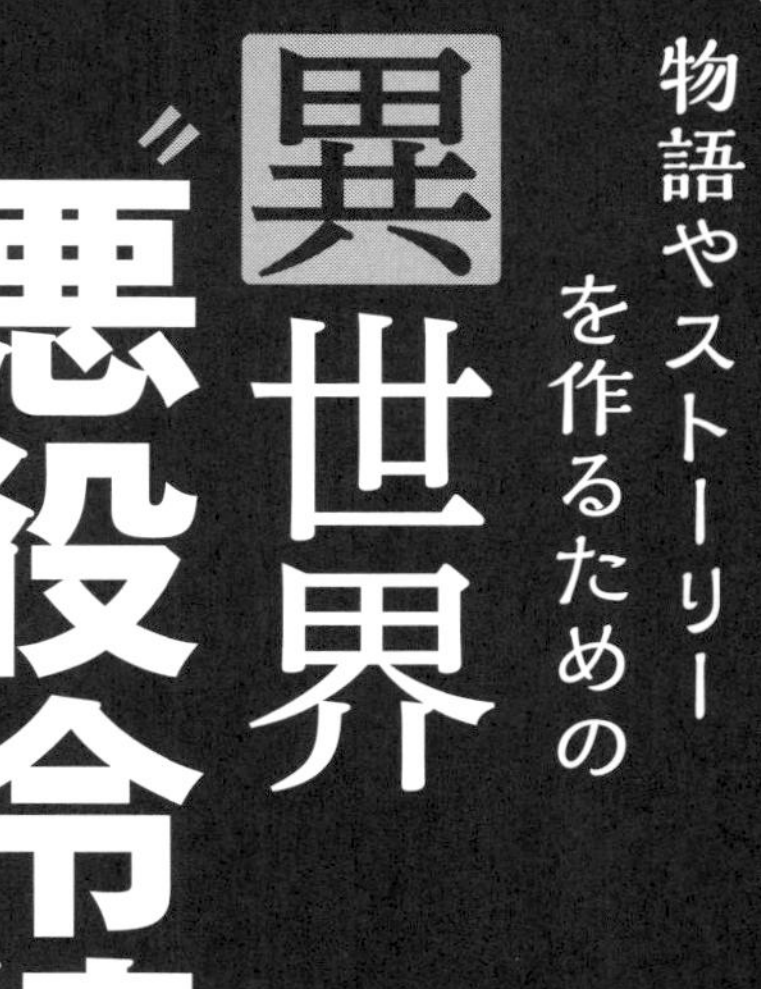

物語やストーリーを作るための

異世界"悪役令嬢"計画書

悪辣非道な
計画のたてかたで、
物語はもっと
ドラマチックになる

榎本海月・榎本事務所［著］
榎本秋［編著］

秀和システム

はじめに

本書は先行する一巻『侵略』二巻『開拓』に続くシリーズの三巻目に当たる。

このシリーズでは、異世界あるいは並行世界など比較的現実離れした世界を舞台にした物語を書きたい！という人をターゲットにし、「そういった世界ではどのような仕組み・社会構造・あり方が存在し、主人公たちにどんなアクシデント・トラブルが起こり、どんなピンチが降りかかるか？」を紹介している。

というのも、物語をドラマチックに盛り上げるためには各種のアクシデント・トラブル・ピンチが重要だが、ある程度知識がなければそのような演出・状況を作り上げることはできないからだ。そのために本シリーズを活用いただければ幸いである。


本書のテーマは「悪役令嬢」だ。このワードを軸にしつつ、より幅広く、「ファンタジー世界でのスケールの大きな物語」を描くために役立つ情報を提供する。

悪役令嬢についてざっくり説明すると、「物語の悪役・ライバルとして登場する、身分が高く、多くの場合は高慢で気位が高い女性（少女）」になる。そして、「悪役令嬢もの」という場合は普通、「本来の物語や状況では主人公によって破滅させられる悪役令嬢が、何かの異変（現実世界の人間が転生し、成り代わってしまうケースが最も有名）によって危機を理解し、破滅を回避するために奮闘する」物語を指すことが多い。同種の物語パターンとして、「物語の流れの中で悪役的ポジションに置かれ、本来の立場を奪われたり追放されたりしてしまった主人公が新しい人生を歩む」話などもある。

他にも物語の筋違いで多様なパターンが見出せるが、多くの場合は「望むと望まざるとにかかわらず悪役的スタンスに置かれてしまった」「女性主人公」の再起・逆襲・復讐を描く物語という点で共通点が見出せるようだ。これらの作品群はインターネットを中心に、特に女性読者に支持されて高い人気を誇っている。

この種の作品群においては、バトルやアクションよりも、交渉や陰謀、コネやスパイ、そして何よりも権力こそが重要な武器として登場する。なにしろ「令嬢」の物語であるから、自然なことである。悪役令嬢たる主人公がこれらの武器を失うところから始まる物語も多い。

しかし、交渉や陰謀、権力については「物語の舞台はどんな社会なのか」「そこで人々はどんな立場にあり、何を考えているのか」を知らなければ、なかなか説得力のある描写はできない。それらを紹介するのが本書の役目である。悪役令嬢というキーワードにこだわると適用される範囲がかなり狭くなってしまうが、「政治や経済などを題材にしたスケールの大きな物語」と考えるとその範疇に入る作品は非常に多い。このコンセプトに基づいた本として作成した。

本シリーズは基本的にいわゆる「中世ヨーロッパ風ファンタジー」的世界観で活用していただくことを前提にしている。しかし、そもそもこの世界観自体が実際には古代や近世の要素を多分に取り込んでいるのが普通だ（特に悪役令嬢ものはルネサンス期など近世の華やかな宮廷社会の要素を取り込むことが多いように思われる）。それどころか、ターゲット読者である私たちが楽しめるよう、自由や平等、民主主義といった近現代価値観もしばしば入り込んでいる。そのような非中世的要素も適宜採用したので、活用してほしい。

榎本秋

この本の使い方

計画してみるチートシート&陰謀計画書

本書の各章最後には一部を除き「計画してみるチートシート」が挿入されている。各章の内容をベースに、「あなたの物語には、どのような設定を用意するか」を書くものだ。練習や思考実験のためにチャレンジしても構わないし、もちろん本番の創作のための設定を整理する目的で使ってもらってもOKである。

計画してみるチートシートは各章の内容にフォーカスしているのに対して、全体及び相互関係が俯瞰して把握できるように用意したのが「陰謀計画書」だ。悪役令嬢が巻き込まれる、あるいは積極的に仕掛ける陰謀がまとめられるようにした。

どちらのシートもコピーして書き込んでもらうことを想定しているが、いきなりは書けない人も多いはず。そこで、陰謀計画書については、架空の作品における陰謀を想定したサンプルを用意した。

悪役令嬢と悪役令嬢もの

本書では悪役令嬢及び同種キャラクターが主人公あるいは重要キャラクターに配置される物語を想定し、そのための設定・知識・情報の紹介を目的としている。

ここで、悪役令嬢が主人公や主要キャラクターの物語には、多様なバリエーションがあることを押さえておきたい。「転生主人公が悪役令嬢になって破滅を避けるために奮闘する」のが、いわゆる悪役令嬢ものの定番展開である。特に転生や改心の設定がなく、文字通り「悪役」として振る舞う悪役令嬢もいる。一方で、破滅とやり直しを繰り返している悪役令嬢が、救われるべく奮闘する物語もある。

つまり、悪役令嬢は善にも悪にもなり得る、ということなのである。あるいは善の側に立つ悪役令嬢が、あえて悪事を迫られることもある。本書で悪事的行為について詳しく紹介しているのはそのためだ。

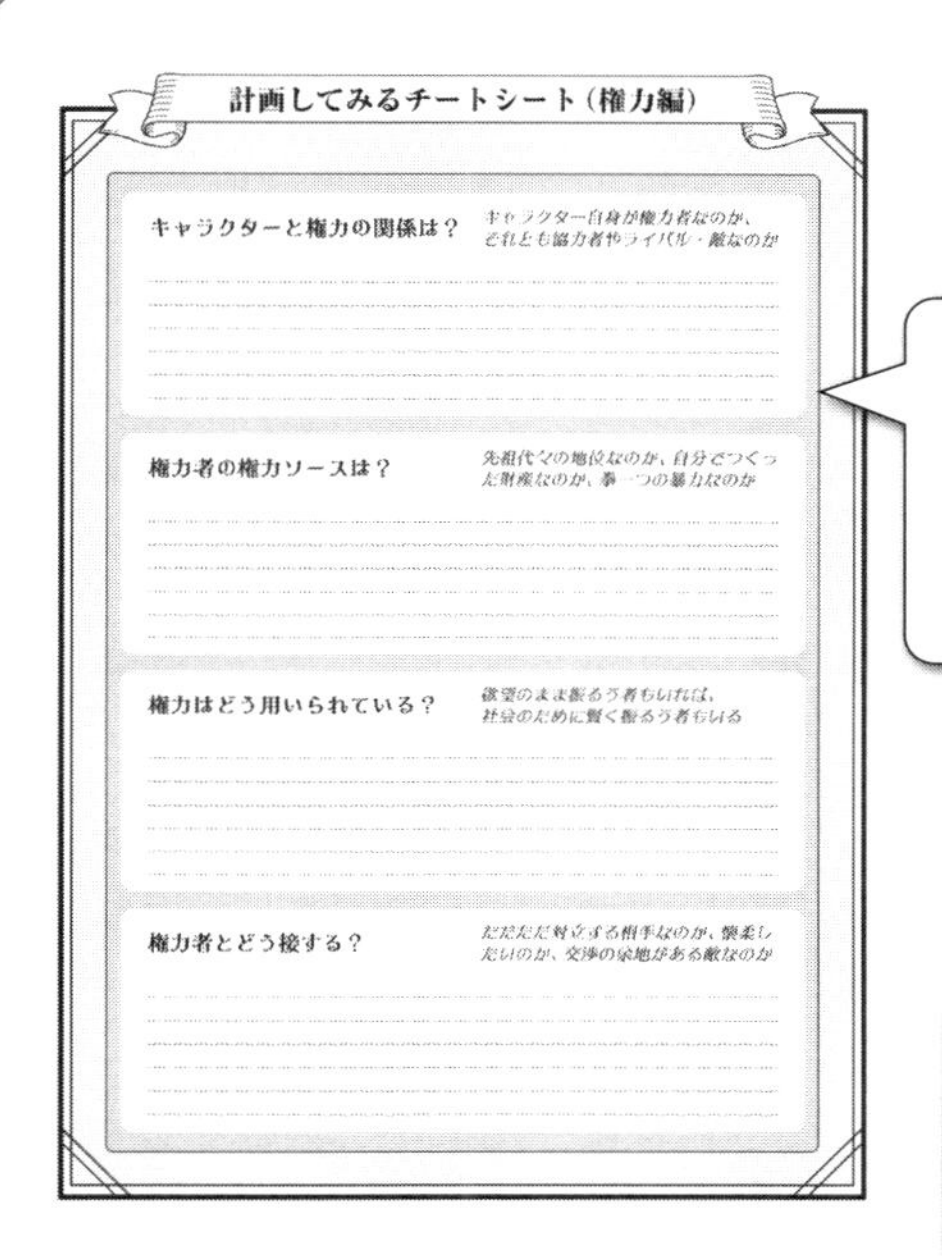

計画してみるチートシート（権力編）

キャラクターと権力の関係は？　キャラクター自身が権力者なのか、それとも協力者やライバル・敵なのか

権力者の権力ソースは？　先祖代々の地位なのか、自分でつくった財産なのか、拳一つの暴力なのか

権力はどう用いられている？　欲望のまま振るう者もいれば、社会のために賢く振るう者もいる

権力者とどう接する？　ただただ対立する相手なのか、懐柔したいのか、交渉の余地がある敵なのか

各章末尾のチートシート

物語や世界設定に
必要な情報を
思いつくだけ書き込もう

陰謀計画書

陰謀計画とそこから起きる出来事を
1枚のシートで俯瞰から
確認できるようになっている

発想シート（陰謀計画書）

作品タイトル

物語舞台設定「　　　」

陰謀を計画・実行する者の設定

陰謀を行う背景・動機

陰謀を成立させるための武器

陰謀に対抗する者の設定

ターゲットとの関係、対抗する動機

陰謀実行・対立の様相

もくじ

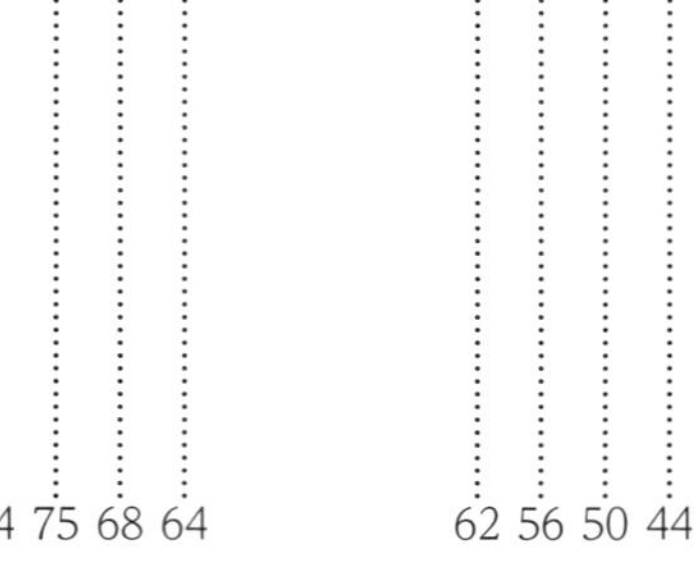

◆8章　政治的攻撃の脅威

◆9章　殺害の脅威

◆10章　追放・失脚・処刑でも終わりではない

◆ 1章 ◆

階級の脅威

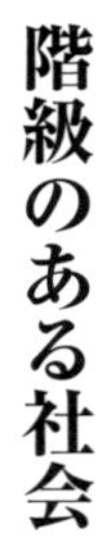

階級のある社会

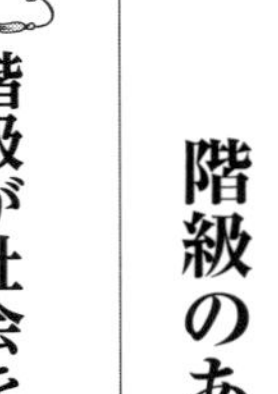

階級が社会を作る

悪役令嬢の物語（及び前近代世界を舞台にしたスケールの大きな物語）を描くにあたって欠かせない要素がある。それが「階級」である。

現代を生きる私たちは「人間であれば皆平等」という価値観をごく当たり前に持っている。もちろん、現実には人種による外見や身体能力の違いがあり、生まれた国や両親の境遇により経済的・教育的な差異もあって、それらが人生の幸福に多大な影響を与えていることは否定できない。しかし、仮に建前だけであっても私たちには「人間の命は等しく同じ価値がある」という価値観を持っている。

これは人類が長い歴史の中で育んできた素晴らしい進歩の証である。逆に言えば前近代においてはこのような考え方はないか、あってもごく稀なことだったと考えられる。つまり、「民族や両親の立場などの生まれついて決まる階級（身分違い）は、あって当たり前のものである。それによってできることが違うのも、いていい場所が違うのも、喋る言葉や楽しむ文化や食べるものが違うのも、自然のことだ」――このような価値観が前近代の世界を支配していたのだ。

ファンタジー世界の階級

では、中世ヨーロッパ風ファンタジーの世界は、どんな階級によって区別（あるいは分断）されているのだろうか。

最もシンプルな区別は「王侯貴族」と「それ以外（庶民、平民）」であろう。前者は代々の血筋で名誉と特権を継承しており、後者はそうではない。前者は人を従える立場であり、後者は従う立場である。

私たちの歴史ではしばしば、ここに「宗教者（神官、司祭、牧師、呪術師など）」の身分が入ってくる。また、古代ギリシャやローマの「奴隷」、中世ヨーロッ

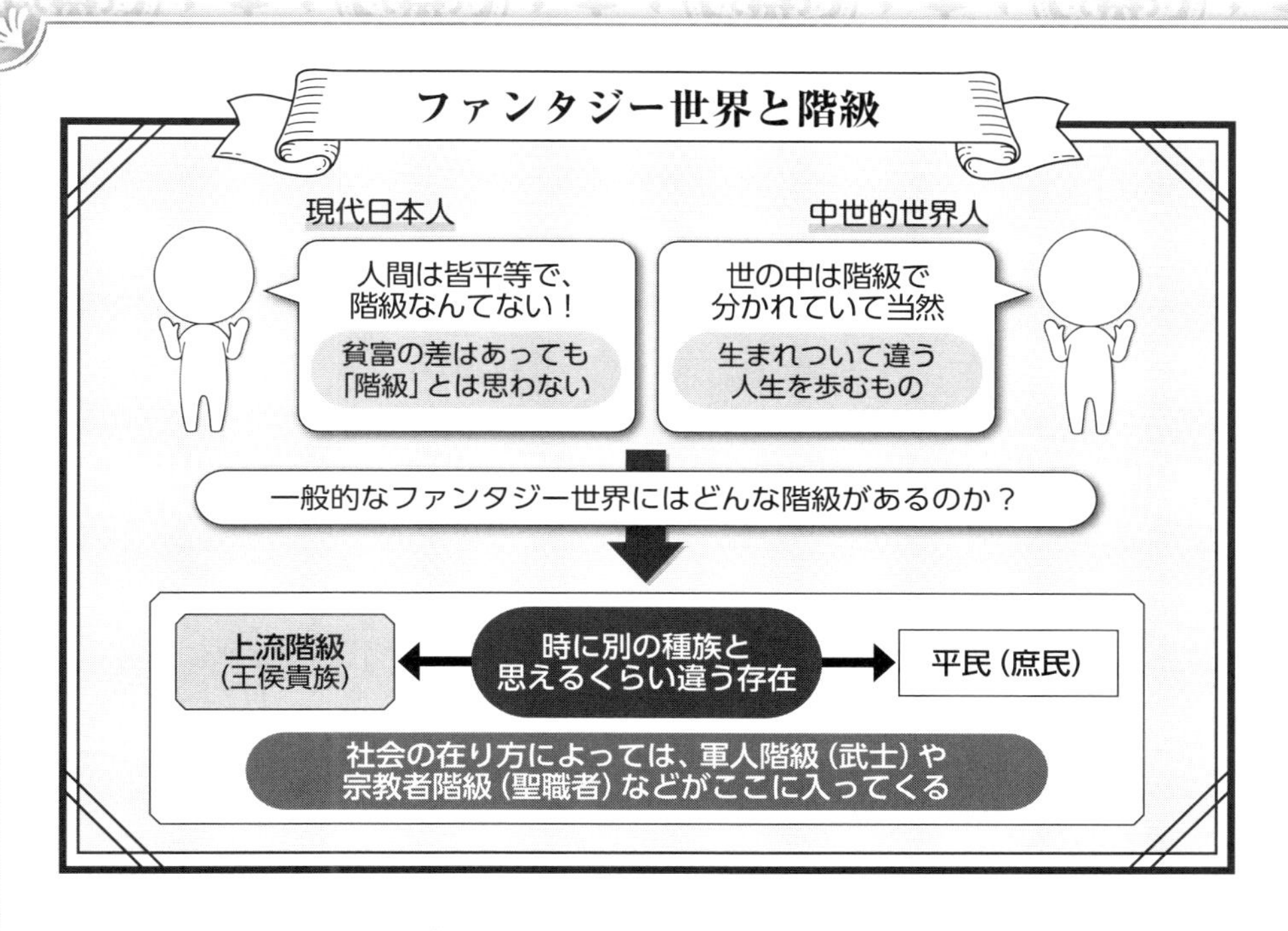
ファンタジー世界と階級
現代日本人
中世的世界人
人間は皆平等で、
階級なんてない！
貧富の差はあっても
「階級」とは思わない
世の中は階級で
分かれていて当然
生まれついて違う
人生を歩むもの
一般的なファンタジー世界にはどんな階級があるのか？
上流階級
（王侯貴族）
時に別の種族と
思えるくらい違う存在
平民（庶民）
社会の在り方によっては、軍人階級（武士）や
宗教者階級（聖職者）などがここに入ってくる

パの「農奴」など、一部権利を制限された人々もいた。ある種の民族や職業、地域などの属性を持つ人々が被差別民として遇されることもままあった。キリスト教社会のユダヤ人、日本であれば穢多(えた)・非人、インドのシュードラなどがこれにあたる。日本の「武士」のような軍人身分が王侯貴族に準じる、あるいは実質的な貴族として存在するということも考えられる。

そして、これらの身分がどのくらい階級、すなわち階層的に上下を構成していたかは文明・文化によりさまざまだ。ただ、少なくとも「貴族」と「庶民（平民）」の差は明確であったはずだ。そして、悪役令嬢は多くの場合、貴族か、あるいは庶民の中でも裕福さや宗教的権威、特殊能力などの裏付けによって貴族に準じる立場にいるものと想像できる。

ヨーロッパでは「戦う人（王侯貴族、騎士）、祈る人（キリスト教の宗教者）、耕す人（農民）」の三身分は対等であるというような主張もされていたようだが、実際のところ農民は税の義務を押し付けられ、他の身分を支える（というよりも踏みつけられる）立場であったというべきだろう。

日本の江戸時代についてはかつて「士農工商」(武士、農民、職人、商人)プラス穢多・非人という階層だったとするのが通説だった。近年では農民・職人・商人の間に身分差はなく、村落の百姓か都市の町民で、合わせて「平人」という身分であったと考えられている。だから武士・平人そして被差別階級の三層構造だった、というわけだ。

階級と異種族

ファンタジー世界であるなら、ここに異種族の問題が入ってくる。

その世界(時代、文明、地域)において、どの種族が主流(マジョリティ)の地位を占め、どの種族が傍流(マイノリティ)においやられているのだろうか。

一番わかりやすいのは、「人間が多数派で、その中あるいは周縁に少数の異種族がいる」パターンだろう。

キリスト教世界のユダヤ人や日本の穢多・非人のように差別されながら特異な仕事をして必要ともされているのか。あるいはロマ族のように定住できず、放浪せざるを得ないのか。イスラム教世界の異教徒たちのように特別な義務を背負うことで存在を許されているのか。モンゴル高原の遊牧民族や北欧のヴァイキングのように、しばしば定住者たちの文明へ攻撃を仕掛け、略奪して去るような暮らしをしている異種族がいてもおかしくない。

せっかくの異世界なのだから、「人間が多数派ではない」パターンに挑戦しても面白いだろう。

これも比較的シンプルな方向へ持っていくのであれば、「マジョリティ種族が存在していて、人間はマイノリティである」という形になる。つまり人間は前述したような被差別や放浪、周縁の位置付けにある種族の位置に置かれるわけで、そう複雑なことはない。

そこで敢えて「特別にマジョリティと言える種族がなく、さまざまな種族が存在する中で人間もいる」という非常に複雑で、それだけに現実離れして異世界の雰囲気を高める設定も考えられる。

このパターンで著名な作品として『ダンジョン飯』がある。物語の舞台になる世界では、人間に当たる種族は「トールマン」と呼ばれる。さほど特異な性質を持っているわけでもなく、「トールマン(背の高い人間)」の呼び名通り背は高く手足も長いが、身体能力が飛び抜けて高いとは言えない。繁殖力が強く人口が増えつつはあるものの、歴史が古く勢力も大きい「エルフ」「ドワーフ」「ノーム」といった種族を押し除けてマジョリティとして振る舞える程ではなさそうだ。

超人・半神のいる世界

もっと現実離れして考えてみよう。明らかに人間より格上の異種族は、社会にどんな階級として受け入れられるだろうか。

いわゆる中世ヨーロッパ風ファンタジーの源流的作品である『指輪物語』は、今では当たり前の「異種族としてのエルフ(やドワーフなど)」イメージに先鞭をつけた作品として知られている。しかし、実際の『指輪物語』エルフは、後世の諸作品におけるエルフと比べてより神話的・超人的で、人間と並べて「異種族」と呼ぶにはちょっと違和感のある存在でもある。「半神」と呼ぶ方が相応しそうなのだ。

例えば、そんな『指輪物語』エルフ的な超人種族は、社会でどのような位置付けに置かれるだろうか。

いかにもありそうなのは、「超常的な能力と寿命により、国家を支配している」パターンだ。この世界では王(あるいは貴族も)はほとんど全て超人種族であり、人間を含むその他の異種族は非支配階級に甘んじている。このような世界ではディストピア的なテーマも描けるし、超人種族に生まれながら失脚・追放された主人公の物語、あるいは超人種族だと思い込んでいたがただの人間だった……などという物語も展開することができる。

超人種族が支配者の地位にいない場合、どのような形で社会との距離を決めるだろうか。まず一つ、能力はあるが煩わしいのが嫌なので、「山林や荒野に隠れ潜んでいる」というのが考えられる。この場合は神話や民話の魔法使い、あるいは仙人のイメージで考えればいいだろう。

社会と全く距離をとるほど人嫌いではなく、むしろ社会と接触しているほうが生きやすい。かといって、支配者の位置に座るほどの欲望や能力、ずる賢さや種族同士の連携力などはない、とする。そのパターンの選択肢には「支配者層に従属する」があり得るだろう。

つまり、優れた能力を国家統治の補佐として提供することで支配者からの保護を受け、弾圧を免れ、安定した暮らしを得るわけだ。表に出て宰相や大臣のような役職を得るのかもしれないし、そのような重臣の補佐に徹するのかもしれない。あるいは宮廷における家政に勤め、その中で皇帝や王に助言をするのかもしれない。後者のケースだと史実の宦官に近くなる。

このような存在がいると、国家への影響力は絶大なものになる。皇帝であろうと王であろうと、彼あるいは彼女らを無視して政治を進めることはできなくなるからだ。特に相手が人間以上の長寿である場合、人間たちには若い頃超人種族に世話になったという恩があるだろうし、このような人々しか知らない過去のことなどもあって、いよいよ誰も口出しできなくなる。

結果として、支配者たちは超人種族の傀儡、世間の批判を避けるための盾に過ぎなくなっているのだろうか。それとも、欲望の著しい欠損など精神的な特性が偏っていたり、あるいは呪いの類を受けていたりなどして、結局支配者たちに逆らって自由に行動することはできないのだろうか。

そしてこのような世界で、悪役令嬢はどんなポジションにいるのだろうか。「超人種族として世界を支配する側にいたが実はその裏にカラクリがあって……」や、「悪役として憎まれている支配者だが実は超人種族によって体(てい)のいい操り人形にされているだけ」などのパターンが考えられる。

異種族としての魔法使い・超能力者

なお、同じ発想で「魔法使い」や「超能力者」を異種族として見立てることも可能だ。

例えば、魔法なり超能力なりを扱う能力を発現した人間(異種族でも)だけが貴族・支配者層として君臨する世界というのは、いかにもファンタジーらしい。

この場合、魔法使いや超能力者はその絶大な能力によってそれ以外の人々を脅かし、支配しているのだろうか。それとも、神や悪魔、怪物のような外敵が存在しており、それらから社会を守れるのが魔法使いや超能力者だけだから崇められているのだろうか。かつては確かに能力に実質的な意味があったが、能力が衰えたり、文明が発展したりして、もはや象徴的な意味し

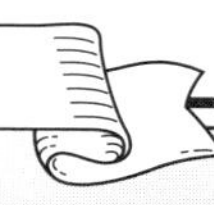

階級と異種族

人間ではない種族がいたら、
階級社会でどのように位置づけられるだろうか？

①：人間がマジョリティ（多数派）の世界
史実における異民族の立場に異種族が置かれる

②：人間がマイノリティ（少数派）の世界
人間より勢力の大きい・歴史の古い種族がいると、異世界感が増す

③：超人・半神のいる世界
人間離れした寿命や能力を持つ異種族は、世界を変えるだろうか？

- 人間を支配する少数者
- 王を操る黒幕や官僚
- 迫害され隠棲する人々
- 魔法使いや超能力者のケースも

かない、というのも考えられる。

社会のあり方はともあれ、魔法や超能力を発現したものだけが貴族であるとしよう。では、その発現の条件はなんだろう。

全くのランダムである場合、階級が世襲によって受け継がれない、ということになる。自分の得た特権や財産を子孫に受け継がせたいというのはごく当たり前の欲求であるため、「かつての能力者の子孫」が能力とは別の形の特権階級として生まれる可能性は高い。

血筋で受け継がれる、というのが一番ベタなところだろう。その場合、「血筋は引いているのに能力は発現しなかった」ものはどうなるのか。血には価値がある（子孫は能力を発現するかもしれない）としてそれなりに遇されるのか、問答無用で追放されるのか。高貴な血筋を引くのに能力を示さなかったなどということになれば一大スキャンダルになるし、それを隠して「能力者である」と自称して生きていくものもいるだろう。その偽装がバレでもしたら……。もちろん、このような要素は物語をドラマチックにするためのフックとして用いるのが相応しい。

重要な階級たち

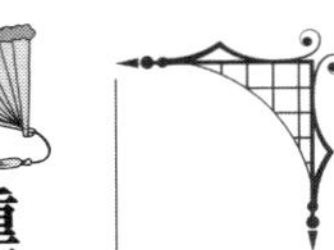

重要な階級①王侯貴族

まずは悪役令嬢が所属することも多いと思われる、王侯貴族を見てみよう。

彼や彼女ら高貴な人々が「ブルーブラッド（青き血）」と呼ばれたのは、まさに階級制度の象徴である。もちろん、彼らとて傷付けば赤い血を流す。それは生物学的には平民に流れているものと同じ成分の血である。しかし、観念的には先祖代々受け継いできたが故に別物の、「青き血」なのだ。

彼らの高貴な血を辿れば、古くは狩人や戦士であったろう。多くの獲物を得て家族を養い、あるいは敵を倒して仲間を守り支配地域を広げた者たちが、集団のリーダーとなる。その地位が親から子へと世襲される中で、「人の上に立つ」特権的な存在であることが固定化された――というのが、王や貴族の家系の最もストレートなあり方であろう。

もちろん、人間社会というのは平和な時代もあれば乱れる時代もあるもので、一つの家系がそうそう古代から連綿と繋がるはずもない。古代の王や貴族が戦乱に敗れたり、あるいは後継を得られないまま死んだりして血筋が絶えることもあれば、没落して特権を失うこともある。あるいは、身分が低い者がいわゆる下剋上的な振る舞いにより上位者を倒して身分を上昇させ、その地位を世襲させることだってある。

結果、高貴な血には古いものもあれば新しいものもあって、一般に古い血筋には敬意が払われる――逆に言うと、敬意・権威を求めて、しばしば家系図をでっち上げ「我が家は代々高貴な血筋である」と偽装することが行われてもきたのだ。

高貴な血筋の内部では、「古さ」以外にもさまざまな形で階級・順位がつく。

勢力の大きさ（領地の広さ、支配している都市や集落の数と豊かさ、掌握している軍事力の大きさ）はもちろん重要だった。江戸時代日本の大名が石高という基準を用いたように、何かしらの数字で定量的にそれらの大小を示すこともあるだろう。

勢力の大小のような実態から来る階級とは別に、家や国の歴史とも絡んだ「格」の階級もある。ヨーロッパ風にやるなら、「爵位」を採用するのが一番似合うだろう。私たちの歴史では役人の役職から始まり、やがて実態と乖離して名誉・格を示す称号となった。

日本では公・侯・伯・子・男の五段階で知られているが、これらは明治期に華族制度として導入するときに中国の爵位を無理やり当てはめたものだ。実際にヨーロッパで用いられていた爵位はより複雑で、時代と地域ごとにしばしば大きく違う。

ここではエンタメで使いやすいように、大雑把に整理して紹介する。

- **大公**（**グランドデューク、プリンス**）。直系の王族や分家王族の当主、小国の君主など。爵位の中では特別扱い。
- **公爵**（**デューク**）。一般的に最上位の爵位はこれ。政略結婚や分家の結果として王家の血が入っているような大貴族に相応しい爵位。イギリスでは大公・公爵の呼び名は「プリンス・誰々」。
- **辺境伯**（**マルグレイブ**）。他国や未開拓地域との境界など、いわゆる「辺境」地域を所領とする貴族。その立場から与えられた権限が広く、独立性が高い。ここから公爵になることも。
- **選帝侯**（**プリンス・エレクター**）。神聖ローマ帝国限定の爵位（称号）。皇帝選挙の投票権を持つ特別な貴族。
- **侯爵**（**マーキス**）。ルーツとしては辺境伯にあるが、のちにただの格・称号になった。
- **伯爵**（**カウント**）。元はフランク王国時代に地域を管理していた役人の称号。
- **子爵**（**バイカウント**）。フランク王国時代は伯爵を補佐する役職だった。
- **男爵**（**バロン**）。一般に爵位貴族の最下位。あるいは、王と直接、封建関係を結んだ貴族。イギリスではここまでの貴族は「ロード・誰々」と呼びかけられる。
- **騎士**（**ナイト**）。爵位を持たない下級貴族の呼び名として使われてることが多い。イギリスでは「サー・誰々」と呼びかけられる。地域によっては同じく「サー」で呼ばれる準男爵（バロネット）もいた。

以上がいわゆる爵位だ。もともとは役職であることからもわかるように一代限りのものであったが、やがて世襲で受け継がれるようになった。王家や大貴族なら複数の爵位（しばしば領地などとも結びついている）を一つの家で持つこともあったようで、「この大貴族の次期当主は必ず○○子爵の爵位を名乗る」などということもあった。現代において、イギリスの皇太子がプリンス・オブ・ウェールズと呼ばれるのは同種の仕組みと言っていいだろう。

格としては公爵が一番上で段々下がっていくとされるが、必ずしも実際の勢力の大きさ、家の偉さを表しているとは限らない。「格の大小は完全に形骸化してしまっていて、偉い男爵も下っ端公爵もいる」としてもいいが、エンタメ的わかりやすさを重視するなら「爵位は概ね偉さの順番を示している」としたほうがいいだろう。

重要な階級②宗教者・聖職者

悪役令嬢がその特別性や権力の裏付けとして宗教的権威を持つのなら、その階級は宗教者・聖職者になるだろう。

宗教者や聖職者（及び、彼や彼女らが作り上げる教団や教会といった宗教集団）がその社会においてどのような位置づけにいるかは、時代と地域で変わる。

あくまで自分自身の精神的充足や魂の救済（いわゆる「悟り」や「解脱」、あるいは「神との一体化」）のみを目指して修行に励むのであれば、社会との関わりは最低限であろう。

一方、自分たちだけでなく世間一般にも救いをもたらさなければならないと高い目標を掲げる者たちもいる。彼らは道徳的な指導者として、「より良い生き方」「正しい人生」を教えるべく、慈善活動や教育などを通して社会へ関わっていくことになる。

より多く見られるパターンには、宗教の持つ権威が国家統治に活用されるケースがある。この場合、宗教者・聖職者は「この王と国家は神によって祝福されて

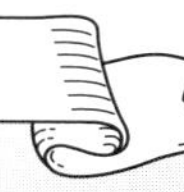

王侯貴族という階級

「ブルーブラッド」の呼び名に込められた思い

王侯貴族
青き血（ブルーブラッド）

庶民・平民

当然ながら、本当に血が青いわけではない。
そのくらい、蓄積してきた歴史が違う、ということ

では、王侯貴族の歴史とはなんだろうか？

王侯貴族のバックグランドになる「古さ」

古くは力で奪い、養う狩人・戦士 → 代々の世襲で力と財を蓄積する → 人々の上に立つ特権的存在

戦乱・革命で没落する者、代わって新しく成り上がる者も

歴史を捏造することで伝統を作り出すケースも

古さ以外の、王侯貴族の格付け

領地・人口

どれだけ広い領地を抱えているかはわかりやすい格になる

軍事力・財力

軍事や財政への貢献は尊敬され、畏怖される理由になる

爵位

王侯貴族の格を示す位。時代と地域によりいろいろだが、
ヨーロッパのそれはローマ時代にルーツを持ちつつ多様に変化

主要な爵位は以下の通り

公爵	辺境伯	侯爵
伯爵	子爵	男爵

など

おり、その統治は認められている。災害は遠のき、外敵は敗れるであろう」と王の権威を認め、王と国家は教団の庇護や特権を認めるという形で応える。いわば持ちつ持たれつの関係であるわけだ。

国家にとって、教団が単に権威を供給してくれるだけの存在であるなら（そしてその代償として定期的に金銭を寄進したり敬意を示したりするだけでいいなら）、これほど国家統治に便利なものはないだろう。

しかし、実際には宗教者の側も便利な道具だけにはとどまろうとしない。例えば、独自に土地と人民を所有したり、「神を信じる者たちは国家に納める税とは別に、神へその資産を捧げる義務がある（ヨーロッパの十分の一税）」と主張したり。それらの財産を背景に、「僧兵」や「宗教騎士団」と呼ばれるような軍事力を持ち、また宗教的権威による攻撃を仕掛ける（最も甚だしいのは「破門」を宣言し、その宗教を信じる者たちの同胞から追放する）こともままあった。

そのような独自の力を持たないにしても、宗教権威を握っているなら、「我々の要求を受け入れてくれないなら、即位の儀式に際して王冠を新たな王に被せる役目をボイコットします。新王が神に祝福されていないとなると、諸侯はあなたたちに従うでしょうか？」などと脅しをかけることはできるだろう。

結果、中世ヨーロッパでは長らく俗世の皇帝権と宗教世界の教皇権が対立し、諸侯と庶民への影響力・支配権を巡って激しく争った。

舞台がファンタジー世界で、宗教者たち（の一部）が治癒や浄化など神秘的な奇跡を行使できる場合、宗教団体はある種のインフラとしての役目も担うようになる。

もちろん、私たちの歴史における宗教団体も出産・誕生や成長の段階における儀式、結婚や葬送など人々の人生の節目に関わってくるし、他にも学校や孤児院・病院を運営するなど、インフラ的な役目を果たすことは多い。しかし、それらは「慈善活動であるため対価は無料」あるいは「料金はお心で」など、ゲームの世界のように対価がはっきり決まっていないことが多い。

あなたの世界で宗教者の奇跡を使ってもらう際、その料金はどうするのか。もし明確な金額が決まっている場合、そのことは宗教集団の教えの中でどのように処理されているのか。このあたりを決めておくと物語に深みが出る。

時には、王のような俗世の権力者と、聖職者のような宗教的権力者が一体になることもある。王は国家のトップであり、教団のトップでもあったりするわけだ。この時、二つの組織が別々に存在する場合は、両組織が少しでも多く実権を得るべく際限なく綱引きを行うのが明らかで、王あるいはその補佐役は両者の調整をするべく相当に神経を使う立ち回りを求められることだろう。

宗教者・聖職者階級と物語

――さて、ここまでは宗教者・聖職者階級と社会の関わりを主に見てきた。しかしそれだけでは物語で登場させにくい。彼らを描写するために必要なポイントをピックアップしてみよう。

その社会において、宗教者・聖職者階級に所属する権利あるいは義務は、どのように獲得するものだろうか。

生まれついて継承する、ということもあろう。インドのいわゆるカースト制度においては、司祭階級であるバラモンが、王族・武人階級のクシャトリヤよりも上に位置する階級として存在し、血筋で継承される。

より一般的に見られるのは、儀式や手続きに基づきいわゆる「出家」を果たして宗教者の世界へ入っていくことだ。多くの宗教で、ごく普通に生活をしながら宗教も信仰している、いわば「在家」の信者と、生活のほぼ全てを修行や布教に注いでいる「出家」の信者に分かれている。

両者が同じ信者であることに変わりはないのだが、一般に宗教者・聖職者と呼ばれるのは「出家」の方である。「在家」信者も「出家」信者を尊敬し、金銭や食物、土地などを寄進することでその暮らしを支える。それによって「出家」信者は生活のことを考えずに修行に邁進できる――というのが理想的な宗教者のあり方である。

しかし実際には神への崇拝・信仰を自分自身へのそれと混同・同一視し、在家の信者たちを従えたり、豪奢な衣装を着て驕り高ぶることを好むような宗教者が多数いるのも、また事実である。一つには、多くの宗教が俗世での階級関係なく入信・出家することを許し、実力さえあれば教団内での出世もある程度まではできる、という社会であったこともあるだろう。「俺は出家できた、だからすごい」という価値観であるわけだ。

村一つ程度のごく小さな宗教では、宗教者（呪術師や呪術医師、巫女と呼ぶべきか）はある家族が代々世襲して務めることも多かろう。しかし、広範な地域で進行される宗教は、ある程度の組織構造を持っている。各地にある神殿や教会が横並びでゆるやかに連携し、トップもいなければ中心もない、ということもあるだろう。

しかし、最もイメージしやすいのはピラミッド型の組織を持つパターンだ。本部——大神殿や本山、カトリック教会なら教皇庁——が一つ明確にあったり、あるいは本部級の大きな宗教施設（同時に宗教団体でもある）があって、各地の教会を直接統治していたり、あるいはある区域を統括する組織（キリスト教では「教管区」と呼ぶ）が影響力を持つ。

そのような宗教教団の組織の中にも当然、階級、位、序列、役職というべきものがある。その有り様は宗教や教団・宗派により、また時代や地域によって実にさまざまだ。

ここはわかりやすい例として中世ヨーロッパ、カトリック教会の組織図と聖職者の序列を紹介しよう。

トップに立つのは当然、ローマ教皇だ。カトリックの影響下にある地域は大司教区に分割され、さらに司教区に分けられる。前者を管轄するのが大司教で、後者を複数管轄するのが司教。彼らの中から枢機卿という教皇選挙（コンクラーベ）の投票権を持つ幹部が選ばれる。

教区に属する聖職者は上位三段・下位四段の七種類存在し、上から司祭、助祭、副助祭、侍祭（以上四階位は祭儀に参加できるが、できる儀式・作業が違う）、読師（祈祷文の読み方を教える）、守門（教会堂の管理）、祓魔師（悪魔祓い）となる。

そのような組織機構から外れたところにある階級や立場が物語に登場することもある。よくファンタジーに出てくるのは「聖女」だ。

ヨーロッパの史実に重ねるなら、キリスト教（の一部）が「聖人」として信仰の模範に相応しいと認めた

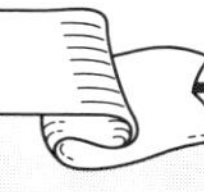

聖職者という階級

宗教と世俗の関わり方もいろいろ

不干渉

宗教者 ← 孤立 ― 世間

慈悲・救世

宗教者 ― 慈善活動 教育・布教 → 世間

権威の活用

宗教教団 ― 権威による裏付け → 国家

ある種の権力団体化

宗教教団 ― 税の要求 実力行使 → 国家 世間

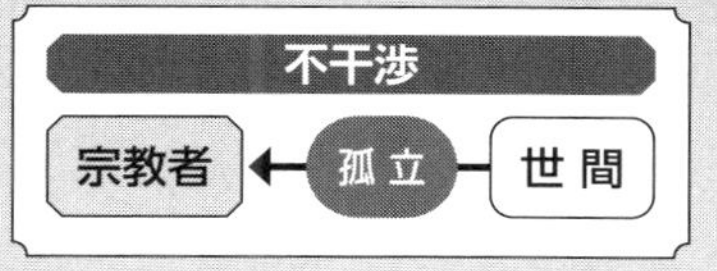

中世ヨーロッパでは
皇帝権と教皇権が激しく対立

世俗権力と宗教球団が
融合することも

では、俗世から聖職者の世界への入り方は？

聖職者になる

生まれついて聖職者になる
権利・義務を持っている

一般信者から聖職者になる
儀式や手続きを受ける

庶民に支えられて修行に励む者もいれば、
出世・欲望のために出家する者もいるのが世の常

聖職者の組織・階位

宗教教団の組織構造は横並びで中心のないものから、
ガッチリしたピラミッド型まで実にいろいろ

↓

中世ヨーロッパのカトリック教会の場合

教皇 ― 大司教 ― 司教 ― 各教区（上位三段・下位四段）

人物のうち女性、ということになる。しかしファンタジー作品では意味が広がっていて、「奇跡的な力を持つ女性」や「神の寵愛を受けている女性」が聖女と呼ばれるケースが多いようだ。基本的には宗教者だが、単に力を持つだけの女性がいてもおかしくはない。

聖女は絶大な力を秘めていたり、巨大な社会的権威を担っていたりすることから、その国家や地域において重大な役割を与えられる。しかしそれ故に陰謀の対象となり、時に「偽聖女であり魔女」などと汚名を着せられて追放や破滅などの憂き目に遭ったりする。その点で、「悪役令嬢」に類する存在の一つと言えよう。

重要な階級③奴隷

もう一つ、ファンタジー、中でもいわゆる「なろう系」で定番の階級がある。それは「奴隷」だ。平たく言えば人間であるにも関わらず権利の一部あるいは全部を剥奪され、「物」「財産」として扱われている人間のことだ。悪役令嬢が物語の最初から奴隷身分であることはまずないだろう。しかし身近な人に奴隷がいたり、あるいは破滅によって奴隷身分に落とされる可能性は高い。

奴隷は私たちの暮らす現代日本には存在しない――少なくとも、法律的には。犯罪的行為の結果としてあたかも奴隷のように扱われている人間はいるかもしれないが、表立って行われることはない。そのため、奴隷は前近代世界を描くにあたって特徴的でインパクトのある要素になり得るわけだ。

また、現代的価値観で考えた時、奴隷は文句なく「かわいそう」で「救うべき」相手だ。主人によってひどい目に遭わされている奴隷を救おうというのはシンプルに正義の行いであり、読者からも共感をもらいやすい。

その一方で、奴隷は奴隷でその世界に適応して暮らしている住人の一人であり、現代的価値観での救いが本当に救いになるとは限らない（それが狭い価値観からの錯覚であるとしても）。主人を敬愛する奴隷や、余計なことを考えずに生きていける生活に満足している奴隷、労働及び少々の行動制限と引き換えに日々の食料と安全が提供されることを望んでいる奴隷がいてもおかしいことはなにもない。あなたの作る世界が、飢饉や疫病、戦争や襲撃に満ちた過酷な世界であるなら、なおさらそうだ。

そのような奴隷は、例えば突然現れて主人を殺害し、「君はもう奴隷ではない、自由だ！ 好きに生き給え！」と言い放つ部外者に対して、主人の仇を討とうとする抱くだろうか。敵意を持ち、主人の仇を討とうとするのではないか。そこまで過激ではなくとも、自分の安定した暮らしを奪った部外者を憎むのではなかろうか。この辺りは、主人公が物語の中でぶつかる精神的障害、成長のためのハードルとして相応しそうだ。

他にも奴隷は部外者的キャラクター……つまり、異世界からの転移者や、突然すべてを失って再出発することになった悪役令嬢などのパートナーとしても向いている。その世界や地域の人々との縁がなかったり、薄かったり、あるいはあったけれども裏切ったり裏切られたりで失ってしまったキャラクターにとっては、「自分の金で購入した所有物としての奴隷」は付き合いやすい相手になるからだ。

もちろん、奴隷が唯一絶対の正解ではない。「金で雇った傭兵」など類似の選択肢はある。主人公級のキャラクターが奴隷を買うということ自体に嫌悪感を持つ読者もいるだろう。あくまで選択肢の一つとして考慮してほしい。

奴隷はなぜ奴隷になったのか？

さて、人はなぜ権利を奪われ、奴隷に落とされるのか。考えてみよう。

古典的なパターンでは、戦争に敗れた集落や都市、国の住人が侵略者のところへ連れて行かれ、奴隷にされる。あるいは、山賊や人さらいによって誘拐され、やはり奴隷にされてしまう。

このような背景から、「普通、奴隷にされるのは異民族（異種族）」ということも多いだろう。同じ民族をものとして扱うとなると、成熟した文明ではモラル的に苦痛を感じる人もいるだろうが、自分たちと共通点の少ない相手ならモラル的苦痛は減る。

実際、古代ギリシャではやがて「ギリシャ人同士の戦争で手に入れた捕虜は身代金を取って解放する」ことが当たり前になり、捕虜から奴隷に移行するのはバルバロイと呼ばれる異民族が主になっていった。また、古代ローマ帝国は拡大する過程で無数の捕虜を獲得し、これを奴隷にすることで大規模な農業を行った。そしてもちろん、アメリカ大陸では、アフリカから連れてこられた黒人たちが、白人の支配下で過酷な労働をさせられたのである。

貨幣経済が発展した社会では、自分あるいは家族が作った借金のカタに奴隷となることも多かろう。江戸時代、借金返済のために遊郭で働かされた女性たちは年季奉公——つまり期限を切っての遊女働きであったが、そのあり方は実質的に奴隷であったとさえ言える。

ちなみに、中世ヨーロッパの情報を調べていると必ず当たる存在に、「農奴」がいる。文字面だけを見ると「農業に従事している奴隷」だが、実際の内情は多種多様で、基本的には普通の農民と同じだが領主の支配下にあるところなどが違う存在ということが多かったようだ。

襲撃の戦利品であるにせよ、借金のカタであるにせよ。奴隷を手に入れた人間がそのまま自分の財産にしてしまって奴隷として使うこともあるだろうが、「我が家で使う奴隷はもう十分だ」となれば市場に流すことになる。

奴隷は市場においてまるで家畜のように扱われることだろう。反乱や逃亡防止のため檻に入れられたり、あるいは手かせ足かせをつけられた状態で展示される。もしくは舞台の上に引き出されて競りにかけられる。奴隷商人は若さや身体能力、取得言語や技能などをアピールして、少しでも高く売れるように工夫する。

売られていった先で奴隷はどのように扱われたのだろうか。これはもうケース・バイ・ケースだ。

例えば、家庭の家政労働を行う奴隷はさほど過酷な労働をさせられることはないだろう。古代ローマの初期にいた奴隷は「ファミリア」、つまり家族の一員として遇されたとされる。しかし、やがて大量の奴隷が農場や鉱山などで集団的に作業に用いられるようになると、厳しい監視がつけられ、酷い扱いも受けた。

あなたの世界（地域）において、主人は奴隷を家族だと思っているのか、使用人に近い存在だと思っているのか、それとも家畜や機械のように可能な限り使い倒して死んだらまた市場で買ってくればいい存在だと思っているのか。奴隷を資産として考えている主人であれば、男女を一緒の小屋に入れたり、時には積極的に結婚をさせて繁殖させ、生まれた子を未来の奴隷として用いることまで考える者もいるだろう。これらによって、奴隷の扱いは劇的に変わる。

主人の屋敷の地下や屋根裏部屋、離れの小屋などで特に監視もされず暮らす奴隷もいるだろう。監視と行動制限は厳しいが食事は出るし体罰とも無縁、というケースも考えられる。そして、食事も寝床も劣悪で、主人によって戯れに傷つけられ、しまいには殺されるような、最悪のパターンだってあるだろう。

ファンタジー世界の奴隷

また、契約や束縛の魔法が発達している世界では、奴隷の管理にもその種の魔法が活用されている可能性が高い。簡単なところでは「特定の場所から外へ出られない」「主人の命令には逆らえないし危害も加えられない」というあたり、高度なところでは「主人に貢献できると自動的に借金や年期が減っていき、ゼロになると解放される」というあたりだろうか。これらの魔法が実現されていれば、奴隷は手かせ足かせや柵、監視人から解放される。そのかわりに魔法による枷がはまっているわけだが。

そもそも「生まれついての奴隷」というケースもあるだろう。前述のような両親ともに奴隷でそのまま成長して奴隷として暮らすケースは史実にもあったことだ。加えてファンタジー世界なら「まるごと他種族に侵略・征服・支配されたので、完全に奴隷の種族」や、「上位種族に奴隷として作り出された、ロボットや人造人間の種族」などがいても何もおかしくない。

そのような生まれついての奴隷たちは、自分の立場をどう思っているのだろうか。教育環境の結果、あるいはそもそもの機能の段階で自我が薄かったり失われていたりしていて、まさに「ロボットのように」振る舞っているだけなのだろうか。

それとも、密かに自我を育て、主人たちに反発していたり、独自の思想やコミュニティを育てているのだろうか。自我が薄い上に他者（たとえば異世界からの侵略者や神・悪魔など）からのコントロールを受けていて……などというものも物語のギミックとして面白くなりそうだ。

奴　隷

奴隷 → 各種の権利を制限され、「物」「財産」として所有される → 主人

では、奴隷は「かわいそう」な存在なのか？

自由を尊重する現代の価値観では、奴隷は解放されるべき → 前近代世界では安定した生活が望まれても決しておかしくない

奴隷たちが自分の境遇をどう思っているかは、個別の状況・社会事情に大きく左右される

↓

厳しく監視・管理され、過酷に働かされて明日もしれない奴隷と、自由が多く、主人の「家族」として扱われる奴隷は当然違う

どんな経緯で奴隷になるのか？

↓

①：捕虜・誘拐

侵略を受けた人々や誘拐された被害者が奴隷にされるのが定番

元は同じ民族でも捕まえ、奴隷にしてしまう → 拡大を続ける国家・民族は他地域・多民族を奴隷化する

②：金で買い、制度で縛る

貨幣経済や農奴制度が発展すると、奴隷的な立場の人が多くなる

無理にこき使われる人も少なからず存在する

自由民・普通の市民とさほど変わらない人もいる

③：生まれついての奴隷

奴隷として生まれ、そのまま奴隷として暮らす人も歴史上存在する

ある種の家畜のように奴隷を増やして働かせる

異種族やロボットのような特異な集団もありうる

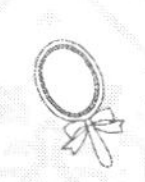

違う階級との接触

ここまで見てきた通り、前近代社会であるなら普通、階級がある。階級ごとに構成する人々が変わり、その暮らしも変わる。

そして、その違う暮らし・習慣・外見をもつ人々が接触すれば、必ず気づきや成長があり、軋轢や対立が生じる。それらは物語をドラマチックにするために大きな効果を発揮することだろう。

特に悪役令嬢テーマでは「上流階級出身の主人公が、破滅・悲劇をきっかけに本来のものではない生活をすることになる」「破滅や悲劇を乗り越えるための手段を求めて、結果的に違う階級の世界や人々と接触することになる」というシチュエーションで、違う階級との接触が頻繁に描かれる。この点を知っておいて損はない。

階級の違いが生むもの①見た目

違いから生まれる対立や融和を描くためには、まず階級が生み出す違いを理解しなければならない。

階級社会において、「どんな階級に所属しているか」は「どんな暮らしをしているか（してきたか）」と直結している。住む場所、食べるもの、着る服、話す言葉、日々の仕事、細々とした仕草、外見。それら全てが階級によって規定されているのが階級社会の普通だ。

結果、何が起きるか。ある階級に所属する人間が、別の階級に紛れ込むことは非常に困難、ということになる。間違いなく目立ち、注目される。

具体的にはどんな点で違和感が出るのか。わかりやすいのは話し言葉だ。

訛り（方言）を隠す、あるいは普段喋っていない訛りを自然に発声するのはかなり難しい。現代日本ではテレビなどの影響もあって言葉がかなり統一化されており、特に若い人は方言をちょっとしたイントネーションや独特の言葉くらいにしか残していないことが多い。しかし、前近代世界では出身階級や地域ごとにかなり違う訛り・方言を話していると考えた方が自然だ（その上で、作中で重要なテーマとして扱わないなら注目しない、取り上げない方が物語としてはスマートになるが）。

言葉遣いについても、ある程度は意識して上品な（下品な）言葉を真似ることができても、とっさに出てくる言葉、またスラングなどで出身階級がバレる可能性は非常に高い。

マナー・仕草・振る舞いも同じことだ。挨拶をする。会話をする。歩く、走る（そもそも上流階級の人はそうそう走らない！）。水や酒を飲み、食べ物を口にする。これらの振る舞いに、どう育ち、どう暮らしてきたかが出る。

衣服は階級が高いほど装飾が増え、また上等な素材を用いる。上流は絹、庶民は麻、というのが一つの定番ではあるが、実際には時代と地域によりいろいろな素材が用いられる。木綿や毛皮、羊毛なども好んで用いられた素材である。また、衣服の色についても階級・階層で使えるものが決められることがあり、紫色や黄色が「皇帝の色」「天皇の色」として、それ以外の人々は身につけるのを禁じられた。

これらの線引きは質で決まることもあれば希少さで決まることもあり、時には思想で決まった。絹が上流階級の人々に愛されたのはその希少さも大きかったろうが、肌触りや保温性など衣服としての機能性も重要だったはずだ。その地域には存在しない動物の毛皮は、機能性以上に希少性で珍重されたし、紫色が高貴な色と見なされた背景には、天然で紫色の染料を作るための主要な原料である貝が希少だったせいだ。一方、中国である時期から黄色が皇帝の色とされるようになったのは、五行思想において中央＝皇帝を示す色が黄色だったからだ。

注目される外見は服だけではない。人間本人も階級を示す隠しようがない外見特徴として作用する。

わかりやすいのは人種（種族）的特徴だ。階級が人種（種族）で分かれていたり、ある人種（種族）が丸ごと特定の階級に組み込まれていたり、というのはままあることだ。奴隷解放前のアメリカにおけるアフリカ系黒人や、帝国主義時代の植民地における白人などがまさにそうであった。そのような状況下では、黒い

階級の違いは外からもわかる

上流階級 ← 階級の違いは肩書だけでなく、その性質にも影響を与える → 下流階級（庶民・平民）

普段どんな暮らしができているかによって人間の性質は変わる
⇒紛れ込むとどうしても目立ってしまう

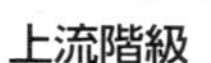

影響は多様だが、ここでは外から見てわかるものに注目する

言葉・言葉遣い・しぐさ

普段の生活から染み付いている生活の習慣はどうしようもなく、
特にとっさの時にはポロッと出てしまってしまうもの

- 方言・訛り・言葉遣い
- マナーやしぐさ

服装・装身具

上流は装飾が増える ← 質・価格で決まることが多いが…… → 下流は簡素・活動的

品質より思想に基づいて格の上下が決まることもあり得る

肉体的特徴

肉体に現れる特徴も、しばしば階級と紐づく

- 特定の種族や民族が上流や下流に固定される
- 豊かな生活・苦しい生活が肉体の強さ・ゆるさに現れる

具体的に「上流はこう」「下流はこう」は時代・地域・文化でさまざま

大まかな傾向はなくはない

- 上流の振る舞いは「動きは小さい」「自分を隠す」
- 下流の振る舞いは「動きは大きい」「自分を隠さない」

肌は奴隷の証であり、白い肌は支配者の証である。どちらもそうそう隠せるものではない。ファンタジー世界では角や耳、目の色、牙や翼などがある種の階級章として成立してしまうこともあるだろう。

さらに、同じ人種（種族）の中でも身体的な特徴が階級を示すことはままある。前近代世界では、しばしば肥満は富裕の証だった。身分の低い者は基本的に貧しく、太れるほど食事をすることが難しかったからだ（これが現代・近未来になると、庶民が炭水化物多めの食事をするようになって肥満が貧困の象徴になる）。あるいは、上流階級は肉をはじめしっかりとした食事をするため、庶民に比べて体格がいいともいう。

日々の苦しい仕事が身体的特徴を規定することも珍しくない。職人仕事で背を丸めるために猫背になり、畑仕事や水場仕事が手にふしくれや赤切れを作る。農業にも家事にも追われない上流階級の手は綺麗で柔らかく、それは富の証であろう。ただ、戦場で武器を振るい馬を駆る騎士の手はゴツゴツしているだろうし、よくよく見れば身体も傷だらけかもしれない。

以上、いろいろ紹介はしたが、具体的に「上流階級はこういう振る舞いをする」「下流階級はこういう振る舞いをする」を本書で網羅するのは不可能だ。また、中世ヨーロッパ風ファンタジーを書くからと言って実際の中世、あるいは近世の振る舞いを調べ尽くして模倣する必要も必ずしもないと考える（主要なテーマとして置くなら話は別だが）。読者への伝わりやすさも考えれば、現代における上品なマナー、あるいは日常の仕草などをアレンジして用いれば概ね問題はないだろう。

その上で全体的な傾向として、上品な振る舞いは動きを小さく、顔や皮膚などを隠す傾向にあり、下品な（庶民的な）振る舞いは動きを大きく、隠さない傾向にあるように思われる。

階級の違いが生み出すもの②精神

ここまでは主に外形的な仕草や振る舞い、あるいは身体的特徴の話をしてきた。しかし当然ながら、階級の影響は人間の精神にも出てくる。外見以上に個人差が大きく、あくまで「そういう傾向がある」程度の話として受け取ってほしい。

階級の違いは心にも現れる

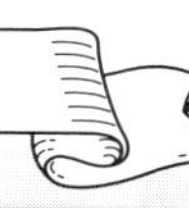

階級が違えば精神性・性格にも影響が出るもの

下流階級・庶民

基本的に、自分でできることは何でもやってしまう。対応する

他にやってくれる人がいないから、しょうがない！

上流階級

服を着る程度のことさえも自分ではやらず、すべて他人に委ねる

1人では着られない服も

使用人の仕事を作っている

上に立つ人間の義務として「献身し、犠牲を払う立場」でもある
⇒「ノブレス・オブリージュ」

一番わかりやすいのは、「身の回りのことをどう処理するか」であろう。

庶民はなんでも自分でやる。他にやってくれる人などいないから、自分でやるしかないのである（もちろん、階級が低くとも富裕であれば使用人は雇えるが）。

一方、上流階級の人は着替えから給仕から全て使用人に任せる。椅子なりソファなりにどっかりと座っていろいろなことをやらせるし、例えば書き物をするとか、お茶を飲むとかにしても、必要な道具は向こうからやってくる——もちろん、魔法仕掛けでない限り、道具が来るわけではない。使用人が主人の指示で、あるいは勝手に察して持ってくるのだ。

これは動かないのが上品ということでもあるし、使用人たちの仕事を奪ってしまうから良くない、ということもある。また、ある種の衣服や装飾品（礼装・正装など）は絶対に本人だけでは着られないようになっていたりもする。

上流階級（あるいは富裕層）の人間の方が比較的に余裕があり、おっとりとしていて、他者を許す度量があり、未来のことを考えている——ということもあるかもしれない。一方、庶民はせかせかイライラしていて、いつも目の前のことを考えている、という傾向を見出せることもあろう。

なぜこうなるのかといえば、生活の余裕の差だ。一度や二度の失敗で生活基盤が破壊されることなどないと思えば鷹揚にもなれるし、日々の暮らしで手一杯であれば心が狭くもなろう。例えば国家レベル、世界レベルのようなスケールの大きなことを考えられるのは、幼少の頃から生活に余裕があって、日々の積み重ねで大きなことをやることに価値があるのだと知っている人ならでは、とも言えるかもしれない。

上流階級の精神性という点では、「ノブレス・オブリージュ」も欠かせない。直訳すると「高貴なる者の義務」であろうか。代々高貴な血と特権と財産（土地や人民も含む）を継承する者は、特別な義務を背負う、という考え方だ。

これは例えば「社会的に必要だがなかなかお金が集まらないような行事には、地位や財産のある人間が真っ先にお金を支払う」ような話であったり、あるいは「外敵や侵略者と戦う際には、高貴な血筋の人間が先頭に立つ」ような価値観であったりする。

ヨーロッパの場合はキリスト教における慈悲の精神や、また「金持ちが天国に行くのは難しい（ので寄付をすることによってその財産を減らそう）」という教えと結びついているところも大きいだろう。一方、他に日本でも公家や武家などが積極的に寺社へ寄進する文化はあったので、普遍的に見られる価値観であると言ってよかろう。

異物が出会う時①「下」が「上」へ

ここまで見てきた通り、階級が大きく違えばなんらかの形で違いが現れ、分かり合えなかったり、周囲から浮いてしまうものだ。では、異物がやってきた時、どんなリアクションが生まれるのだろうか。

上流階級の人々の縄張りに異物がやってきたら、どうなるだろうか。彼や彼女らが異物を自ら暴力的に排除するということはちょっと考えられない。それは基本的には下品な振る舞いだからだ。

その代わりに、極々上品な言葉使いで「いかにお前が場違いでここにいてはいけない人間か」を、それも

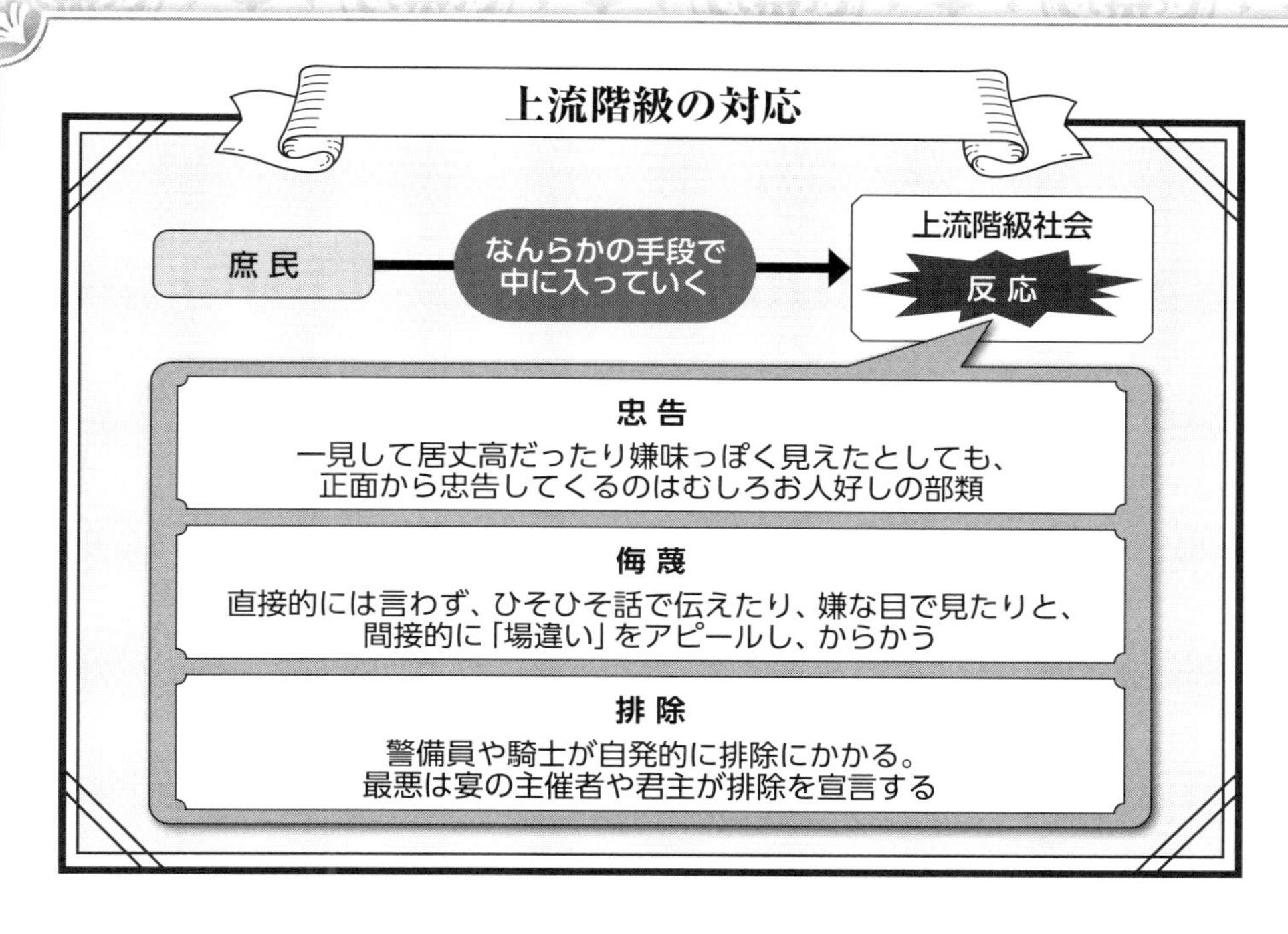
上流階級の対応
庶民
なんらかの手段で
中に入っていく
上流階級社会
反応
忠告
一見して居丈高だったり嫌味っぽく見えたとしても、
正面から忠告してくるのはむしろお人好しの部類
侮蔑
直接的には言わず、ひそひそ話で伝えたり、嫌な目で見たりと、
間接的に「場違い」をアピールし、からかう
排除
警備員や騎士が自発的に排除にかかる。
最悪は宴の主催者や君主が排除を宣言する

たいていの場合は「間接的に聞こえるヒソヒソ話」の形で教えてくれることだろう。

むしろ直接的に「お前今場違いになっているぞ」「これこれこういう対応をすれば改善できるぞ」「対応のしようがない（階級的に立ち入ってはいけない場所である、など）から出ていくしかないぞ」と教えてくれる人は、どれだけその言葉が強かったり、あるいは嫌味に満ちていたとしても、お人好しの部類に入る。より親切なら「気づくためのヒント」をさり気なく伝えてくれるのだろうが。

ヒソヒソ話や直接的な助言・嫌味にビクともしない人もいる。生来鈍感であったり、何かの理由と覚悟があって退けなかったりするわけだ。その場合も、上流階級の人間自身は動かないのが普通である。理想はその場を運営する立場の人間がそれとなく退出させることだが、場合によっては武器を持った護衛や官憲の類が出てくる。

そういういわゆる「大人」が動かない、動けない時に、動くのを待っていられない短気な者たちは、自ら動く。「場違いだから出て行け」と宣言するわけだが、その時も真に高貴な人間は自分の口を開かない。周囲の取り巻きが代弁する、というのが上品な（と言ってもこの時点でかなり踏み外してしまっているが）振る舞いである。

まして、本当に高い身分の人間が自ら前に出て排除を宣言するようになったら、もう上品な振る舞いとは言い難い——この視点で考えると、悪役令嬢ものにおける定番の、「パーティーなどの公衆の面前での婚約破棄」がどのくらい下品で、上流階級的な仕草から外れているか、わかってもらえるのではないか。

異物が出会う時②「上」が「下」へ

逆に下流、あるいは庶民の縄張りに上の階級の人がやってきたなら、どのようなリアクションを受けるのだろうか。

まず、そもそも気づかれないパターンがある。つまり、庶民は自分たちの暮らしに手一杯であるので、そこにちょっと異物が入ってきてもそれほど鋭くは反応しないのだ。「他所から人がやってくるのはごく当たり前のことなのでちょっとくらいの違和感では気にならない」「そもそも多様な外見や仕草の人々が入り混じっているので目立たない」、ということもあろう。

あるいは、「金持ちが入ってきたのなら何かの利益を自分のものにしたい」と考える人も出てくるかもしれない。手先が器用なら財布なり指輪なりをすろうとしてくるだろうし、腕っぷしや押し出しに自信があれば喧嘩を売って「これ以上痛い目に遭いたくなければ有金全部置いて行け」と脅しにかかる。もうちょっと穏便な人々なら、単純に施しを求めたり、食べ物や土産品などをぼったくり価格で売ってくる程度で済むかもしれない。

より治安の悪い地域には、階級や身分に関係なく「ここは俺の縄張りだ」と主張するチンピラや自警団の類が巣食っていることが多い。彼らが場違いな人間を見つけたら、間違いなく追い出しにかかるだろう。もちろんそのついでに身ぐるみを剥ぐのも忘れないに違いない。比較的穏便な連中なら、通行料を請求するだけで済ませてくれるかもしれない。

腕っぷしに長けていれば、そのような連中を蹴散らすこともできるだろう。ただその場所を通り抜けたい

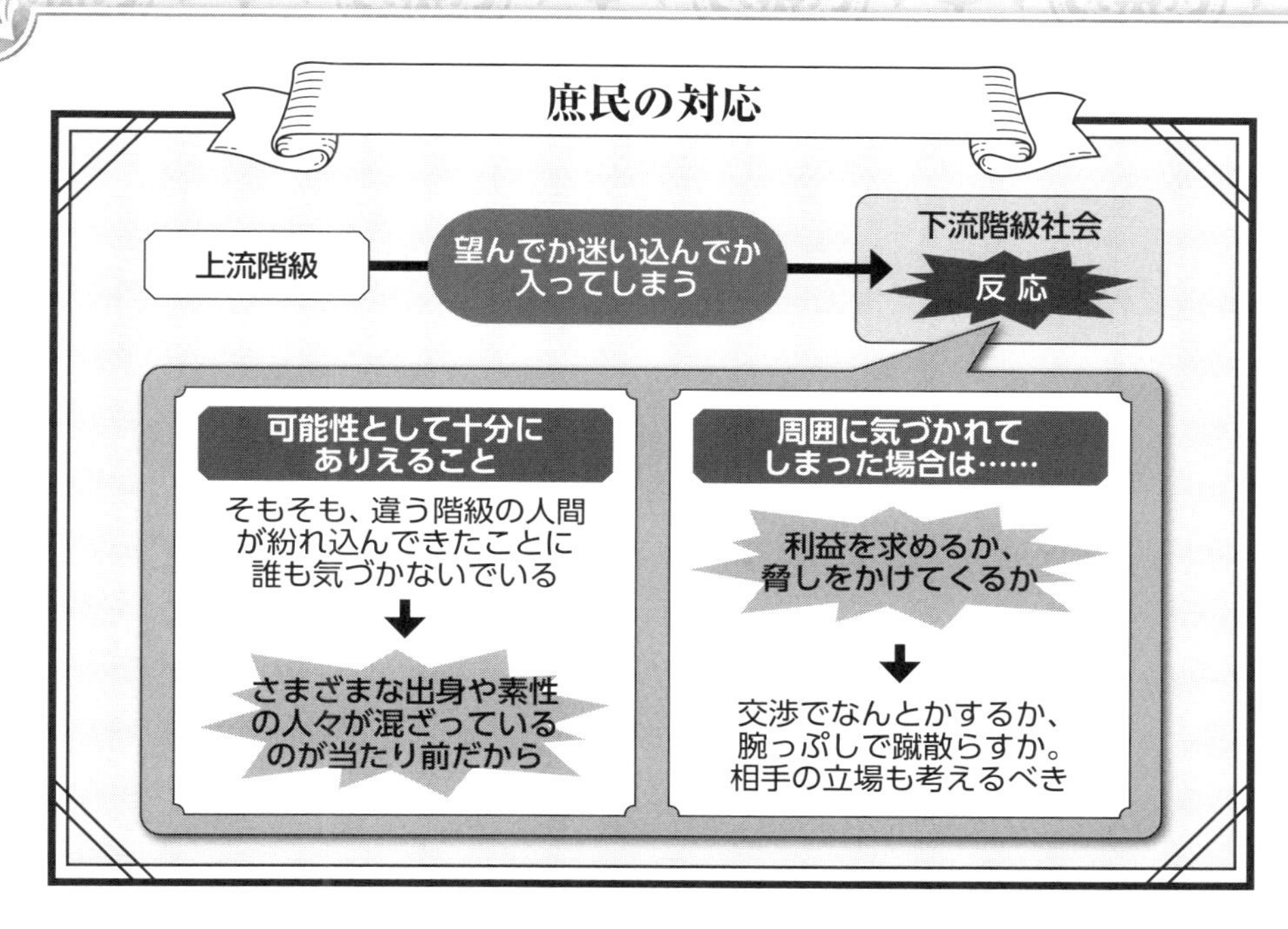

庶民の対応
上流階級
望んでか迷い込んでか入ってしまう
下流階級社会
反応
可能性として十分にありえること
そもそも、違う階級の人間が紛れ込んできたことに誰も気づかないでいる
さまざまな出身や素性の人々が混ざっているのが当たり前だから
周囲に気づかれてしまった場合は……
利益を求めるか、脅しをかけてくるか
交渉でなんとかするか、腕っぷしで蹴散らすか。相手の立場も考えるべき

だけなら問題ないが、そこに住んだり、あるいは何度も行き来したい場合はちょっと厄介なことになるかもしれない。チンピラの恨みを買ってつけ狙われたり、復讐のターゲットになったり、そのあたりの住人全てから嫌われたりする可能性が高いからだ。

丸く収める一番の方法は、通行料を払うことだ。しかし、言われるままの金額を差し出すのは、それはそれでよろしくない。舐められ、カモにされるからだ。そこで適切な金額を見切り、自分がこのような場所での振る舞い方を知っている人間なのだとアピールする必要がある。

――実際のところ、階級違いの人が落ち着いてチンピラなり自警団なりと渡り合うのは困難だろう。ストーリー展開としては、暴力を振るって対立してしまったり、うっかりカモになってしまいかけたところで、横から割り込んできた事情を知っている人間の干渉により、どうにか丸く収める……というのがベタなところではないか。もちろん、最初から事情通と一緒にやってきて、交渉の手腕を見せてもらい成長の糧にする、ということもあろう。

宮廷

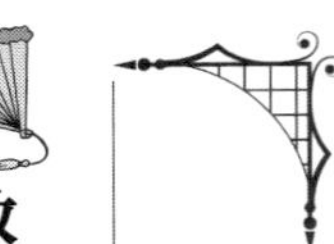

政治中心地としての宮廷

宮廷こそ、上流階級社会の権化と言っていいだろう。そこには本書で紹介しているような要素がたっぷり詰まっている。

権力を持つ人々が集まっており、政争と陰謀の嵐が吹き荒れていて、真偽の定かでないうわさや情報が渦巻いている。すなわち、悪役令嬢が最も生き生きと活躍できる場所なのだ。悪役令嬢ものでこれを利用しない手はない。

そもそも、宮廷とはなんだろうか。

国王や皇帝ら君主、あるいは有力貴族などと、彼や彼女を取り巻く人々の集まりを「宮廷」と呼ぶ。つまり権力者（支配者）や、権力者に影響を与えたり、権力者の命令・指示を受けて周囲に影響を与える人たちの集まりであるわけで、政治的に非常に重要な存在であったことは言うまでもない。

宮廷で評判になった人物が王の側近として召し出されたり、あるいは宮廷で悪評を流された貴族が権力を失ったり、謀反の疑いをかけられて討伐されたりしてしまうわけだ。

特に、統治機構がしっかり成立していなかったり、宮廷の外の有力者たちが政治に影響力を及ぼせない状態では、宮廷の持つ意味は大きい。君主・独裁者及びその周囲を取り巻く宮廷での意見や議論が政治に直接影響を与えることになり、権力を発生させる。

その結果、内部での陰謀や派閥対立、政治闘争が極大な権力を生み出す。このような状態を「宮廷政治」と呼ぶが、陰謀によって物語をドラマチックに動かすことが求められる悪役令嬢ものには非常にマッチした政治体制と言える。

文化中心地としての宮廷

また、宮廷は文化の中心地でもあった。

なぜなら、宮廷には財力のある人、美や学問・教養に興味のある人、精神的な繋がり（その極北はもちろん恋愛である！）に溺れられるほど暮らしにゆとりのある人が集まっていたからだ。「文化・教養は金と余裕のあるところでなければなかなか育たない」というのは、のちの学校の項などでも関わってくる重要なキーワードなので、覚えておいてほしい。

宮廷を構成する貴族やその夫人たちは（多くの場合は貧乏な）職人や芸術家・学者のパトロンになり、その成果物を宮廷へ持ち込んで造形的・芸術的な美や文化的な豊穣さを誇ったことだろう。またちょっと変化球的には、異国人や魔法使い、仙人のような異質な存在がある種見世物的に宮廷へ紹介されることもあるかもしれない。

それは暇つぶしでもあったろうし、「どちらがより素晴らしい職人や芸術家・学者を抱えているか」のマウント合戦でもあったはずだ。そして、そのような芸術的・文化的な闘争から流行が生まれて宮廷の外へも広まっていき、中には後世にも残る素晴らしい芸術や文化も誕生したのである。

そのように宮廷に集まってくる職人や芸術家・学者は、悪役令嬢に特別な知識や技術を提供してくれるだろう。それは破滅を回避するための切り札になるかもしれない。あるいは逆に、宮廷に出入りする職人や芸術家・学者のせいでとんでもない事件が起きることも考えられる。物語をドラマチックに動かすための要素として活用してほしい。

宮廷の歴史――中世から近世へ

ではこの宮廷は、私たちの歴史ではどのような形を取ったのか。ヨーロッパのそれを中心に、皆さんの物語の参考になるように紹介してみよう。

ヨーロッパが中世だった頃、宮廷は各地の王や有力貴族のお膝元に存在した。初期から中期にかけても上述のような政治・文化の中心として華やかな光を放った宮廷は存在したが、特に中世後期になってヨーロッパ各地の領邦国家や都市国家が自立性を高めると、それぞれの君主・有力貴族の元に宮廷が成立し、その栄光を誇ったのである。例えば、イタリア・フィレンツェのメディチ家は数多くの芸術家のパトロンになったことで知られ、ルネサンスが花開くのに寄与した。その背景として、このような宮廷文化があったわけだ。

やがて時代が中世末期、そして近世へ入っていくと、封建主義から絶対主義への移行が進み、宮廷は各地に乱立するものではなく「国家全体に支配力を有する王のもとにあるもの」へなっていく。とはいえ十六世紀だとまだ過渡期で、君主の権力が完全ではない。新しく獲得した領地に睨みを利かせなければいけない関係で、王都に王が居座ってその居城に宮廷が成立する、というわけにはいかなかった。そこで、いわゆる「移動宮廷」の時代がくる。各地に王城・拠点があり、君主と宮廷はそれらを転々と移動し続ける。となると国家統治を担当する役人たちや、他国からの使者・外交官、また宮廷を取り巻く芸術家や職人たちもついてくる……というわけだ。

あなたの世界に移動宮廷を登場させる場合、ちょっと味付けをしてもいいかもしれない。その国の文化のルーツがモンゴルのような遊牧民族にあったなら、住むのが木や石の城館ではなく巨大テントになっていて、非常に移動がしやすくなっている移動宮廷というのはどうだろう。あるいはもっとファンタジックに、「足が生えていて自ら移動する城」や「巨大な船で常に移動している宮廷」というのも面白いかもしれない。船も単に海の上を行く船ではなく、砂漠を渡る砂船であったり、空を行く飛行船であったりするわけだ。

宮廷の歴史――絶対主義の時代

十七世紀になって君主の力がいよいよ高まり、絶対主義の時代になると、宮廷をいちいち移動させる必要がなくなる。壮麗な宮殿を作り、そこに多数の貴族、聖職者、従者などが住まい、巨大な宮廷を構成するようになるのだ。代表例がフランス王ルイ十四世によって作り上げられたベルサイユ宮殿である。

この宮殿の中ではさまざまな儀式が行われ、それに参加できるかできないか、できたとしてもどの位置か、によって宮廷メンバーの政治的立ち位置が暗示された。また、礼儀作法についても細々と定められ、常に「自分がどの立場にいるのか」を正しくアピールすることを求められた。これらの仕組みを通して国王は宮廷の人々に対して自分の意思を示し、また自分と彼や彼女

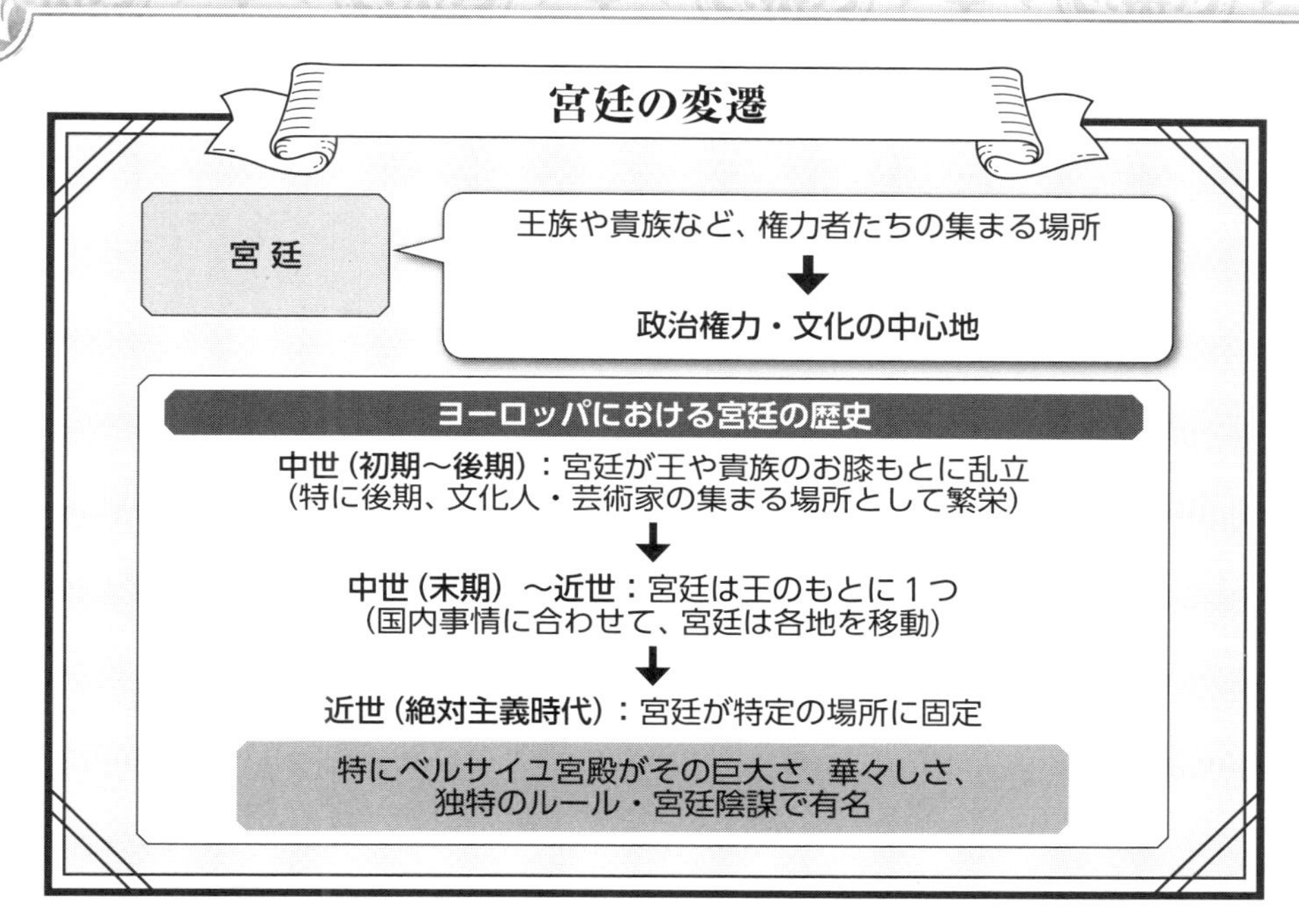

らの上下関係を強固なものにすることができた。

当然、「自分の方が国王陛下の寵愛を受けている」「あの人はかつては寵臣であったが、もう距離は遠ざかってしまった」「お前は正しい作法を守れていない！　陛下に対する侮辱だ！　叛逆に等しい！」など、マウント合戦、陰口、陰謀、告発の類が嵐になって宮廷を吹き荒れることになる。

宮廷の変遷
宮廷
王族や貴族など、権力者たちの集まる場所
政治権力・文化の中心地
ヨーロッパにおける宮廷の歴史
中世（初期～後期）：宮廷が王や貴族のお膝もとに乱立
（特に後期、文化人・芸術家の集まる場所として繁栄）
中世（末期）～近世：宮廷は王のもとに１つ
（国内事情に合わせて、宮廷は各地を移動）
近世（絶対主義時代）：宮廷が特定の場所に固定
特にベルサイユ宮殿がその巨大さ、華々しさ、
独特のルール・宮廷陰謀で有名

しかし一方で、国王を含む王族の日常生活を「起床から就寝まで」全て儀式に組み込んだことによる弊害も出た。王族のプライベートは完全に消滅してしまったのである。結果、王族たちは少なからずストレスを抱え込むことになり、プライバシーを確保するために離宮で過ごす時間を作るようになったり、あるいは晩年は主に離宮で過ごすようになる。ルイ十四世はまさにそのような晩年を過ごしたらしい。

加えてベルサイユ宮殿の場合、そもそも生活するのに便利な場所ではなかった。トイレが一つもないし、暑さ寒さを凌ぐのにも向いていない。結果、宮廷の拠点としてのベルサイユ宮殿はやがて廃れてゆくことになった。

計画してみるチートシート（階級編）

どんな階級があるのか

上流と下流で二分されているだけか、
他に特徴的な階級があるのか

階級同士の関係性

憎み合う関係性もあるだろうし、
それなりの尊重もあるだろう

主人公は階級をどう見ているか

物語の最初と最後で階級を見る目が
変わることもあるだろう

宮廷はどんな存在か

悪役令嬢なら普通は宮廷と関係がある。
どんな位置づけにあるのか

◆ 2章 ◆

友人の脅威

友人の作り方

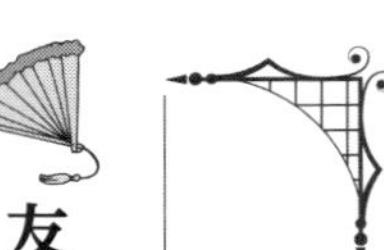

友人・友達は何をしてくれるのか

「落ち込んでいる主人公が立ち直るきっかけを作る」「知識や技術、情報、コネクション、違う階級・立場の世界へ入っていくなど、主人公の能力や背景では解決できない問題に助力する」「主人公が置かれている立場や持っている価値観が歪んだものであることを、分かりやすく示すような振る舞いをする」「主人公を裏切り、自分が利益を得ようとする」

——悪役令嬢ものとそれに類する作品で友人・友達が果たす役割は広く、大きい。

注目すべきは、このタイプの作品の多くが「青春もの」の性質を兼ね備えていることだ。主人公とその主要キャラクターは多くの場合若者であり、未熟で、できることが少なく、視野や価値観も偏っている。しかし逆に言えばまだ若い。自分を伸ばし、成功を掴むのはもちろんのこと、かつてやってしまった失敗や自分に不足しているものをこれから取り戻せる可能性だってある。これはまさに青春モノのテーマそのものだ。

そして、青春ものにおいて友人が超重要なキャラクターであることは誰もが賛同してくれることだろう。一般に職業を持たないし行動範囲も狭い若者・子供の世界は大人のそれと比べて狭い。近所や学校で作った友人との付き合いは時に彼らにとって世界の全てにもなり得るもので、それを失うのはイコール未来をなくすことと思い込んでしまうことさえ珍しくない。

しかし、実際にはそうではない。狭い世界の外へ出ることだってできるし、時が経てば大人として別の人間関係も生まれる。また、成長の過程で友人側の気持ちを理解できるようになったり、「あの日別れたことが成長のきっかけになった」と気づくこともあろう——という具合に、青春もの要素を多分に内包する悪役令嬢もの（と同類作品）では、友人キャラクターたちとの関係は重要なのだ。

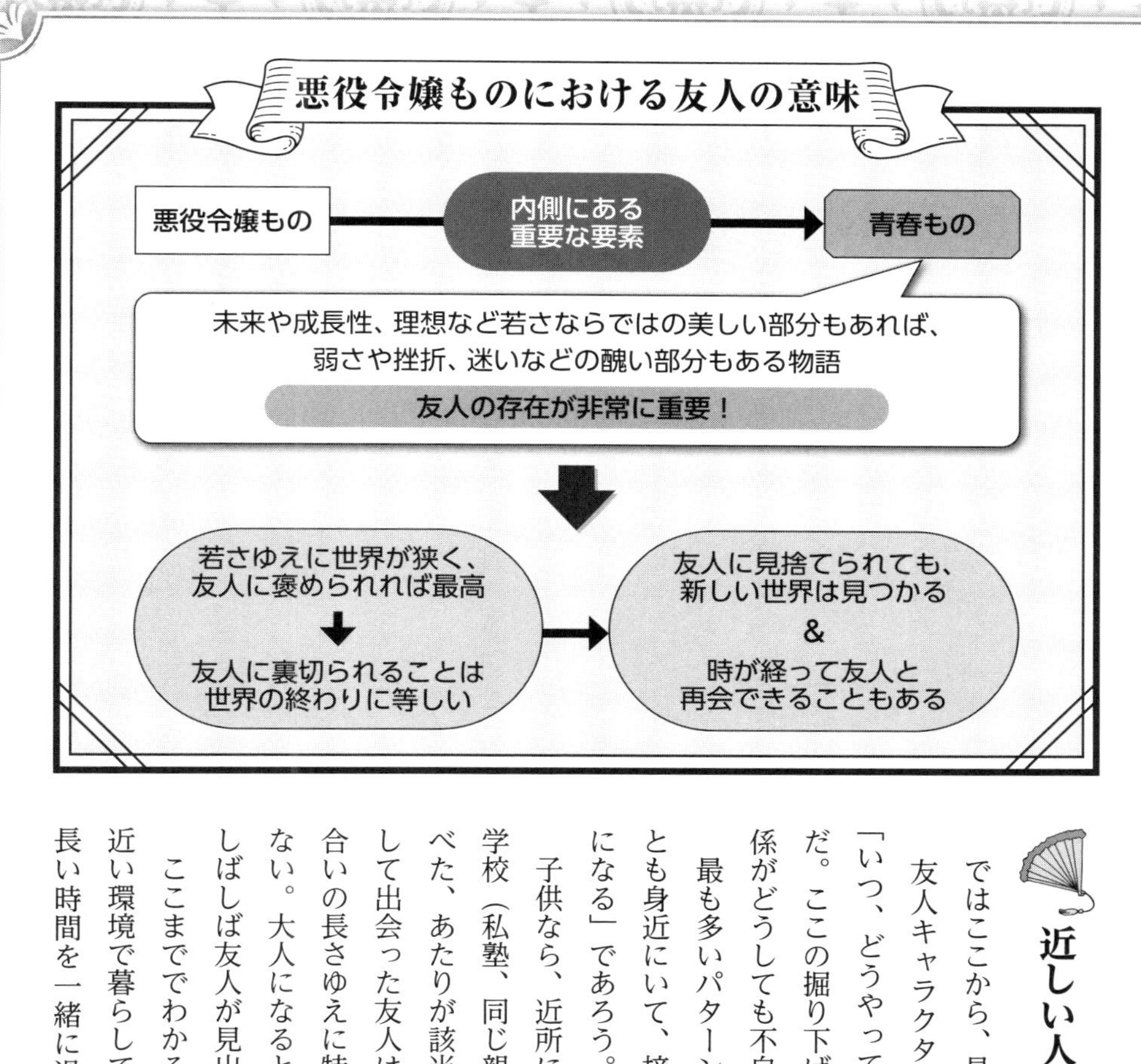
悪役令嬢ものにおける友人の意味
悪役令嬢もの
内側にある
重要な要素
青春もの
未来や成長性、理想など若さならではの美しい部分もあれば、
弱さや挫折、迷いなどの醜い部分もある物語
友人の存在が非常に重要！
若さゆえに世界が狭く、
友人に褒められれば最高
友人に裏切られることは
世界の終わりに等しい
友人に見捨てられても、
新しい世界は見つかる
&
時が経って友人と
再会できることもある

近しい人と友人になる

ではここから、具体的に掘り下げてみよう。

友人キャラクターを設定する時、一番大事なのは「いつ、どうやって知り合い、友人になったのか？」だ。ここの掘り下げが足らないと、主人公と友人の関係がどうしても不自然になる。

最も多いパターンは「能動的にどこかへ出かけなくとも身近にいて、接触が多く、相性の良い相手と友人になる」であろう。

子供なら、近所に住んでいる、親同士が友人である、学校（私塾、同じ親方の元にいる弟子仲間）で机を並べた、あたりが該当するだろう。幼い頃にこのようにして出会った友人は特別に「幼馴染」と呼ばれ、付き合いの長さゆえに特別な関係を形成することも珍しくない。大人になると職場での付き合いや隣人関係からしばしば友人が見出される。

ここまでで わかるように、自然とできる友人は普通、近い環境で暮らしていることが多い。出会い、そして長い時間を一緒に過ごすからこそ友人になるわけで、逆に言えば階級や立場が遠ければ友人になる可能性は下がる。親同士が友人関係なのも、近い地域に住んでいるのも、それらが近しく似ているからこそなのだ。

——もちろん、いつも一緒にいるからと言って、性格や人間性の相性が悪ければ、友人関係にはなりにくい。仮に顔を合わせる機会が多かったとしても、「あいつの性格（能力／外見／生活／評判／ポリシー）が気に食わないから近くにいたくない」「あいつにひどい目に遭わされた」「喧嘩した、もう顔も見たくない」などの理由で距離をとったり、浅い付き合いに終始したり、などということは読者の皆さんにも覚えがあるはずだ。

一般に、過ごす時間が長いからこそ友人になるパターンでは、性格や物の考え方、何が好きで何が嫌いか、何を大事にして何はそうでもないかが近しいから――というケースが多いように思える。つまり、一緒にいてもストレスが少ないから友人になるわけだ。

友人と価値観

以上のような事情から、友人関係にある者同士は自然と価値観も近しくなる。

このような関係性は、主人公が何かしら自信を失ったり道に迷ったりした時に、従来の価値観に基づいた助言や励ましをしてくれる方向には役に立つ。しかし、そもそも偏った価値観や視点を持ってしまっていた主人公が自らを再構築して新しい道を進もうという時には全く役に立たない。むしろ邪魔になる可能性が非常に高い。元の（誤った、偏った、今の主人公には合致しない）価値観に引き戻そうとしてくるからだ。

さらに、主人公が価値観や方針を大きく転換したり、そもそも友人になる前提条件だった身分や立場、財産などを失った場合は、そもそも友人関係を維持できなくなることさえあるかもしれない。「もう住む世界が違う、友人ではいられない」というわけだ。

これを薄情というのはちょっと違う。価値観が違ってしまえば友人関係でいるのはどうしても難しい。また、立場や身分が食い違ったことで、場合によっては政治的に対立したり、仕事の上で競争相手になることだって十分考えられる。特に王族や貴族、軍人の世界ではままあることだ。

——逆に言えば。価値観を共有できなくなっても、立場が違ってしまっても、そして対立関係になったとしても。「過去に自分たちが培ってきた友情は不変である」と言い切れるような人間こそ、真の友であると言えよう。

立場を飛び越えて友人になる

「社会的立場が近い相手とは友人になりやすい」とはいうものの、例外は常にある。例えば子供や若者であるなら以下のようなケースが考えられる。

たまたま迷い込んだ町や地域、建物の中で出会い、意気投合して友人になることもあるだろう。親や別の友人が「あなたは幅広く知り合いを作るべきだ。別の階級の人間と知り合う機会を作ってあげよう」と、立場を飛び越えて関係を作るチャンスをくれるかもしれない。

また、「いろいろな立場の人間が訪れる場所」というものもある。(現代的な)学校はその典型例だが、他にもある。「職場」や「遊技場」に子供を連れてくる文化があれば、結果として幼少期の接触が生まれる可能性はある。

「公園(広場)」や「商店」、「宗教施設」も多様な立場の人間が訪れる可能性があるのだが、前近代的世界ではこのような場所でも身分・階級による住み分けが行われていることが普通であるため、リアリティのある描写を意識している場合は避けたほうがいいかもしれない。

これが大人になれば、活動範囲は自然と広がり、いろいろな場所で友人を見出すことができるだろう。例えば、前述のような「多様な立場の人間が訪れる場所」の例として、酒場や賭博場などが加わる。これらの場所も住み分けが行われるケースはゼロではないが、身分関係なく酒を酌み交わしたり、賭博勝負ができるケースも多い。その場合は堂々と行くこともあるし、素性を隠してこっそり行くこともある。

仕事場も、階級制のある前近代では比較的同じ社会的立場の人間が集まりやすい——とはいっても、違う階級や身分の人間と全く接触しないというわけにはいかない。

一番わかりやすいのは上司と部下という形で接する

場合だ。身分の高い人間が部署やチームのリーダーになり、その下で身分の低い人間が動く形である。価値観が違う上で相互に低く見る関係になりやすい（上司は部下が言う通りに従うのが当然であると考え、部下は自分たちがいなければ上司は何もできないと思っている）ため、友人といえるほどに距離を縮めるのは難しいかもしれない。

それでも、「上司側に低い身分の者たちへの理解がある」「部下側にベテランのまとめ役がいて、両者の橋渡しをする」「戦場のような過酷な場所で互いに助け合うことで連帯感が生まれる」など、上司と部下関係の中で身分違いの友情が醸成されるケースは珍しくない。

他にも、「特別な技術が必要とされるため社会的立場は関係なくチームが組まれる」ことでも、身分違いの人間が仕事で出会い、わかりあうシチュエーションが作れる。この場合もやっぱり最初は対立するだろう。結局わかりあえなくて決裂し、敵同士になるのもよくあるパターンだ。しかし同じくらい、苦境を乗り越えて友になるのも「あるある」なのだ。

距離が縮まる関係性

同じ環境で長時間を過ごすだけが友情の育み方ではない。距離の縮み方は人それぞれ、シチュエーション次第でさまざまだ。いわゆる「一目惚れ」的に友情が生まれることもあれば、たまに会う中で次第にわかり合っていくことだってある。文通を始め、顔を一度も併せないままコミュニケーションを行い、友人になる——というケースもレアだがなくはない。

ただ、何かしらの理由や条件があったほうが、友情は生まれやすい。定番は「同じ趣味や主義、信念を持っている」ケースだろう。自然と会話も弾むし、相手の言動に嫌悪感を抱く可能性も低くなるから、共通点がないよりはある方が友人になりやすくなる。

特に趣味が共通なら出会う機会も増えるし、「これはあくまでプライベートだから社会的立場は無関係で、素性も隠して楽しむ」という信念を持っている人物も多いだろう（もちろん、プライベートでも身分を強く意識するケースも多いが）。

結果、なにがしかの趣味を通して「身分違いの」友

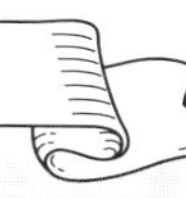

友人になる流れ

友人になりやすい関係性、なりにくい関係性がある

社会的立場の近い相手

生まれた時から近しい、学校や職場で一緒にいる相手とは、
自然な流れで友だちになるもの　⇒立場が近いほうがなりやすい

もちろん相性も大事

良くも悪くも価値観が近い

社会的立場の遠い相手

偶然迷い込んだ場所や、比較的立場や身分関係なく集まる場所で
友人関係が生まれることも、決して珍しい出来事ではない

立場を無視できる遊び場のような場所

立場による対立など無視できる危機的環境

私的関係で繋がれる趣味での接触

⇒友情が生まれたうえで「相手の素性がわかった後、どうするか？」を考えることでキャラクター性・物語・世界設定が掘り下げられる

人ができるというのは一つの定番だ。その上で友人に素性を隠すか隠さないか、また素性を明かされた友人がそのことをどう受け入れるかはそれぞれの関係性とパーソナリティーによって変わる。

たまに訪れる風変わりな友人の正体がお忍びの王子だと知った時、ある人物は「なんで隠していたんだ、水臭い」と言うだろうし、別の人物は「正体を隠すようなやつは信用ならん。俺はそもそも上流階級の連中が嫌いだ」と深刻に怒るだろう。そして、また別の人物は友情に付け込んだり、金をせびったり、出世の糸口として利用しようとするかもしれない。

最後のケースが特別に卑劣に感じられるかもしれない。しかし、その人物が貧しい庶民やお家復興を熱望する没落貴族であったならどうだろう。千載一遇のチャンスを逃すほうが不自然ではないだろうか。信仰心の強い前近代の人々なら、「これは神が与えた機会で、逃すほうが冒涜だ」と思うかもしれない。もちろん、必ず実利に結びつけようとしなければならないわけではなく、キャラクターそれぞれの判断があるはず、ということなのである。

友人側の事情を考えてみよう

友情の大小とその背景

ここまで見てきたように、一口に「友人・友達」と言っても、実態は実にいろいろである。

触れられなかった中では、「年齢」などもそのいろいろの中に入る。子供の頃には友人といえば同年代で作るケースが多いだろうが、社会に出ていけば少々の年齢差はあまり関係なくなる。しかし、年齢が大きく違えばどうしても考え方や好み、大事にしているもの、興味のないものなどが変わってくる。結果、友人であるにも関わらず年齢の違いでコミュニケーション不全になる、ということが（例えば階級の違いなどと同じように）しばしば起きるわけだ。

実態がいろいろなのだから、関係性の中に生まれる「友情」もやはりいろいろになってしまう。

一つの形として、友情が強い（相手を大事にし、時には自己犠牲をしてでも相手のために尽くそうという気持ちがある）順に「知人・友人・親友」と呼ぶことがある。知人は文字通り「知っている人」であって、そもそも友人の中に入れない人もいるかもしれない。全く面識のない相手よりは気を使うし、気にも掛けるだろうが、特別になにかしてあげる気にはならない人が多いだろう。一方、ただの友人ではなく「親友」と呼ぶような相手であれば、「自分にできることであれば何でもしてあげたい」「自分の手に余ることであっても、できる限りはやってあげたい」と考える人が少なくないはずだ。

友情の多寡・親密さの大小はキャラクターの行動に大きな影響を与える——しかし、表面上に見えるそれと、本人の内心における自覚が食い違っているのも「あるある」な出来事ではないか。つまり、表向きは相互に「彼（彼女）は二人といない大親友だよ」と言いつつも、実際には知人程度の友情しか抱いていないケースである。いや、それならマシで、本当は嫌い、

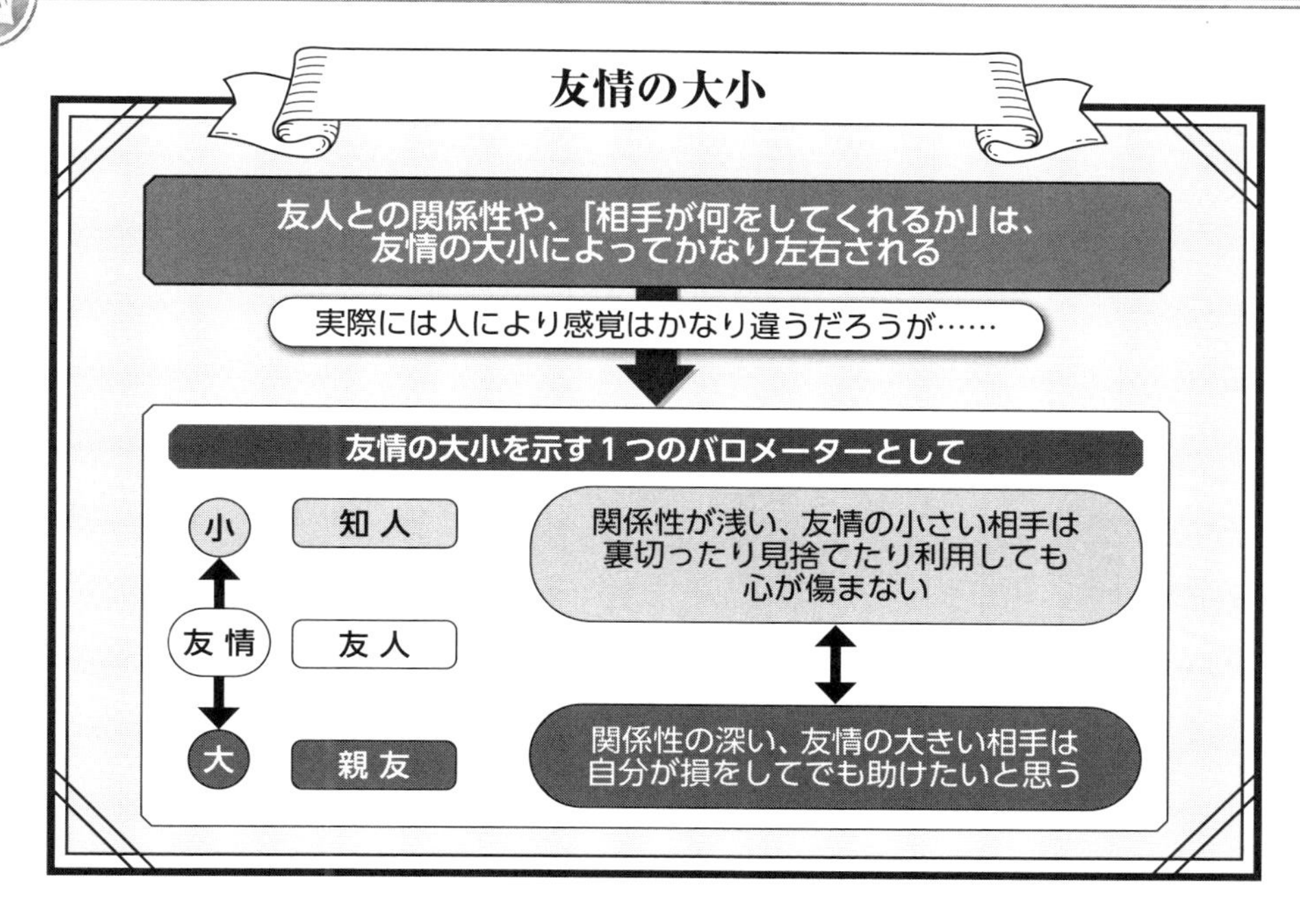

友情の大小
友人との関係性や、「相手が何をしてくれるか」は、
友情の大小によってかなり左右される
実際には人により感覚はかなり違うだろうが……
友情の大小を示す１つのバロメーターとして
小
友情
大
知人
友人
親友
関係性が浅い、友情の小さい相手は
裏切ったり見捨てたり利用しても
心が傷まない
関係性の深い、友情の大きい相手は
自分が損をしてでも助けたいと思う

憎んで、恨みを感じてさえいるなどという話もしばしば聞く。もちろん、片方は表面通り親友だと思っているが、もう片方は思っていない、という一方通行のケースも多い。

このような「表面上だけの友人」関係は、物語上で活用するのに非常に便利だ。「実は最初から裏切っていて、スパイをやっていた」「途中で見放し、もうあなたとの友人関係も終わりねと去っていく」「最初は表面上の友人に過ぎなかったのが、やがていくつものトラブルを一緒に乗り越える中で真の友人になっていく。しかし過去の偽りの負い目があって、次第にギクシャクしていき……」など、実に多様でドラマチックなシチュエーションを作ることができるのだ。

ポイントとして「では、どうして片方あるいは両方がそのような偽りの友情、表面だけの友人関係を選んだのか？」についても押さえておくこともおすすめしたい。

学校でのクラスが同じや家が近所、趣味が同じなどのふわっとした友人グループが円滑に回るよう、何も思っていない相手やむしろ嫌いな相手に対しても「友達だよ」という態度を取るのは、ごくありふれた処世術であろう。「あの子は友人だけれどこの子は違う」という振る舞いをしてもいいことはあまりない。しかし、別の場所でこっそり口にした真意を聞かれたり、嫌いな子だけ外して出かけたことが発覚して関係が険悪になる、というのもよくある話だ。

処世術ということなら、もっと直接的なケースもある。「金持ち」「将来出世しそう」「献身的に振る舞ってくれる」など、つまり自分にとって得な行動をしてくれる相手に接近し、友人だの親友だの主張して甘い汁を吸う者は、現実にもエンタメの中にも無数に存在する。このような人々は「取り巻き」と呼ばれ、権力を持つ人間の周囲に侍っているが、いざ権力が失われると波が引くように去っていくものだ。悪役令嬢のような身分の高いキャラクターの周りにはよく見られる光景である。そのような友人たちが去って、なお残るのが真の友と言える。

友人はどんな事情を背負っているのか

友人が主人公のために何をしてくれるか（あるいは「何をしてくれないか」）について考える時は、友情の多寡に加えてもう一点、本人の事情についても思いを巡らせたい。

何かしらの頼み事をされた時、日々仕事や生活に忙殺されている人は「すまないがそんな時間はない」とあっさり断ってくるかもしれない。一方、ゆとりのある暮らしをしている人、時間を持て余している人なら、比較的ハードル低く「話を聞くよ」「手伝うよ」と言ってくれる可能性がある。

時間やお金の余裕とはまた別のところで、「社会的責任を背負っているかどうか」も、そのキャラクターが主人公に手を貸してくれるかどうかに小さくない影響を与えうる。

例えば家族、あるいは組織・集団（ファンタジー世界なら一族や集落、国家など）に責任を持つ立場である人は、そう簡単に他者に助力し、問題に首を突っ込むわけにはいかないことがある。揉め事に介入した結果として誰かに憎まれれば自分が所属する組織の害になるかもしれないし、もっと酷いケースでは「主人公と対立している組織は友人キャラクターの所属する組織と同じもの、あるいは非常に近しい存在だった」ということだって十分あり得るからだ。

このような状況であえて介入すれば、集団の中で責められたり、出世の機会を失ったり、法律やルール違反により罰せられたり、地位を失ったり、そして最後には追放されたりする可能性がある。

結果として、責任ある立場の大人は、友人のためであろうと簡単には他者の問題に介入しない。どうしても手を貸したい時はあらかじめ状況をしっかり調べて介入に問題がないことを確認したり、ごくささやかな助言や支援にとどめたりして、自分や自分が責任を持つ人々にトラブルが波及しないように心がけるのが「賢い大人」というものであろう。

人によってはそのことを「自分がかわいいだけ」「利己主義」となじるかもしれない。しかし、個人的友情よりも社会的責任を重視する姿勢こそ、一般的な社会における正しい大人像だ。その上で、あえて自らの責任を投げ捨てることになるかもしれないと覚悟し、友のために危機へ身を投じる有り様を、特別な、カッコいいものと見ることもあるだろう。

友人の苦悩と裏切り

友人キャラクターの行動を縛るのは、その責任や社会的地位ばかりではない。性格や個人的信念などの精神的な事情もまた、時に友情と二律背反になって、彼あるいは彼女の心中に葛藤を生じることだろう。「義理と人情の板挟み」とはまさにこのことだ。

このポイントに注目することで友人キャラクターの苦悩を描くこともできるし、「一見して裏切りそうにないキャラクターが裏切ったのはこういう理由があったのか？」という形でストーリーに説得力を与えることもできる。では、具体的に見てみよう。

例えば、性格として誠実であり、信念として常識や法律を守ることを重視するタイプの人間は、親友から「俺を助けるために法を破ってくれ」と言われたらどうするか。実際どうするかは本当に人によるし、状況による。法を取る人もいるだろうし、友情を取る人もいるだろう。悩んだ末どちらかを取ってしまって後悔をする人もいれば、一度やってしまったことはしょうがないと開き直る人もいる。

また、友人キャラクターが友情との二律背反になって苦しんだり結局裏切ったりする展開において特に頻出する要素として、「恩義」「信仰」がある。

恩義は誰かにかつて与えられた恩に感謝し、お返しをしなければならない、という考え方である。個人と個人の関係が基本だが、恩人の子供や家族に恩を返そうとすることもあるし、家や組織、国家に恩を感じている者もいるだろう。では、彼の恩人と友人が対立している時、どちらを取ればいいのか？

性格は行動の傾向であり、信念は行動の方針、友情と恩義は誰かのために行動してあげたいという気持ちだ。では、信仰とはなんだろうか。この中では信念に近い。「神の教えによると世の中はこういうもので、このように振る舞うのが正しいとされている。だからそのようにしよう」という考えに基づいて行動を決めるものだからだ。

ただ、信仰と性格・信念・恩義・友情には明確な違いがある。それは「人間より明確に上の存在である神や世界の摂理によって定められた教えだから、絶対的に正しい」ということだ。少なくとも信仰者たちはそのように信じている。

そのため、神の教えと性格・信念・恩義・友情などが対立した時に、最終的にどれを選ぶかは当人次第であるにしても、正しいのは信仰である、ということになる。正しさ故に少なからぬ人々が信仰を選び、友人さえも裏切るだろう。信仰以外を取った人々も「自分は正しくない行いをした」と罪悪感に苦しめられる。

倫理や社会的通念（こういう時はこういう行動をするのが正しい、という考え）も同じように働くことがあるが、信仰はより強力に作用することが多い。つまり、友人の裏切りの裏付け要素として信仰は非常に強力、ということなのである。

友人の複雑な事情

以上挙げたような各種要素のどれか一つでもあれば、「友人はなぜ主人公を助けてくれないのか（裏切ったのか）」について説得力のあるストーリー展開を用意できるだろう。

ただ、人間というものについて深く考えれば、要素が一つであるとは限らない。複数の事情・要素が絡み

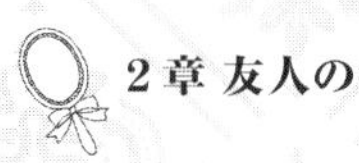

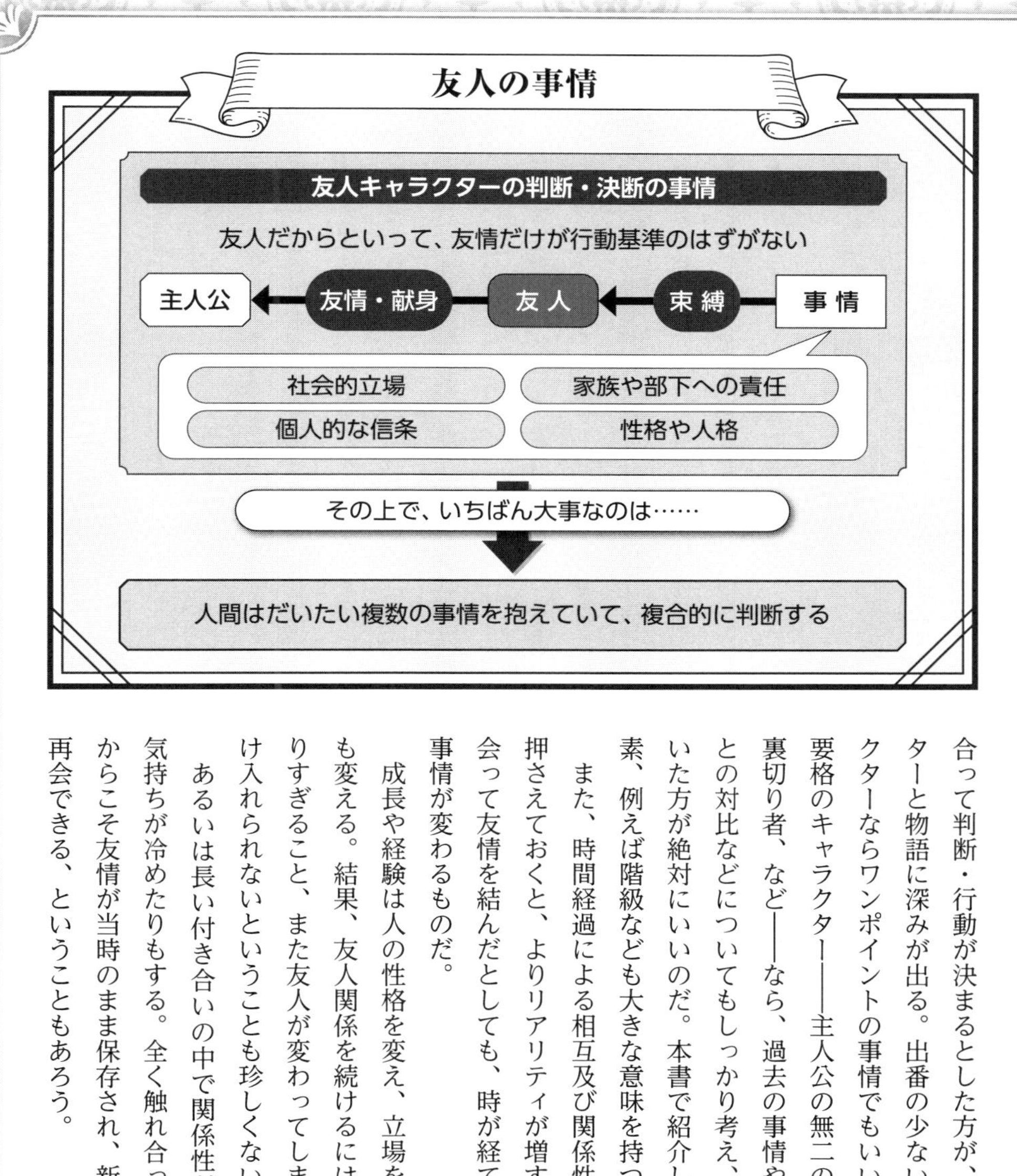
友人の事情
友人キャラクターの判断・決断の事情
友人だからといって、友情だけが行動基準のはずがない
主人公
友情・献身
友人
束縛
事情
社会的立場
家族や部下への責任
個人的な信条
性格や人格
その上で、いちばん大事なのは……
人間はだいたい複数の事情を抱えていて、複合的に判断する

合って判断・行動が決まるとした方が、よりキャラクターと物語に深みが出る。出番の少ないサブのキャラクターならワンポイントの事情でもいい。しかし、主要格のキャラクター――主人公の無二の友人だが実は裏切り者、など――なら、過去の事情や性格、主人公との対比などについてもしっかり考え、掘り下げておいた方が絶対にいいのだ。本書で紹介している他の要素、例えば階級なども大きな意味を持つだろう。

また、時間経過による相互及び関係性の変化なども押さえておくと、よりリアリティが増す。幼少期に出会って友情を結んだとしても、時が経てばそれぞれに事情が変わるものだ。

成長や経験は人の性格を変え、立場を変え、考え方も変える。結果、友人関係を続けるには相性が悪くなりすぎること、また友人が変わってしまったことを受け入れられないということも珍しくない。

あるいは長い付き合いの中で関係性が深まったり、気持ちが冷めたりもする。全く触れ合っていなかったからこそ友情が当時のまま保存され、新鮮な気持ちで再会できる、ということもあろう。

秘密結社

友人関係をさらに突き詰めれば、ある種のサークル、グループ、結社を形成することになる。

悪役令嬢を追い詰める陰謀の計画・実行者として、あるいはその逆に陰謀の糸に絡められ取られた悪役令嬢を救い、また真相を知らせる味方として。物語の重要なポジションを占める可能性があるのが「秘密結社」だ。

彼らは文字通り、「秘密」の「結社」(集団)であり、何かしらの目的を持って行動している。その秘密を物語に隠された陰謀や真相に絡めたり、あるいは結社の目的が主人公の目的と対立したり融和したりするものに設定することで、物語全体をドラマチックにし、またドライブ感を与えることに繋がるだろう。

政治的秘密結社

さて、この秘密結社の歴史は古く、社会がまだ未開と言っていい古代から現在に至るまで、さまざまな時代と地域に多様な形で生み出されてきた。分類法としては大きく分けて二つ、「政治的秘密結社」と「入社的秘密結社」が一般に知られている。

政治的秘密結社は文字通り政治的な目的のために結成され、活動する(そしてその目的のために秘密を守る必要がある)結社だ。例えば、現国王の統治に反対し、自分たちの既得権益を守ったりその治世を転覆せしめんと活動する反体制派グループ。侵略者に占領された都市において、侵略軍を撃退せんとゲリラ戦を展開するレジスタンス。思想や宗教、民族などを理由に差別・弾圧される人々が自分たちの安全と財産を守り、敵対者を排除し、最終的には社会そのものをも変えようとするマイノリティ・グループ。このような人々はわかりやすい政治的秘密結社と言える。

代表的な例として「KKK(クー・クラックス・クラン)」がある。黒人排撃を主張する過激な人種差別者の秘密結社で、白い山形の覆面で素性を隠している

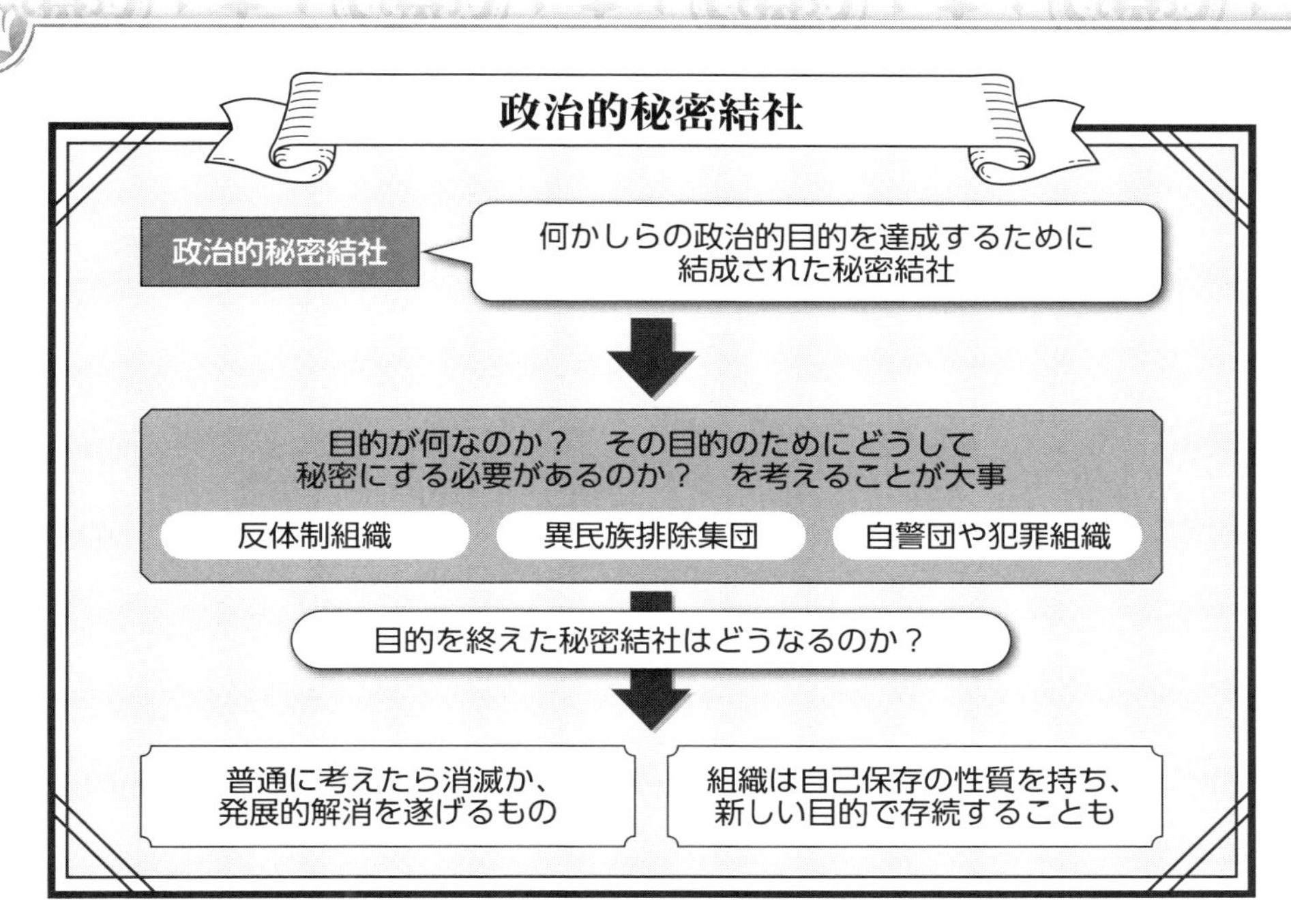

ことで有名だ。彼らの活動の背景には、南北戦争後、黒人奴隷が解放されたアメリカ南部において「政治が元奴隷の黒人たちによって支配されている」と感じた白人たちの不満があった。

他にも、自分たちの集落や都市を守ろうとする自警団が、やがて犯罪結社としての側面を獲得し、むしろそちらが本業になっていった犯罪集団——イタリアやアメリカのマフィア、日本のヤクザ、中国の帮（バン）——も、政治的秘密結社の一種と言っていいだろう。自警というのは立派に政治的目的であるからだ。

彼ら政治的秘密結社は政治的目的を持っているわけだから、目的を達成したら解散するのが筋ではある。侵略者を追い返したらレジスタンスの仕事は終わりだし、現国王の代わりに自分たちが推す新国王を玉座につけたら反体制派は解散だ。

しかし、必ずしも目的の達成＝秘密結社の解散とは限らない。そもそも達成しない類の目的も多くある。マイノリティが自分たちの立場を改善するのには数十年から数百年、時にはそれ以上の時間がかかっても無理かもしれないし、自警もそれに近いところがあるだろう。

また、組織は一度作られると本来の目的とは別に自己保存をもう一つの目的として持つものだ。人が変化を恐れるからでもあり、組織のために働く人、組織から利益を得ている人にとってはその方が都合がいいからでもあるだろう。

そのため、目的を失っても「私たちの役目はまだ終わっていない」などと主張する者が現れて新しい目的が立てられたり、あるいは利益を得るための組織として再出発したりすることが珍しくない。反体制派が政治・行政を円滑に行うための集団になったり、レジスタンスの仕組みが「いざという時のために」残されたりするわけだ。もちろん、自警団由来の犯罪集団はこの典型例である。

入社的秘密結社

一方、入社的秘密結社は、「イニシエーション」と呼ばれる入社の儀式を通して参入する組織だ。

このタイプの秘密結社の古典的なあり方は、未開・伝統的社会の集落に見出すことができる。例えば、ある集落では一人前の構成員になることとイニシエーション（たいてい、死と再生がモチーフになっている）を受けることはほとんどイコールである。共通の体験と秘密を持つことで仲間意識が醸成されるわけだ。あるいは、神官や呪術師、魔術師が自分たちだけのイニシエーションを受け、秘密を共有して、独自の集団を形成する。

最も有名な入社的秘密結社といえば、いわゆる「フリーメーソン」だろう。現代においてもなお各地に「ロッジ」と呼ばれる支部があり、「フリーメーソンリー」と呼ばれるメンバーたちが所属しているこの秘密結社は、もともとはヨーロッパの石工たちが結成したギルド（同業者組合）であったとされる。

彼らは時に世界で一番有名な秘密結社などという矛盾めいた呼び方をされることがあるが、実は秘密結社としては全く矛盾していない。詳しくは後述する。

また、十七世紀初頭に結成された「薔薇十字団」の名も秘密結社の代表格としてよく知られている。その思想は十字に象徴される古代のキリスト教と、薔薇に象徴されるルネサンス期の魔術を統合しようとするも

入社的秘密結社

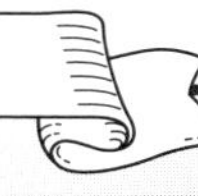

入社的秘密結社：死と再生の入社儀式「イニシエーション」によって参入する秘密結社

入社儀式の特徴もあってか、どちらかといえば宗教・魔術的色彩を持つことが多い秘密結社

- 閉鎖的な集落
- 集落の呪術師集団
- 魔術師・神秘主義者

政治的結社と入社的結社の境はどこ？

両者の区別は便宜的で、双方の性質を持つことも多い

- 政治的秘密結社の母体が入社的秘密結社
- 入社的秘密結社の活動が政治的な意味合いを持つ

のであった。彼らの主張によると、その名前は十五世紀にクリスチャン・ローゼンクロイツなる人物が作った集団に由来するという。

なお、ここでは便宜上政治的秘密結社と入社的秘密結社を分けたが、実際にはこの両者を明確に分けるのは難しい。

何かしらの政治的要請（侵略や弾圧など）を受けて入社的秘密結社が政治的秘密結社の母体になったり、あるいは政治的秘密結社が秘密を守って継承していく中で神秘主義の傾向を強め、入社的秘密結社に近づいていったり、というのは珍しいことではないと考えられるからだ。また、入社的秘密結社が自分たちの宗教に基づいて行う行為――商売であったり、殺人であったり――が、政治的な意味合いを持ってしまうこともあるだろう。あくまで傾向としてこういうふうに分類できる、程度に考えてほしい。

秘密結社の「秘密」①存在そのもの

秘密結社について考える時に、とても大事なことがある。それは「彼らは何を秘密にしているのか」とい

うことだ。

　最も厳重に秘密にしているケースでは、「存在そのものが秘密」ということになる。そんなものが「ある」ということさえ知らせない・知られてはいけないというスタンスなので、公的な資料には一切名前が出てこない。表立っての行動をする時には隠れ蓑になる身分や組織を用意するし、協力者にも名前を出さず・正体を明かさず接触する。目撃者や脱退者を消すような振る舞いも必要になるだろう。

　とはいえ、秘密を完全に隠すというのはとても難しいものだ。何かしらの行動をすれば、必ず痕跡が残る。目端の効く人物がいれば、「国家に対して反逆をしている者たちがいる」「何か怪しげな儀式をやっている連中がいる」ことには気づくだろう。

　結果、なんとなく存在は知られるようになり、正式名称は漏れなくとも通称が神話や伝説、あるいは偶然目撃されたときの外見的特徴（衣装や道具など）に基づいて名付けられる、というのは十分あり得ることだ。うわさだけに語られる秘密結社というところにかっこよさを感じる人も多いだろう。

秘密結社の秘密②大事なことだけ

　とはいえ、あまりにも秘密にしすぎると利便性上問題がある。存在そのものが秘密では、表立った行動がしにくい。資金を調達したり、参入者を勧誘したりするのも簡単ではない。そこで「ある程度の情報は開示しつつ、おおむねは秘密」というスタイルの秘密結社が想定される。

　具体的には何を秘密にするのか。組織の性質によりさまざまなパターンが考えられる。例えば本拠地（あるいはそこへの行き方）だったり、外部との交渉担当以外のメンバーだったり、結社としての目的（表向きの目的は明かしながら真の目的を隠したりもする）だったり、協力者の存在だったり、だ。

　そして最後のパターンとして「本当に大事なこと以外は秘密にしていない」ケースがある。フリーメーソンなどがまさにこのパターンである。

　ここでいう大事なこととは、各種の儀式や儀礼だ。例えば、入社的秘密結社に入社するときのイニシエーションなどはその最たるものであろう。また、入社的

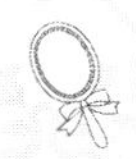

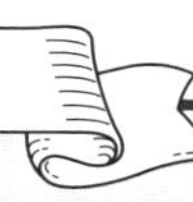

何が「秘密」なのか

秘密結社の個性はその「秘密」性にこそ現れるはずだ

↓

では、何が秘密なのだろうか？

↓

①：存在自体が秘密だ！

結社が存在していること自体が秘密であり、他者の目から徹底的に隠している

⇒知られたらよほど危険なことがあるのだろうか？

- 実際のところ隠し切るのは困難ではないか？
- 伝説的・神話的な存在としてうわさになるのだろうか？

②：特定の何かが秘密だ！

結社の性質次第で、何をどのくらい秘密として隠しているのかは変わる

⇒本当に大事な儀式以外はオープンというケースも

本拠地	儀式や技術
構成員	協力者
目 的	合言葉

秘密結社の内部においては位階が上昇するたびに秘儀を体験し、秘密が明らかになっていくのだが、そのような秘儀も秘密にするべきものだ。

また、秘密結社ではしばしば相手が仲間や同類であることを確認するための符牒（合言葉）や紋様・道具、儀式・儀礼が存在する。

例えば日本のヤクザには、初対面のヤクザに対して行う「仁義を切る」という挨拶儀礼の伝統があった。一定の手順を踏んで自分と相手がそれぞれ譲りながら自己紹介をするもので、「手前生国発しますところ～」というフレーズを聞いたことがある人もいるだろう。これらの言い回しを覚えていて、キビキビと儀式が行えるというのは、結社に所属する人間であることの何よりの証明になり、逆に言えば仁義切りにもたつくようなことがあれば「偽者である」として排除されてしまったわけだ。

このような挨拶は堂々と行われることもあったが、一部あるいは全部を秘密にすることで偽物を見抜くこともあったろう。物語に登場させるにしても、いろいろと工夫の余地がある。

計画してみるチートシート（友人編）

キャラクターにはどんな友人が？

おおまかに友人の設定と、キャラクターがどう思っているのかを決めよう

キャラクターと友人の関係は？

いつどこでどう出会ったのか？
付き合いの中で変化はあったのか？

友人の背負っている事情は？

キャラクターに隠しているような事情、秘密があると関係性に深みが出る

友人はどう判断・行動する？

あくまで友情に忠実に生きるのか、裏切るのか、それとも第三の道か

◆ 3章 ◆
「学校」の あり方を考える

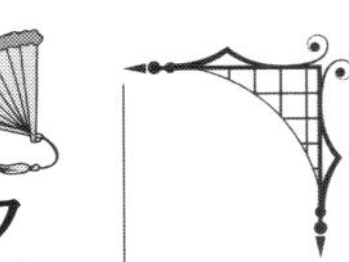

「学校」は便利な舞台

ファンタジーと学校

ファンタジー世界で学校――ということで、人によってはこの章のテーマに違和感があるかもしれない。一方で、「ファンタジー世界の学校なんてよくあるテーマじゃない?」と思う人もいるだろう。この食い違いには明確な理由がある。

実際の中世ヨーロッパ(及び古代や近世など、ファンタジーが主にモチーフとする時代)にあった学校は、現代の私たちがイメージする学校とはかなり違う存在だった。宗教と深く結びついていたり、一部の階級の者たちだけが通ったりするもの(次項で詳述)で、庶民階級において教育は家庭で行うか、あるいは商人や職人の親方のもとで徒弟制度を通して享受するものだった。

私たちにとって馴染み深い「初等教育から皆で通い、基本から応用まで学問を学ぶのに加え、集団での行動や道徳まで教わる」学校はもっとずっと後、近現代になってからの話なのである。

しかしその一方で、悪役令嬢ものを含むファンタジーにはしばしば「学校(学園、学院、アカデミー)」が登場する。それはエンタメ作品として相性が良く、都合がいいからだ。

この項ではファンタジー(特に悪役令嬢もの)と学校はなぜ相性がいいのかを紹介したうえで、どのように活用するのかのヒントもお見せしたい。

悪役令嬢と学校

繰り返しになるが、悪役令嬢ものではしばしば「学校」が舞台になる。

主人公の悪役令嬢をはじめ、婚約者、ライバル、またそれら主要キャラクターたちの取り巻きなどがこれらの学校に通っていて、日常生活を送っている。これらのキャラクターはしばしば王子や王女、大貴族など

といった選ばれた存在であり、そこに騎士階級や平民階級などの「身分違い」のキャラクターも絡んでくる、というのがままある形だ。

その学校の中で日々事件が起きたり、あるいは学校で幸福に暮らしていたにもかかわらずその学校が破壊・消滅・閉鎖されてしまい、「学校では楽しかったな……」と物語の後半で過去を回想したり、そもそも物語開始時点ですでに過去になっている学校での暮らしが「取り戻さなければいけない幸福の象徴」や「辛く苦しい過去の象徴」として描写されたりする。

そもそも、悪役令嬢や上流階級が主題になっていないファンタジー物語でも、学校が舞台になることは珍しくない。

例えば、異世界からの転移者がこの世界での常識や技術を学んだり、あるいは転生者が同じように知識や技術を学ぶために入学する。転移・転生に由来する特別な能力によって派手な活躍を見せて周囲から注目される——というのがお決まりの展開だ。転移・転生の背景がなくとも、それに匹敵するような特別な才能・異常な環境で育ったキャラクター（勇者や賢者のような超人に育てられていたり、強大なモンスターばかりいるような地域で成長したり）も同じようなストーリー展開を辿ることが多い。

どちらかといえば青春・学園もの要素のほうが強く、そこに加えるプラスワンアイディアとしてファンタジー要素が使われているのではないか、と感じさせる作品も珍しくない。どうしてそうなるかといえば、「青春もの」「学園もの」という要素は非常に魅力的で、多くの読者を引き付ける力があるからだ。

まず単純に「学園生活の中で起きる青春的なトラブルやアクシデント、そして恋愛や成長などのイベント」はドラマチックな展開が作りやすい。

さらに、読者が同種の出来事を経験していて共感しやすかったり、憧れていたりと、その魅力が伝わりやすいのも見逃せないポイントである。現代の読者にとって「中世ヨーロッパ風の（実際には古代や近世の要素も取り込みつつ、さらにゲーム的な要素が強い）ファンタジー世界」はすっかり馴染みの舞台になったが、やはり主要キャラクターたちが自分とあまりにも立場が違うとその気持ちが想像しにくかったり、身近な存在としてイメージしにくい。そこで学生という今体験している、あるいはかつて体験した立場のキャラクターを物語の主軸にすることで、読者と物語の距離をグッと縮めることができる、というわけだ。

学校という特殊な舞台

学校という場所の特殊性にも注目したい。現代社会の学校は（時代と地域によっていろいろ例外はあるが）実に多様な生徒が集まってくる可能性のある場所だ。性別も、身体や精神の能力も、性格や信条も、親の素性や社会的立場・経済事情も実にバラバラな子供や若者たちが一箇所に集まり、一日のかなりの時間を共に過ごす。飛び級のある学校や大学であれば年齢さえも多様だ。

真の意味でバラバラだと相互理解も難しいが、実際には小学校～中学なら「年齢や住んでる地域が近い」、中学～高校なら「受験や学費の関係で学力や親の事情が近い」、専門学校や大学なら「目指しているものが近い」ことが多い。

これらの要素が共通項になり、また長い時間一緒にいることも手伝って、その後の人生では得難いような思い出や友人関係が醸成されることも珍しくない――逆に、生涯を通して許せないような敵意や恨みを作ることもあるのは、未熟な学生たちが寄り集まる故ではあるが。

これと同じことが、ファンタジー世界でもできる。つまり、「出身地や階級の違う若者たち（時には若者ではないかもしれない）が、何かしらの事情で集められ、学校に通っている」とすることで、多様な個性を備えたキャラクターたちの出会いと別れ、融和と対立、そしてそれぞれの成長と破滅を描くことで物語を自然とドラマチックに展開させるわけだ。

ファンタジー世界の学校は、現代の学校よりも生徒の共通項は少ないかもしれない。しかし、年齢をある程度揃えたり、「魔法や錬金術を勉強する」「勇者や冒険者を目指す」「王国を動かす立派な人材になる」などの目標を明確に設定した専門学校・大学スタイルの学校にすることで、共通項のある現代風の学校に近いものとすることは十分可能だ。

次項で詳しく紹介するが、実在の中世（及び古代や

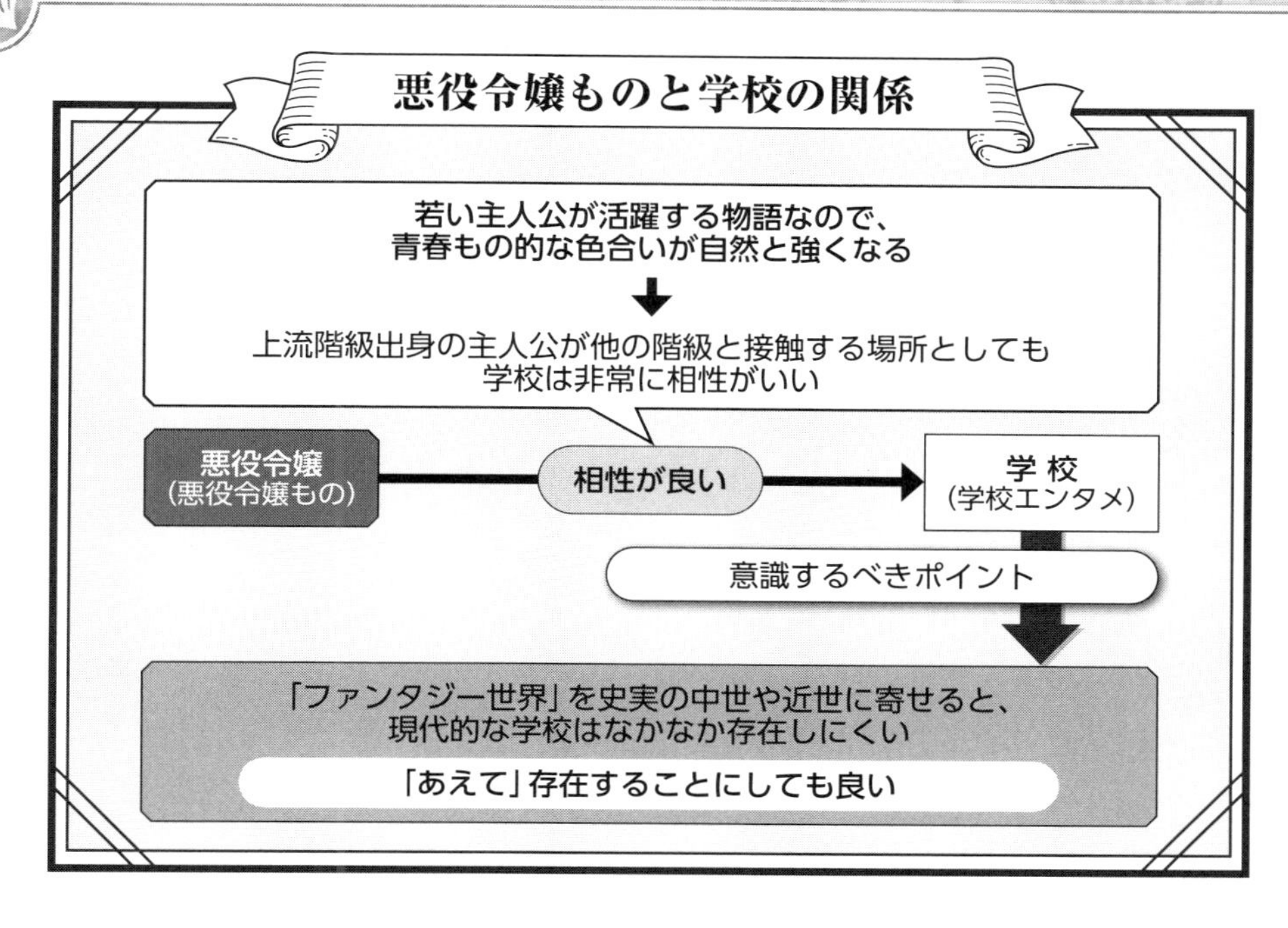

悪役令嬢ものと学校の関係
若い主人公が活躍する物語なので、
青春もの的な色合いが自然と強くなる
上流階級出身の主人公が他の階級と接触する場所としても
学校は非常に相性がいい
悪役令嬢
(悪役令嬢もの)
相性が良い
学 校
(学校エンタメ)
意識するべきポイント
「ファンタジー世界」を史実の中世や近世に寄せると、
現代的な学校はなかなか存在しにくい
「あえて」存在することにしても良い

近世の)学校はそのような場所とは言い難い。しかし、エンタメ的な相性の良さを優先し、少々の違和感は無視するか、あるいは「この世界ではこういう事情で階級を飛び越えた学校が成立する」とするわけだ。エンタメ作品において、史実を真似する部分とあえてエンタメ性やテーマ性を重視して無視する部分は上手くバランスを取りたい。

いわゆる「なろう系」を象徴するセリフの一つである「もしかしてオレ、(また)なんかやっちゃいました……?」は、まさにこのような学校(特に入学試験など、学校で最初に実力を確かめられるシーン)で頻繁に出てくるものだ。

異常な環境にいたり、特別な能力を発揮するタイミングがなかったキャラクターにとって、学校という出身・立場はいろいろだけれど「若い」という属性の点では共通していることが多い場所は、初めてフラットな形で能力を発揮するタイミングとして最適なわけだ。「このキャラクターは一見普通に見えますが、本当はこんなに異常で特別な存在なんですよ!」という演出をするのに、これほど相応しい場所はそうない。

歴史的な意味での学校

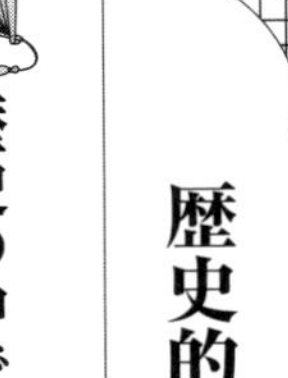

歴史の中での学校

この項では、私たちの歴史において学校がどんなあり方をしていたのかを紹介する。

学校——子供や若者を集めて教育を施す機関・場所という概念そのものは、かなり古くからあったようだ。古代中国では周の時代まで遡れるし、古代エジプトやバビロニアにも学校はあった。

このように文明社会へ学校が現れる背景には、生産力が向上して一部の人間が遮二無二働かなくて済むようになったことと、文字の発明があるようだ。生活の余裕が余分な時間を生み、それで学校に通って文字を習得するという流れになったわけだが、それは「文字を学べば額に汗して働かなくとも仕事があるから」というわけで、親は子供を労働力として使う代わりに学校へ送るようになったのである。

もちろん、この選択ができるのは裕福な家で、多くの家の子供にとって学校など選択肢に入らない。働けるようになったら働き、その中で身体能力と技術を受け継いで、やがて親と同じように農民になり、あるいは職人になるのが当たり前だったのである。

ちなみに逆説的には、王や貴族のような真に恵まれた立場の人間は、学校に通う必要がない、とも言える。彼らは土地と人間を支配していて、収入はそこから得ているから、いちいち文字を学び、知識を得て、新しい仕事を獲得する必要がないからだ。

もちろん、この辺の事情はさまざまで、文字を読めなければ部下からの報告書が読めないし、統治に学問が必要になることも多い。ただそのような場合は、教師を呼び寄せて個人授業、あるいは家臣の子弟と一緒に学ぶのがポピュラーであったようだ。

例えば、若き日のアレクサンドロス大王は、同年代の貴族階級の子弟と共にアリストテレスから学問を学んでいる。この時に青春を共に過ごした人々が、のち

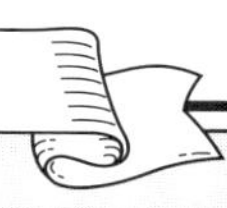

古代の学校

現代的な「誰もが通う学校」は、前近代世界には存在しない
⇒では、どんな理由から学校が作られ、生徒が通うのか？

ある程度豊かな家庭の子供たちが技術・知識の習得を目指す
⇒より良い仕事や立場を求めて通う場所

普通、王族・貴族の子供たちに学校は必要ない

将来の国王側近育成のため、学校が作られることはある

国家の未来に危機を感じて人材育成のために作られることもある

運動場を母体にしたプラトンの「アカデメイア」

の大王の偉業——ヘレニズム世界の征服——達成の立役者になったのである。

また、優れた人材を養成して都市や国家、組織や集団を支えようというのも学校の重要な目的であった。この点では現代も変わらないのだが、そのターゲットが市井のごく普通の庶民ではなく、高度人材に限っていたように見える。

例えば、古代ギリシャには有名な学校として、哲学者プラトンが開いた「アカデメイア」があった。都市国家アテナイの郊外にあった教育施設で、共に同名のギュムナシオン（公共の運動場）を母体にしていたこの学校は、幾何学や天文学を学びつつ、究極的な目標としては哲学を研究することを掲げていた。しかしこれに加えて、「古代ギリシャの都市国家は衰退を迎えつつある。これを救うために、理想的な政治家を育成しなければならない」というプラトンの危機感もあったらしい。

のちに高度教育を行う場所としてのアカデミー（大学）に名前を残すことになったのも、このアカデメイアが特別な教育の場所とみなされていた部分が大きかったのであろう。

つまり（史実よりの視点に立つなら）、学校は特別な立場の子供や若者が通う場所であり、その目的は特別な技術や知恵、また高度な教養を学ぶことになる。そのため、普通の人にとっては縁のない場所だった。ここは押さえておくべきポイントだ。

学校と宗教

前近代の学校を史実に寄せる場合、「学校と宗教は縁が深かった」というポイントも押さえておきたい。知識・学問は多くの場合において宗教者の守備範囲であったのである。経典を読むために文字を学ぶ必要があったし、俗世の義務から離れた宗教修行の中で学問に励む余裕があった、というところもあろう。

例えば、前述したアカデメイアはもともとアカデモスという神の聖地であった。また、そのアカデメイアで学んだアリストテレスがアレクサンドロス大王の支援を受けて作った「リュケイオン」にも注目したい。ここはアテナイの郊外という場所、共に同名のギュムナシオンを母体にしていたことに加えて、アポロン・リュケイオス（オリュンポス十二神の一柱であるアポロンの別名。狼の如きアポロンの意）の神殿のあった場所に作られていたという具合に、宗教と関係性があったという点でも似ていた。なお、リュケイオンはフランスの国立高校「リュセ」の名前に、それぞれ残っている。

加えて、ピタゴラスの定理で名高いピタゴラスは数学者であると同時に宗教者でもあり、自らの教団も持っていた。彼はこの教団の中で信者たちと共に数学の研究を行っていたので、研究・教育機関としての学校の一種と考えてもいいのではないか。

ヨーロッパにおける宗教と学校が結びつく傾向は中世になっても続いた——というより、より強化された印象がある。古代ローマ帝国においてキリスト教が国教とされて以降、そのローマ帝国が分裂・一部消滅した後もヨーロッパの精神・文化面（それから政治面も）におけるキリスト教の影響は凄まじく、当然ながら学校もその影響から免れなかったからだ。

大雑把に中世ヨーロッパの学校と言っても時代と地域によりその事情は変わる。しかし概ね、キリスト教

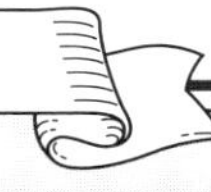

学校と宗教の関係

学校と宗教は古くから関係性が深いし、宗教以外では
学校機能を維持するのが難しいとも言える
⇒宗教がそもそも非日常的存在であるからこそ成立する、とも言える

学校
子供・若者に技術や知識を
教えたり、研究したりする場所

宗教集団
食料生産から切り離されて、
修行に集中することができる

古代ギリシャのアカデメイアや
リュケイオンは宗教聖地に

ピタゴラスは数学者であり
宗教教団のトップでもあった

中世ヨーロッパの学校は教会付属のものだったし、
カール大帝はわざわざ聖職者を招いて教育させた

寺院あるいは修道院が、それぞれにまず宗教者を養成するための学校を作り、そこからさらに一般のキリスト教徒に教育を施すための学校も作る、という流れにあったようだ。なお、これらの学校は基本的に男性のみが通うものだったらしい。女性が何らかの教育を受けたければ、女子修道院に入るか、そうでなければ専任の教師をつけることになっただろう。

寺院や修道院による学校設立については、「ヨーロッパの父」カール大帝による働きかけの影響もあったようだ。

八世紀後半から九世紀にかけての王であり、キリスト教とも深く結びついて初代の神聖ローマ帝国皇帝になり、後世からはドイツ・フランス両国の始祖と見なされるカール大帝は、キリスト教をバックに据えて権威を獲得するとともに、人材教育にもその力を借りた。大帝はイングランドから修道士・神学者のアルクィンを招き、この人物を自らの助言者にするとともに、宮廷学校の校長に据えた。王や王族、役人らに教える人々も、結局は宗教者であり、神学を学んだ人であったわけだ。

大学の出現

中世ヨーロッパも後半に入った十二世紀から十三世紀にかけて、新たな教育機関として大学がヨーロッパ各地に出現し始める。この時代は学問意識の向上・古典学問の復興の動きがあり、ルネサンスに先立つ「十二世紀ルネサンス」として定義されている。その中でも代表的な動きの一つが、大学の出現であった。

当時の大学は私塾が複数結びついたギルド（同業者組合）的存在であり、現在の大学が当然持っているような立派なキャンパス・校舎を持たなかった。授業は教師の家なりどこかの家なりを使ったかと思いきや、あるときは馬小屋を教室にした、という。しばしば大学そのものが移住するということもあり、結果として大学の分裂・派生もあった。ケンブリッジ大学はまさにそのようにしてハーバード大学から分かれて生まれたのである。

この大学の価値に既存の勢力も目をつけた。カトリック教会のローマ教皇は早くから彼らが特権を持てるように仕向けたが、一方で何を研究するかに干渉するなどコントロール下に置こうともした。続いて中世末期には世俗の皇帝や国王、諸都市らも大学を作り、援助することで自らの権威を高め、また優れた人材を獲得しようと動いた。

大学は自由に学問を行うことを標榜しつつも、実際には以上のような背景からなかなか理想通りにはいかなかった。当時の大学の学部といえば、代表的なところでは神学、法学、医学そして学芸学部（予科的存在）であったが、学問の中心にはまず神学があった。この点でも、現代的な視点では不自由に思える。

また、時が流れるにつれて大学に求められるのは自由な研究ではなく国家にとって役に立つ人材の育成・供給であるとされるようになった。これはある視点で言えば「下流階級の出身者も大学で学べば出世できる！」という希望であったが、学問の進歩においては少なからず停滞ももたらしたようだ。十七世紀に近代科学が著しく伸長した際、そこで大きな働きを示したのは大学ではなくアカデミー（学校を指して使われることもあるが、ここでは「学芸振興を目指す学術団体」のこと）であったとされる。

パブリック・スクール

もう一つ、伝統的な学校として、イギリスの「パブリック・スクール」（『ハリー・ポッター』のホグワーツ魔術学院のモデルと思われる寄宿学校）の歴史も紹介しておきたい。

イギリスでキリスト教の布教が始まり、あちこちに教会が建てられると、他のヨーロッパ地域と同じように教会付属の学校もセットで建つようになる。この時の学校には二種類があった。

一つはソング・スクールで、名前の通り教会の聖歌隊のための歌手を養成する学校である。ちなみに、キリスト教だけでなく、多くの宗教でも「歌（それは時に経を唱えるという形を取る）」によって儀式の雰囲気を作り、人々を教化し熱狂させる手法が用いられるため、歌い手の育成はまま見られることだったりする。

そしてもう一つがグラマー・スクールだ。「グラマー」は「文法」の意味で、教会の礼拝で用いるためのラテン語を学ぶことがその第一の目的である。このグラマー・スクールが後にパブリック・スクールへ移り変わっていく。イギリス最古のパブリック・スクールは五世紀終わりに作られたということになっているが、これはつまりイギリスで最初に教会とグラマー・スクールが作られたのがこの時期であろうと推測されているところから来ているのだ。

こうして生まれたグラマー・スクールは、もともと他の教会付き学校と同じく聖職者の養成を目的にしていたが、中世が深まっていく中で目的が変わってくる。農民だったり職人だったりの子弟が聖職者や役人としての出世を目指すにあたって、慈善事業としてグラマー・スクールで彼らに教育を施すようになったのだ。

近世に入るとイギリスのカトリック教会はイギリス国教会に再編され、学校事業は裕福な商人などがやはり慈善事業として（後に学費を取るように）、あるいは名声を獲得する手段として継承し、また新しい学校を作っていった。また、これらの学校は大学への進学を目指すための場所でもあった。

やがてこのグラマー・スクールの一部に上流階級の子弟が入るようになり、そのような学校が「公（パブリック）のための開かれた学校」「家庭教育や私塾と

ヨーロッパの大学とパブリック・スクール

ヨーロッパの大学

学問意識が高まった「12世紀ルネサンス」の一環で誕生する

私塾が集合したギルド　　分裂・移動もしばしば

↓

皇帝権と教皇権の間で綱引きがあったのち、
国家にとっての人材供給源として機能するようになる

パブリック・スクール

始まりはイギリスの教会附属学校「グラマー・スクール」

↓

聖職者育成学校から、出世・階級上昇の慈善事業へ

↓

エリート教育の場所へ

は違う、公の学校」という意味でパブリック・スクールと呼ばれるようになった。以後、パブリック・スクールは変遷を続けながら現在もなおイギリスにおけるエリート教育の要所となっている。

パブリック・スクールの特徴とされるのが「寄宿制」だ。生徒は基本的に通いではなく寮に住んで学校生活の数年を送るのである。各寮では寮長を頂点として生徒による自治が行われた。時には極端なレベルの上下関係が作られることなどもあったようで、その中で若者たちは規律と集団生活を学ぶ。他寮とのライバル関係もあり、特に集団スポーツを通してそれが煽られもした。――このような教育が、国家を支える人物を養成するのに望ましいものであったわけだ。

エンタメ作品でパブリック・スクール的な要素を取り込むなら、この点は見逃せない。主人公はどんな生徒と同部屋になり、あるいは寮長とどんな関係性を作るのだろうか。没落前の悪役令嬢なら取り入ってくる相手もいようが、没落後ならつらい目にも遭うだろう。各寮の特徴（エンタメでは出身地、性格、政治的立場などで分けられることが多い）にこだわっても良い。

学校のありさま

ここからいよいよ、あなたの物語に登場する学校の具体的な姿を考えていきたい。

運営主体と目的を考える

一番大事なのは、「その学校は誰が、なんのために運営しているのか?」ということだ。ここがあやふやでは全体的にぼんやりとした印象になってしまう。

悪役令嬢のような上流階級出身者が通っているのであれば、「国家が運営している、主に上流階級子弟のための学校」がわかり易い。歴史的には聖職者を養成するための学校がポピュラーであったのも見てきたとおりだ。あるいは、前近代世界なら職人や商人などの職業訓練は徒弟制度で行うのが普通だが、何らかの事情によって国家やそれに準じる組織が学校を運営することになったとしても、そこまでおかしくはないだろう。

さて、国なり宗教団体なり組織なりが、どうしてわざわざそのような学校を作るのだろうか。校舎を用意し、教員を揃え、維持・運営するだけで相当な金銭が必要になる。意味もなくそのようなことをするのは非合理的だ。なにか理由があったほうが物語に説得力が生まれる。

本章でここまで見てきたように、学校の目的の第一はその時代や地域で求められている優れた技術や知識を備えた人材の育成だ。だから、国がわざわざ学校を開いたり、維持したりするのなら、投下したリソースに見合うリターンがあるはずである。

シンプルにわかりやすいのは「特定の職業や分野についてどうしても人材が大量に必要」というケースだ。

例えば、封建主義から絶対主義への移行を目指すような国は、国家を運営するにあたって役人になってくれる人材がたくさん必要だ。同じように、国家の軍隊を用意する必要があるなら、軍の指揮官(士官)を養成する士官学校がなければならない。騎士団が私たちの歴史のように宗教色が強くなく、貴族や領主層の次男三男や裕福な庶民が出世するための登竜門として機能しているなら、士官学校の代わりを果たすこともあろう。

また、特殊な職業や能力の持ち主を養成するために学校を作る必要がある、というのも考えられる。例えば冒険者や魔法使いを育てる学校などがありそうだ。これらの職業は「師匠のもとで弟子として学ぶ徒弟制度（冒険者パーティーでベテランと新人が組むのは同じ機能を発揮するだろう）」か「とにかく実践に投入されて生き残った者だけが成長していく」形式を取るケースが多そうだ。しかし、それでは効率が悪いと国やギルドが判断した際、学校という形で大規模に教育・育成を行う可能性は十分にある。

学校の特殊な目的を考える

人材育成や発掘以外の目的があるかもしれない。

現実に国が学校あるいは同種の「有望な若者を一箇所に集める」集団を作った時、しばしば意識された目標がある。それが「王子と次代を担う若き貴族たちを幼少期から一緒に過ごさせることで絆を醸成させる。また、若き貴族は地元ではなく王都などで成長させることで国家への忠誠や都市文化への親和性を自然に持つように育てること」だ。

テレビやインターネットなどの情報伝達手段が著しく発展した現代でさえ、中央と地方には少なからず文化の違いがあり、対立意識もある。中世的世界であればこの差は著しく大きく、価値観も、言葉も、好む食べ物も違って当たり前だった。結果、地方で育った貴族は中央に対して対立・反発意識を持ったり、そこまでではなくとも「自分たちとは違う」と感じたりすることになる。征服され、臣従せざるを得なくなった過去があったりすればなおさらだ。

そこで、後継者を幼い頃から中央へ招き、中央の価値観を植え付ける。地方貴族として成長した後も、中央風の考え方をして、王との間に個人的な親和感があれば、簡単に裏切ったりはするまい。地方にとっての異物になりすぎると実情を無視した統治を行うなどして失政の可能性も増えるのが悩みどころだが、国家統治には効果的な手段である。

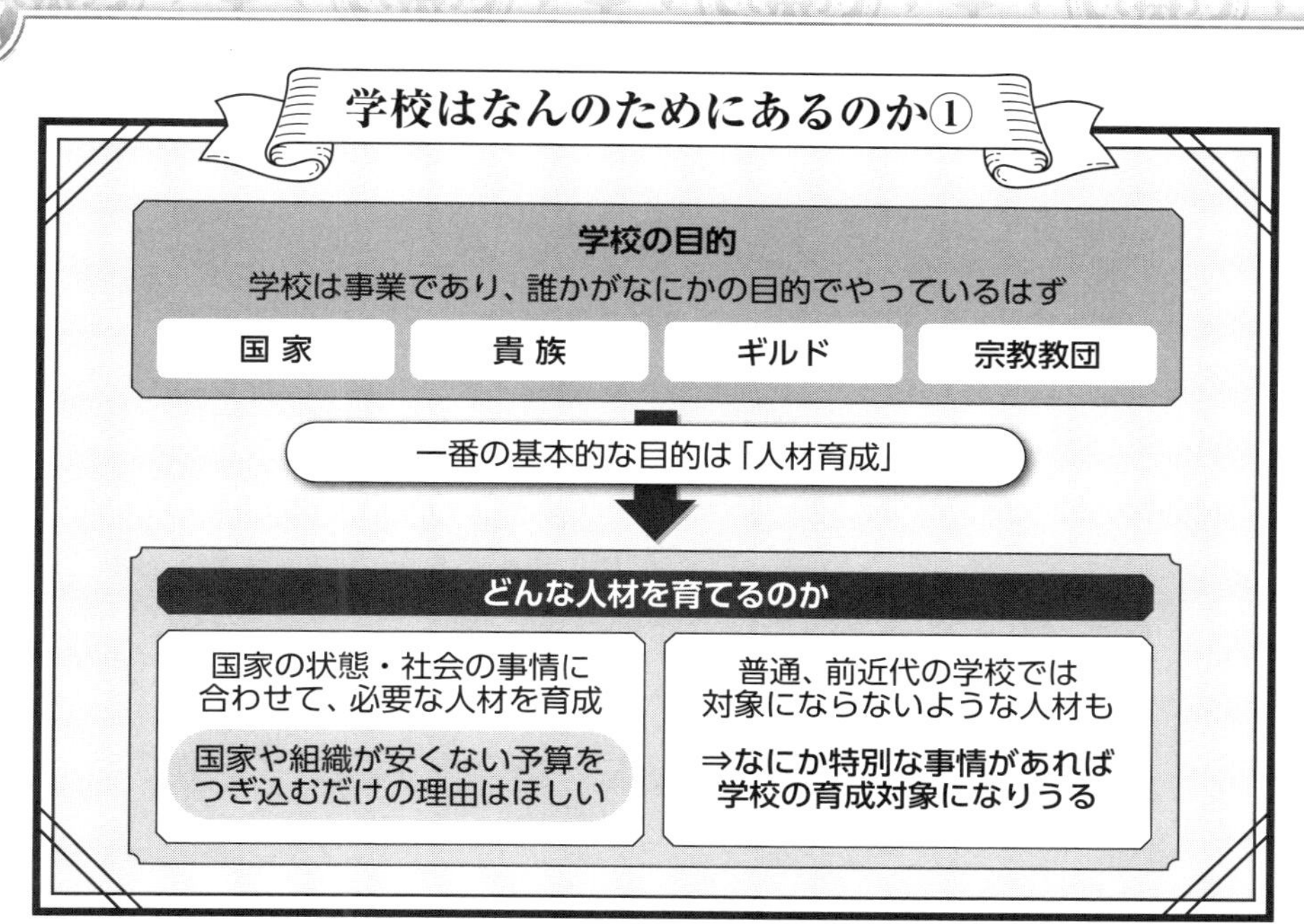

すでに紹介したアレクサンドロスと共に育った貴族たちはまさに実例だ。他にも、戦国時代日本の大名・徳川家康は幼少期を今川家の人質として過ごした話がよく知られているが、実際には人質というよりも将来の今川家を支える有望な人材として教育されたのだと考えられている。

あるいは、もっとオカルティックだったり、象徴的な目的の学校も考えられる。

優秀な生徒をたくさん養成するのではなく、たった一人の選ばれた存在を生み出そうとする学校というのはどうだろう。一例として、ファンタジー世界らしく「勇者」や「魔王」、あるいは「皇帝（国王）」を養成する学校が考えられる。

どうしてそれらの存在を養成するための学校が作られたのか。なぜ「学校」でなければならなかったのか。メタ的にはもちろん本章ですでに見てきたようなエンタメ的親和性があるわけだが、それとは別に作中の世界観において説得力のある設定は用意しておきたい。

例えば、「候補者が多すぎる」というのはどうだろうか。勇者の素質を持つ者がたくさんいて、師匠と弟

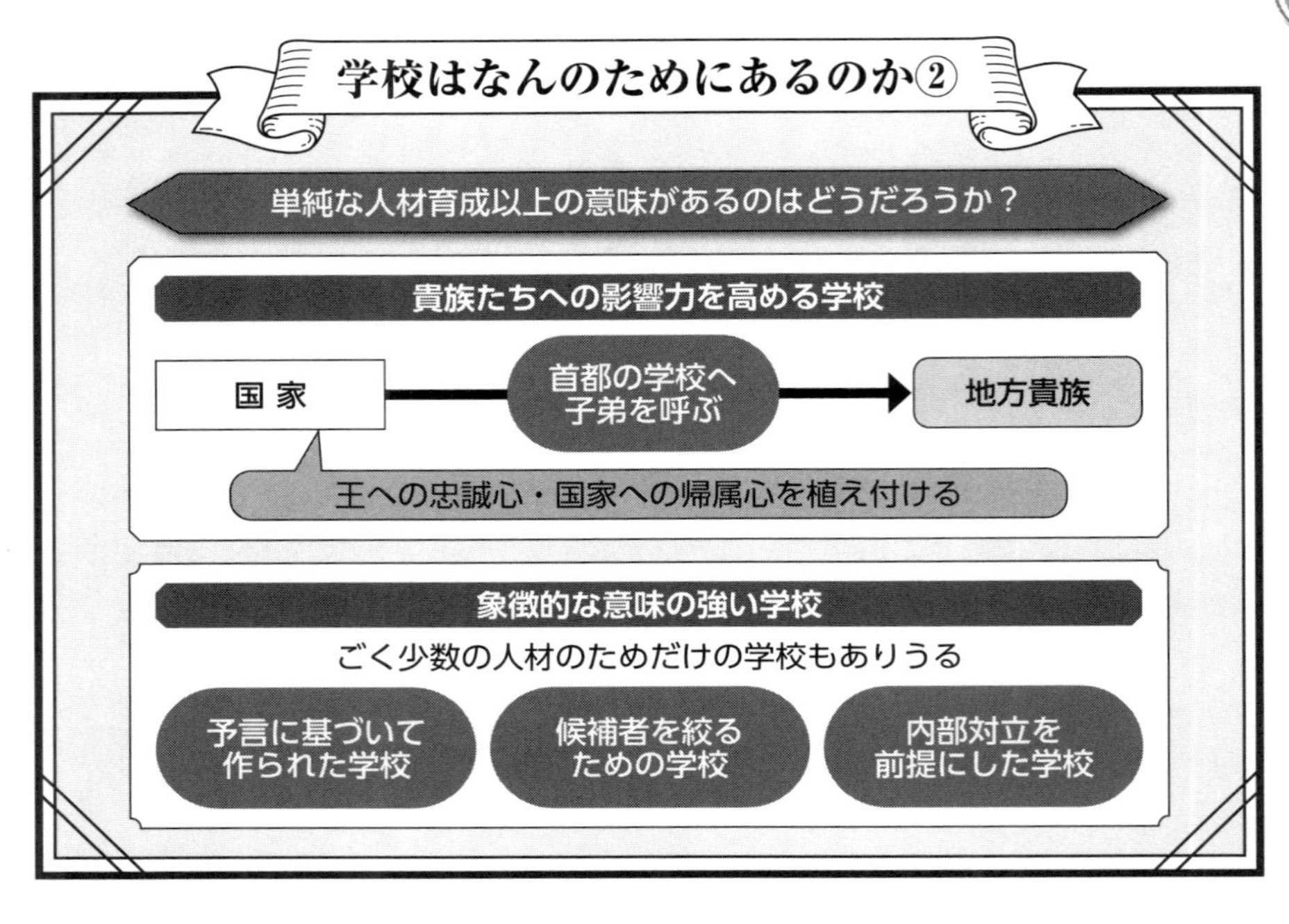
学校はなんのためにあるのか②
単純な人材育成以上の意味があるのはどうだろうか？
貴族たちへの影響力を高める学校
国家
首都の学校へ
子弟を呼ぶ
地方貴族
王への忠誠心・国家への帰属心を植え付ける
象徴的な意味の強い学校
ごく少数の人材のためだけの学校もありうる
予言に基づいて
作られた学校
候補者を絞る
ための学校
内部対立を
前提にした学校

子の関係で育てるのは無理がある。そこで学校という大きな器が必要とされた、というのはいかにもありそうだ。

他にも「たくさんの人間が一緒にいることに意味がある」というのはどうだろうか。ある国では、王の子は必ず学校で同年代の子たちと学ぶ。彼ら学友たちをどれだけ自分の味方として取り込むかで王としての才を測られるのである。結果、王子や王女はそれぞれに取り巻きグループを作り、その拡大に血道を上げる。そうでなければ王になれないからだ。物語の主人公たる悪役令嬢はその当事者の一人なのかもしれないし、王子王女たちの争いの趨勢を決めるキーパーソンなのかもしれない。

学校を脅かすイベントを考える

学校がなぜ必要なのかという視点を発展させると、物語を動かすイベントが導き出される。すなわち、「この学校を開き続けていても意味がないな」「もともとは意味があったんだけれどなくなってしまった」ということで学校が閉じられることも考えられるのだ。

しかし講師や生徒からすればとても受け入れられるものではない。そのため問題解決のために動き出す――というのは、いわゆる「閉校もの」というべき、学園ものの定番パターンの一つだ。

閉まる理由と、それを防ぐための条件はなんだろうか。

スポンサーや運営者が手を引くのなら、もう一度その必要性や価値をアピールすればなんとかなるかもしれない。在校生の技術や能力を示したり、卒業生の活躍が話題になったりすればいいだろうか。学園ものの定番では「じゃあ部活が全国大会で優勝しよう」となったり、「受験で頑張って有名大学にたくさん入学者を出す」ということになるが、これはあくまで現代ものの話だ。

そこで、ファンタジーに相応しい挑戦や障害を用意する必要がある。生徒や卒業生が、戦争や冒険、商売などで目覚ましい成果を上げることはできるだろうか。部活の全国大会はファンタジー世界にはなかなか馴染まなそうだが、複数の国と地域が参加するレベルの武術大会はあってもおかしくない。

実際、中世ヨーロッパには実際に馬上槍試合（ランス）を行う競技会「トーナメント」があった。個人戦が有名だが団体戦の方が主で、騎士たちによる勇壮な戦いが行われたのである。

あるいは、国家やそれに類する組織による開校許可が、何らかの理由で取り上げられたというのなら、その理由さえ取り除けばどうにかなるだろう。では、理由とは？

「権力者のわがまま」というのはいかにもありそうだ。この後の章で詳しく紹介するが、自分の意志・要望をより弱い者へ押し付けることができるのが権力である。この場合、交渉次第でなんとかなるかもしれない。本当に意味のないただの気まぐれなら、権力者に気に入ってもらえば簡単にひっくり返る。

何かを求めてわがままを押し付けてくるなら、その「何か」を差し出すのが一番手っ取り早い。しかしそれでは物語が盛り上がらないので、工夫が必要だ。例えば、代々学園に隠されてきた秘密を手に入れようとする当代の国王に対して、学園側としてはどうしても渡したくない、というのはどうか。大事な物を守るた

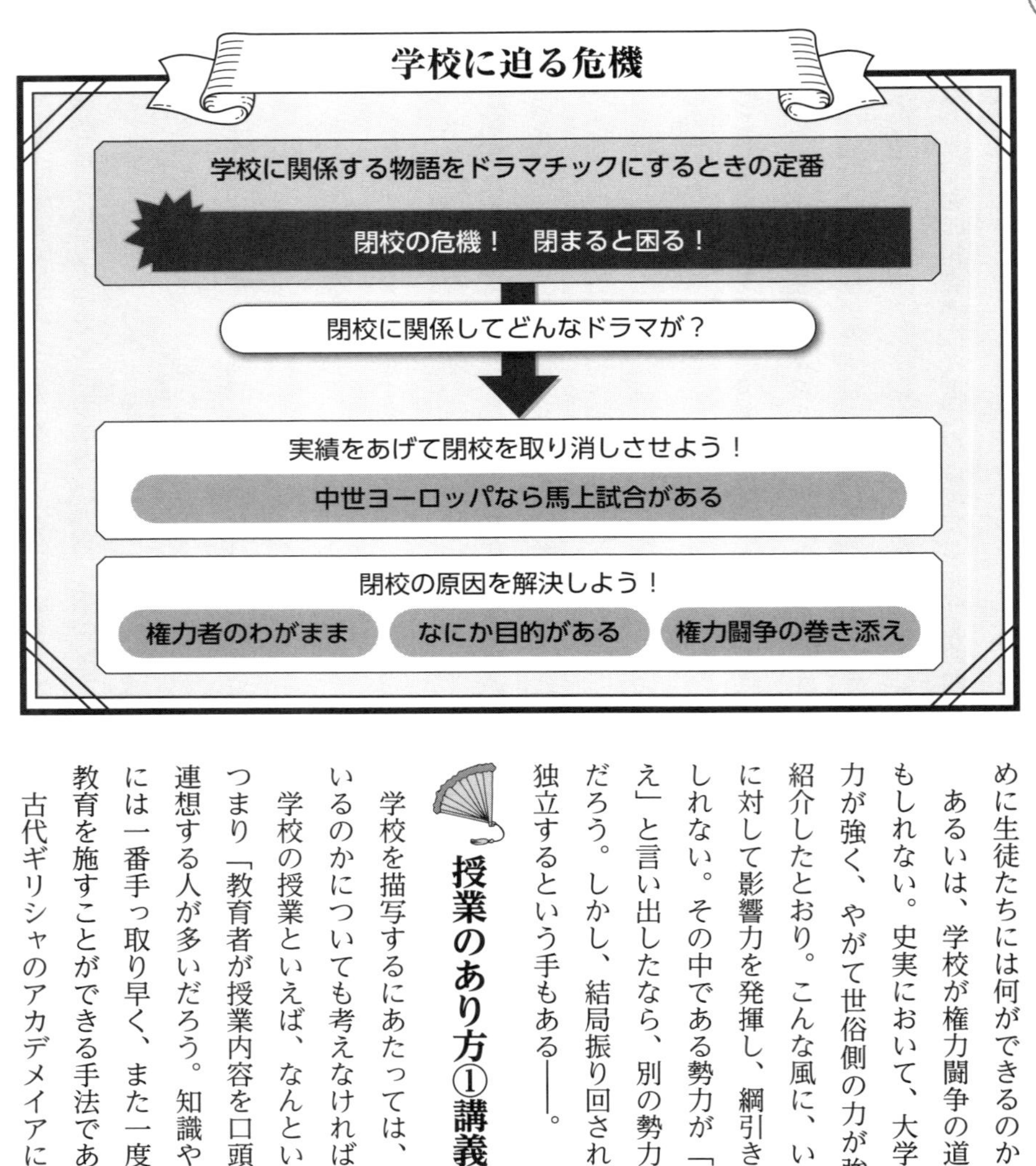

めに生徒たちには何ができるのか……。

あるいは、学校が権力闘争の道具にされているのかもしれない。史実において、大学が当初教皇側の影響力が強く、やがて世俗側の力が強まっていったのは紹介したとおり。こんな風に、いくつかの勢力が学校に対して影響力を発揮し、綱引きを行っているのかもしれない。その中である勢力が「もうなくなってしまえ」と言い出したなら、別の勢力を頼ることもできるだろう。しかし、結局振り回されるだけなら、いっそ独立するという手もある――。

授業のあり方①講義とゼミ

学校を描写するにあたっては、どんな教え方をしているのかについても考えなければならない。

学校の授業といえば、なんといっても講義形式――つまり「教育者が授業内容を口頭で紹介する」ことを連想する人が多いだろう。知識や情報を教え込むためには一番手っ取り早く、また一度にたくさんの人間へ教育を施すことができる手法である。

古代ギリシャのアカデメイアにおいて、アリストテ

レスは「相手がどこまで学んでいるか」を想定して十分な準備を行った上で講義を行ったとされる。彼が講義用に用意した覚え書きこそ、その膨大な著作の前身である。

一方で、講義を行わないスタイルの教育も古くから存在する。現代日本では一般に「ゼミ形式」と呼ばれるスタイルがそれだ。

教育者はテーマや課題、議論のきっかけは与えるが、一方的に教えたりはしない。生徒自身がそのきっかけに基づいて考え、話し合い、自分なりに議論を立てていく必要がある。

講義形式の手っ取り早さに対して、ゼミ形式は手間がかかるし、参加者は最大でも十数人程度が精一杯で、効率もいいとはいえない。自発的に考えねばならないことから、課題相応の知的能力や知識をあらかじめ持っていなければ、時間を無駄にしてしまう可能性もある。そのため、ゼミ形式は高度な内容を扱う場合、また高度人材を育成するために使われる手法であると考えていいだろう。

しかし、ただただ耳で聞いたり目で見たりするだけの講義は聞く人の記憶に定着せず、右から左へ聞き流されてしまうことも多い。生徒たちが自ら持った興味や問題意識に基づく学習であれば、意欲も高く、学習効率も当然高い。そこで、高度な内容を学ぶのであれば講義とゼミの両形式を組み合わせるのが望ましい、ということになる。

講義をする場合、私たちがぱっとイメージするのは「黒板にチョークで文字を書きながら話す講師と、それを必死に鉛筆とノートで書き取る生徒たち」の姿ではないか（人によってはもうデジタルになっているかもしれないが）。しかし、これらの光景が定着したのは、少なくとも私たちの歴史ではごく最近のことだ。

黒板の誕生は近世に入ってからで、広い普及となると十九世紀になってしまう。紙が長い間貴重品だったことから、鉛筆とノートという形式の普及は更に遅かったが、代わりになる筆記用具そのものは古くからあった。

古代ローマ帝国の時代からあったのが、木製のベースに蜜蝋を流し込んだ「蝋板（ろうばん）」に先の尖った鉄棒を用いて文字を書き込む形式だ。このスタイルは長く用い

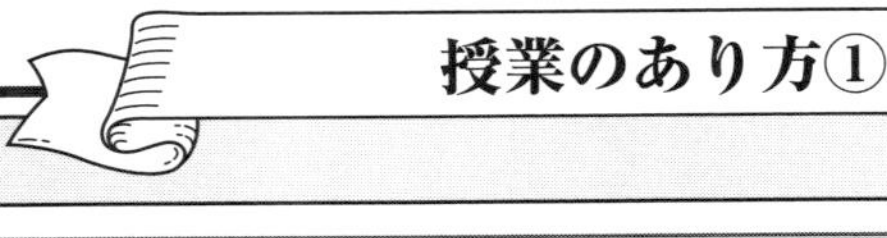
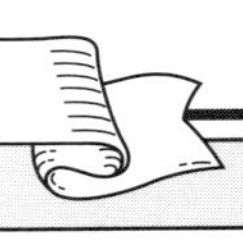

授業のあり方①

知識を学ぶための授業形式

講義形式	ゼミ形式
講師が一方的に内容を伝えていく	与えられた課題に学生たちが自分から考えていく
↓	
授業として手っ取り早い	高度問題に適応する

学校のレベル・目的に合わせて
併用されるのが望ましい

「講師は黒板にチョーク、学生は鉛筆にノート」は現代風景
前近代世界の場合、「蝋板に石筆」なら十分あり

られたが、後に蜜蝋の代わりに石を用いた「石盤」が登場する。こちらは筆としてろう石やチョークなどを用いる。蝋板あるいは石盤は、あなたの世界の学生たちがノート代わりに使ってもさほど違和感がない。もちろん、あえて紙を使っても良い。

授業のあり方②演習と実践

授業は講義とゼミ（いわゆる座学）だけで成立するとは限らない。むしろ、職業訓練を目的としているなら、演習や実践が重要な意味合いを持つはずだ。魔法使いを養成する学校は実際に魔法を使ってみなければ始まらないし、鍛冶屋の学校ならきちんと設備が整った鍛冶場が必要になる。士官学校や冒険者の学校には戦闘訓練のための道場や野外訓練場があってしかるべきだろう。あるいは、冒険者学校のためにモンスターも実際にいる模擬ダンジョンが敷地内にある、というのも定番の設定だ。

むしろそのような施設がまったくなかったら、何かの理由で禁止されている——魔法を学びはするが危険視されて実践できない魔法学校——ということで、む

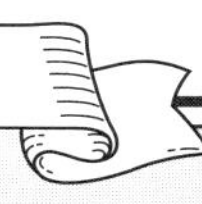

授業のあり方②

学校の性質次第では、教室の外でも授業が行われる

身体を使うタイプの授業も、その内容はいろいろで……

①：実践・演習
職業訓練なら必須。冒険者学校なら模擬ダンジョンに挑んだりも

②：体育
古代ギリシャでは運動も学習とセット。中世なら馬術や武術も

②：スポーツ
寮や学校同士での対抗戦があっても面白い

しろ奇妙・不自然であって、その背景になにかの事情と物語をドラマチックにするヒントが隠れている可能性がある。

現代で言うところの「体育」つまり、運動をして身体を鍛える授業もあるかもしれない。中世の学校にグラウンドは見当たらないし、そもそも趣味・遊びとしてのスポーツという概念が少ない。しかし、古代ギリシャの学校には運動場が存在した（というよりも母体だった）のはすでに見てきたとおりである。「健康な身体に健康な精神が宿る」という考え方があなたの世界の学校にあったとしてもさほどおかしくはない。

中世であっても、王族や貴族の教育には当然武術や馬術などが含まれていて、運動の授業の代わりになっていたのは間違いない。

また、イギリスのパブリック・スクール的な、「寮同士の勝負」という概念をここに取り入れても面白い。各寮の試験や演習での成果、模擬戦やスポーツ（もちろん、あってもいいのだ）での成績を比べ合うのである。「ライバル校との勝負の中で事件が起きて……」というのは実に盛り上がる展開だ。

計画してみるチートシート（学校編）

そもそもどんな学校？

目的や運営母体など、ざっくりとした
イメージを書いてみよう

運営の背景は？

学校事業を行うということは、
運営母体に目的や事情があるはずだ

学校で起きる事件は？

学校閉鎖レベルはもちろんのこと、
内部対立や外からの圧力なども

学校の普段の様子は？

授業の様子や生徒たちの暮らし方など、
細かく考えてみよう

・4章・

権力の脅威

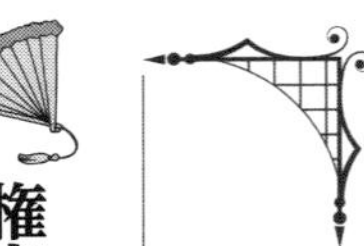

権力の恐ろしさ

権力に注目しよう

悪役令嬢やそれに類するキャラクターを中心とした物語を作るとき、「権力」という要素は絶対に欠かせない。他のタイプの物語とはその意味合いが大きく違うのだ。

悪役令嬢はしばしば自らの持っている権力の使い方を間違えたがゆえに破滅するキャラクターとして描かれるし、また悪役令嬢と対立するライバルや黒幕もしばしば権力を最大の武器として用いるからである。権力の強さ、恐ろしさを知らなければ、悪役令嬢の物語は決して書けない。

もちろん、悪役令嬢と関係のない物語であっても、権力は重大な要素になり得る。スケールの大きな物語を描くにあたっては「各キャラクターはどんな権力を持っているか」「その権力で何ができるか」が大事になってくるからだ。

権力＝他人を思い通りに動かす力

では、権力とは何か。平たく言えば「他人を思う通りに動かす力」である。人間は（ファンタジー世界なら各種知的生物も）それぞれに自由意志を持っており、やりたいこと、やりたくないことがある。その時に相手の意志を超えて「こういうことをやってくれ（やらないでくれ）」と命令・依頼し、相手が望んでか望まずかとにかく従わせる力。これが権力である。

権力の最も明確で、醜悪な現れ方を紹介しよう。古代中国、秦の時代の話である。

中国における最初の皇帝である秦の始皇帝が死ぬと、その後は次男の胡亥が継いだ。しかし権力を握っていたのは宦官の趙高だった。趙高は始皇帝の長男（胡亥の兄）を抹殺した上で胡亥を皇帝として擁立した人物であり、要職に着くと共に他者はそうそう皇帝と会うこともできないようにすることで権力を独占したのだ。

そんなある日、趙高は胡亥に鹿を献上する。しかしこの時、「これは馬である」と主張した。胡亥は笑って「これは鹿だろう」と言ったが、趙高はあくまで馬と言い張り、それどころか家臣たちさえも「馬です」と言ったのである。このことによって自分の権力を確信した趙高は胡亥を自殺へ追い込んだものの、その次として立てた子嬰（しえい）（始皇帝の長男の子）によって殺された。この故事を「馬鹿」の語源とすることもあるが、俗説であるようだ。

この鹿と馬の物語は、権力が十分強まれば事実もねじ曲げられる、ということをよく示している。同種の言葉として「たとえ黒いカラスであろうとも、上の者が白といえば白になる」というものもある。現実的にはカラスの色は変わらない。しかし、権力が介在する人間関係の中では、黒いカラスを白いものとして扱う、という現実に存在しない対応がなされるのである。

悪役令嬢あるいはそのライバルを愚かな権力者として描写したいなら、この種のエピソードはぜひ活用するべきだ。権力によって他者に言うことを聞かせ、事実を捻じ曲げるのはさぞ気持ちのいいことだろう。しかし、屈服させられた人々は不満を持つし、遠巻きに見る人の中に心ある者がいて「これは放って置けない」と決意することもあるだろう。権力をほしいままに扱えば、いつか身の破滅を招くこともある、と覚えておいてほしい。

もちろん、権力はそのような恣意的、悪意的にばかり用いられるものではない。権力の本来の用途は、善意——とまではいかないものの、皆にとっての最大幸福を求め、個人ではできないような大事業のために用いるものであろう。

例えば、土木・治水など、食糧生産や防災のために必要な工事を個人レベルで行うのは不可能だ。複数の集落で話し合えば可能かもしれないが、それぞれの事情や要望が障害になってなかなか上手くいかないことも多い。しかし、複数の集落や都市を支配下に置くような権力者であれば、「こういう計画で行う」「そのために人手や予算をこのように出す」と決定して、効率的に実現することができる。

とはいえ、真に権力行使の代名詞といえるのは戦争であろう。侵略にせよ、防衛にせよ、戦争をするためには巨大な権力が必要になる。予算を決めて物資を購入したり移動させたりし、たくさんの人間を集め、進軍させ、また戦場においても「こう動け」「こう戦え」と命令しなければならない。国家の各部署、また各部隊の指揮官たちがてんでバラバラに動くようでは、勝てる戦いにも勝てない。強い権力によって人々をまとめ上げてこそ、勝利の美酒を味わうこともできるのだ（詳しくはシリーズ第一巻『侵略』参照）。

権力の歴史

ここで権力について理解するために、その成立と発展の歴史を見てみよう。

権力の最もプリミティブな形は、暴力を伴うものであったろう。「暴力に脅かされたくなかったら私に従え」「他の暴力から守ってやるから私の命令を聞け」という具合だ。わかりやすい。

やがて人類が集落・国家を作るようになっていくと、役割分化が進み、「私はリーダーだから私の言うことを聞け」という形で権力を振るうようになる。

その背景には相変わらず暴力による裏付けもあったろう。皆がリーダーに従った方が効率的だという考え方もある。さらに、代々権力を授かってきた人間やその一族だからという伝統的正統性、また神や精霊がその権力を支持しているという宗教的正統性などから来る権威もその権力を裏書きした。命令に従えばたっぷりと蓄えた財産からの分け前が期待できる（逆らえばその財産が支える軍団による暴力も待っている）というのも大きかったろう。

——以上のような背景によって、自分の意思を他者へ押し付け、強制的に従わせることができるのが「権力者（支配者）」である。

一般に中世ヨーロッパ風世界と呼ばれるような世界観では、封建主義という政治体制が取られていることが多い。そこにいるのは、集落や都市を一つあるいはそれ以上の数支配する領主・貴族と呼ばれる権力者たちだ。彼らは自分の領地に住む人々に対して権力を行使できるが、その一方でより上位の大貴族、あるいは国王に庇護され、支配され、権力を行使される立場にいる。大貴族たちも結局は国王の下にあり、こうして一つの王国という権力のピラミッドが成立する。悪役令嬢たちの権力は一般にこれら王族・貴族の身分、また親が王や貴族として権力を持っていることから派生している。

ただし、封建主義において国王・大貴族・貴族という上下関係はそこまで強固なものではない。貴族や領主は自分たちに利があるから国王や大貴族に従うのであって、利がなくなれば波が引くように去っていき、また新たな主人を見つけるであろう。このような封建主義における権力の不安定さは覚えておいた方が、より深みのある物語を作れるはずだ。

なお、権力には役職・立場に基づくものもある。「国王の命令だから従わなければいけない」「国王の代わりに政治を行う大臣は国庫のお金を自由に使える」「国王に代わって現場で仕事をする役人の命令に従わなければいけない」という具合だ。

なるほどこのような権力のあり方も確かにあったのだが、少なくとも前近代世界においては、必ずしも役職や立場が完全な権力を生み出していたわけではないようだ。

例えば、先述したような封建主義制においては、国王といえども貴族や領主たちを完全に好きなようにできたわけではなく、実力が足りなければ命令を無視されたり、離反されたり、謀反を起こされたりした。また、国家の役職に就く人々も、十分な権力を振るうためには役職に加えて自前の軍事力や財力、あるいは主君との特別な繋がりが必要だった。王や皇帝から寵愛を受けたり、親族関係を持ったりすることで権力を得るのがよくあるパターンだ。

権力で何ができるか

この項の最後に、権力で何ができるかを見てみよう。

まず、主従関係にある相手（部下、家臣）には言うことを聞かせ、思う通りに働かせることができる。このような部下を持っているかは、その人物の権力を指し示す重要なパラメータだ。特に、当代で雇ったような浅い関係の部下ではなく、何代も前から家に支えてきたようないわゆる「譜代」の部下がいると、忠誠心にも、無言のコミュニケーションにも期待ができる。

直接的な主従関係になくとも、いろいろな意味で立場の弱い相手は権力を持った人間の言うことには従わざるを得ない。権力による命令に加えて実利――金銭や役職、特別な権利（商売や結婚、養子など）などの褒美――を与えられている場合はなおさらだ。

そう、その褒美に使うための金銭や役職の任命権、権利を自由にするのは「権力でできること」の重要な要素の一つである。それらを動かせる国王や貴族、大臣や市長といった立場、あるいはそれらの有力者に口利きができる関係性を持っていることもまた、権力者の証と言っていいだろう。

さらに、君主を始めとする特に強力な権力者、あるいは特定の役職についていていたり、それらの人々との間にコネがあったりした場合は、法の運用や裁判の結果さえも、胸先三寸で決めることができた。

これは前近代社会の大きな特徴であり、また権力闘争・陰謀が加熱することになる原因でもあった。政治的な戦いに負ければ適当な罪名を被せられて失脚・追放・処刑になりかねないわけで、権力者たちが政治ゲームに熱を入れるのも当然である。多くの悪役令嬢たちにとっても、この価値観はごく当たり前のものだろう。

――この点、あまりにも前近代的発想なので、権力者であっても法にきちんと縛られる現代日本に暮らす読者はついていけないかもしれない。自分の作品の雰囲気には合わないと考えるのであれば、あくまで法は絶対であるという価値観のもと、「それでも現状をどうにかしないといけないと考えるものが暗殺を企む」としてもいいだろう。「権力者であっても法には従わなければいけない」という価値観のある中世ヨーロッパ風ファンタジー世界があってもそこまでおかしくはないはずだからだ。

権力では動かせないもの

権力によって弱者相手に命令し、それが終わったら「さっさといなくなれ」と追い散らすとしよう。外形的・短期的には思う通りに動かせたとしても、内心的・長期的には困ったことになるかもしれない。サボタージュ（作業放棄）によって作業効率が下がったり、面従腹背状態になったり、距離を取られたり、場合によっては寝首をかかれたりされる可能性がどんどん高まっていってしまうわけだ。

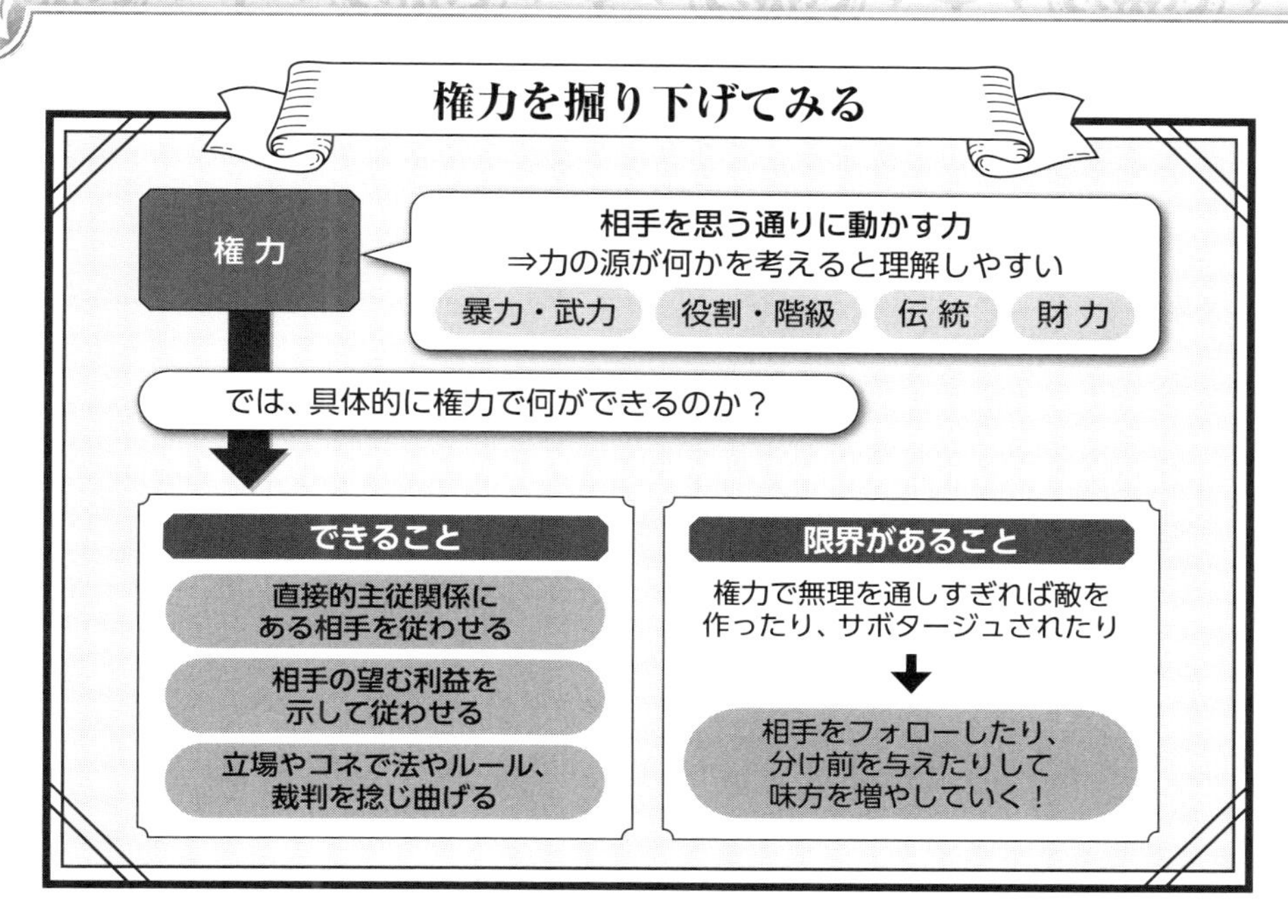

権力を掘り下げてみる
権力
相手を思う通りに動かす力
⇒力の源が何かを考えると理解しやすい
暴力・武力
役割・階級
伝統
財力
では、具体的に権力で何ができるのか？
できること
直接的主従関係にある相手を従わせる
相手の望む利益を示して従わせる
立場やコネで法やルール、裁判を捻じ曲げる
限界があること
権力で無理を通しすぎれば敵を作ったり、サボタージュされたり
相手をフォローしたり、分け前を与えたりして味方を増やしていく！

権力の効果を存分に発揮させたいなら、ただただ命令するような鞭一辺倒の対応だけでなく、飴に相当する対応もしていかなければならない。

この時の飴は前述のような褒美も役に立つが、精神的なフォローも欠かせない。権力を持っている相手から「お前を頼りにしている」と言われれば、誰もが「自分は特別な、大事にされている存在なのだ」と思い、張り切るものだ。

また、権力者は「権力を持っている＝その気になれば国家や組織、集団をある程度自由にできる」と言うだけで、何もせずとも周囲に人々が集まっているものだ。国家や役所で立場・仕事が欲しい貴族や平民、商売に便宜を図って欲しい商人らは、権力者におもねってどうにか自分のためにその権力を使って欲しいと求める。あるいは、より上の権力者（国王や大貴族）への口利きを求めて近づいてくる者たちもいるだろう。

結果、賄賂や贈り物などが権力者の屋敷にどんどん積み重なる。これらを用いて、権力者はさらに上位の権力者に贈り物をしたり、逆にシンパへ分け与えて恩を売ったりして、自分の影響力を広げていくのだ。

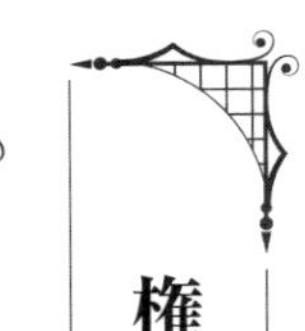

権力者とはどうすれば交渉できる？

権力者とは会えない

あなたの物語の主人公が、権力者に会いたい、交渉したい、と考えたとする。しかし、権力者は簡単には会ってくれない。理由はいくつかある。

そもそも権力者は忙しい。考えなければいけない懸案、対処しなければいけない問題、会わなければいけない交渉相手が多いのだ。だから、キャラクターと会って話すことに相応の意味や重要性がなければ、権力者の貴重な時間を使おうとは思ってくれない。

また、権力者は自分の価値というものをよく知っている。自分が口を出すどころか、ちょっと表情を変えるだけでも、個人あるいは集団の運命が良くも悪くも変わることを理解しているのだ。逆にいうと、そうでなければ権力者としての立場を維持することはできない。だから、誰と話すか、いつ話すか、どんなふうに話すか、といったことについても権力者は細かく考えるものだ。

特に中世的世界では、権力者は自分の身の安全にも注意を払っている。自分がこの世からいなくなるか、あるいはちょっと怪我をするだけでも、良い目に遭う者がいるだろう。さらには利益だけでなく恨みや復讐で権力者の命を狙う者もいる。となると、信用できない相手とは会いたくない、ということになる。

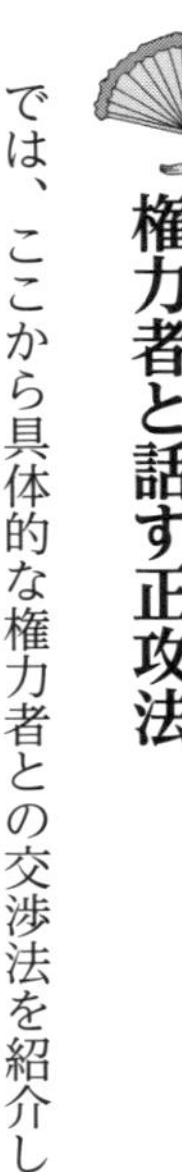

権力者と話す正攻法

では、ここから具体的な権力者との交渉法を紹介してみよう。

一番の正攻法は「まず権力者の部下との交渉から始める」ことだ。権力者は普通、組織・集団の中にいて、それらを通して権力を発揮する。その組織・集団の構成員と交渉し、「これは権力者自身が交渉する価値があるな」と思わせることができれば、権力者の部屋の扉が開く。そうでなければ門前払いか、あるいは部下の権限で許される範囲の交渉しかできない。

そのような手順を踏むのが悪いわけではない。しかし、どうしても時間がかかる。また、権力者になにかしら特別な決断をして欲しい場合、権力者個人の心を動かす必要があり、正攻法で部下の意見が入ると難しくなる可能性がある。そこで、権力者にダイレクトで会う手段を模索しなければいけない。

中世的世界における真の正攻法は、「紹介状を持ってくる」「有力な組織による身分証明を持っている」「後ろ盾の存在をアピールする」ことだ。前述の通り、権力者は自分に会いにくる相手が信用できるか、価値があるか、を知りたがっている。その判断条件として「権力者がもともと信用していたり、評価している相手（あるいは組織、集団）が評価し、保証している人物」というのは非常にわかりやすく、また価値があるポイントなのだ。まして、その権力者よりもさらに上位に位置する権力者（貴族に対する国王など）の紹介状を持っていたりしたら仇や疎かには扱えない。

仮に、権力者自身と直接会えずにまず部下が相手をするケースであっても、紹介状や身分証明、後ろ盾の存在があれば雑な対応はされない。紹介・保証・後押しをしてくる相手に失礼をするわけにはいかないからだ。

とはいえ、誰かの紹介・保証・後押しをもらって権力者に会うということは、なにかしら失礼・粗相・失敗をした際には、個人の失敗では終わらない、ということでもある。紹介者の名誉を傷つけ、最悪の場合は権力者と紹介者の間に対立が発生する可能性さえある。その意味で、自由な行動がしにくくなる選択肢であることに注意は必要だ。

より危険だが、紹介・保証・後押しを偽造・捏造する手もある。とにかく権力者と会えれば良いのなら、口から出まかせを堂々と宣言してもいいだろう。

本当は縁もゆかりもないし名前しか知らない貴族の名代である、と宣言して「緊急事態につきとにかく会ってほしい！」と押しまくれば、演技力次第で会うだけ会ってくれるかもしれない。ただその場合、普通の交渉は難しく、隙をついて権力者に抱きつき、首にナイフを突きつけて「命が惜しかったら……」という交渉をすることになる可能性は小さくないが。

もっと穏便に、「偽物の紹介状を作る」「簡単には確かめられない遠い地域の有力者の名を語る」など工夫しても良い。見破られないように高い技術と優れた演技力、正確な知識や度胸が必要だし、時間をかけすぎると裏どりをされる恐れもあるが、うまくいけば権力者と対等以上で交渉ができる。

階級の裏付けがあれば

ここからは正攻法から少し離れて、限られた人間にしかできない権力者との交渉テクニックを紹介する。

そもそも、キャラクターが悪役令嬢、つまり「令嬢」と呼ばれるようなポジションであるなら、権力者とは比較的簡単に会えるかもしれない。生まれからして身分が高いか、家が強い権力・財力を持っていなければこうは呼ばれないからだ。

とはいえ、権力者が会ってくれても、交渉がうまくいくとは限らない。相手はその令嬢という立場に敬意を表しているだけで、個人は評価していない可能性が高いからだ。高確率で「ただの小娘」と見てくる相手に対して、その能力や「自分と交渉することの価値」をアピールできなければ、交渉は決してうまくいかないのである。

紹介・保証・後押しのケースと同じく、家の名前を背負って交渉していることにも自覚的であらねばならない。何か失敗すればそれは個人の失敗ではなく「家」の失敗であり、大きな問題になる可能性が高い。相手をちょっと不愉快にした程度であれば「しばらく屋敷で大人しくしているように」で済むかもしれないが、悪いうわさが広まったり、家全体の信用や実利にダメージが入ってしまったら大問題になる。親に許されていた権利（動かせる人間や資金など）を取り上げられたりしかねない。最悪の場合は家から追放されることもあるだろう。

私的な側面から攻める

権力や財力がなくとも、権力者に接近して有利な立場で交渉を行う手段がある。それは、相手の公的な立場ではなく、私的な立場に近づくことだ。

一番わかりやすいのは色仕掛けである。どんな権力者でも、惚れた相手には理性が緩むもの。ついつい相

権力者はどうしたら会ってくれるか？
非権力者
面会し、交渉・要求したい！
⇒実際は困難
権力者

正攻法①：部下から順番に会っていく
時間はかかるが、賄賂を含む交渉と提示できるメリット次第で可能

正攻法②：紹介状・コネを活用する
中世的世界では後ろ盾があれば多くの手順を飛ばせる

裏技①：立場や名声を活用する
相手が「話す価値がある」と思えば会ってくれる

裏技②：私生活からアプローチ
色仕掛けや私的な趣味で接するなど

手の言うことを聞いてしまい、その権力を用いて相手の望むように行動してしまうかもしれない。

色恋が絡まなくとも、権力者の私的な立場に接近する手段はある。権力者だって友人や趣味の仲間は欲しいものだ。そこで親しくなった相手にはついつい甘くなることもあるだろう。

賢い権力者は、このような私的な立場で作った恋人や友人との関係を公的な立場へ持ち込むのが危険であることを理解している。冷静な判断力が狂うからだ。だから恋人・友人を作るにしても公的な立場とは無関係にしたり、あるいは「そもそも自分に私的に近づこうとする奴は、なにかしら下心があるのだろう」という学習をすでにしているものだ。あるいは、同じような権力や財力を持つ者とだけ交流を持つことで、露骨な下心で近づいてくる者を減らすようにしているケースも多いだろう。

とはいえ、そんな賢い権力者であっても本当の私的な付き合いである家族には甘くなるのが世の常。最強のコネは「肉親である権力者自身」とも言えるかもしれない。

計画してみるチートシート（権力編）

キャラクターと権力の関係は？

キャラクター自身が権力者なのか、
それとも協力者やライバル・敵なのか

権力者の権力ソースは？

先祖代々の地位なのか、自分でつくった財産なのか、拳一つの暴力なのか

権力はどう用いられている？

欲望のまま振るう者もいれば、
社会のために賢く振るう者もいる

権力者とどう接する？

ただただ対立する相手なのか、懐柔したいのか、交渉の余地がある敵なのか

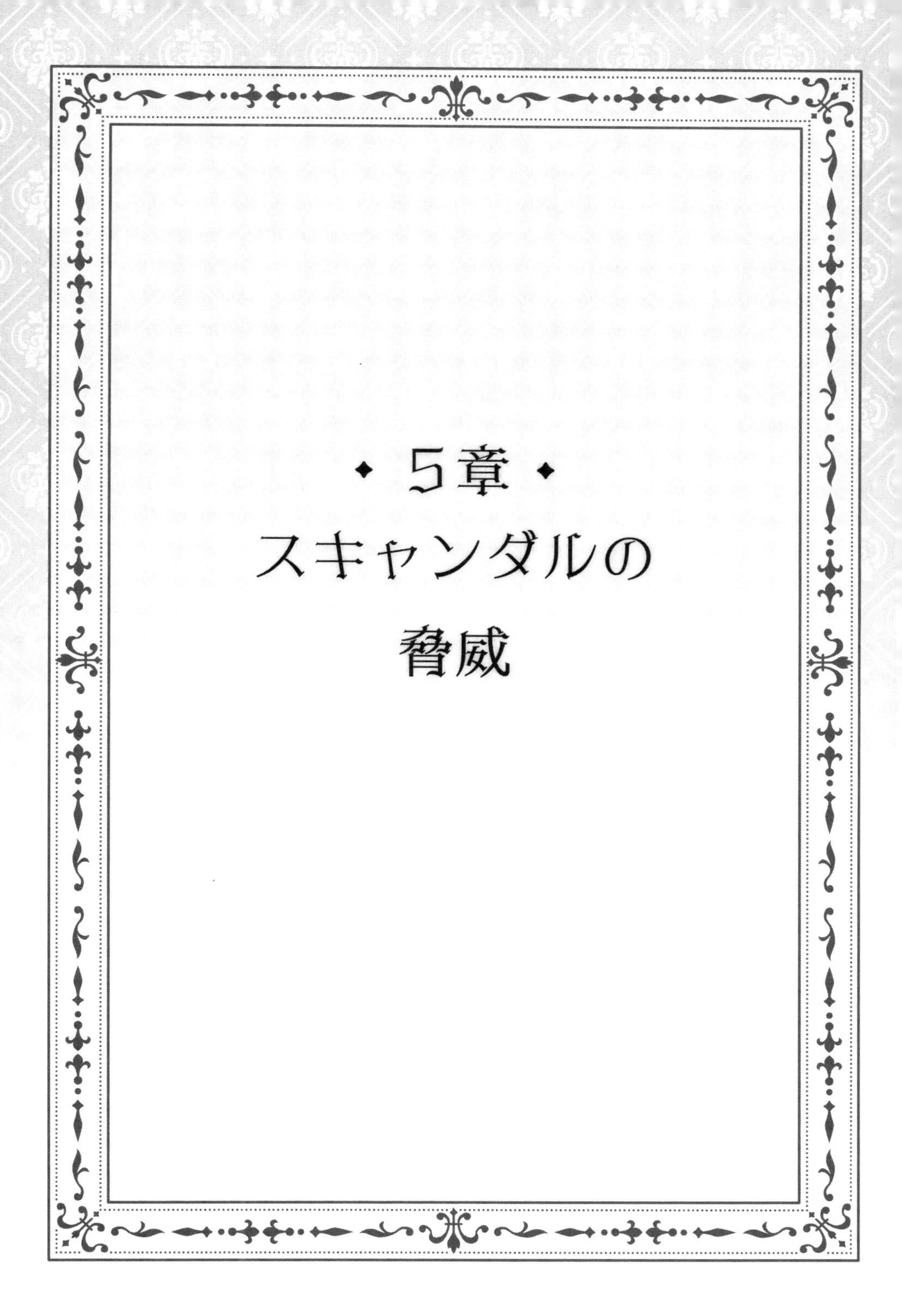

◆ 5章 ◆
スキャンダルの脅威

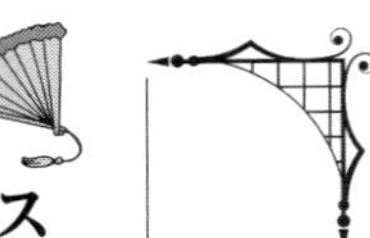

スキャンダル

スキャンダルは恐ろしい

悪役令嬢ものをはじめとして、スケールの大きな政治や経済、社会に絡む対立や闘争、陰謀の物語を描く時、主人公側にとってもライバル・黒幕側にとっても大事な武器がある。それは「スキャンダル（醜聞）」だ。

スキャンダルという言葉はすっかり定着したが、その理解はふんわりとしたものにとどまっていて、意味を正確に把握できている人は少ないように思える。そこで『日本国語大辞典』を引いてみると、「(1)社会的地位のある人の名声を汚すような不祥事、情事、地位を利用した不正事件など。」そして、「(2)(1)に関するうわさ。醜聞。」とある。

注目するべきは、スキャンダルの本質が「その地位（階級）に相応しくない振る舞い」であること。そして、スキャンダル的な不名誉行為には、その行いがうわさに乗って広まり、その人の名声や信用が汚されることがセットでついてくる、ということだ。

信用と名声

スキャンダルは恐ろしい。なぜか。人間が生きるために必要とする信用を傷つけ、失わせるからだ。なお、信用と言うと一般に「能力が信用できるか？」と「人格が信用できるか？」の二つの意味が含まれると思うが、スキャンダルでは主に人格の信用が落ちて、道連れで能力の信用が落ちる、という印象がある。

――ちなみに、社会においては「良い仕事をしてくれる（能力には信用がある）」人と「確実に締め切りを守って仕事をしてくれる、仕事を放って逃げ出したりしない（人格には信用がある）」人の場合、後者の方が比較的人気がある、というのは覚えておくと描写に深みが出るだろう。

どちらにせよ、一度失われた信用を取り戻すには、

長い時間か、特別な挑戦や功績が求められる。

では、なぜ信用が必要なのか。それは人間は山の中で自給自足の生活でもしない限り、何らかの形で他者と関わって暮らしており、その関係を潤滑に行なっていけるかどうかに信用が深く関わってくるからだ。

非自給自足の暮らしをする人間は、生活のさまざまな場面で何かしらの形で他者と協力したり、取引をしたりして生きていくことになる。農業なら土地の共有について相談し、収穫のような重労働は共同作業できなければ効率が著しく悪い。都市で暮らす人も、原料や道具を購入して職人働きをしたり、あるいは商品を仕入れて商人働きをする際に、人と関わることになる。もちろん、ある程度社会的地位のある人なら集団を率い、また別の集団の長と交渉するのは日常だ。これらにもいちいち信用が関わってくる。

あなたが取引をする側に立ってみるとわかるはずだ。信用できない相手より、信用できる相手から物を買いたい。ぼったくられたり、品質の悪い物を売りつけられるのが嫌だからだ。仕事を頼むのだって同じことで、なるべく良い仕事を確実にしてくれる相手に頼みたいに決まっている。

こうして、「信用」というパラメーターが高い人は、そうでない人に比べてチャンスが多くなる。能力への信用が高ければ「あなたにしか頼めない仕事がある」といった話が持ちかけられ、人格への信用が高ければ「これは絶対に秘密にしなければいけない話なのだが……」と相談があるだろう。これらがスキャンダルによって失われた場合、間違いなく仕事が一気にうまくいかなくなり、窮地に陥ることになる。

それでも能力の信用がある（あった）人には、「スキャンダルは気にしない、良い仕事を納めてくれればいい」と、能力を評価し、また期待してくれる客や取引相手、仲間がついてくることも珍しくない。ここで奮起できれば、スキャンダルもやがて忘れ去られるだろう。エンタメ的な定番では、スキャンダルと（人格的な）信用の喪失によってやる気や精神的な安定を失って仕事ができなくなり、能力の方の信用も衰えていく。そうして一度落ちるところまで落ちてからの再起——というパターンをまま見るが。

また、（能力的な）信用と似た概念として、名声がある。これは主に実績によって積み上がり、広がるものので、「こういうことができる」「こういう仕事をこなした」から「すごい人（勢力）だ」という流れになる。

名声が高ければ、評価するべき対象として見られるようになり、そうそう雑には扱われない。群雄割拠で互いが互いを攻撃するような状態でも、「あれだけの名声がある相手を攻撃すると、こちらが反撃で痛い目に遭う可能性がある。後回しにしよう」となる。名声が高い人はしばしば人を雇って組織の長をしていたり、周囲に影響を与えるような大きな仕事をしているもので、「味方をするならあの人にしよう」「あの人に仕えれば自分も良い目を見られるはずだ」とどんどん勢力が拡大していくものだ。

加えて、高い名声は高い信用としても機能する。「名声にあふれている人だから、良い仕事をしてくれるはずだ」となるわけだ。

逆に言えば、名声が高かった人がスキャンダルによってその名声を（信用も）失えば、時には悲惨な末路が待っている。「今が落ち目だから一気に叩こう」と周囲からの攻撃のターゲットにされるし、「沈む船からは逃げるのが得だ」と言わんばかりに仲間や部下も逃げていくものだからだ。

スキャンダルを握られる恐ろしさ

うわさによる情報拡散を防ぐことさえできればスキャンダルによる被害を比較的小さく済ませられるが、簡単ではない。古くより「人の口には戸は立てられぬ」と言う通り、どれだけ緘口令を出したとしても、ついつい誰かが誰かに喋ってしまうものだからだ。

スキャンダルが現時点で比較的秘密な状態に留まり、世間一般に拡散されていないにしても、安心することはできない。いやむしろ、悪役令嬢もののような、上流階級の世界を中心にした政治や陰謀の物語であるなら、「特定の人だけがスキャンダル情報を握っている」シチュエーションこそ、ドラマチックな物語を生み出す基盤になり得る。

なぜか。まず、政治・陰謀の世界では、「特定の人物の信用や信頼を失うことが、そのまま政治的な破滅を意味することが珍しくない」ということがある。例えば皇帝や国王など、世俗の最大権力者。あるいは大

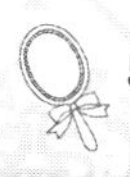

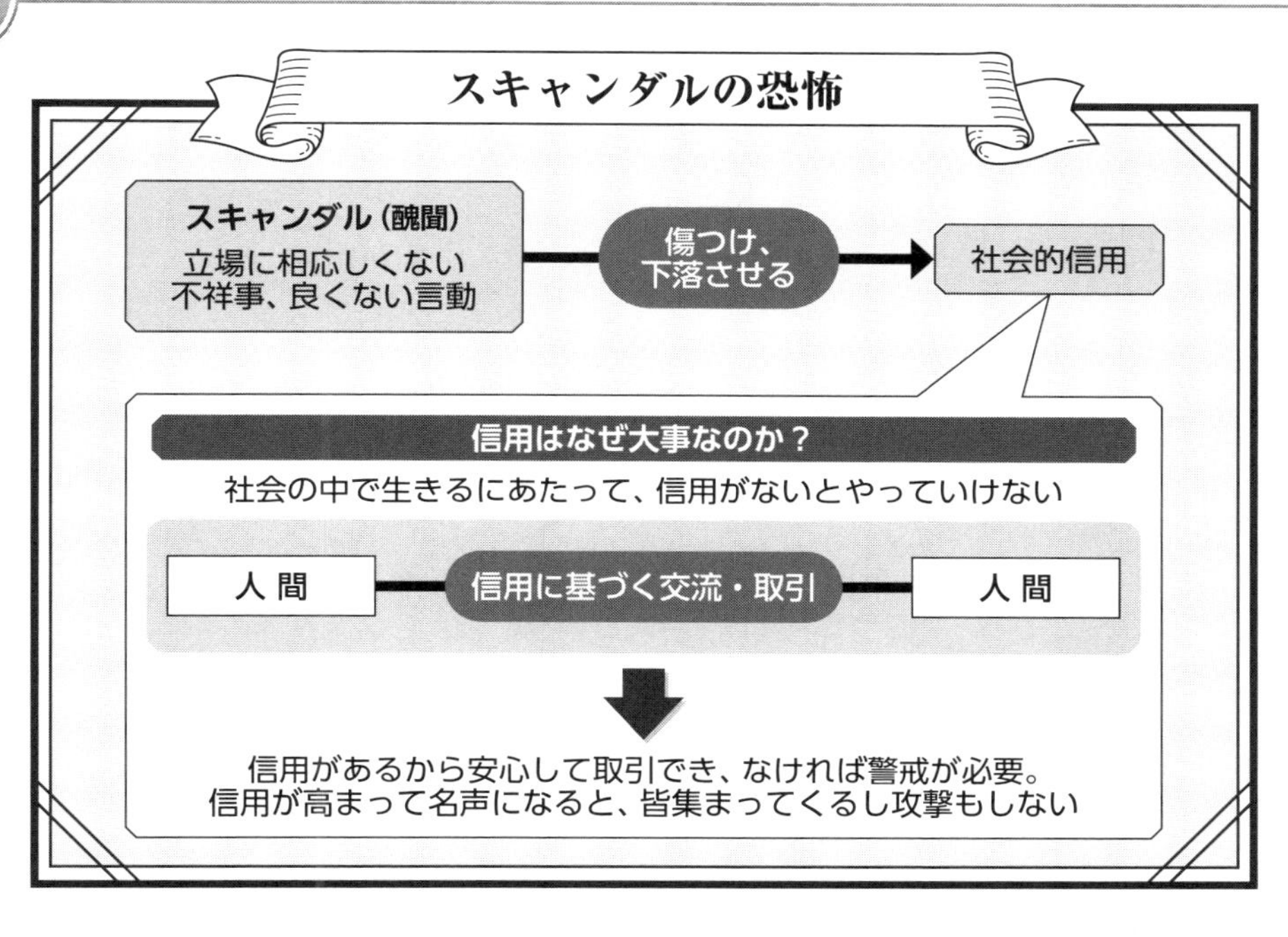

臣や大貴族など、行政や実権の掌握者。教皇や大司祭といった宗教者がその位置に座ることもあろう。階級的には下に位置する大商人が実は真に絶大な権力を握っているなんてことがあってもおかしくない。

政治に関わることが許されない庶民や、さほどの力を持たない中小の貴族たちがどれだけスキャンダルに憤っても大したことはできないかもしれない。しかし、彼ら「真の権力者」に睨まれたらただでは済まない。

「こんなスキャンダルを引き起こすような自制心の欠如した人間は信用できない」あるいは「この程度のスキャンダルも揉み消せないのでは、政治的な実力に不安がある」と見なされたなら、あっという間に政治の表舞台から退場させられてしまうだろう。

この場合、スキャンダルの大小によって処分が違うと考えられる。小さなスキャンダルの場合は「何かしらのチャンスが与えられる可能性があったが、そのリストから名前が消える」程度で済むだろう。しかし大きなスキャンダルであったなら、既に持っていた役職や特権を剥奪されることもあるかもしれない。貴族としての立場や所領まで奪われることはないだろう――

そこまでやってしまうと、他の貴族たちが「俺たちも同じ目に遭うかもしれない」と考えるからだ。しかし、その代わりに強制的に隠居させられるようなことはあり得る。

　では、スキャンダルを握られたのが権力者でなければ恐ろしくないのか。もちろん、そんなことはない。重大なスキャンダルを握った人物は、それを権力者に伝えたり、あるいはうわさで流したり、堂々と暴露したりすることによって、不名誉なことをやってしまった人間を破滅させることができる。

　握った人間が政治的ライバルで、スキャンダルの暴露に躊躇する必要がない立場なら、状況は非常に危険だが同時にわかりやすい。スキャンダルの証拠になるような物件を消すか、証言する人間を買収したり殺したりして、スキャンダルの信憑性を消すか。――そうでなければ、暴露しようとしている政治的ライバルそのものを闇に消すか、だ。

　より厄介なのは、握った人間が交渉を持ちかけてきたケースである。握られたスキャンダルが致命傷レベルのものなら、相手の要求に応じざるを得なくなる。求められるのはなんだろうか？　金銭・財産の類だろうか。商売上の利益や国家での役職だろうか。家に代々伝わる品物や情報など、何か特別なものを求めてくるのだろうか。誘拐や暗殺など、大ごとに手を貸すように求めてくる可能性もある。平民であれば「婿養子に迎えて家ごと開け渡せ」なんてこともあるかもしれない。

　スキャンダルを握られた人間は、唯々諾々と従うのだろうか。しかしスキャンダルの証拠を握られたままでは、いつまでも脅迫され続けることになる。要求を一度で済ませるような無欲な人間は、そもそも脅迫などしないものではないか。そこで、要求に応えながら証拠を隠滅しようとしたり、暗殺しようとしたり、と企むのが普通だろう。結果として人が死に、他者の注目を集め、やがて何もかもが明らかになってしまう――というのもままある話だ。

何をしたらスキャンダルになるのか

　ここからは具体的なスキャンダルの中身について考えてみよう。

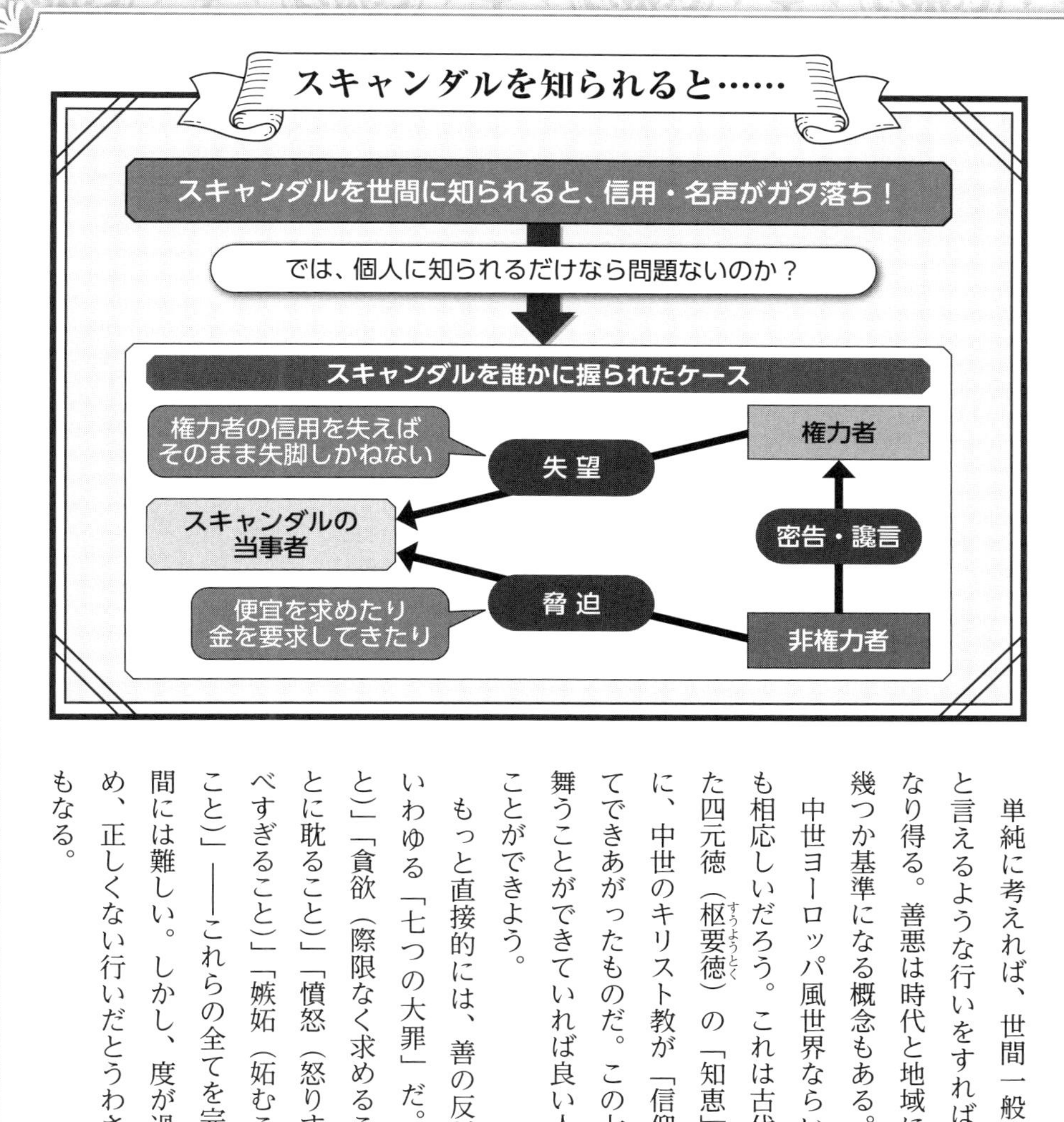

単純に考えれば、世間一般に照らし合わせて「悪」と言えるような行いをすれば、スキャンダルの源になり得る。善悪は時代と地域により揺れ動くものだが、幾つか基準になる概念もある。

中世ヨーロッパ風世界ならいわゆる「七元徳」が最も相応しいだろう。これは古代ギリシャ時代に成立した四元徳（枢要徳）の「知恵」「勇気」「節制」「正義」に、中世のキリスト教が「信仰」「希望」「愛」を加えてできあがったものだ。この七つの徳に基づいて振る舞うことができていれば良い人間、立派な人物ということができよう。

もっと直接的には、善の反対側の悪の指針もある。いわゆる「七つの大罪」だ。「傲慢（驕り高ぶること）」「貪欲（際限なく求めること）」「邪淫（淫らなことに耽ること）」「憤怒（怒りすぎること）」「貪食（食べすぎること）」「嫉妬（妬むこと）」「怠惰（だらけること）」――これらの全てを完全に回避することは人間には難しい。しかし、度が過ぎれば人々の注目を集め、正しくない行いだとうわさされ、スキャンダルにもなる。

日本を含む中国文化圏には「八徳」がある。「仁（優しさ）」「義（正しさ、正義）」「礼（礼儀・礼節）」「智（知恵・賢さ）」「忠（忠義）」「信（誠実）」「孝（親への孝行）」「悌（兄や年長者への孝行）」で、これらに反するのはもちろん罪であり、スキャンダルになり得る。

宗教的禁止事項を犯すことはしばしばその社会で犯罪として扱われ、そうで無くともモラル違反として忌み嫌われ、スキャンダルの源になった。

ユダヤ教・キリスト教でいえば「十戒」がある。それは『旧約聖書』「出エジプト記」に曰く、モーセがシナイ山にて神から与えられた石板に刻まれていた、十の禁止事項である。内容は神を唯一のものとして崇めることをはじめ、偶像崇拝の禁止、神の名前を唱えることの禁止、安息日のこと、殺傷・姦淫・窃盗・偽証・家や財産を奪うことの禁止となっている。

一方、仏教には「五戒」がある。こちらは「不殺生（殺さない）」「不偸盗（盗まない）」「不邪淫（男女の淫らな振る舞いをしない）」「不妄語（嘘を言わない）」「不飲酒（酒を飲まない）」である。

スキャンダルは立場と常識で変わる

「地位（階級）に相応しくない振る舞い」なのだから、当然何がスキャンダルになって何がスキャンダルにならないかは、その人の立場や、社会的な常識によって変わってくる。

城下町に暮らす職人の男が一仕事終えた後に行きつけの酒場に寄って一杯引っ掛け、気分良く歌いながら家に帰る様子が目撃されても、スキャンダルにはならない。「あのおっさんうるせえな」とか「飲み過ぎで身体が心配だよ」と感想を抱く人はいるかもしれないが、それによって職人の名声に傷がつくには、「歌がきっかけで大喧嘩をした」とか「飲み過ぎで手が震えて仕事ができなくなった」など、もうワンステップ必要だ。

一方、同じ城下町でも城に近いエリアに屋敷を構え、王の信頼も厚いような貴族の男性が、城内で酒を飲んでついつい酔いすぎてしまい、訳のわからないことを言いながら歩いている様子を他の貴族や役人たちに目撃されたらどうだろう。これは責任ある者として相応

具体的に何をすればスキャンダルなのか？①

問：世間がスキャンダルと見なし、非難する出来事とは？

答①：「悪」と言われる行いをする

各時代・地域・文化ごとに「善」「悪」の振る舞いがある

キリスト教の「七元徳」と「七大罪」	中国の八徳
旧約聖書の十戒	仏教の五戒

↓

「正義」「殺さない」など似ているものも、独自のものも

答②：立場に相応しくない振る舞いをする

上流階級の人間は特に厳しく指摘・非難される

自分の仕事や責任に関係することは非難されやすい

しい振る舞いではなく、立派なスキャンダルだ。「酒を飲むなとは言わないけれど、せめて節度のある酔い方をするべきではないか」――そんな批判は受けるだろう。

これだけ見ると、「そもそもスキャンダルは階級・社会的地位が高い人間だけのものなのではないか？」と思うかもしれない。実際、辞書にも「社会的地位のある人の～」とある。しかし、必ずしも階級や地位が高い人でなくとも、その振る舞いがスキャンダルになる可能性は十分ある。

職人が自分の仕事に手を抜いて、結果として品物を買った人が損害を被ったら。商人が売っている品物について嘘をついたら（偽物を売ったり、混ぜ物をしたり）。腕っぷしで知られるチンピラが喧嘩に負けたら。何人もの弟子を工房で働かせている親方が、エコ贔屓をしたら。

これらが発覚した場合、すべからくスキャンダルになって社会的信用を低下させ、仕事や生活に支障が出る可能性が高い。基本的には、その人の社会的信用を成り立たせている部分（多くは仕事・職業に関係して

いる）に嘘や誤魔化し、不誠実があると、スキャンダルになりやすいようだ。

階級や社会的地位の高い人間のスキャンダルも、基本的には同じ方向性で理解することができる。弱い戦士、臆病な軍人、私腹を肥やす役人、賄賂や情実で偏った人事をする大臣や国王。全て、自分が期待されている、背負わなければいけない成果・責任に反する行いであり、スキャンダルになり得る。

とはいえ、程度問題というものもある。現代日本では公務員が賄賂を受け取って犯罪を見逃したり、一部の企業に便宜を図ったりしたことが発覚すれば大スキャンダルになるが、一方で今なお「役人が賄賂を要求するのは当たり前」という国も地球上にはある。江戸時代の日本などでも、何事か依頼をするのに金銭や品物の付け届けをするのが当たり前だったとされる。

同じように、「立場に相応しくない、信用を失墜する（＝スキャンダルになる）」振る舞いも、時代や地域、文化で程度問題がある。商人が穀物や調味料に混ぜ物をするのが当たり前の街でそれを問題だと主張しても、返ってくる反応は「あの店で買うのが悪いよ」かもしれない。もっと悪くすれば、商人から日頃袖の下をもらっている官憲が飛んできて、「良からぬ風説を流しているのはお前か」と捕らえられてしまうことだってあり得る。

上流階級のスキャンダル

上流階級の世界のスキャンダルはもっと多様なものが考えられる。

階級社会の項でも紹介したが、各階級にはそれぞれ相応しいと考えられる外見や仕草、マナーがあるものだ。庶民の世界ではちょっと素っ頓狂な（常識から外れた）格好をしていても「スキャンダル！」とまではならないだろう。うわさ話、世間話の種にされるくらいだ。

しかし、上流階級の世界では、その場に相応しい外見や衣装を整え、仕草やマナーも実行できるようでなければ、「上流階級に相応しくない人物」と見なされ、時にスキャンダル化する。上流階級の世界では社交、つまり他者との付き合いも仕事の一部であると考えれば、これは「社会的信用に関わる部分での不届き」の

一種であると考えていいだろう。

具体的にはその物語が舞台とする文化次第なので挙げにくいし、こだわるのであれば時代・地域を決めてモデルを用意するのが良い。そうでなければ現代の各種マナーに則ると読者に伝わりやすいのは階級の項で紹介した通り。

いくつか具体例をここでも挙げておこう。「状況に合わせた服装（各文化ごとに普段着と礼装があるのはもちろん、階級と状況に合わせて着ていい服、いけない服がある）」「状況に合わせた言葉（敬語はもちろんのこと、相手の名前や呼びかける際の継承なども重要）」「状況に合わせた仕草（喋り方、歩き方、立ち方、座り方、食べ方、飲み方など多種多様にあるもの）」あたりが定番であろう。

また、階級ごとに重視されるモラル、守るべき徳目・掟などもあるものだ。

中世ヨーロッパをモチーフにするなら、騎士が守るべき「騎士道精神」に注目したい。ただ一口に言ってもその内容は多様で、もともと彼らが戦士・軍人だったことに起因する「武勲」「勇気」から、やがて彼らが貴族・統治者化していくことで求められるようになった「庇護」「正直・高潔」「誠実・忠誠」「礼節・礼儀」「寛大・気前の良さ」、またキリスト教の関わりからくる「信仰」などが含まれた。

このうち、庇護は弱者や教会を守ることを求められる徳目だが、特に弱者の中でも女性に注目し、献身する（そしてそこに恋愛が絡んでくる）のが重視されることもあったようだ。

スキャンダルの華は恋愛絡み

恋愛絡み、結婚絡みは特にスキャンダルの種になりやすい。この辺りは現代日本でも、テレビや週刊誌を見れば熱愛だ不倫だの話が盛んに語られているのを見ればわかるだろう。

しかしその一方で、前近代的な世界では結婚後の既婚者による恋愛こそが真実の恋、本物の恋——的に語られることがままあったのもまた事実である。どうしてそうなるのかといえば、結婚が（特にある程度以上の立場を持つ者のそれであればなおさら）基本的に家と家の結びつきであり、恋愛の延長線上にあるものではなかったからだ。男女の愛というものはその結婚の後、二人で家庭を営んでいく中でやがて生まれていく――というのが一つの形であった。

しかしそれでも、自分の夫や妻以外に恋や愛の気持ちを抱いてしまうのは、人間としてどうしようもない本能的な心の動きであろう。そこで、不倫や浮気といった不義の恋こそが、家だの権力だの財産だのから切り離された真実の恋だ、という価値観も生まれてくる。だがそれはここまで紹介した各種のモラルにおおむね違反するものであるため、世に知られればスキャンダルになる――。

その象徴的なケースこそが、「アーサー王伝説」物語における騎士ランスロットと王妃ギネヴィアの恋である。

フランス出身のランスロットはブリテンの王アーサーに仕える円卓の騎士たちの中でもその筆頭に名前を数えられる高名な騎士であった。一方、ギネヴィアはアーサーの妻であったが、王侯貴族の結婚の例にもれず政略結婚である。この二人の恋が、ブリテンに破滅をもたらすことになる。

破滅の始まりは、ランスロットとギネヴィアの密会現場に、円卓の騎士アグラヴェインとその仲間たちが踏み込んできたことだった。ランスロットは彼らを殺害して脱出し、さらに火炙りの刑に処されようとしていたギネヴィアを、やはり警護にいた円卓の騎士らを殺害して救出する。この一連の中で殺された名のある騎士の中に、ランスロットに劣らぬ武勇を誇る円卓の騎士、ガウェインの弟が三人（うち一人はアグラヴェイン）含まれていたことが、のちの和解を難しくした。

ランスロットとギネヴィアがフランスへ逃げ、アーサー王とガウェインは軍勢を率いて追う。この時、名のある円卓の騎士のうち数名がランスロットを慕って彼に味方したことから、戦いはブリテンを割る大乱になってしまう。その隙をついてブリテン本国ではアーサーの庶子モードレッドが反乱を起こした。

ようやくアーサーとガウェインは本国へ戻ったものの、ランスロットとの戦いでの被害が癒えないままの戦いだったため、ガウェインは討ち死にし、アーサーはモードレッドこそ倒したものの自らも死んだ、という。

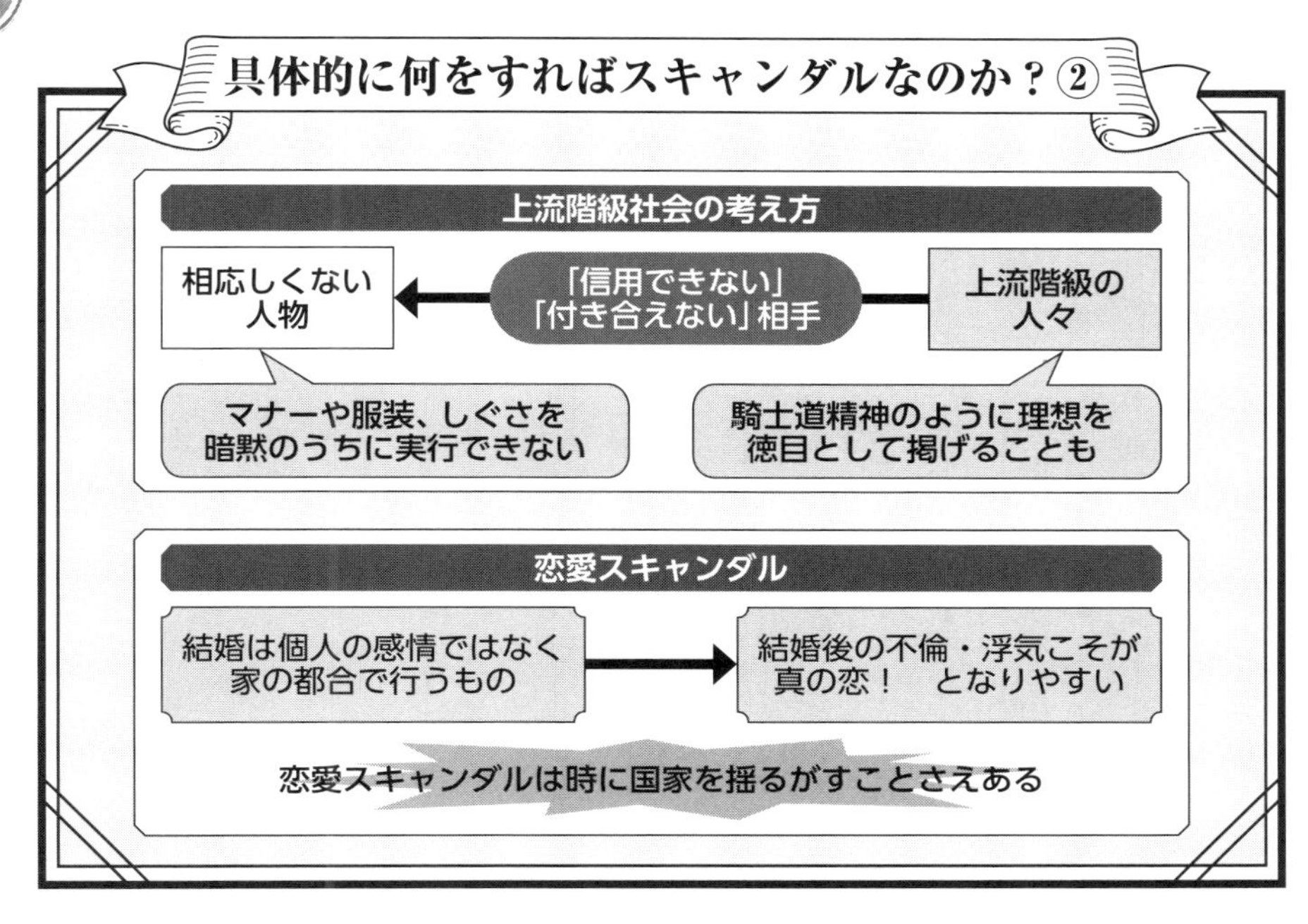

全てが終わった後、ギネヴィアは出家し、訪ねてきたランスロットを追い返した。ランスロットもまた出家し、一つの国を破滅へ導いた二人の恋は終わる。

当時の倫理的には不義の恋に耽ったランスロットらに全くの非があり、それ故に二人は全てが終わった後に恋を成就することがなかったのだろう。しかし、現代人の感覚で言えば、二人の恋はそこまでして否定されなければいけなかったのだろうか、とも思える。アグラヴェインが秘密を暴いたことが破滅の引き金と考える向きもあろう。ガウェインやアーサーが死んだのも、ランスロットとの和解を頑固に拒んだから、という部分が少なからずあった。

このようなロマンチックな要素を物語の中に取り込むのは、物語を盛り上げるにあたって非常に有効な手である。大スキャンダルになるような恋愛は、あなたの物語の中に存在するだろうか。そのスキャンダルの原因になるタブーや秘密はどんなもので、背景にはどんな因縁や感情があるのだろうか。それが明らかになった時、何が起きるだろうか。各キャラクターたちはどう思うだろうか。考えてみよう。

うわさ話

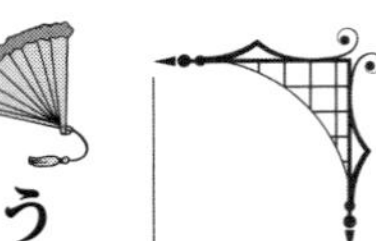

うわさの恐ろしさ

前項でも軽く触れたが、スキャンダルがある人物の信用や名声を失墜させるにあたっては、うわさ話が欠かせない。

うわさ話が（前近代世界なら主に口頭によって）拡散され、たくさんの人々がスキャンダルを知るようになってこそ、スキャンダルは効果を発揮する。

うわさ話は古くから人類の友であった。はるかな昔、言語を手に入れて以来、人は同胞たちとさまざまなうわさ話に興じてきたのである。

人間とうわさ話の深いつながりを示す、こんな話がある。「人間がうわさ話（ゴシップ）を好むようになったのは、毛繕いの代わりだった」というのだ。人間が毛深い猿だった頃、互いに毛繕いをするのは重要なコミュニケーションの時間だった。これによって双方が双方にとって敵ではない、味方だ、という関係性を作っていたのである。

ところが、人間はやがて毛を失い、毛繕いが必要ではなくなった。そこで代わりにうわさ話をし、ゴシップを交換するようになる。言葉・話題を交換する時間を作ることで、お互いが敵ではない、味方だ、と確認するようになった――というのだ。

今でもうわさ好き、ゴシップ好きの人が多くいるが、彼や彼女はコミュニケーション・ツールとしてうわさを活用している節がある。共通の、相手が興味を持つであろう話題としてうわさやゴシップを提供し、話を盛り上げて親しくなろうとしているわけだ。

このくらい人間にとって重要な存在のうわさ話を、物語の中で活用しない手はない。社会のあり方が大きく変わったり、国家や大商会、騎士団のような大きな組織が動き始めたりする時、必ずうわさ話が流れる。

だからうわさ話は情報収集において重要な手掛かりになるのだが、注意すべき点も多い。うわさはそもそも最初の時点で間違っていたり、意図的に誤情報が流されていたり、流れる中で歪んでしまったり、受け取った人間が願望で間違った受け取り方をすることが多いものだからだ。

そこで、この項ではうわさとはなんなのか、どう付き合うのが適切なのか。そして、うわさでいかにスキャンダルを広げ、またその広がったスキャンダルをいかに打ち消すかを紹介する。

うわさのメカニズム①伝わり方

うわさにはいくつかのメカニズムがある。

まず、「うわさはもともと存在する繋がりを通って伝えられて、広がっていく」ということ。

何かしらのうわさを聞いて伝える際、見知らぬ相手に突然「こんな話があるんだけど……」と話しかけたりは、普通、しない。職場、家庭、井戸端に集まる主婦ネットワーク、公園で遊ぶ子供ネットワーク、酒場の常連たちとマスターの会話などなど、もともと人と人が繋がっているからこそ、そのネットワークを通してうわさが広がる。もちろん、「誰かが話しているのを小耳に挟む」ということもあるが、うわさの広がり方としてはレアケースだ。

だから、キャラクターが偏らない形でうわさを入手したいなら、なるべく多様な形でネットワークに繋がっている人に聞くのが望ましい。先に紹介した中だと酒場のマスターは多様な（しかも酔っ払っていろいろ話したがっている）客と遭遇するため、情報通になるのにかなり恵まれたポジションと言えるだろう。

逆に、キャラクターの方が積極的にうわさを流す際にも、複数の違った種類のつながりに対して情報を伝えるようにすると、効果的な広がり方をするはずだ。

また、うわさを伝える際には、自分が知っているうわさをストレートに情報として提供するだけでなく、「ねえねえ、あなたこんな話知ってる!?」「こんなうわさを聞いたんだけれど、本当だろうか?」という具合に、うわさの確認を行う形で実質的に伝えるケースも多いことを知っておいたほうがいいだろう。

うわさのメカニズム②根拠が必要

もう一つ、「人は普通、無根拠・無批判にうわさを信じ、流すわけではない」ということの大事だ。

もちろん、一見すると荒唐無稽に思えるうわさが信じられ、世間に流されることもある。「感染症に対しては現代医学による薬品よりも、自然由来の食品の方が、治療・予防に効果的だ」などがその代表例であろう。私たちがこれらのうわさ、デマを信じてしまうのはどんな時だろうか。

「無根拠」には信じないということは、根拠があれば信じる、ということだ。例えば病気と自然食品の話で言えば、「実際に治った」という話が一緒についてきたり、あるいは「教授など立派な肩書きを持っている人」「TVで見るなど知名度・名声があり、信用できそうな人」が太鼓判を押しているなどは、根拠になり得る。

あるいは、「こういうことは起きてもおかしくないんじゃないか」と人々が思えたなら、それも根拠になる。天災が続いている年に「また天災が起きる、今度は地震だ」とうわさになれば「あり得る」と考えるし、なんとなくヤクザっぽい見た目をしたラーメン屋の親父さんについて「あれは本物のヤクザだ」といううわさが流れれば「あの見た目ならもしかして」と思う。実のところきちんとした根拠ではなく、非科学的な連想にすぎないのだが、人間の脳はうっかりその種の物語を信じ込んでしまいがちなのだ。

その意味では、一見して荒唐無稽に思えても、段階的にうわさを流すことで人々を信じさせることができるかもしれない。

例えば、最終的な目標を「街の人々を領主に対して反乱させたい」に置いたとする。しかし、いきなり「領主が人々に対して敵意を抱き、害しようとしている」のようなうわさを流しても、なかなか信じられまい。そこで、人々から領主への信頼が薄れ、疑惑を持つようなうわさを流していく。「他国の王に街を明け渡そうとしているんじゃないか」とか、その種のもっともらしいうわさだ。

何かの都合（戦争や天災など）で領主が増税をしたり、人々を労役に駆り立てるようなタイミングとうわさを流したタイミングが被るとなお良い。本当は全く別の意図であったとしても、「ほら増税したぞ、領主は俺たちのことなんてどうだっていいんだ」とい

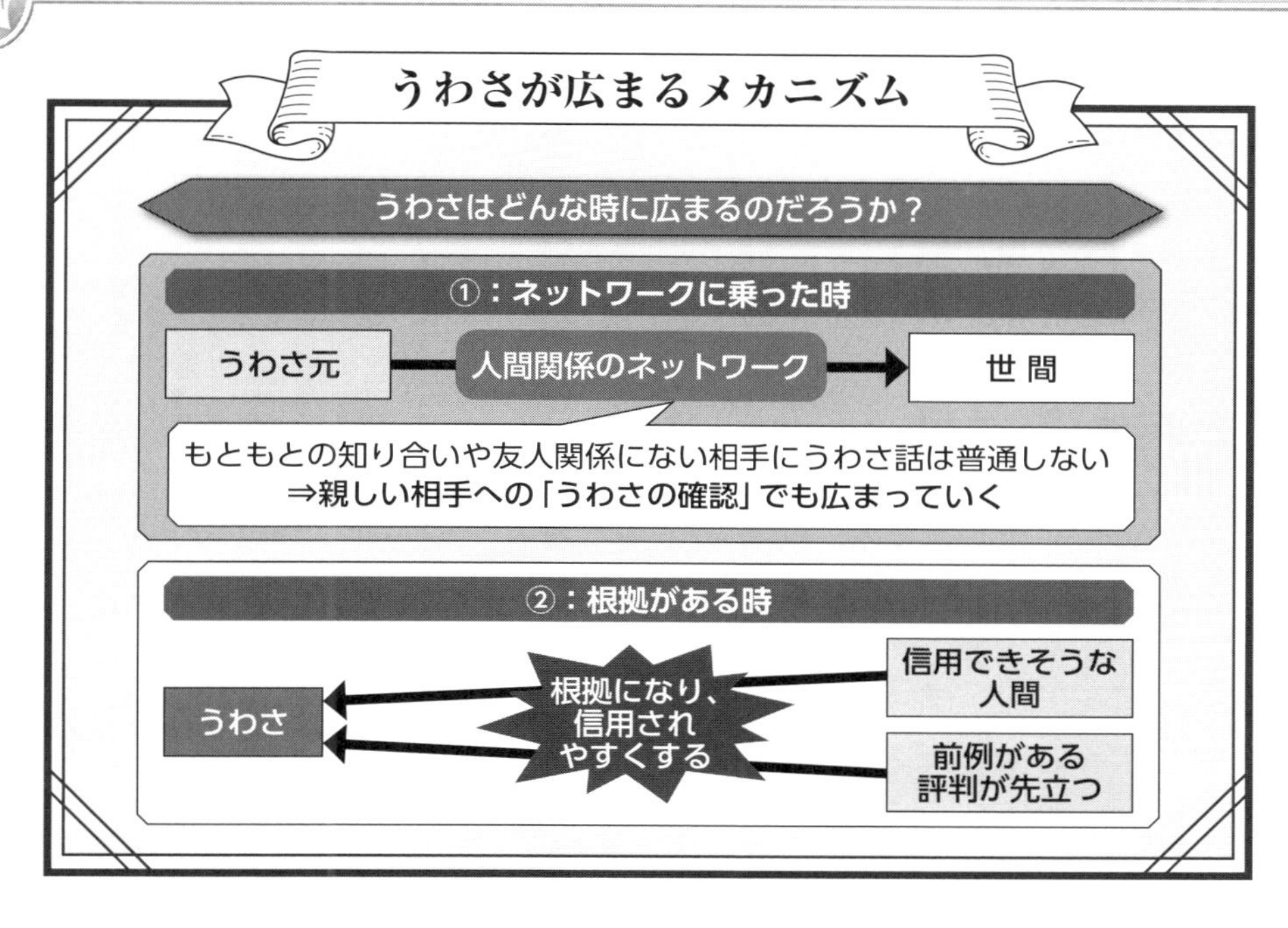

う具合に、根拠・証拠として結びつけることができる。人々から領主への猜疑心が十分高まれば、わざわざ新しいうわさなど流さなくとも自然と疑惑が語られるようになるだろう。あとは、「やられる前にやっちまえ！」と扇動するだけだ。

うわさはパニックを生み出さない？

とはいえ、繰り返すが多くの人々はうわさに対して冷静なものだ。何かしら危険を知らせるうわさが流れてきたとしても、「これはヤバい！　すぐに対応しなければ！」とすぐに行動できる人はむしろ少ないのである。

「うわさによって人々が混乱し、パニックを起こして無秩序に暴走する」という通説が昔から存在する。しかし、近年の研究では「パニックは起こさない」「危機的状況に陥っても人間はむしろ簡単にはパニックに見える行動は、実のところ本当がどうかはわからないがとりあえず念のため買いためておこうくらいの冷静な振る舞いの結果だった」「むしろ、おそらく大丈夫だろう、安全じゃないか、というバイアス（偏見）が働いて危機を回避できないことの方が多い」と考えられているのだ。

　また、うわさをきっかけにしてマイノリティを弾圧・虐殺する動きが起きたり、あるいは民族同士が対立するようなことがあったとしても、それはうわさからパニックが起きて発生したのではどうもないらしい。悪意よりも善意で、念のために行動した結果が積み重なって起きることが多いようなのだ。

　例えば災害が起き、「外国人が女子供を襲ってくるらしいぞ」「警察や軍隊は動けないから守ってくれないぞ」といううわさが流れる。これだけでは人々はすぐには信じないが、「念のため」と自警団を結成する。自警団が緊迫感ある顔でパトロールしていれば、「うわさは本物かもしれない」と信じる者が出てくる（後述する「予言の自己成就」のメカニズムが働いている）。そこに、ちょっと言葉が不自然な人が出てくれば「こいつが外国人だ」「襲撃を警戒しているんだ」と袋叩きになる――というわけだ。

　人々はうわさを聞けばまず「本当だろうか」と疑い、「とりあえず根拠はあるな」「そういうことが起きてもおかしくはないな」と思えば、他者に伝える。そう簡単にパニックは起こさない。このメカニズムを知っておけば、物語の中でリアリティのあるうわさとその伝播を描くことができるのではないか。

　もちろん、これは一般論・傾向の話であって、人それぞれに個人差はあるはずだ。荒唐無稽なうわさを簡単に信じてしまう人、根拠がなくともすぐ他人に伝えてしまう人、パニックになって暴走し、無秩序な行動をする人。それらはおそらく確実にいるが、傾向としては少ないと考えられている。

嘘も百回言えば真実になる

　それでも、明らかに信憑性の低いうわさがいかにもまことしやかに語られ、多くの人々が信じてしまうことはある。

　その典型的パターンの一つが前述した「一見して説得力のありそうな根拠がついてくる」であり、もう一つが「あまりにも頻繁に語られるのでつい信じてしまう」だ。

　インターネット上でもしばしば名言として語られる

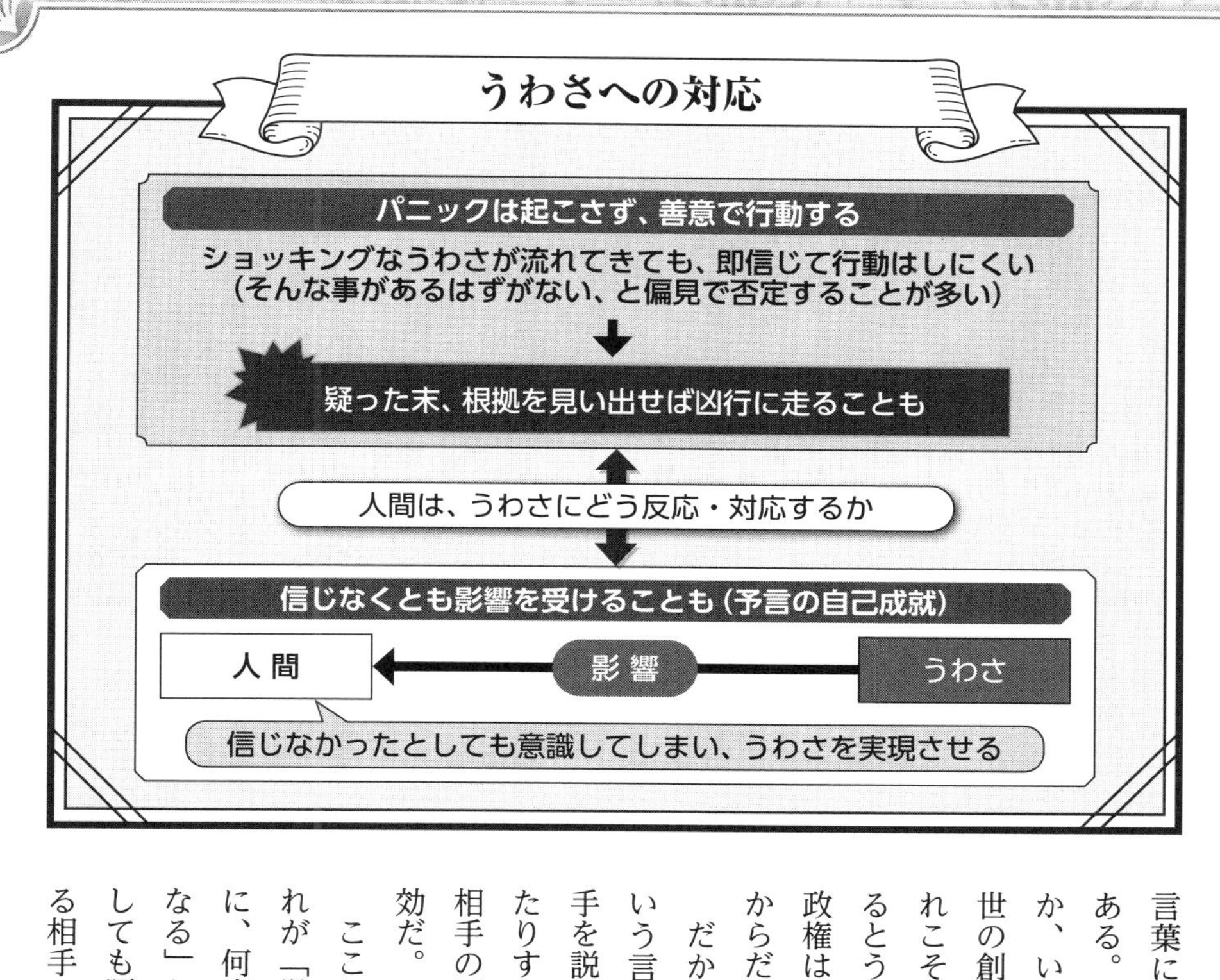
うわさへの対応
パニックは起こさず、善意で行動する
ショッキングなうわさが流れてきても、即信じて行動はしにくい
（そんな事があるはずがない、と偏見で否定することが多い）
疑った末、根拠を見い出せば凶行に走ることも
人間は、うわさにどう反応・対応するか
信じなくとも影響を受けることも（予言の自己成就）
人間
影響
うわさ
信じなかったとしても意識してしまい、うわさを実現させる

言葉に、「嘘も百回言えば真実になる」というものがある。ナチス・ドイツの宣伝相ゲッペルスの言葉だとか、いや総統ヒトラーの言葉だとか、そうではなく後世の創作だとか言われるが、真実は定かではない。これこそまさに「胡散臭いがそれっぽい根拠がついているとうわさに説得力が増す」の実例であろう。ナチス政権は宣伝によって人々をコントロールしたとされるからだ。

だからといって、「嘘も百回言えば真実になる」という言葉の価値が下がるわけではない。眼の前の相手を説得したり、あるいは社会に広く流行を発生させたりするにあたって、「とにかく何度も何度も言って、相手の耳に馴染ませる」というテクニックは実際に有効だ。

ここにはちゃんと心理学的なメカニズムがある。それが「単純接触効果」である。これは文字通り「単純に、何度も会った相手（何度も聞いた話）は信じたくなる」というものだ。知らない相手（言葉）にはどうしても隔意を覚えてしまうが、何度も接して知っている相手（言葉）になると自然、精神的なハードルが低くなる。これは多くの人にとって、身に覚えのある心の働きではないか。

そのくらい、「未知」と「既知」の間には大きな差があるし、「既知」にするために最もシンプルなやり方は「とにかく何度も伝えて、親しみをもたせる」に限るのだ。

あるいは、「何度も言われると（うわさとして回ってくると）嘘であっても信憑性を感じてしまう」には他のメカニズムもありそうだ。つまり、「嘘だと思っていたら、こんなに何度も言ってこないだろう」「こんなに何度もうわさが回ってくるのは、他の人も信じたということだから、信じてもいいのではないか？」と思ってしまうわけだ。

実際には、相手は内心で不安がいっぱいだったり、あるいは嘘をつくことに慣れすぎていて何度でも堂々としているのかもしれない。あるいは、そのうわさを流している人たちはあくまで冗談や笑い話として信憑性が低いまま喋っているだけなのかもしれない。しかしその真相がわからなければ「信じられるかもしれない」と思ってもおかしくはない。

うわさのメカニズム③ 予言の自己成就

注目すべきうわさのメカニズムの一つに、「予言の自己成就」がある。「これこれこうなるだろう」と誰かが予言したり、うわさが流れたりし、その人（あるいは人々）がそれを信じた結果、「本当にそのようになってしまう」ということだ。

例えば「米が売り切れてしまうというううわさが流れて皆が買い占めたせいで、本当に売り切れる」とか、「明日失敗するという占いを信じた結果として振る舞いがギクシャクしたり体調を崩したりした結果、本当に失敗してしまう」などがそうだ。予言やうわさについて口にする者がいなければ実現しなかったであろう出来事が、その言葉のために実現してしまうのである。実際にはさほどの根拠はなくとも、だ。

逆に言えば、うわさをコントロールすることによって、本来起きなかった（あるいは起きる可能性が低かった）出来事を実際に起こすことは可能だ、ということになる。

ただ、予言の自己成就は基本的に「起きるかもしれない」「そうなるかもしれない」と思うからこそ発生する事象だから、全く起き得ない出来事がうわさで流れてきても、信じられないので自己成就しようがない。そこで工夫が必要になる。

例えば、仕入れすぎてしまった商品の在庫を整理すべく、「これこれの商品が最近人気で、早く買わないと売り切れてしまう」といううわさを流したとする。うわさを聞いた何人かは「まあ品物だけ確認してみようか」と店に来てくれるかもしれないが、「店がボロボロ」「誰も客がいない」「品物も特に価値がありそうにない」では誰も信じてくれない。

そこで、「店や品物の外見をよくする」「逆にボロボロでも意味ありげ、雰囲気があるように仕立てる」「サクラの客を立てる」「権威ある人のお墨付きをもらう」などして価値を偽装すると、人々の興味が惹かれ、買ってもらえて、予言の自己成就が期待できるようになるわけだ。

うわさへの対抗手段

うわさは流れ始めたら(あるいは誰かが流し始め、ある程度広まってしまった)それでおしまいで、打ち消す方法はないのだろうか。もちろん、ある程度対抗手段は考えられる。

一つは、「忘れられるのを待つ」だ。古くから「人のうわさも七十五日」というけれど、実際、うわさというものは時が経つことに薄れ、忘れられるものである。新鮮さがなくなって話題にする価値がなくなるからだ。うわさを流す側としては、これを防ぐために定期的に新ネタを用意し、流す必要がある。燃料を継ぎ足すわけだ。その動きを潰す——うわさを流すために暗躍している集団を突き止めたり、メディアへ情報提供するのを妨害したり——ことができればうわさの燃料はなくなり、自然と消える。

もう一つ、「信憑性を失わせる」こともできるかもしれない。つまり、ここまでも見てきた通り「世の中の様子を見る限り、本当にあるかもしれない」「あの人が言っているなら本当かもしれない」が根拠になり、信憑性を作っているのだから、そこを攻めれば揺らぐわけだ。

具体的には、「公式発表で打ち消す情報を出すこと

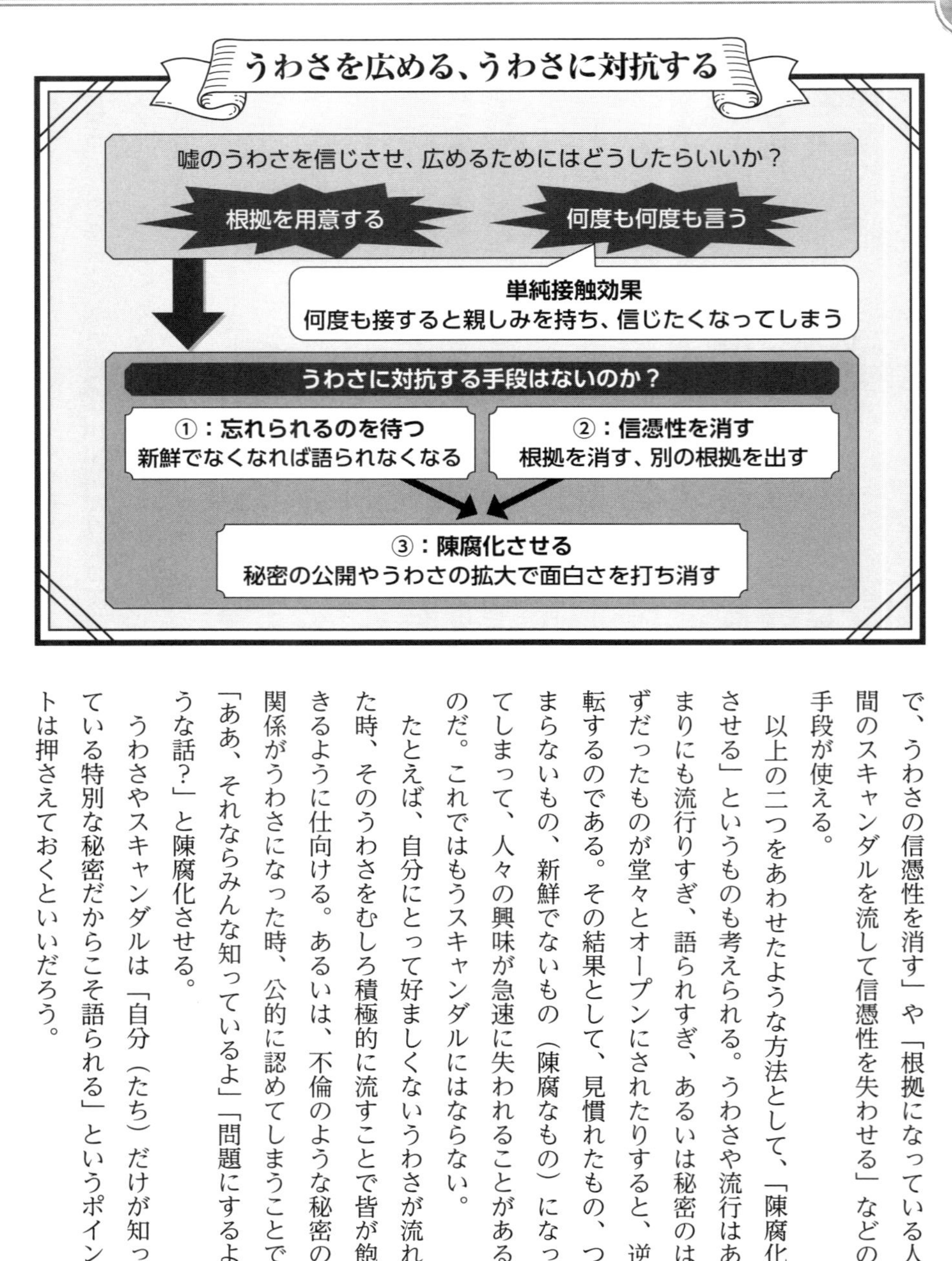

で、うわさの信憑性を消す」や「根拠になっている人間のスキャンダルを流して信憑性を失わせる」などの手段が使える。

以上の二つをあわせたような方法として、「陳腐化させる」というものも考えられる。うわさや流行はあまりにも流行りすぎ、語られすぎ、あるいは秘密のはずだったものが堂々とオープンにされたりすると、逆転するのである。その結果として、見慣れたもの、つまらないもの、新鮮でないもの（陳腐なもの）になってしまって、人々の興味が急速に失われることがあるのだ。これではもうスキャンダルにはならない。

たとえば、自分にとって好ましくないうわさが流れた時、そのうわさをむしろ積極的に流すことで皆が飽きるように仕向ける。あるいは、不倫のような秘密の関係がうわさになった時、公的に認めてしまうことで「ああ、それならみんな知っているよ」「問題にするような話？」と陳腐化させる。

うわさやスキャンダルは「自分（たち）だけが知っている特別な秘密だからこそ語られる」というポイントは押さえておくといいだろう。

女性の立場

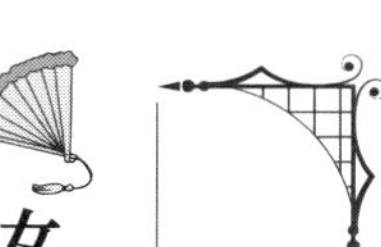

女性の立場の難しさ

スキャンダルはその立場に相応しくない振る舞いから生まれる、と紹介した。この時、悪役令嬢ものである時、「女性らしくない」からこそのスキャンダルは特によく起きるだろう。この点は現代日本を生きる私たちには理解しにくいところもある。

——物語を「中世ヨーロッパ風」あるいは「近世ヨーロッパ風」異世界を舞台にした悪役令嬢ものと定義し、現代日本の読者に向けた物語として書く。この時、実は大きな障害がある。

それは「前近代のヨーロッパでは女性の政治的・社会的な立場が著しく弱い」ことだ。そのため、彼女たちは自らの運命を変えるために積極的な働きをしたり、スケールの大きな活躍をするのが難しくなってしまう。悪役令嬢をより「リアルな」ものとして設定した際、ヒロイックな行動をさせるのは簡単ではない。

これは本書の各所で「モチーフの時代・地域の常識と、作者や読者の属する時代・地域の常識が食い違った時」に重ねて記していることだが、このような問題は無視してもいい。エンタメ作品においては、読者にとっての理解や共感のしやすさのために、「私の世界ではより現代的な価値観が広まっている」とする手があるからだ。

あるいは、別の選択肢もある。「これこれこういう事情により、この世界では男女の権利がある程度、あるいは完全に同列である」とする。さらには全く逆に「この世界では女性こそが強い権利を持って政治的・社会的に活動している」としても良い。「全体の傾向としては女性は従属的な立場にいるが、特別な事情があれば活動的に行動することができる」というのも考えられるだろう。これらは私たちの歴史においても、またフィクションとしても、どちらも実際に存在する社会のあり方だ。

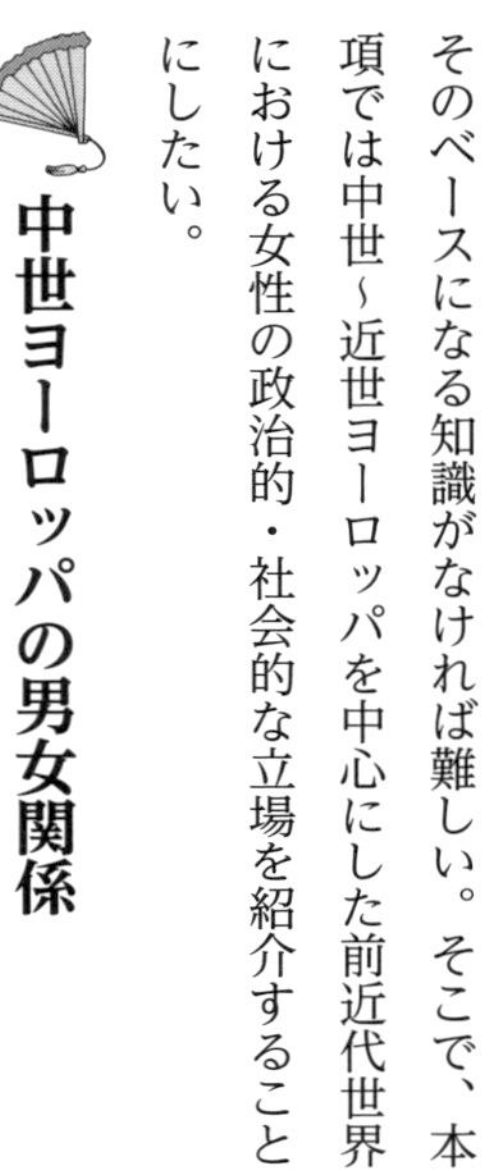

とはいえ、なにがしかのアレンジを加えるにしても、そのベースになる知識がなければ難しい。そこで、本項では中世~近世ヨーロッパを中心にした前近代世界における女性の政治的・社会的な立場を紹介することにしたい。

中世ヨーロッパの男女関係

中世的世界では多くの場合、女性の自由と権利は男性のそれに比べて制限され、妻は夫に従うもの、とされる。

特にヨーロッパではキリスト教の聖書がこの主張の裏付けとなった。特に最初期の伝道で活躍した使徒パウロの残した「女性は男性のために造られた存在である」「女性こそが原罪の源である」といったメッセージが、後世に大きな影響を残したとされる。

ただ一方で家庭内の仕切りについては女性の権限が大きく、その働きが一家や一族、さらには国家の命運を左右することさえあった。炊事・洗濯・掃除・糸紡ぎに裁縫・菜園の管理と、家の中でやらなければならないことは無数にあった。

加えて、農業に従事している場合は畑仕事には男女の別なく参加する。庶民の女性であれば自ら、上流階級の女性であれば使用人に命令を下して、これらの重労働をこなしていかなければならなかったのだ。

中世末期の都市住民の女性なら、家庭の仕事に加えて自らの仕事を持つようなこともあった。女商人、女職人、そして居酒屋の女将として生計を立てる女性たちが立派にいたわけだ。

悪役令嬢に重なるような上流階級の女性であるなら、その仕事のスケールはもっとずっと大きい。家臣団や使用人たち、あるいは領内の管理についても、女性は夫と責務を分かち合う共同経営者として振る舞っていた。また、夫が貴族や騎士であれば領地を空けて王都へ出たり、他地域や出陣したりということもあったろうから、その時には妻こそが領主の代理人として家の一切を仕切ることになる。自家の領地や城が攻められた際には食事を用意し、負傷者の手当てをするのが女たちの勤めだ。また、「女伯」「女男爵」という具合に、女性が爵位を継承して一家の取りまとめをするケースもなくはない。

これをまとめると、社会的な意識――いわゆる「常識」において「女は男に劣る」とされつつ、しかし実生活においては「女がいなければ男の生活も成り立たない（もちろん逆も然り）」という実態があった、ということになる。このねじれはしばしば魅力的な物語のきっかけになり得る。

男尊女卑の思惑

男尊女卑社会における「賢い男性」の振る舞いは、「賢い権力者」のそれとも重なる。自らを女性よりも上の存在として定義しつつ、しかしそれを露骨には見せないで、「いかに自分が女性に支えられているか」「いかに女性の活躍なしに男の社会が成立しないか」を折に触れて認め、アピールし、女性たちの不満を吸い取ると共に、責任感ややりがいを持たせる。

内心では女性を軽蔑しているのかもしれないし、あるいは本心から女性を対等の存在として見ているのかもしれないが、どちらにせよ男性と女性の扱いを対等にしようとはしない。このような有り様は現代人の指摘からすると差別的とも言えるが、本人に問い掛ければ「男性と女性は違うもので、相応しい立場を与えているだけだ。つまり、差別ではなく区別だ」と答えることだろう。

一方で、このような「賢さ」を身につけていない男性も相当数いる――というよりも、そちらの方が主流であろう。彼らは「男性は女性より上」というお題目を心から信じている。「女性の働きがなければ社会全体が成り立たない」などとは考えてもいないだろう。あるいはいっそ「男性よりも劣る女性たちに仕事をくれてやってるのだからありがたく思え」くらいに思っているかもしれない。

本書で後述するが、悪役令嬢ものでも頻発する、いわゆる「婚約破棄」から始まるタイプのストーリーでは、この種の「賢くない」男性が物語の引き金を引く役割を持たさられることが多いようだ。つまり、婚約相手や妻に当たる主人公が何かしらの重要な役目（能力や人間性、相続している財産など）を背負っているにもかかわらず、それを軽視・忘却するがために相手との縁を切ってしまう（父親や上司が「賢い」男性だったのに死んでしまってフォローできなくなった、というのが定番）。結果、主人公は新しい人生を歩み出すことになって成功への道を歩む……というわけだ。

その後、「賢くない」男性はどうなるのか。最後まで間違いを認められないまま破滅するかもしれないし、実態が理解できるようになって一皮剥けるのかもしれない。「賢い」男性の助言で立ち直ることもあるし、むしろそのような人物からも見放されてどうしようもなくなるのかもしれない。

現代日本の現実ともある程度重なるこのような「賢さ」「賢くなさ」は、ドラマを作り上げるのに大いに役立つ。大事なのは、「主人公はこの状況をどう思っているのか、何を感じるのか」を掘り下げることだ。

女性にも男尊女卑的価値観を内在化させている人はいる、というよりこれもむしろその方が主流であるはずだ。主人公もまたそのような一般的な「女性としての正しい振る舞い」を信じていて、婚約破棄や破滅を経て考えを変えるのか。それとも最初から世間一般の価値観に違和感を抱いていて周囲と対立したり、あるいは隠していたけれども出来事を機に表へ出すようになるのか。この辺りはしっかり固めておきたい。

女性の権利

もう少し、中世ヨーロッパにおける女性の権利を掘り下げてみよう。

実は、この時代の女性にも土地を持ったり、親から受け継いだり、売り渡したりする権利はあった。ところが、彼女たちは生涯を通して後見人（父、夫、どちらもいなければ父の主君）の保護下に置かれ続けたのである。そして、後見人は時に本人の意向を無視し、土地を勝手に売り買いしてしまうことさえあったという。このような暴挙に女性側から異議訴えをする権利はなく、訴訟さえも「夫が一緒に出廷しなければダメ」だった。

結婚や再婚はつまり彼女自身以上にその財産をやり取りするということを意味しており（結婚相手の夫にはこれにプラスして持参金がもたらされる）、それを後見人がかなり自由にすることができた。結果として、孤児（これは男性も含む）や寡婦の後見人になる権利がある種の財産として売り買いされることさえあったというのである。

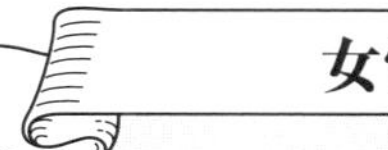
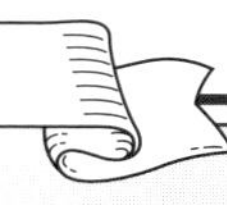

女性「らしさ」とは

スキャンダルの大きな原因は「らしくない」振る舞いをすること
⇒前近代世界の「女性らしい」「女性らしくない」の判断はかなり厳しい

↓

背景には当時当たり前だった男尊女卑思想がある

↓

キリスト教を背景にした思想	矛盾	**実務上の事情**
女性は男性よりも劣った、従うべき存在		家政の取りまとめから労働まで、女性なしではやっていけない

↓

賢い男性であれば女性を立て、一体感を持たせていく。
愚かな男性であれば、女性が従うのが当然だと心から信じている

社会的な仕組みとしても女性は不利な部分が多い

こういう社会的立場であるから、結婚はごく早い時期に、親や主君の思惑によって決まる。婚期は十二歳に始まり、十四歳くらいまでには相手が決まった。もっと早く五歳の頃に婚約・結婚が決まることもあったが、あくまで形式上の話であり、のちに破談になったりもする。

では、離婚はどうか。キリスト教は離婚を認めないが、「あの結婚は無効だ」という手続きはできた。しかし実際には教会側が受け入れてくれず諦めることも多かったようだ。

女性がある程度自立性を取り戻せるのは、夫が死んで寡婦になってからだ。その家を継ぐのは後継ぎだが、寡婦が無一文で追い出されることがないよう「寡婦産」として不動産の三分の一が与えられることになっていた。この辺り、現代でも遺産相続で妻に半分が与えられるのに似ている。訴訟の権利も寡婦になれば復活するようで、「後継ぎが寡婦産を引き渡さない」「夫が生前に売り払った自分の土地を取り戻したい」などの訴えを王に対してすることもあったようだ。

他にも、結婚の無効を妻の方から国家と教会へ訴え

たケースも記録に残っているが、これは「王が傭兵に寡婦を与えたが、傭兵が国外追放になった後に訴えた」ケースなので、再度寡婦になったようなものと考えるべきかもしれない。

女性は物扱いされるか？

もう少し、女性にまつわる物語のフックになりそうな（そしてスキャンダルの種にもなりそうな）エピソードを紹介しよう。

時代と地域にもよるが、時に女性は権利を失い、物のように扱われることがある。

例えば、近世ヨーロッパの話になるが、十七世紀には「略奪結婚」が流行したという。文字通り、女性（若い娘だけでなく未亡人でも）を誘拐して自分の妻にしてしまうわけだ。治安の悪いところで荒くれ者がやらかすのかと思いきや、花の都パリのど真ん中で、爵位を持つような上流階級の人間もやったというから恐ろしい。

十八世紀イギリスでは、旅館の厩番が自分の妻と喧嘩した挙句、首に縄を引っ掛けて市へ引き立て、売ろうとした、という話がある。それだけならある種の笑い話あるいは男の横暴話なのだが、そこへ行きあったのがブリッジス公という大貴族。この人も何を思ったのか、その妻——決して美人ではなかったらしい——を買ってしまったのである。

しかもブリッジス公、とりあえず連れ帰った彼女を心から愛し、自分の妻にして亡くなるまで十数年共に過ごしたという。さて、彼女（アン・ジェフリーズという名前が残っている）は幸せだったのだろうか。

女性の物扱いと言えば、その極地は娼館の娼婦として性的サービスに従事させることであろう。もちろん、性別に関係なく、戦争に巻き込まれたり人狩りにあったり借金を返せなくなったりすれば、自らの身柄を他者の自由にされることはある。いわゆる奴隷扱いだ。それゆえに身体を売らざるをえないのが女性だけというわけでもない（多くの文化で男娼は見られる）。とはいえ、女性娼婦の方が一般的だったのも間違いない。悪役令嬢あるいはそれに類する存在が、追放・破滅の末に娼婦に身を落とさざるを得なくなる、というのもおかしな展開ではないわけだ。

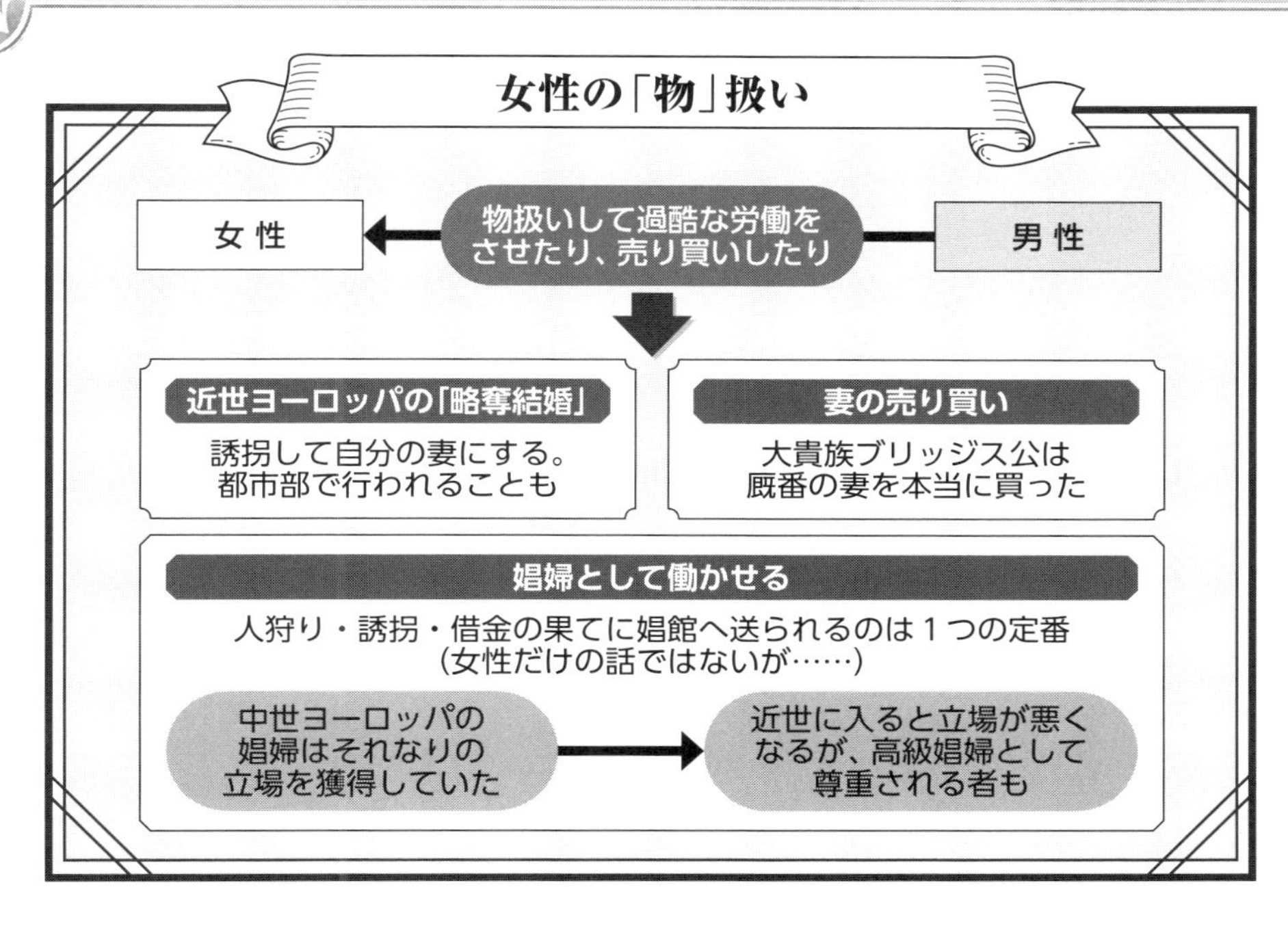

女性の「物」扱い
女 性
物扱いして過酷な労働をさせたり、売り買いしたり
男 性
近世ヨーロッパの「略奪結婚」
誘拐して自分の妻にする。都市部で行われることも
妻の売り買い
大貴族ブリッジス公は厩番の妻を本当に買った
娼婦として働かせる
人狩り・誘拐・借金の果てに娼館へ送られるのは1つの定番
(女性だけの話ではないが……)
中世ヨーロッパの娼婦はそれなりの立場を獲得していた
近世に入ると立場が悪くなるが、高級娼婦として尊重される者も

ただ、中世ヨーロッパの娼婦はそこまで厳しい立場ではなかったようだ。ドイツでの話だが、「都市や貴族、司教の運営する娼館があった」「高貴な客人を歓迎する際、娼婦が花束を捧げ歓迎する役目を担った」というから、彼女たちは普通の女性と同じく、堂々と街で暮らしていたのだ。

ただ、十五世紀の終わり頃になると、社会的な考え方が変化して、彼女たちの立場は急激に悪化する。「黄色いリボンなどの目印を付けさせられた」「宴会や舞踏会に出られなくなった」など、普通の女性たちとの区別が進んだという。

一方、特別な地位に立った娼婦もいる。ルネサンス期、ローマやヴェネツィアにはたくさんの娼婦たちがいた。そのうち、下級の娼婦はいわゆる身を売る仕事そのものであったが、高級娼婦になるとそこにプラスされるものがあった。つまり、上流階級の客と堂々と話せるような知性と教養もまた、売り物になったのである。この辺り、近い時代である日本の江戸時代において、吉原遊郭の高級娼婦たちがその知性で知られたことと相似形をなしているわけだ。

計画してみるチートシート(スキャンダル編)

物語に関わるスキャンダル

主人公の立場を脅かすのか、
黒幕への切り札になるのか、それとも

どう明らかになるのか

スキャンダルの始まりになる事件も大事。
偶然か、必然か、誰かの策謀か

うわさになるのか秘密か

うわさになれば隠せなくなるし、
秘密のままなら商売の種にもなる

女性の立場との関係は

悪役令嬢ものなら物語の舞台における
女性の立場とも絡めていきたい

◆ 6章 ◆
交渉せよ！

交渉

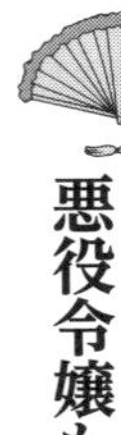

悪役令嬢ものと交渉シーン

悪役令嬢ものでは交渉や口喧嘩、論争をするシーンが自然と増える。

例えば、自分がなぜ追い詰められ、断罪されたり追放されたりしなければいけないのか（いけなかったか）を知る必要があるからだ。その過程では、時には話したがらない相手から情報を聞き出し、あるいは莫大な対価を求めてくる相手の要求を値切らなければならないこともあるだろう。また、無礼な振る舞いをしてくる相手に毅然と対応して社会的評価を獲得することでその後の展開が有利になったりもする。物語の一区切りや結末にたどり着くための大きな障害を乗り越えるシーン（いわゆる「クライマックス」）も、バトル展開よりは言葉による戦いの方が比較的似合う。

そこで、この章では、交渉シーンを書くにあたってのポイントを紹介したい。

「優れた交渉」とは

さて、あなたは「優れた交渉能力の持ち主」「コミュニケーション強者」と言われて、どんなキャラクターを連想するだろうか。

一つの類型としてあるのは、「自分の意見を強く押し付ける能力に長けた人」だろう。この種の人は、一般にいつも堂々としていて、物おじしない。ペラペラよく喋って相手に発言の機会を与えず圧倒するタイプもいるし、言葉数が少ない代わりに無言でじっと睨みつけてくる人もいる。ただ基本的にはプレッシャーをかけ続けて交渉相手の考える余裕を奪い、自分の主張を揺るがず押し付けて、少しでも利益を最大化する傾向があるように思う。場合によっては嘘も平気でつくし、大袈裟な表現もする。

このタイプの交渉人は、ゆきずりの相手と交渉するのには非常に向いている。相手との今後の関係など無視して、とにかくその一瞬の利益を最大化するためには、このやり方は実に効果的だ。

ただ、問題は多い。相手が交渉後に冷静になって「考えてみたがあの条件はおかしい」と交渉の無効を申し立ててきたり、そもそも交渉中に暴力に訴えてきたりする可能性もある。相手が同じタイプであった場合、一方的に自分の主張を訴え続け、また相互に一歩も譲らなければ、交渉が全く成立しないことも頻発しよう。そのため、自分の利を最大化させることにこだわる交渉人は、暴力や法律によって交渉を無効化されないような手筈をあらかじめ整えることになる。そうでなければ「下手な鉄砲数撃ちゃ当たる」理論でたくさんの相手を狙い、譲ってくれる気弱な相手、礼儀正しい相手だけをカモにしなければならない。

もっと大きな問題がある。それは、自分ばかり利益を得ようとする交渉人は、二回目、三回目の交渉が不利になる、ということだ。一回目の交渉で圧倒され、痛い目に遭わされた相手は、二回目以降は非常に警戒してくる。いや、そもそも交渉の席に着いてくれない可能性さえある。誰だって一方的に不利な状況に置かれたくはないのだから当然だ。

仮に立場上どうしても交渉を打ち切ることができないにしても、不利益を押し付けられた相手は不満を溜め、恨む。仕事の量や質でサボタージュをしてくることもあるかもしれない。これでは長期的に良好な関係を作ることなどできようはずもない。

理想はノンゼロサムゲーム

では、長期的に良好なやりとりを続けられる交渉人は、どんな人なのだろうか。

一つの類型は、「相互利益の最大化を目指せる人」だろう。つまり、自分の利益だけ最大になればいいのではなく、お互いが一番利益を得られるような条件を目指すことである。

夢物語に思えるかもしれない。交渉ごとには「ゼロサムゲーム（プレイヤーの誰かが得をすれば誰かが必ず損をする形）」が多いように思われるからだ。例えば、単純なものの買い物を巡る値上げ・値下げ交渉は、普通ゼロサムゲームだろう。値上げになれば買い手の損、値下げになれば売り手の損である。

しかし、交渉や取引にはもう一つの形もある。それが「ノンゼロサムゲーム（必ずしもプレイヤーの誰かが損をするとは限らず、場の中の利益が拡大するなどして、全員が得をする可能性のある形）」だ。

例えば、対戦型のゲームは普通勝者と敗者がいて、ゼロサムゲームだ。しかしTRPG（テーブルトーク・ロールプレイングゲーム）や、複数名で遊べるCRPG（コンピューター・ロールプレイングゲーム）では一般に、直接の対戦は行われない。そこでは「皆で楽しんで遊ぶ」ことが勝利条件であり、勝者と敗者には分かれないのである。

他にも、「誰かに知識や技術を伝える」行為はノンゼロサム的だ。知識や技術は与えた側から失われることはない。そして、教えられた人間がそれらを用いて人々の生活を豊かにし、世の中を発展させていくことで、皆が利益を享受できるようになる可能性がある。

お互いを理解し合うこと

もう少し具体的に、「相互が納得する交渉」のテクニックを紐解いてみよう。

「自分にとって価値は低いが相手にとって価値が高いもの」と「相手にとって価値が低いが自分にとって価値が高いもの」の交換は、お互いがハッピーになるための最短距離である。

例えば、「世間からの評判・名声を病的に求める人物」と「世の中からどう思われようが一切気にならず、実利だけを求める男」は最高のパートナーになれる可能性がある。二人が手を組んで大成功を収めた時、前者は大成功者として喝采を浴び、後者は大金をせしめてホクホク顔になるだろう。ただ、人間の心は変わるもの。のちのち前者は実利を、後者は名声を、結局欲しくなって相争うこともままあるが……。

ともあれ、お互いが同じくらい高い価値のものを差し出し合うような形になれないか、考えることには大きな意味がある。

『孫子』曰く「敵を知り、己を知れば百戦百勝危うからず」の理論は本来戦争の話をしているわけだが、交渉のこの点でも大いに役に立つ。相手の事情を知り、その立場で「何を貰えれば嬉しいのか？」「意外にいらないもの、もう役に立たないものはなにかない

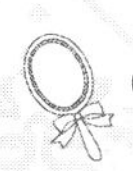

か？」と考えることができれば、相互に満足できる交渉結果へ近づけるだろう。

相手の気持ちになる――という点では、「ケーキカット理論」ともいうべき手法がある。ケーキやピザを二つにカットしてお互いに満足できるようにするのは意外に難しい。丸を半円にするのは注意すればなんとかなるが、乗っている具なり果物なりが不平等になりやすいからだ。財産や領土などの一つの塊を二つに分けるのはもっと難しい。キレイに同価値で分けるのは困難である。

この分割は普通に考えればゼロサム的なやり取りだ。しかし、完全なノンゼロサムにすることはできなくとも、せめて引き分けに近づけることはできる。ナイフを渡してこう言えばいいのだ――「では、あなたが二つに切り分けてください。私が選びます」と。

すると、どうなるか。相手が最大限の得を取ろうとすると、可能な限り平等になるように分けることになる。二つのピースのうち片方を有利にしてしまうと、その有利な方を取られてしまうからだ。また、「自分で選んだ」ということで文句を言いにくくなる効果も期待できる。

「交渉相手のメンツを立てる」ことも大事だ。相手を言論なり威圧なりで完膚なきままに叩きのめしてしまうと、間違いなく恨みを買う。先述のように一回きりの交渉をする行きずりの相手であったり、あるいは何もかも奪い取ったり、相手を組織の中で失脚まで追い込むつもりならいいかもしれないが、引き続き交渉をしていくのであれば、恨まれていいことは少ない。

そこで、勝ちすぎない交渉が必要になる。相手が上司や仲間、部下のところへ戻った時に（一匹狼であるなら、自分自身への言い訳として）、「交渉は不利だったが、少なくともこの点では利益を確保することができた」と主張することができるような形が大事なのだ。

これに関係するテクニックとして、「人格と問題を切り分けて考える」がある。

人間はどうしても人格と問題を同一視してしまいやすい生き物だ。結果、何かしら解決しなければいけない問題が出た時に、「この問題を解決するためにはどうしたらいいんだろうか」と考えねばならないのに、まず「こんな問題が出てくるのは、お前の人格が

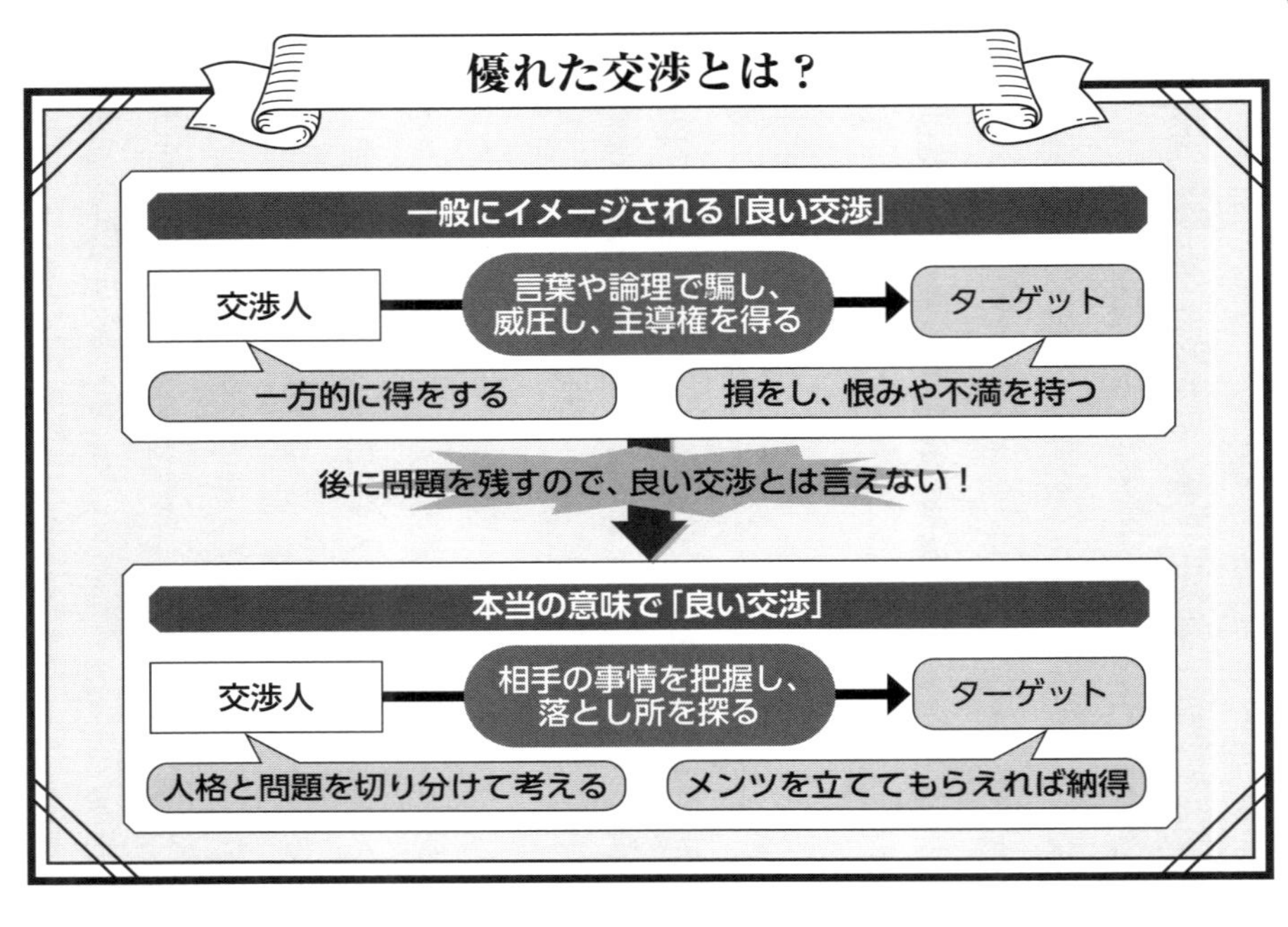

悪いからだ！」と罵ってしまいたがる。はっきり言えば、人格攻撃は気持ちがいいのだ。相手が明確に何かしら失敗をしている時はなおさらである。

しかし、そのような人格攻撃をされた相手は、その後素直に話し合ってくれるだろうか？「自分は責められている」「真の被害者は自分だ」と考え、身を固めて頑なになってしまうのが普通だ。これではお互いの利益が最大化することなど目指せるはずもない。

そのため、人格と問題を切り分けて、「あなたを責めるつもりはない」「目指しているのはあくまで問題の解決だ」ということをアピールしていく必要がある。

言葉によらないコミュニケーション

交渉の主役は言葉だ。それは間違いない。しかし、言葉以外の要素――仕草や表情、身体接触などが交渉で重要な役割を発揮することが多いのも一つの事実だ。これを「ノン・バーバル・コミュニケーション」という。非言語コミュニケーションと呼ばれるこれらのコミュニケーションを活用することで、言葉では生まれない説得力や共感力を生じさせて相手の心に干渉することができる。逆に相手が無意識に行なっている仕草などからその心中を察することができて、交渉を有利に進めることも可能なのだ。

前者の手法としては、握手やハグによって親しみを感じさせる方法が代表的だろう。しかし、これらの身体接触は文化によってはよほど親しい相手としか行わないものだったりする。そのため、相手の価値観や自分と相手の親しさを測りながら適切な距離を保つ心遣いが重要だ。また、いわゆるＴＰＯに合わせた適切な服装によって好感を得たり、自分のキャラクター性に合わせた服装をすることによるイメージ戦略も、ノン・バーバル・コミュニケーションのうちに入る。

一方、後者の手法としては以下のようなものがある。人間は動揺すると自律神経が乱れ、「汗をかく」「顔が赤くなる」「唾を飲む」などの仕草をしてしまいやすい。そして本人でもそのことがわかっているから、「顔を手で触る（髪をいじる、口元を隠す）」ことで表情を隠そうとする。「目が泳ぐ」すなわち視線が意味もなく彷徨うのも嘘つき・動揺・不安のサインだが、特に利き手とは反対側の方へ泳ぐのは不安の表れとされる。相手に「咳払い」や「水を飲む」「椅子をいちいち引く」などの仕草が多くなったら、重要な問題について誤魔化そうとしているサインかもしれない。それは無意識のうちに考えをまとめるための時間稼ぎの可能性があるからだ。

エンタメでこれらの非言語コミュニケーションを活用する交渉・説得シーンを活用するにあたっては、二つのメリットがある。一つは単純に、物語に説得力がつき、深みが増すこと。そしてもう一つは、単にセリフを応酬するだけだと展開が単調になるところ、他の描写が入っていくことでテンポが生まれることだ。

コミュニケーションの誘い水

相手から情報を引き出したい時、犯しやすいミスの一つに、こちらは何も言わず、とにかく相手の情報をすべて奪ってしまおうと意気込むことがある。これでは相手が口を開くはずもない。

そこで、「まず自分から誘い水を出す」というテクニックが広く用いられている。「私はこうなんですが、あなたはどうですか？」と問いかければ、相手は自然とこちらを無意識のうちに信用してしまい、ポロッと情報を出してしまう。

これは尋問の場や真剣な交渉の席から、日常的な雑談――例えば酒宴の席や井戸端会議などまで、非常に広いシーンで役に立つ考え方だ。相手の口を開きたいなら、まずは自分の口からなのである。

相手から知識や技術について有用な情報を引き出したいが、その取っ掛かりが得られない、ということもあるだろう。頑固な職人や天邪鬼な学者などからヒントを得るのは簡単ではない。この時に役に立つテクニックに、「わざと間違える」がある。

やることは簡単。「これってつまりこういうことなんですよね?」「私はこう思うんですが、どうですか?」と、あえて間違った推測・回答を口にするのだ。もちろん、本当に知識がないなら別に凝ったことをする必要もなく、素直に思うところを口にすればいい。

この時、多くの人はついつい「それは間違いだ。本当はこうなんだ」と間違いを正し、正解を教えたくなる。もったいぶってはぐらかし、自分の知識の値段を上げようとしている人であったとしても、うっかり口を滑らせてしまう確率は高い。

同種の現象はSNSなどでもまま見られる。「○○について教えて下さい!」と書き込んでも、なかなか人の注目は集められず、教えてくれる人は現れない。しかし「○○ってつまり××でしょう?」と間違ったことを書き込むと、親切な人がわらわら現れて正解を教えてくれるものだ――SNSでのことだから頓珍漢な素人も少なからず現れるが。

威圧する交渉のプラスとマイナス

論理で勝てない人間がしばしば用いる交渉手法に、「怒る」「怒鳴る」がある。しかもその内容も交渉の本筋とは関係がなかったり些細だったりする部分への注目――「お前の態度が気に入らない」や「どうしてこんなことを言われなきゃいけないんだ」「俺のことばかり責めるがそっちはどうなんだ」――や、一般に屁理屈と呼ばれるような支離滅裂な内容であることが多い。悪役令嬢はこのような手法を用いている相手にどう立ち向かうべきだろうか。

このとき大事なのは、本当に怒っていたり、本気で

言葉を用いないコミュニケーション

ノン・バーバル・コミュニケーション

バーバル・コミュニケーション 武器は言葉	⟷	ノン・バーバル・コミュニケーション 武器は言葉「以外」

- 身体接触や距離、外見で相手の心をつかむ
- 相手の仕草や振る舞いで何を考えているかを知る

情報獲得の誘い水

相手から情報を得たい時には、適切な喋り方というものがある！

悪い手法	良い手法
自分側の秘密を守り、情報を渡したくないと考えすぎて、とにかく相手に喋らせようとする	自分側の事情を喋ったり、あえて間違ったことを口にすると、相手は事情や知識を話しやすい

支離滅裂なことや本筋以外のことにこだわっている人も一定数いることだ。交渉手段でなく心から怒っている人の場合は、よくよく聞いてみると「自分は一生懸命説明をしていただけなのに話すのを止められた」という具合に、こちらの対応に腹を立てていることが多いとされる。この場合、相手の話をじっくり聞き、落ち着かせることで交渉が上手くいくことだろう。

対して、論理では勝てないから「怒り」「怒鳴り」で押し込み、あるいは本筋と関係ないところでとにかく言い負かせる所を探している相手にはどう対応すればいいか。まずは「あ、これはとにかく威圧してなんとかしようとしているな」と気づくことが大事だ。このタイプの相手はとにかくじっと目を見て睨み、それを逸らさない。威圧するためにやっているのだが、そのことを知っていれば「あ、本当は自分が不利だとわかっているな」と気づくきっかけになる。後はもうなるべく冷静に、落ち着いて、相手が脇筋に逸らそうとしていく話題をひたすら本題へ持っていくしかない。

そもそもまともに交渉をする気がない相手なのだから、「その時点で交渉を打ち切る」や「第三者を介入

威圧してくる相手の思惑は？

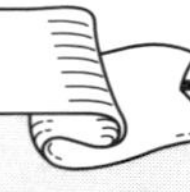

激怒し、威圧してくる相手にはどう対応すればいい？

ポイントは、相手が本気で怒っているかどうか

激怒・威圧と交渉の関係性

パターン①：相手が本気で怒っている
よく話を聞くと、こちらの対応に不満を持っていることが多い。
⇒どうにかして落ち着かせる方法を考えよう

パターン②：相手がテクニックで怒って見せている
怒り、威圧し、状況をかき回そうとしていることが多い。
⇒交渉を打ち切ったり、第三者を介入させたりしよう

主人公側が利用してもいいのだが……
⇒読者には卑怯に見えすぎることもあるので注意

させ、本題の進行はその人物に任せる」という手もあるだろう。結局のところ、相手がどうして怒りや怒鳴りで場を混乱させようとしているかと言えば、正面から交渉したら勝ち目がないとわかっているからなのだ。ならば、こちらは堂々とした交渉を貫けばいい。

一方で、悪役令嬢の側の方が怒り・怒鳴りを武器にし、支離滅裂な主張をしなければならないこともあるだろう。この手段はピンチになっている側、状況を逆転しようとする側が使うものなのだから、主人公ポジションが使ってこそ映える、というドラマツルギー的事情があるわけだ。

ただ、一見して卑怯な手段でもある（劣勢なところからイチャモンをつけていく手法なので）ため、作中で使う時は注意が必要になる。一般に読者は主人公がズルいやり方で成功することを好まないからだ。そこで、ダークヒーロー的なカッコ良さを追求（卑怯だろうとなんだろうと勝たなければ始まらないんだ！）したり、死に物狂いで交渉に挑まなければいけない理由（守らなければいけないものがある！）があったり、など設定・描写で工夫をする必要がある。

交渉をかき乱す特異な相手

交渉困難な相手

前項で紹介したような交渉のテクニックを用いれば、どんな相手とでも十全にコミュニケーションを行い、両者にとって利のある形へ落着させたり、あるいはとにかく最低限の利益だけでも奪い取ったりすることができるだろうか？

残念ながら、必ずしもそうとは限らない。前項で紹介したような技術やコツは、基本的には価値観や考え方、文化を共有する相手だからこそ機能するものだからだ。極端なことを言えば、「ノンバーバルなものを含めて一切のコミュニケーションができない相手」とは交渉のしようがない。

それでも、交渉上手なら糸口を探すことはできるかもしれない。交渉する気がなく、とにかく暴力や政治権力に訴えて来る相手について、「どうしても気になるようなワードをぶつけて興味を引く」や「相手がメンツを第三者や上位者を引っ張り出して交渉のテーブルに着かせる」などの手もある。また、立場や文化などがぜんぜん違う相手に対して、どうにか相手の事情を調べ上げ、なるべく相手の立場に立って、無礼にならぬよう、怒らせないよう、相手が自分を同等で丁寧に交渉するべき相手だと思ってくれるよう、工夫をすることも不可能ではない。

それらは困難な事業であり、また気力と体力を費やさなければならないものでもあるのだ。

そして、驚くべき――あるいは物語のネタや主人公の前に立ちふさがる障害としては面白いことがある。価値観や文化を共有しているはずの相手、立場も近いはずの相手の中にも、そのような「交渉困難な相手」がしばしば紛れているものなのだ。

「反社会性パーソナリティ障害」的な性質を持つ人々。意識してか無意識でかマインドコントロール技術を用いてくる相手、「自己愛性パーソナリティ障害」

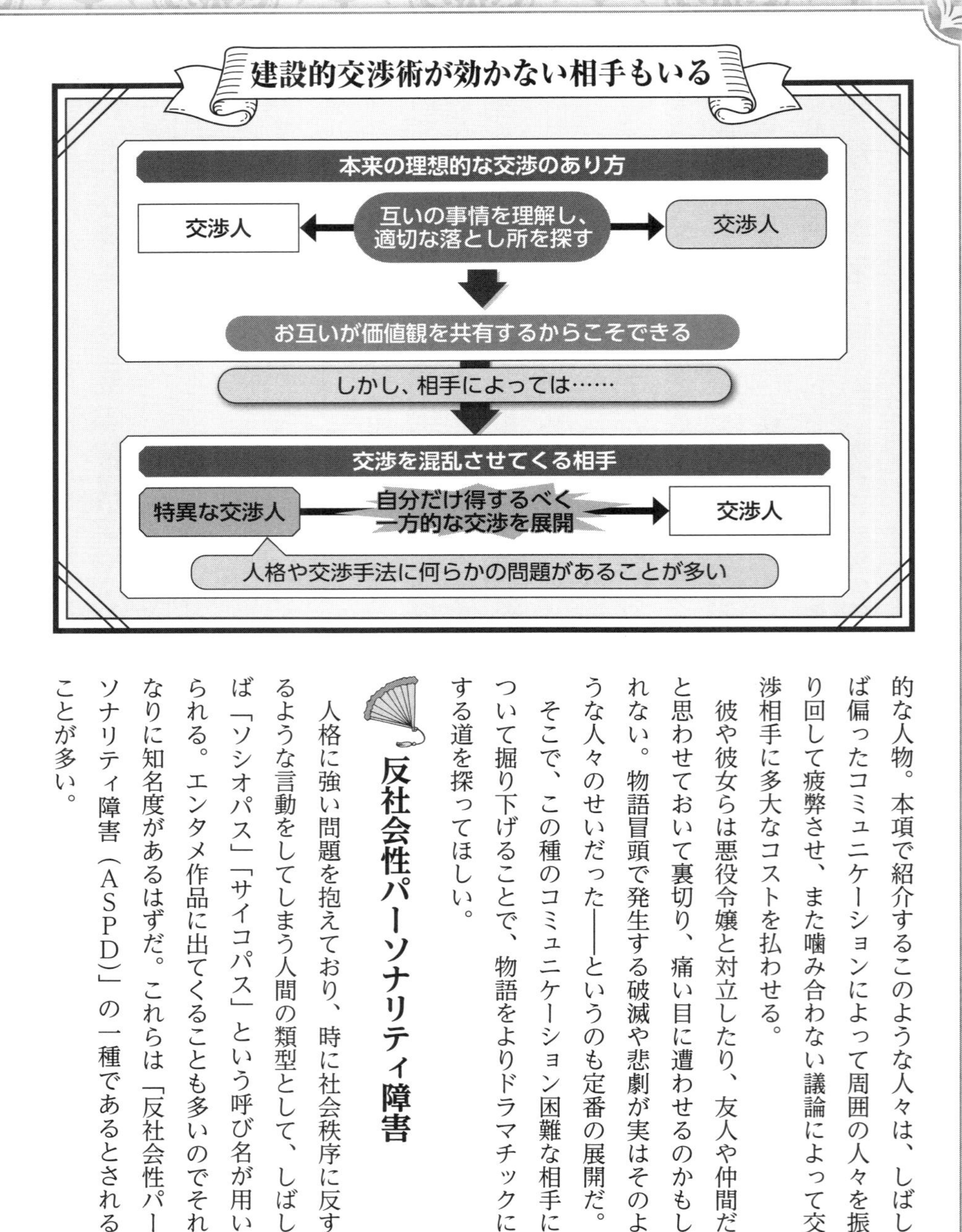
建設的交渉術が効かない相手もいる
本来の理想的な交渉のあり方
交渉人
互いの事情を理解し、適切な落とし所を探す
交渉人
お互いが価値観を共有するからこそできる
しかし、相手によっては……
交渉を混乱させてくる相手
特異な交渉人
自分だけ得するべく一方的な交渉を展開
交渉人
人格や交渉手法に何らかの問題があることが多い

的な人物。本項で紹介するこのような人々は、しばしば偏ったコミュニケーションによって周囲の人々を振り回して疲弊させ、また噛み合わない議論によって交渉相手に多大なコストを払わせる。

彼や彼女らは悪役令嬢と対立したり、友人や仲間だと思わせておいて裏切り、痛い目に遭わせるのかもしれない。物語冒頭で発生する破滅や悲劇が実はそのような人々のせいだった——というのも定番の展開だ。

そこで、この種のコミュニケーション困難な相手について掘り下げることで、物語をよりドラマチックにする道を探ってほしい。

反社会性パーソナリティ障害

人格に強い問題を抱えており、時に社会秩序に反するような言動をしてしまう人間の類型として、しばしば「ソシオパス」「サイコパス」という呼び名が用いられる。エンタメ作品に出てくることも多いのでそれなりに知名度があるはずだ。これらは「反社会性パーソナリティ障害（ＡＳＰＤ）」の一種であることが多い。

本書は心理学や精神医学の本ではないため、精神的な障害を正確に分類することは目的としない。ただ、反社会性パーソナリティ障害、及びこれに類似する性質を持つような存在は、物語の中に登場させると特異な個性を発揮し、主人公を苦しめたり物語を盛り上げたりするのに役立つため、ここで紹介する。

では具体的に、反社会性パーソナリティ障害にはどんな特徴があるのか。

・共感性や罪悪感が欠けており、他者が何を考えているかに興味が薄い。危害を加えたとしても「痛いだろうな、苦しいだろうな、悪いことをしたな」などとは考えない。必要があれば共感性があるかのように演技することはあるかもしれない。

・自己中心的な性質が強く、自分に得か、自分が楽しいかで物事を考える。その背景には「自分は奪われる側だったから奪い返す」のような考え方があることも。社会的な規範や倫理を尊重しようとはしない。

・他者を思い通りにコントロールしようとする。相互理解による関係性ではなく、一方的に奪い、自分だけが得をする間柄を好む。

・衝動的な振る舞いを好み、計画を立てた上での行動ができないケースも。

これらの特性は明らかに人間の社会性に反しており、秩序を破壊するものだ。とにかく自分の（それも多くの場合は短期的な）利益ばかり求めているため、所属する集団や組織、社会全体を発展させる方向へ持っていかず、むしろ縮小・衰退へ導いてしまう。しかしそのような振る舞いこそが時に魅力的に見えることもあるのは、サイコパスを主題にした各種エンタメ作品群からも見える。

特に前項で紹介したような、「互いの立場と事情を慮って、それぞれにとって一番良い着地点を探る」などという交渉法は、反社会性パーソナリティ障害の人間（及びそこまでではなくとも、とにかく自分の利益を最大化しようと考える人間）」にとっては格好の餌になってしまう。

そのため、物語の中で登場する交渉相手が反社会性パーソナリティ障害に類する人格だと思ったなら、主人公はそれに合わせた対応をする必要がある。主導権を渡したら一方的にコントロールされてしまうため、自分の利益を守ることを意識して交渉しなければならない。そもそも相手が交渉をする気がないと判断したら、交渉を打ち切ったり、実力に物を言わせたりする必要もあるだろう。主体的な振る舞いにある種の男らしさ、魅力を感じたとしても、「本当にそうなのか？」

彼は単に自分の利益だけを求めているのではないか？」と疑わなければならない。

相手をコントロールしようとする人々

反社会性パーソナリティ障害ほど病的・露骨でないにしても、「他人を思い通りにしたい」という感情は人間にとって非常にポピュラーなものだ。既に見てきた通り、そのような力を人は「権力」と呼ぶ。

社会構造や暴力、財力などを背景にした権力の行使は、悪役令嬢ものにおいて非常に重要なポイントになるため、先に紹介させてもらった。ここでは、言葉・コミュニケーションによってある種の権力を行使し、相手をコントロールしようとする人のことを紹介する。

それらはサイコパスやソシオパスの振る舞いとも少なからず重なって非倫理的な言動であることが多いため、主人公に用いさせるのにはあまり向いていない。悪役や敵役、あるいは成長前の主人公の振る舞いとして描くのがいいだろう。

相手を自分の思う通りに動かしたい、言うことを聞かせたい、敬意を表させたいという時、人はしばしば「マウント」を取る。群れの中での序列・上下を確認する時に相手の後ろから覆いかぶさる「マウンティング」から来ており、つまり「自分はお前よりも格上だから従え」とアピールする振る舞いだ。

具体的にアピールするものとしては、「筋力や体格（身体の大きさを示すだけなら平和だが、いきなり殴りかかる者もいる）」や「財力や社会的立場（自分ではなく親や一族のそれを誇示することも多い）」、また「学歴や社会的な実績」などがある。

マウントとは正反対、つまり相手の上ではなく下を取ろうとする振る舞いもまま見られる。「自分は被害者であり、お前は加害者である」「自分はかわいそうで同情されるべき存在であり、譲られたり守られたりする側の人間である」とアピールするわけだ。ここでは力ではなく正義、道徳的な優越さが重視されている。

この種の、インターネット上では「被害者ムーブ」などと呼ばれる行いは、文明的で、礼儀正しく、秩序が重視される社会では非常に効果がある。そのような場所では、一見して被害者に見え、かわいそうだと思える人を攻撃することが「悪」であると判断されるからだ。

逆に言えば、自力救済が重視される中世的世界では普通、あまり効果的ではないわけだが――悪役令嬢が活躍できるような上流階級の世界では、この種の振舞いが時に大きな効果を発揮する。例えば「追放・失落前には他者の同情を誘い、被害者ポジションに立つことで好き放題振る舞っていたが、そのせいで嫌われ、立場を失ってしまった」などというのは、主人公がそこから逆転・成長するためのスタート地点として大いに相応しいものと思える。

ある種の「マインド・コントロール」（魔法ではなく心理学的な技術）によって相手をコントロールしようとする人もしばしばいる。典型的な手法として、過酷な環境（水や食料を与えない、長時間休憩させない、など）に置くことで相手の判断力や思考力を削ぐことがある。

暴力を振るうなどして苦痛を与えたあとに、謝罪したり優しく振る舞ったり、「あなたのためにやっているんだよ」と伝えるなどを交互に繰り返すドメスティック・バイオレンス（DV、家庭内暴力）の手法が用いられることも多い。また、「ダブル・バインド（相互矛盾する命令・指示を与えることで混乱させ、身動きが取れなくする）」もしばしば他者をコントロールする手段として使われる。

自己愛性パーソナリティ障害的な人々

社会的に問題を起こしたエリートがニュースなどに登場すると、しばしば「自己愛性パーソナリティ障害」的な性質を持っているように見えることがある（これについても反社会性パーソナリティ障害と同じく、目的は正確に分類することではなく、同種の性質を持つキャラクターをエンタメに活用することである）。

交渉が難しい相手

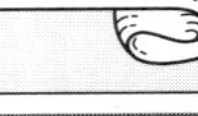

反社会性パーソナリティ障害

社会的な秩序を破壊するような、特異な人格・性格の持ち主

- 共感性に欠け、罪悪感が薄く、他者を理解しない
- 自己中心的で、社会的な規範を尊重しない
- 相手を支配し、コントロールしたがる

他者を一方的に支配し、コントロールしようとする人がいる

「マウント」を取る
自分がいかに「上」であるかアピールし、優位に立とうとする

「被害者」になる
自分がいかに「かわいそう」かをアピールし、相手を悪くする

マインドコントロール
精神的な働きかけで相手の心を操作してしまう

自己愛性パーソナリティ障害的性質
一見理想的なエリートだが自己中心的で、周囲を混乱させる

この種の人たちは一見して行動力があり、発信力も強くて、実績も積んでいる。しかして自己愛（ナルシズム）が異常に高まっていて傲慢で、自分がいかに特別な存在であるかについてのこだわりが強く、周囲は皆自分に嫉妬しているのだと思い込み、他者に褒められ認められることを求め、下に見た相手を徹底的に利用しようとし、共感性も極端に低い——などの特徴を示す。

自己愛性パーソナリティ障害的な人物は、どんな形で物語に登場するだろうか。例えば現代日本が舞台のエンタメでは高学歴エリートながらパワハラ（パワー・ハラスメント、社会的な上下関係に基づく嫌がらせ的な行動）を繰り返し、結果的に敵を多く作ったり、裏切られて破滅するケースが見られる。

悪役令嬢がいるようなファンタジー世界なら、貴族や、あるいは下流・中流階級から上流階級の引き立てで出世した軍人や役人などに同種の人格の持ち主がいそうだ。悪役令嬢の「本来の人格」がこの種の性質を持っていて、そこに別人が憑依したり破滅を経て、主義主張が変わったり、というのも考えられる。

◆ 7章 ◆

金の脅威

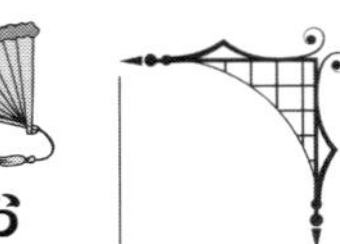

お金を稼ぐ

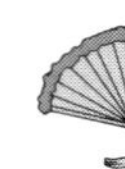

お金は力だ

　悪役令嬢が周囲の状況を改善したり、破滅の未来を避けようとするにあたって、「お金」が非常に役に立つ。ここでいうお金は通貨（貨幣・紙幣）だけでなく、土地などの財産も含んでいる。つまり、社会一般に価値のあるものを取引することで権力を行使しているわけだ。

　お金でできることは多い。ものを買う。サービスをしてもらう。短期あるいは長期にわたって人を雇う。困っている相手に貸したり渡したりすることで歓心を買い、あるいは恩を売る。ある程度経済が発展した社会では、お金でできないことはあまりない。

　しかし、お金は万能ではない。何事もそうではあるが、できることとできないこと、得意なこととそうではないこと、効果的な場面と役に立たない場面がある。お金でできること、できないことを見てみよう。

お金と心

「お金で心は買えない」という言葉がある。なるほど、「お金を支払うので私のことを心から愛せ」と取引を持ち掛けても、短期間でうまくいくことはまずないだろう。もしかしたら愛する演技はしてくれるかもしれないが、それもあくまでお金目当てのこと。お金が切れたら離れていくだろうと考えたら、心が買えたとは言えない。

　しかし、長期にわたってこの関係を続けたらどうだろう。お金目当ての付き合いだとしても、長く付き合えば情も湧くもの。あるいは、もらったお金のおかげで生活が安定したり急場を脱したりすることで、愛はなくとも恩を感じてくれたりはするかもしれない。そこに相手が欲するような（それが丁寧さなのか、強引さなのかはともかく）対応も添えれば、心が動くこともあるだろう――「愛」と言えるものになるかは本人にしかわからないが。

逆に「お金がなければ心を維持できない」という考え方もある。どれだけ愛情などプラスの感情を持っていたとしても、生活が苦しければ少なからずすり減っていく。貧しい暮らし、うまくいかない日々が続けば対立することも多く、プラスの感情も冷えていくものだ。お金は直接に心を買うことはできないかもしれないが、心を守り続けることはできる、という例である。

なお、なまじお金があっていろいろなことができるだけに側にいるパートナーに目がいかなくなったり、傲慢な振る舞いが増えたりして、結局心を失うのも「あるある」の展開であろう。

お金が役に立たない時

お金が役に立たない状況も考えられる。金属の塊やペラペラの紙が「お金」として機能し、物やサービスの売り買いに使えるのは、互いにその価値を認めているからだ。一方が貨幣や通貨を知らなかったり、あるいはその価値を認めていなかったりすれば、「お金」として機能するはずがない。

その意味で、お金が人を動かし、権力として機能するのは、文明や価値観を共有する狭い輪の中だけなのである。全く違う文明・文化・言語を持つ相手が襲ってきた時、百万円を差し出して命乞いをしても、何の意味もない——おそらくはそのまま殺されてしまうだろう。相手は、紙の束を差し出された理由さえ理解しないに違いない。

お金が役に立たない状況は他にもある。先の例を引けば、仮に相手が同じ価値観を持ち、言語が通じたとしても、実のところ助からない可能性がそれなりにある。なぜなら、相手が百万円を欲しいと思ったとしても、わざわざ命を助ける必要はないからだ。そのまま殺して百万円も奪った方が効率がいい。これは殺人を忌避しない精神性を持っているケースに限るが。

つまり、お金は基本的にただの「物」なので、奪われてしまえばお終い、という問題がここにあるわけだ。お金の価値は状況により変わる、ということも押さえておきたい。

経済の状況によりお金の価値は上下動し、ある時には銅貨三枚で買えたパンが、少し時が経ったら銅貨五枚必要になっているかもしれない。これはお金の価値が下がっているということで、別の言い方をすれば物価が上がっている、となる。

経済に変化がなくとも、「今どこにいるのか」「どんな状況なのか」でもお金の価値は変わる。商店が一つもない無人島では、どれだけの金貨が入った袋を背負っていても価値はない。現代の例で言えば、テーマパークの中にあったり、高い山の上に設置してあったりする自動販売機でペットボトル入りの水を買おうとすれば、時に下界の何割増し、あるいは何倍もの金額を要求されることに似ている。特殊な状況では、お金の価値がグッと下がる（物の価値が上がる）こともあるのだ。

お金を得る最速手段は「金持ちであること」

お金を得るためには、どうしたらいいのだろうか。

一番効率のいいお金の獲得方法は、「お金持ちであること」だ。――冗談に思えるかもしれない。しかし、これは純然たる事実だ。最初の時点から十分な資金を持っている人が、投資などの形でその資金を運用するのが最も効率がいい。他の手段――すなわち労働によってお金を増やす方法では、最初から富裕層の人間が運用するお金の増え方に敵わないのである。

この点を証明したのが近年のベストセラーであるトマ・ピケティ『21世紀の資本』だ。フランス人経済学者であるピケティはデータ分析の結果、同書の中で「r（資本収益率）＞g（経済成長率）」なる不等式を紹介した。これは「全体の経済が成長するスピードよりも、富裕層の元に資本が集まっていくスピードの方が速い」ということで、「一握りの金持ちがどんどんもっと金持ちになっていく（それ以外の人々は相対的に貧しくなっていく）」ことを示している。

では、その金持ちはいかにお金を増やすか。お金を元手に商売もするのだが、より「らしい」手段がある。ズバリ、資産を運用する――お金自体に働かせるのだ。遥かな古代からある資産運用の手段が「金を貸して利子を取る」である。

実は私たちの歴史を遡れば、お金（貨幣や紙幣）が発明される前から、「価値のあるものを貸し、その代わりに利子を取る」という手法は存在していた。現在

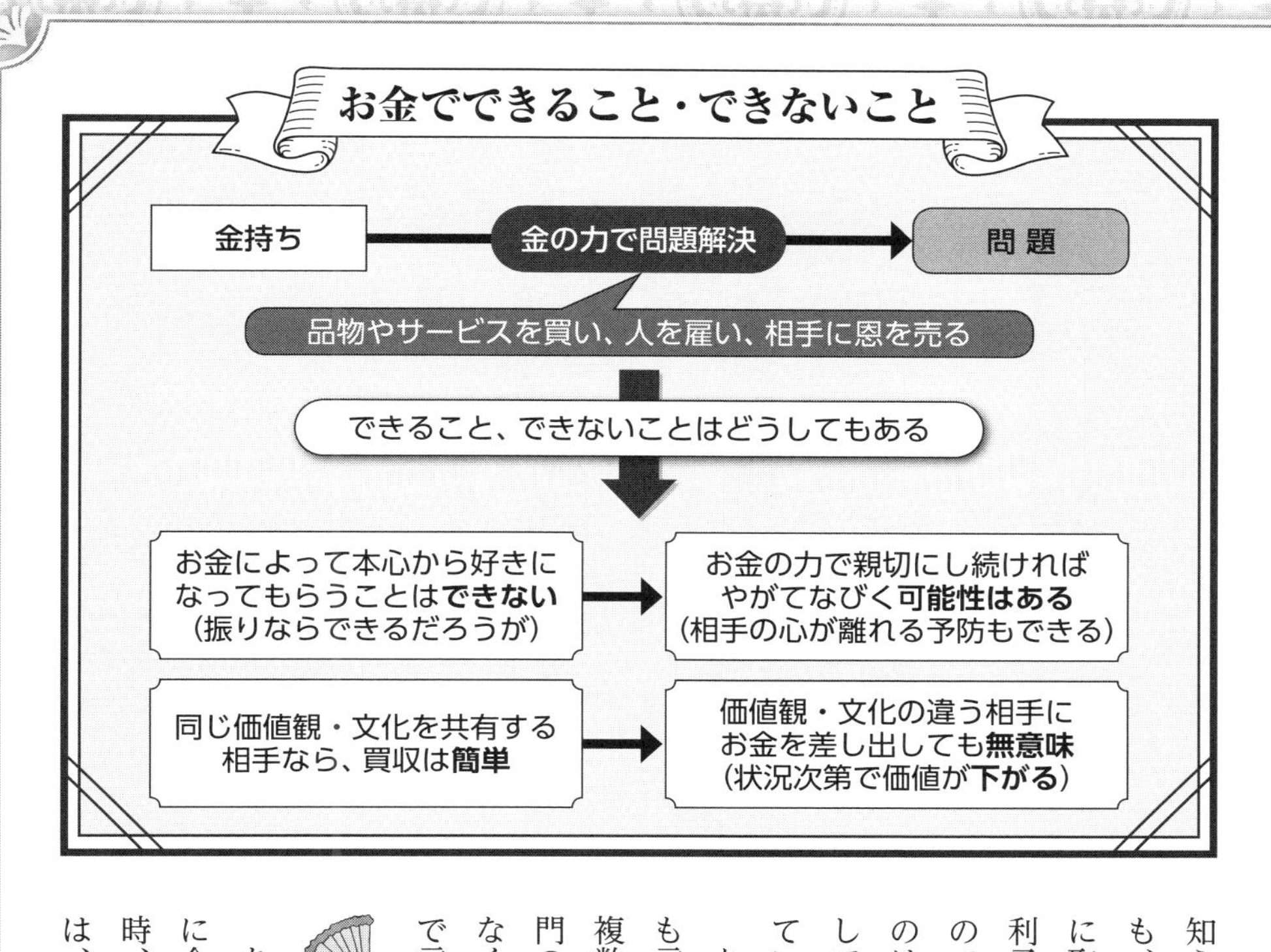

知られている中で最古の法律であるハンムラビ法典にも、利子についての規定があり、「穀物を貸した場合に取れる利子はいくらまで、銀を貸した場合に取れる利子はいくらまで」と記してある（この頃貨幣はないので、銀は文字通り金属の銀だ）。この法を破ったものは、貸した品物を失ってしまう。つまり、高利で貸して暴利を貪る商人は当時からいた（だから禁止されていた）、ということだ。

ちなみに、古代ギリシャには、のちの銀行の原型とも言える存在が現れている。当時は都市国家が乱立し、複数の貨幣を発行していたので、それらを両替する専門の業者が必要だったのだ。しかも彼らは両替だけでなく財産の預かりと貸し付けまでやっていたので、今で言うところの銀行に非常に近しい存在だった。

金貸しの複雑な事情

あなたが中世ヨーロッパ的世界でキャラクターたちに金貸し・銀行・金融業をさせて儲けさせたいと思う時、着目した方がいいかもしれない問題がある。それは、「キリスト教が利子を取ることを禁止していた」

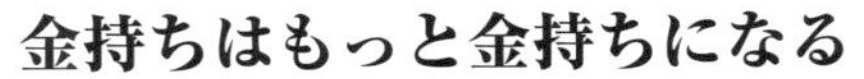

金はどこに集まる？

金持ちが資本を運用する

全体の経済が成長する

金持ちはどんどん豊かになり、貧乏人は置いていかれる

金持ちは金を貸し、投資して金を増やす

はるかな古代から、金持ちは金を働かせ金を増やしていた

中世ヨーロッパの場合：キリスト教は金貸しを禁止したが……

異教徒のユダヤ教徒には許された

キリスト教徒にも大規模な金貸し業者はいた

ことだ。

実はユダヤ教及びこれと縁の深いキリスト教、イスラム教の経典にはそれぞれ利子を禁止する項目がある。そのため、普通に考えればこれらの宗教が大きな影響力を持つ地域で金貸しをするのは難しい。利子を取らずに金を貸してもただの慈善事業になってしまうからだ。職業として成立しない。

どうして利子を取ってはいけないのか。中世のキリスト教では「利子は財産から生まれるものではなく、時間から生まれるものだ。時間は神のものだから、利子もまた神のものであり、人間が取ってはいけない」と考えられたようだ。時間経過で利子が増える、ということからの発想だろうか。

しかし、実際にはヨーロッパでも金貸しが求められた。お金があれば問題を解決できる、しかし今はない、だから借金をしたい――というのは、今も昔も変わらない人間のあり方なのだろう。

この問題を解決する手段は二つあったようだ。

一つはよく知られている手段で、キリスト教の教えに縛られない人間に金貸しをやらせたのである。すなわち、ユダヤ教徒だ。キリスト教でもユダヤ教でも利子を取っての金貸しは禁止されていたが、それは「同胞に対してのもの」に限られた。異民族、異教徒相手であれば許されたのだ。

これは他の仕事に就くのが難しかったユダヤ教徒にとって救いになったが、「守銭奴」「強欲」として彼らがキリスト教徒たちに差別され、迫害される原因にもなった。

しかし、少なくとも中世ヨーロッパにおいては金貸し＝ユダヤ教徒と決めつけるのは避けた方がいい。なぜなら、確かに小規模な金貸しにはユダヤ教徒が多かったかもしれないが、国家や貴族を相手に大規模な金融・銀行業を行う（そしてそのお金は主に戦争に使われる）金貸しは、基本的にキリスト教徒だったからだ。有名なのはイタリア・フィレンツェのメディチ家で、利子の取得を禁止しているキリスト教の総本山、カトリック教会を取引先にして大いに儲けたとされる。さらに言えば、教会自身も金を貸して利子を取ることやっていたのだ。

なぜそんなことができたのか。中世ヨーロッパの教会が利子を許したわけではない。たびたびの公会議で利子の禁止が宣言されている。しかしその一方で、「利子は禁止だが、もしかしたら返済できなくなるかもしれない。その可能性を考えて、あらかじめ幾らかの金額を払うよう取り決めることは許す」ともしてしまった。実質的に利子を認めたことに他ならない。

それでも、聖書に従うなら利子を取っての金貸しが罪であることに変わりはない。罪を犯した者の魂は地獄で苛まれるというのがキリスト教の価値観である。裕福な金貸したちは罪の意識に苛まれた。そこで教会は「贖宥状（免罪符）を買えば、罪が許される」と言い出し、莫大な金が金貸したちから教会へ流れた――。信仰を金で決めるような振る舞いは一部の聖職者たちの疑念と反発を買い、近世ヨーロッパを大いに揺らす宗教改革の時代を招来することになる。詳しくはシリーズ第一巻『侵略』を参照のこと。

商売で金を稼ぐ

投資なり金融なりによる資産運用が難しければ、別の手段でお金を稼ぐしかない。では、どうしたらいいのか。

まずは「商売」、それも「ものの売り買い」から考えてみよう。

お金儲けの基本中の基本は、「ある場所で余っているものを買い、足りていない別の場所で売る」ことだ。ものの価値はいろいろな基準で決まるが、余っていれば普通安くなるし、足りていなければ高くなる。結果、仕入れ値を安く、売り上げは高くなって、商売人の手に残るお金が多くなるわけだ。

例えば、植物が盛んに育つ温帯や熱帯地域では食料品になる作物や燃料・建材になる木材が比較的安くなる。海岸での海産物や塩もそうだ。高山地域で産出される鉱石や宝石なども現地で買い付ける方が安いに決まっている。

ただ、ここに問題が一つある。それは「余っている場所と足りていない場所は、たいてい距離があったり他の問題があったりして、移動しにくかったりする」ことだ。

考えてみれば単純な話で、移動・運搬が容易であれば、普通に商人なり生産者本人が運んでいって売るから、余ったり不足したりしないのだ。余るくらい生産される場所から不足するくらい求められている場所から頑張って運ぼうとすると、移動に時間がかかって結局コストが上乗せされたり、移動が危険で損失の可能性があったりして、儲けになりにくいから運ぶ人が少ない。結果、余ったり足らなかったりするわけだ。

そして、ここに物語をドラマチックにできるかもしれない余地がある。つまり、主人公やその周囲の人々の能力や知識、発想やコネによって不可能が可能になるなら、障害を乗り越える展開になるし、「他の人にはできないお金儲けが主人公たちにはできる」ということにも説得力が出るのだ。

資産を換金する

商売や投資をするにしても、先立つものが必要だ。あるいは、急いで借金返済をしたり、お金を必要としている誰かに渡したりしなければいけないなど、とにかく当座のお金がなければ——というシチュエーションもままあるに違いない。そんな時、どんな形でお金を獲得すればいいのか。

まずは、悪役令嬢（及びこれに類する上流階級ポジションのキャラクター）に親和性の高い手段から見てみよう。それは「資産を換金する」と「借金をする」だ。

「資産を換金する」は非常にわかりやすい。自分の持ち物から金目のものを選び、売り払って、金に換えるのだ。宝石類・装飾品そして絵画や彫像をはじめとする芸術品などわかりやすく高額な品物はもちろん、家財道具にも高価な品々は多い。

ここで注目するべきは、工場による大量生産が普及するまでは、日常に用いるような道具類も決して安くない、ということだ。まして、上流階級が所有するような品々であれば、ナイフやスプーン、皿や壺であっても結構いい値段がする可能性が高い。例えばスプーンが銀製であったり、壺が異国からわざわざ輸入してきた陶磁器であったりするわけだ。他にも、先祖代々受け継いできた武器防具類であったり、豪奢な衣服の類であったり。活版印刷普及以前の書物類も高価で、換金可能な品々である。

それら動産を片っ端から売り払ってなお足りないのであれば、不動産を売ることになる。「土地や建物」だ。土地については時代と地域によって扱い方が違い、基本的に国王以外は土地を所有できないこともある。しかしその場合も「土地を使用する権利」そのものは持てて、売り買いもできることが多いので、同じことと考えていいだろう。

究極的には形のないものを売ることだってできる。例えば、「家（血筋）」や「立場」、「身分」を売るのだ。本当に文字通り譲り渡して「今日からあなたは貴族で、私は平民だ」ということもないわけではないだろうが、例としてあまり多くはない。

一般的なのは、養子・婿養子として迎え入れることで相手を自分の家の一員とすることだ。もちろん、相手側もわざわざ大金を出しているのだから、単に一員にしてもらうだけでは満足しない。実際には売主は家の主導権を失い、早めに隠居することになるだろう。ただ、法律や世間の目が金で血筋や身分を購入することを許さないので、形だけ整えているに過ぎない。

他にも「形のないもの」で売れるものはないか。現代だと「ネーミングライツ」、つまり文字通りの「名

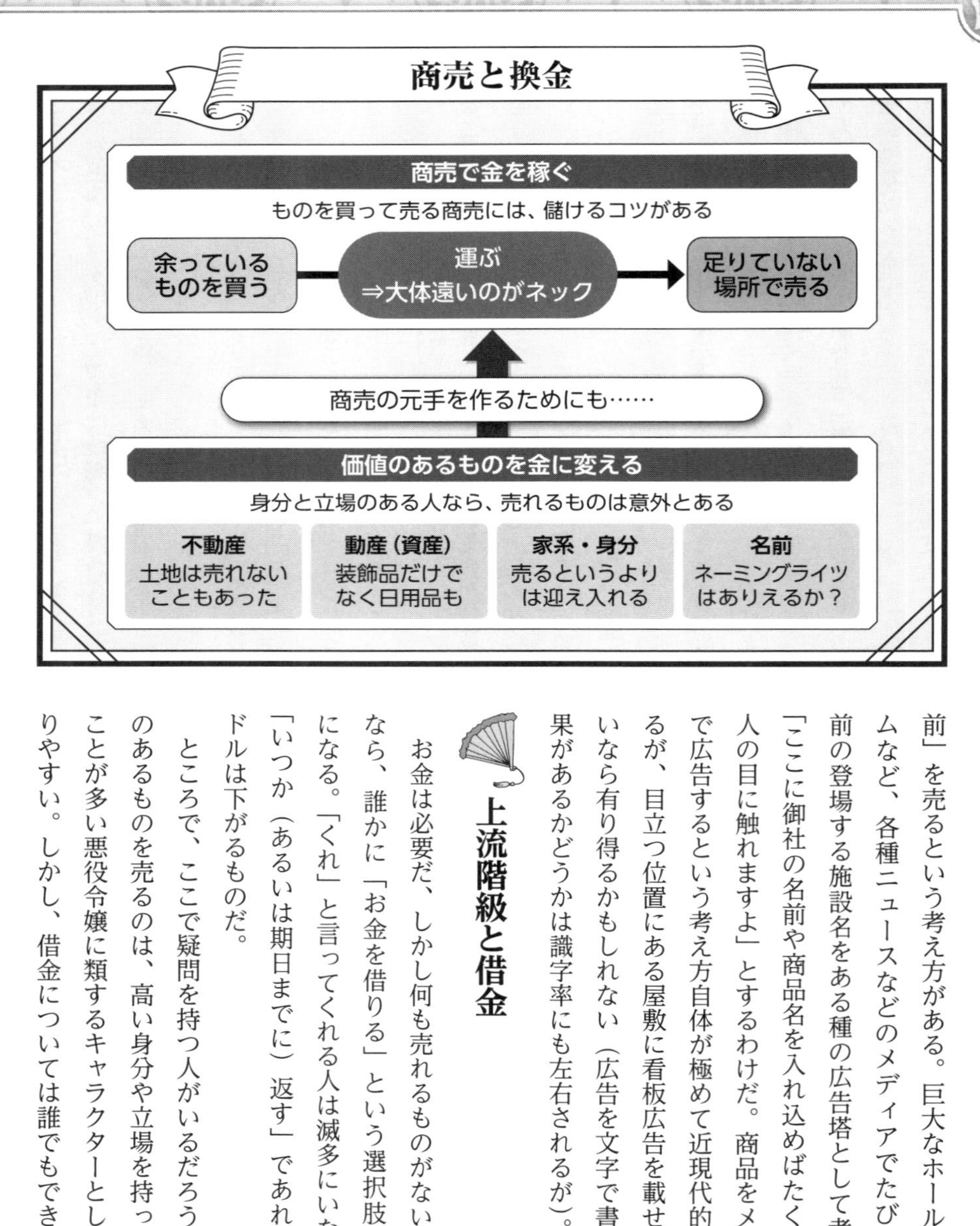

前」を売るという考え方がある。巨大なホールやドームなど、各種ニュースなどのメディアでたびたび名前の登場する施設名をある種の広告塔として考えて、「ここに御社の名前や商品名を入れ込めばたくさんの人の目に触れますよ」とするわけだ。商品をメディアで広告するという考え方自体が極めて近現代的ではあるが、目立つ位置にある屋敷に看板広告を載せるくらいなら有り得るかもしれない（広告を文字で書いて効果があるかどうかは識字率にも左右されるが）。

上流階級と借金

お金は必要だ、しかし何も売れるものがない。それなら、誰かに「お金を借りる」という選択肢が有力になる。「くれ」と言ってくれる人は滅多にいないが、「いつか（あるいは期日までに）返す」であればハードルは下がるものだ。

ところで、ここで疑問を持つ人がいるだろう。価値のあるものを売るのは、高い身分や立場を持っていることが多い悪役令嬢に類するキャラクターとしてわかりやすい。しかし、借金については誰でもできるのではないか？　というわけだ。

ここも見落としがちなのだが、「お金を貸してもらえる」というのは、実は恵まれた立場であることの証拠なのだ。そのキャラクターに信用があったり、収入の見込みがあったり、借金の担保になるような物がなければ、お金を貸してくれる人の数はグッと減ってしまう。

なぜか。それは、「貸す側としてはなるべく取りっぱぐれたくない」からだ。お金を貸すなら、返して貰えなければ意味がない。現代社会でさえ、借りた人間がそのお金を持ったまま（返すことができなくなって）姿を消す、いわゆる「飛ぶ」という出来事についての話をしばしば聞く。

ましてや前近代の社会では、別の都市や地域、国へ逃げるなどして「飛ぶ」のは遥かに容易であり、一方で追いかける側のハードルは高い。どうにか見つけたとしても、お金を回収できるか怪しいだろう。また、王や貴族、騎士などにお金を貸した結果として「返せないものは返せない！　どうしてもというならこの剣に向かって返せと言って見たらどうだ」と暴力・武力で脅され、実質的に借金をチャラにされるのもままある話だ。国家の出すいわゆる徳政令によって借金が無効化されることもある。結果、貸す側は「誰に貸したらちゃんと返してくれるか」を吟味するようになる。

身分の高い人はそもそも前述したような換金できる資産を持っている（が、なるべく売りたくないので借金を申し込んでくる）ことが多いので、金貸しも比較的安心してお金を貸してくれる。それらを「担保」として預かって、いざという時は売り飛ばしたり、自分のものにしたりすればいいからだ。

また、身分が高い人々は社会的活動と名声・信用が深く結びついていることが多く、「あの人は借りた金が返せない、落ち目だ」などというわさが広がりでもすれば、仕事がうまくいかなかったり、蔑んだ目で見られて強いストレスを感じたりもする。その意味でも、金貸しにとっては安心して貸せる相手であり、また借りる側もある意味気楽に借りられるのだ。

身分の低い庶民たちもお金が借りられないわけではない。大きな買い物をするなど一時的に大金が必要なだけで、定期収入はちゃんとある農民や職人なら、お金を貸してくれる人には事欠かないはずだ。ただこのような人々は、膨れ上がった借金を返すことができず、土地や道具などの商売道具、あるいは娘を借金のカタに取られてしまうこともままあるのだが……。

信用の弱い人が何らかのサービスを受けたい場合、最もストレートな手段は誰か信用のある人の紹介を受けることだ。とはいえ借金の場合、ただ紹介するだけでは足りない。そこで保証人が必要になる。いざ借りた人間が「飛んだ」場合、その人が代わりに返すことを保証するわけだ。

あるいは、今現在はお金に困っているけれど、何かしらの商売や冒険、企画によって大金を得る可能性のある相手であれば、「将来性を信じて敢えて貸す」ということもあるだろう。これは金を貸すというよりは投資の範疇に入る話かもしれない。

借金が生み出すアクシデント

前置きが長くなってしまった。しかし、以上の条件を見ると、悪役令嬢的キャラクターたちが比較的借金しやすいのはわかっていただけるのではないか。

立場上、自然と社会的信用は高い（悪評が広まっているキャラクターは多いかもしれないが）し、担保に出せるような物品も少なからず持っているだろう。人間関係の広さから、金貸しではなく友人から借りることもできるかもしれない。大金を貸してくれる相手に信用してもらうための紹介人・保証人の確保も、一般的な庶民と比べると遥かにハードルが低いはずだ。また、悪役令嬢は破滅の回避という大きな目的を背負うことがほとんどであるため、自然と投資に相応しい手段や目的を持っていてもおかしくない。

とはいえ、借金のハードルが低いということは、そのことによって問題を生まないこととイコールではない。お金を借り、そしていつか返さなければいけない（だいたいの場合は利子も相当に支払わなければいけない）ことは、乗り越えなければいけない大きな障害であり、悪役令嬢の物語をドラマチックなものにしてくれる。

そこで、ここからは借金が生み出すピンチ、トラブル、アクシデントを見てみよう。

ほとんどのキャラクターは、返せる当てがあるから

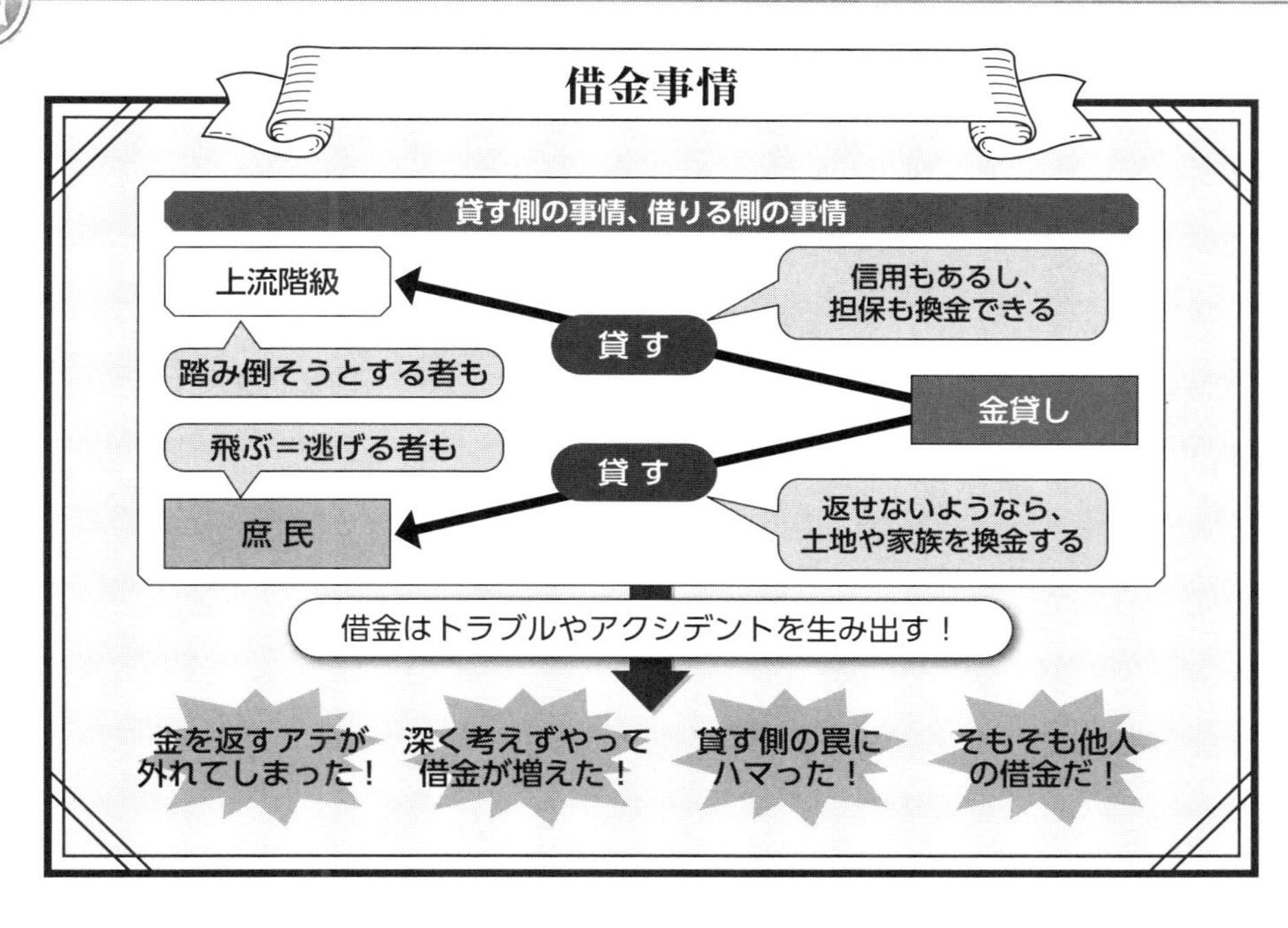
借金事情
貸す側の事情、借りる側の事情
上流階級
信用もあるし、
担保も換金できる
貸す
踏み倒そうとする者も
金貸し
飛ぶ＝逃げる者も
貸す
庶民
返せないようなら、
土地や家族を換金する
借金はトラブルやアクシデントを生み出す！
金を返すアテが
外れてしまった！
深く考えずやって
借金が増えた！
貸す側の罠に
ハマった！
そもそも他人
の借金だ！

金を借りる。しかし、その当てが外れてしまったら？　できるはずの仕事でしくじったり、成功するはずの商売が失敗したり、大きな価値があるはずの美術品が偽物だったり、手に入るはずの遺産が別の人物の手に渡ったりしたら？　たちまちピンチになるのは明らかだ。

キャラクターによっては、深く考えずにお金を借りている、ということも十分あり得る。お金をもらうことと借りることの境目が曖昧で、返す必要性があることなど全く考えていないでジャンジャン借りてしまう――というのは、現代でもたまに見られるパターンで、そのせいでピンチになるのは説得力のある展開だ。ましてや上流階級で甘やかされて育ったような人物であれば。

貸す側が何かしらの罠を仕掛けている――というのもあるあるだ。契約書に仕掛けがあって利子が十倍になってしまったり、返済期限なしだったはずなのにすぐ返せと言われたり、「金がないなら代わりにこういうものを差し出せ」と要求されたりするわけだ。また、酒に酔ったり、異性に惚れ込んでいるなど、正常な判断力を失っている状態で、散財をさせられてしまったり、借金の契約書にサインをさせられたり……というのも考えられる。

最初から借金を資金獲得の方法としてではなく、キャラクターたちが乗り越えなければいけない障害として設定するのも、ストーリー構成の大定番である。多くの場合、その借金はキャラクターたちにはどうしようもない形、不可抗力でできてしまったものであり、逃れられない宿命のようなものとして設定される。

わかりやすいのは家族や先祖の借金を相続してしまったケースだ。前述のような、うっかりや人格的問題、また他者の罠によってどうしようもなく負ってしまった借金も、同じようなものと考えて良いだろう。さらに、悪役令嬢もの特有の事情から負ってしまった借金もあり得る。例えば、「現代日本人の魂が、異世界人の悪役令嬢の肉体に宿る形で目を覚ます。しかし、その時点で既に悪役令嬢は自分の愚かさから莫大な借金を背負ってしまっており、現代日本人は自分がしたわけでもない借金を返すために頑張らなければいけなくなる」という具合だ。

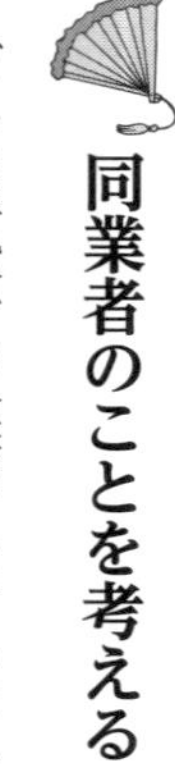

同業者のことを考える

どんな手段でお金儲けをするにしても、「その場所で似たような商売をしている人間が他にいるか？」ということについては考えないわけにはいかない。そしてこれは現代的な意味での商売敵、つまり「あの店から客を奪うためにはどんな工夫をすればいいか」「自分の店の客を守り続けるためにはどうしたらいいか」という問題とはちょっと違う。

戦国時代日本の商業政策として有名なものに、「楽市楽座（楽市令）」がある。これは簡単にいえば「楽市（楽市場）」という状況を作ったりその存在を認めたりするためのもので、その内実は「誰でも統治者による干渉や、暴力行為による圧迫、税負担などなく自由に、また座（同業者組合、ギルド）に縛られることなく商売ができる」というものであった。

逆に言えば、「楽市」でない都市においては、商売をしようとしても、税もかかるし、統治者が干渉してくるし、暴力によって商業行為が妨害されることもあるし、同業者組合に参加していない者はそもそも商売ができないような状態だった、ということになる。これは戦国時代日本だけでなく、前近代の世界においては少なからず似たような状況だったと考えられる。

現代社会ではなかなか考えられないことである。いや今でも、反社組織が暴力で脅しかけてきたり、ライバル企業が著作権や商標権など法律を利用して干渉してきたりということはあるかもしれないが、それらはあくまで法に則って、あるいは密やかに闇の中で行われるものだ。

しかし前近代世界では「自由に商売をやらせた方が結局みんな儲かる」などの価値観が薄く、あるいは官憲による取り締まりに限界があるため、しばしば堂々とこの種の行為が行われたのである。

そのため、あなたが自分の作品にリアル寄りの雰囲気を纏わせたいなら、「このキャラクターはすんなりと商売を始められるだろうか?」と考えた方が良い。同業者への許可を取らずに始めてしまった結果、相手が徒党を組んで押しかけてきて店舗を台無しにされ、商売道具は持ち去られる——などという悲劇は決して杞憂ではない。

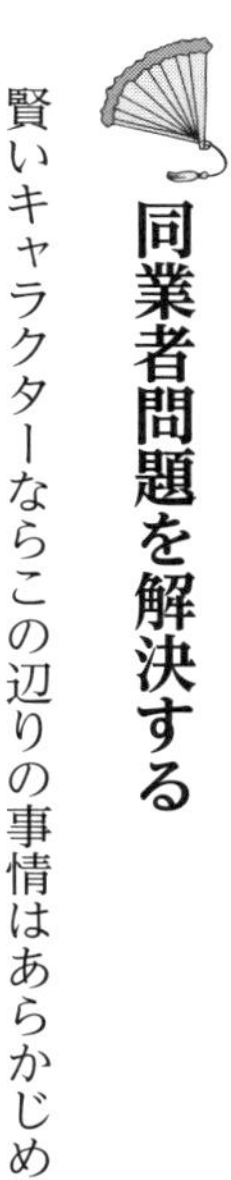

同業者問題を解決する

賢いキャラクターならこの辺りの事情はあらかじめ知っていて(あるいは知っている人物に聞いて)対策を立てておくだろう。

そもそも同業者組合に入れてもらうのが一番手っ取り早い。いくばくかのお金を払ってその一員になれるならいいのだが、実際には「この都市での枠はもういっぱいだよ」と言われるのがオチだ。よほどのツテがあるか、運がよくなければ難しいが、あなたが望むなら技術や能力次第でなんとかなる設定にしてもいいかもしれない。何かしらの試練を突破したり、勝負に勝ったり、統治者や民衆に認められたりしたら、既存の枠を奪ったり、特別な枠を獲得したりできるわけだ。

商売相手が暴力で干渉してくるなら、こちらも暴力で返すのは一つの手だ。自力救済の色が濃い中世的世界ではしばしば庶民も暴力的だが、それを叩きのめすくらい主人公自身が強いか、強力な用心棒がいるか、あるいはこちら側も集団でかかっていけるなら問題はない。最後のケースでは、近隣の住民が味方してくれ

同業者を意識する

現代社会	中世社会
同業者問題とは、いかに商売の内容で勝つか	同業者問題とは、暴力で責められた時にどう対応するか

どうしてそんなことになるのか？

- 法整備も治安も未成熟
- ギルド・同業者組合が強い

解決策①：ギルドに入る	解決策②：「力」で対抗する
一番手っ取り早い解決策。ギルド仲間になれば保護される	妨害を無効化できるくらいの力があれば問題はなくなる
↓	↓
枠がいっぱいであることが多く、コネや試練が必要になる	正面から戦うよりは、権力者の庇護を受けたほうが効率的

たり、あるいは自警団や反社会勢力などを味方に引き込んでいればできることだ。いっそ、ちょっかいをかけてきそうな商売敵を、先手を取って叩きのめしてもいいかもしれない——あまりに攻撃的・暴力的だと読者に引かれてしまうのが困りものではあるが。

いかに中世的世界の庶民たちが時に暴力に物を言わせて問題を解決することがあると言っても、権力が明確に保護している相手へ無駄に突っかかっていくほど愚かではないはずだ。その街の領主、役所、教会、あるいはいっそ大貴族や国王などの有力者に話をつけ、その紋章を掲げて商売をすれば、なかなか手を出せるものではない。この点では悪役令嬢はかなり有利な立場にいる。庶民では交渉のテーブルにもつけないような有力者と面識を持ち、交渉を持ちかけられる可能性があるからだ。

もちろん、あなたがこのような些細な問題を重視したくないなら、「気にしない」のも一つの立派な手である。悪役令嬢が商売をしようとしているその都市・その地域は、すでに「楽市」化していて、商売は自由に行うことができる、とするのである。

犯罪で金を稼ぐ

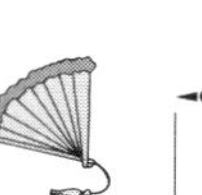

犯罪で金を稼ぐ①奪う

換金する資産もなければ、借金のあてもない。かと言って、「何かしらの仕事・活動の対価としてお金を得る」ことも難しい（能力がなかったり、時間や状況が許さなかったりするため）。そのような場合、どうするか。――「犯罪を犯してでもお金を得る」というのは、追い詰められて切羽詰まったキャラクター、あるいは秩序意識・遵法精神の薄いキャラクターなら、十分選んでしまう選択肢である。

具体的に、どんな犯罪を行えば効率的に、あるいは手っ取り早くお金を得ることができるのか。

一番わかり易いのは、お金あるいは換金できる価値ある物品を、今持っている人間や組織・集団から奪うことだ。「強盗」あるいは「窃盗」である。暴力を用いれば前者、そうでなければ後者、と考えて大きな間違いはないだろう。

強盗は非常に手っ取り早い手段である。極端な話をすれば、堂々と昼日中に大金持ちの家まで行って、立ちはだかる相手を全員ぶち殺して金庫あるいは倉庫にたどり着き、金目の物を全部背負い、そのまま帰ったなら、かかる時間と手に入るお金の費用対効果としては他に比べようもない圧倒的高さになる。細かいことを考えなくていいのも良い。

ただし、社会秩序が成立し、世の中が回っている状況であれば、このような蛮行は普通、実行不可能だ。集落や都市、国家の秩序と治安を預かる統治者は衛兵を巡回させて治安維持に務め、また犯行が行われたなら捜査を実行して犯人を捕らえ、処罰しようとする。統治者の努力では治安維持に十分でないなら、大金持ちたちは自衛に務めるだろう。つまり、屋敷や商店の門を強く、壁を高くし、警備員を雇う。倉庫の壁を厚くし、金庫を頑丈にして、立派な鍵をかける。

このような状況で、堂々とした強盗など簡単にできるものではない。常識離れした戦闘技術や、魔法や超能力を持った存在でなければ不可能であろう。

仮に超人的な能力者がいて、「ちょっとお金がほしいから大商人の屋敷を襲おう」と考えて実行し、有象無象を蹴散らして大金を獲得したとしても、その人物の顔や姿は多くの人に目撃されているに違いない。人々は彼あるいは彼女に怯え、官憲は威信にかけて必ずや捕縛・討伐せんと追いかけてくる。

超人であれば、誰に攻めかかられようと気にすることはないのかもしれない。しかし、まともな社会活動をすることは不可能になる。誰も交流してくれないし、ものも売ってくれないからだ。そのうち追っ手の数とも機会はどんどん増えていき、ついには危険こそないまでも鬱陶しくなって、住処を変えることになるだろう。超人的能力を獲得した悪役令嬢や転生者がついつい思う通りに行動してしまい、結果的に社会から排除されるのは、いかにもありそうな展開の一つではないか。

超人ではないが犯罪をしてでもお金はたくさん欲しい。そして目立ちたくない、ということであればいくつか現実的な選択肢がある。

例えば、夜陰に紛れて襲撃する。あるいは、複数人で襲って短時間に片付けてしまう。夜であれば警備はどうしても薄くなるが、代わりに門は閉まっているだろうから、壁を乗り越えるなり、あらかじめ鍵を手に入れておくなり、門や鍵をハンマーで破壊するなりしなければならない。灯はある程度あるにしても、闇の中で正しく金庫なり倉庫なりへ行き着くのも難しいため、事前調査は必須だ。また、立ちはだかる夜番の警備員や、住んでいる者たちはどうするか。目撃者が一人でもいれば足がつく可能性も上がるので、始末してしまえば安全だ。複数人で昼に襲いかかる時も、事情はほぼ同じであろう。流石にここまでやると極悪人の振る舞いであり、何かどうしてもの目的や事情があるにしても、主人公がやって良いことではない。

犯罪で金を稼ぐ②盗む

そもそもキャラクターによっては「単に盗んで奪いたいのなら、余計な血を流さず、忍び込んで盗む、窃盗・空き巣をすればいい」と考えるだろう。

犯罪であることに変わりはないが、人を殺していない分、罪悪感は小さくなるし、場合によってはヒーローになり得る。江戸時代日本で活躍した「鼠小僧」は大名屋敷・武家屋敷ばかりを狙って忍び込み、人を傷つけず、しかも得た金を庶民にばら撒いたということから爆発的な人気を獲得し、伝説化した。

エンタメの世界にもさまざまなヒーロー的盗人が登場し、特に犯行予告や派手な演出を好むタイプは「怪盗」としてある種のキャラクタータイプとして成立している。何かしらものを探さなければいけない事情を背負ったキャラクターが、怪盗として活動するのは、なかなかハマる展開ではないか。

この場合は密かに侵入し、目的のものを見つけ、奪い、そのまま逃げ去ることが必要になる。壁を越えたり、門や倉庫の鍵を開ける手段が求められるのは強盗の時と一緒だ。しかし、より静かに、見つからずに目標へ近づく必要があるため、準備にはさらに手間暇をかけなければならない。

目立たない服装、夜に忍び込むなら闇に紛れる服装が望ましく、顔を見られないように各種の覆面をするのも定番だ。内通者を作るか、あらかじめ自分や仲間が潜入していれば、いろいろな準備が可能になる。屋敷内の見取り図を用意させたり、金目のものがある場所を確かめさせたり、鍵を開けておいてもらったり……などなど。

ここまでするのは、誰の目にも止まらずに忍び込み、金目のものだけ盗み出し、痕跡も消して、盗まれたことさえ解らないようにするのが最良だからだ。盗まれたとバレさえしなければ、追っ手が追いかけてくることもないし、官憲に通報されることもない。とはいえ、あくまでそれは理想論。金庫に金が入っていなければ遠からずバレてしまう。また、結局途中で見つかって強盗に切り替えたり、あるいは必死に逃げて追っ手を振り切らなければならなくもなるだろう。

犯罪で金を稼ぐ③騙す

お金や金目のものを奪うにあたって、ここまでは何らかの手段で盗むことを想定してきた。しかし、別の考え方もできる。相手が望んで差し出すように仕向ければいい——すなわち「詐欺」である。

詐欺と一口で言ってもそのあり方はいろいろだが、とにかく騙してお金を出させ、受け取り、そのまま逃げ去ってしまえば詐欺は完成、ということになる。

わかりやすいのは、価値のない（低い）商品をあたかも価値がある（高い）ように見せかけ、大金を差し出させるタイプの詐欺だ。偽の芸術品や偽の宝飾品などを売りつけたり、道具類や衣装類、武器防具を名品と偽って二級品を差し出したり、香辛料やお茶、酒などの嗜好品の偽物を本物と偽ったり、あるいはそれらに混ぜ物をして売りつけたり、などが考えられる。ただ、これらについては、時代と地域によっては詐欺としては扱われないかもしれない。つまり「それくらい分かった上で買うもの」「見抜けない方が悪い」というわけだ。

形のない商品を詐欺の種に使うこともできる。つまり、儲け話・良い投資の話と偽ってお金を出させるのである。「私にお金を預けてくれたなら、一年で三倍に増やして見せましょう」などと言っては、そのまま持ち逃げしてしまったり、という具合だ。もちろんあまりに抽象的では相手が信じてくれないから、いかにもっともらしい、具体的で説得力のある話を用意するかが肝になる。

あるいは、関係性の偽装によって騙し、利益を得たり何かを奪ったりするタイプの詐欺もあり得る。誰かの名前と素性で借金をすれば、お金だけ手に入れて返済の義務はその人になすりつけることができる（架空の人間であれば、貸主は誰にも請求できなくなる――犯人を捕まえられたら話は別だが）。金持ちが死んだ後に、遺産相続人を偽って名乗り、遺産を根こそぎいただいてしまう、などという計画も聞く話だ。

以上のようにどんな名目で相手を騙すかはいろいろだが、具体的な手段・手法についてはある程度共通するところがある。今度は詐欺のやり口を見てみよう。

詐欺の多くは偽物を本物と騙し、偽り、信じ込ませるところから始まる。つまり、差し出す商品が本物と見まごうものであれば、それだけで勝率が圧倒的に高まるわけだ。誰にも見抜けないような偽絵画、よくできた儲けの計画、本人が書いたものとしか思えない遺言書などである。とはいえ、完璧な偽物を作るのには相応の技術がいるし、コストも高まる。どれだけ見事

罪を犯してでも金を稼ぐにはどうしたらいいのか？

①：奪う！

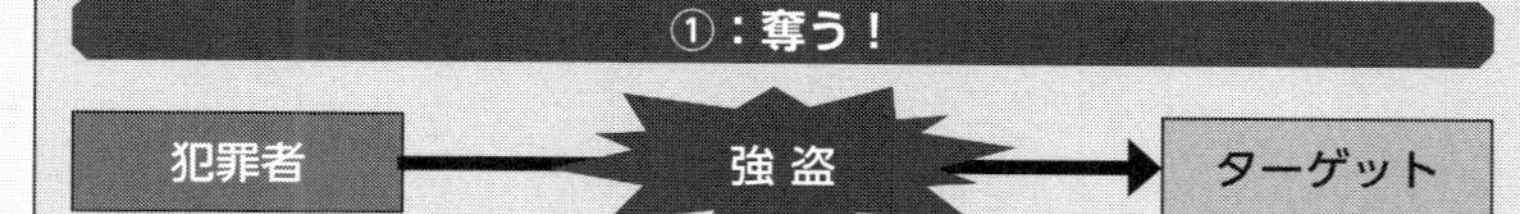

手っ取り早い金稼ぎ手段ではある
⇒国家の統治・治安が十分なら実行は困難になる

- 超人による強盗も結局社会から排除される
- 十分に準備を整えた強盗は残虐・非道の仕事

②：盗む！

犯罪者 → スリ・空き巣 → ターゲット

暴力行為を伴わずに忍び込み、金目の物だけ奪う
⇒人を傷つけないので、罪悪感も薄いしヒーローになりうる

なんの痕跡も残さず、盗んだことさえ気づかれないのが最良

③：騙す！

詐欺のタネ①	詐欺のタネ②	詐欺のタネ③
価値のない品を価値が高く見せる！（偽物、粗悪品）	実在しない儲け話に金を出させる！（投資詐欺）	素性や関係性を偽装してお金を得る（なりすまし）

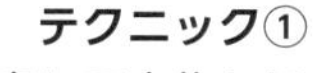

- **テクニック①** 徹底して本物に見せる
- **テクニック②** 話術で信じさせ、混乱させる

な偽物も結局見破られる可能性もゼロではない。優れた偽物造りの技術者を探すために一苦労したり、「これだけの偽物を作れるならまともに品物を作った方がいいのでは？」となったりするのも面白い。

商品に一抹の、あるいは多大な不安があるなら、話術やテクニックでカバーするしかない。

詐欺師というと非常に口が上手い人物というイメージがあるが、そのようなタイプは胡散臭い印象を与えやすく、むしろ相手が警戒心を持ってしまう。そのため、一見して「この人が他人を騙すとは思えない」という純朴・朴訥な人柄の方がむしろ詐欺には向いている。本当に「良い人」では詐欺はできないので、それがあくまで仮面であるか、あるいはよほどの理由によって本来の性質を曲げていなければいけないわけだ。

もちろん、口がよく回るタイプで、かつ警戒を乗り越えるほど話の持って行き方が上手い詐欺師もいるだろう。ただそのようなタイプであっても、どこかに誠実さ、真面目さ、真摯さ、「自分の儲けだけでなくあなたのことを思ってなのですよ」という気持ちが見えてくるようでなければ、なかなか人は騙せるものではない。

逆に、「私の言う通りにすればあなたはきっと儲かりますよ！」的な、押し付けがましさや傲慢さが正面に出てくるようでは、全く詐欺師は務まらない。相手を侮ってしまうタイプも同じだ。

犯罪で稼ぐ④　禁止されていることをする

相手から直接（暴力非暴力を問わず）お金を奪う以外にも、犯罪的手段でのお金儲けはいろいろ考えられる。国家は法律によってさまざまな行為を禁止するわけだが、その中には「これをやると簡単にお金が儲けられるが、実際にやられると秩序や治安の崩壊に繋がってしまう」ものが少なからず含まれているからだ。

逆にいえば、禁止されていることをやると比較的手軽に大儲けできる可能性は高い。「禁止されていてもその品物（サービス）が欲しい！」と思う人は高い金を出すし、また「禁止されていてもやる！」と行動する人は少ないため、需要と供給のアンバランスから値段が上がっていくからだ。もちろん、バレたら逮捕・処罰・処刑のリスクと引き換えだが……。

例えば、御禁制品──作ったり、売ったり、買ったりが法で禁止されている品物やサービスに手を出すのがそうだ。

何が違法で御禁制かは国・時代・地域でいろいろだが、各種麻薬は代表格と言っていいだろう。摂取すると非常にいい気分になれるが、その時間は長く続かず、しかも使い続けると麻薬なしではいられなくなる。常習者は新しい薬を得るためにいくらでも出すわけで、これほど金になる商品はそうそうない。一方、国にとっては麻薬が蔓延すると「犯罪を犯してでも薬が欲しい」という人が増えてあっという間に治安が悪化するので、許すわけにはいかないのである。

麻薬以外にも、売春や奴隷などがしばしば御禁制の品になる。他にも、鎖国体制をとっている国なら外国の品物全般、神聖視され保護されている生き物や物品、思想や宗教の統制を行なっている国ではそれらに関係する書物、また酒を禁止する法律のある国だってあるだろう。

御禁制の品の売り買い・製造のほかに、「密輸」もしばしば犯罪による金儲けの手段になった。密輸というのは密かに輸出入することで、どうして秘密にしなければいけないかといえば、法律で禁止されているからだ。法律が輸出入を禁止するパターンは、大きく分けて二つ。品物を禁止する場合と、認められているルートや業者以外が行うのを禁止する場合だ。

輸出入が禁止される品物は、基本的には前述したような売り買いや製造が禁止されている御禁制品であることがほとんどだろう。麻薬や異国の教えが書かれた本、酒などは持ち込むことも当然禁止されているので、それらを持ち込んで売り捌くことさえできれば、普通の輸出入より大きく儲けられる可能性が高い。

そのような輸出入禁止品・御禁制品は、普通に持ち出したり持ち込んだりすることはできない。正規ルートの街道や港を使う場合には、関所や港でのチェックをすり抜ける必要がある。担当の役人に賄賂を掴ませたり、普通の商品の中に忍び込ませたり、箱を二重底にして隠したり、などの工夫をしなければいけないわけだ。

正規ルートを使わない手もある。関所のない山道や荒野を抜けたり、役人が監視していない場所で船に乗

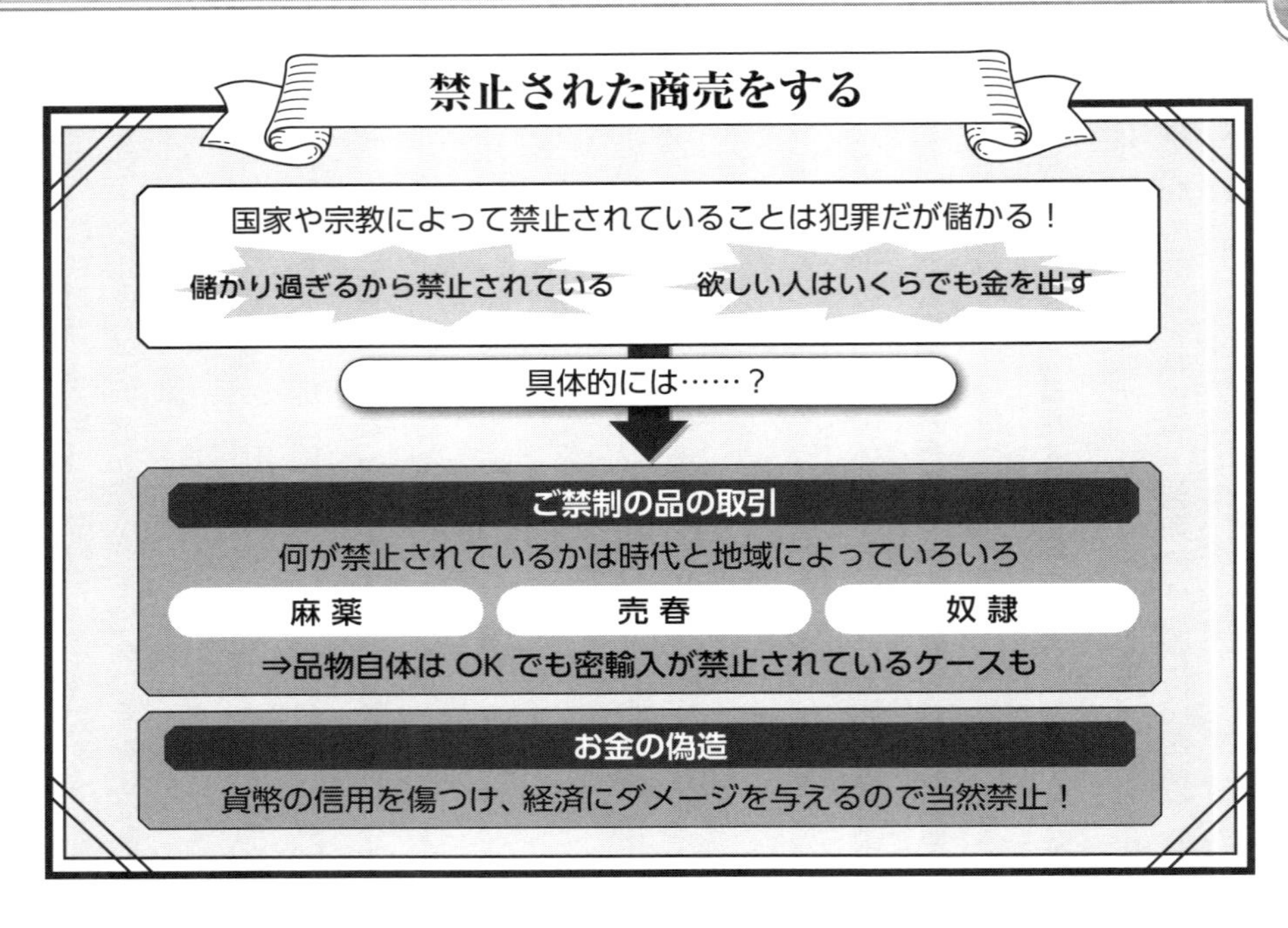

せたりして、チェックをすり抜けるわけだ。これは輸出入が禁止されている品を持ち出し、持ち込むための手段でもあるが、そもそも輸出入可能な品をこのやり方で運ぶこともある。

どうしてわざわざそんなことをするのかといえば、「税を払いたくないから」だ。正規ルートでは「荷物がこれだけあるなら税はこれこれ」と決まっていて、関所や港で徴収される。それが重すぎたり、あるいは関所が何箇所もあって多重に徴収されてしまう場合、商人たちはしばしば迂回ルートを取って税を回避しようと試みるのだ。

もっとわかりやすい犯罪によるお金の増やし方に「お金の偽造」がある。贋金を作るのだ。材料は調達しなければならないから初期投資は必要だが、きちんと貨幣経済が成立している社会なら貴金属の塊よりも貨幣の方が価値がある（そうでなければ貨幣を使う意味がない）。技術のある職人を雇えばボロ儲けできる可能性があるが、国家も贋金は「権威への挑戦」「国家の経済を乱す敵」と見なし、厳しく取り締まるものだ。細心の注意が必要になるだろう。

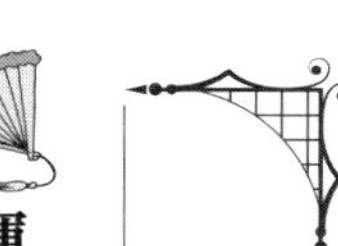

ギャンブルで金儲け

運を金にする

お金は必要だ。しかし、真っ当な手段で稼ぐのは難しく、犯罪で稼げるほどの度胸や才覚もない。そんな時に人が頼るのは賭博（ギャンブル）である。運任せの勝負で一攫千金——となれば、飛びつく人が多いのも無理はない。

ただ、ここで大前提にしなければいけないことが一つある。それは「ギャンブルは基本的に賭ける側の人間（いわゆる「子」）が損をして、主催・運営側（いわゆる「親」、「胴元」）が得をするようにできている」ということだ。そうでなければギャンブルそのものが成立しない。主催する人間に利益がなければ開催する意味がないため、当然である。そのため、賭ける側は瞬間風速的に勝つことはあっても、全体で均せば負けている、ということになる。

現代のギャンブルでいえば、還元率（賭けた金額に対して戻ってくる金額）は公営ギャンブルは約七十五%、パチンコは八十五%前後、宝くじでいうと約四十五%になる。

——もちろん、これはギャンブルをする人たち全体の平均的な数値であって、中には「全体で均してもなお勝っている」という人もいるだろう。その背景には、何かしら要素・手段があるはずだ。キャラクターがそのような各種手段のいずれか一つ、あるいは複数を持っていれば、ギャンブルで儲ける事もできるかもしれない。

また、親（胴元）がいないタイプのギャンブルだってある。酒場で行きずり同士が集まって行うギャンブルに親も子もないだろうし、金持ちが客を集めて自分の屋敷で賭け事に興じるケースなどもどちらが親と言いにくいところがある。

自分でゲームをするタイプのギャンブル（賭け麻雀やカジノなど）なら、技術が物を言う。サイコロの目で勝敗が左右されるようなギャンブルでは、幸運・不運が重要だ。ギャンブルの仕組みに欠陥があって「この状況では必ず特定の結果が出る」「この結果は絶対に出ない」などを知っていれば、明らかに有利になる。

何よりも、絶対の勝利を求めるなら、なにかしらのチート（インチキ、イカサマ）は欠かせない。運や技術には限界があるからだ。

特定の目しか出ないサイコロ、目印が付けられたカード。コマやチップを相手に見えないよう素早く移動させる手業。勝負・レースをする際に一方だけ有利にし、もう一方を不利にするような妨害工作。そもそも両方を抱き込んで、「今回はAが勝つ形にしよう」と事前協議する八百長。究極はタイムトラベルか未来予知だろう。結果がわかればまず間違いなく「勝つ方」に賭けることができるからだ。

もちろん、チートが見つかればタダでは済まない。現代日本の公的なギャンブルであれば犯罪者として逮捕されるだけで済むかもしれないが、非合法ギャンブルの運営者は、自分たちの儲けを掠め取ろうとするイカサマ師を決して許しはしない。摘み出され、身包み剥がされ、袋叩きに合う……で済めば、それでもまだ恩情的な扱いであろう。肉体の一部か、最悪は命が失われることになる。

勝ち金を持ち帰る難しさ

ギャンブルにはもう一つ、勝ってお金を持ち帰ることの難しさがある。

例えば、反社会的集団が運営するギャンブルで大金をせしめた時、果たして運営者たちはその金を持って帰ることを許すだろうか？　なにしろ、相手は犯罪に躊躇がない人々である。そのギャンブルそのものが犯罪であることも多く、官憲の介入も簡単ではない。となれば、不用意に勝ってしまったギャンブラーを目立たないように始末し、その金を回収することに何の問題があろうか？

酒場などでカードやダイス、動物を用いたギャンブルに興じた時も同じことだ。大事な金を奪われて頭に血が上っている他の参加者たちが、どうして勝利者を殴り倒したり闇討したりしてその金を取り戻さないと考えるだろうか？　ギャンブルからの撃ち合いは西部劇における銃撃戦の大定番である。

そのため、賭け事で大金を得てしっかり持って帰りたいなら、身を守る手段を用意しておく必要がある。十分な戦闘力や逃げ足はもちろん、相手が襲えないような状況を作るのも一つの手である。例えば、相手が襲ってこようとした瞬間に官憲が賭場へ傾れ込んでくる（自分はその隙に逃げる）とか、相手とはまた別の反社会的集団をバックにつけて襲えないようにする、などだ。

このような問題を解決する手法として、「いい金ヅル」を見つける、というのは理想の一つである。小金を持っているギャンブル狂、大金持ちのギャンブル下手。そのような人々から金を引っ張り続ければいいが――いつ相手が豹変し、状況が変わるかには注意が必要だ。

胴元になって儲ける

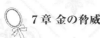

賭ける側で儲かるのは難しい。そこで、「ギャンブルで儲ける側になりたければ胴元側になれ」というロジックが導き出される。もちろん、これも簡単ではない。

まず、ギャンブルに挑戦する人たちを熱狂させつつ、しっかり自分たちが儲かる仕組みを作らなければいけない。還元率があまりに低ければ「これは絶対に勝てないのでは？」と誰も賭ける人がいなくなってしまうし、かといって還元率が高ければそもそもギャンブルとして成立しない。運や技術が絡みつつ、「次は勝てるのではないか」「一度勝てればこれまでの負けを帳消しにできるのではないか」と思わせて何度も何度も挑戦させる。時にはそこそこのお金を掴ませ、「よし、これで終わりにしよう」ではなく「同じように勝てれば負け分を取り戻せる、いやプラスにできる」と思わせなければいけない。

このようなバランスは、ゲームのルールや道具・機械によって自然とそのようになるようにできていることもあるし、運営側の技術、そしてチート（イカサマ）によって成り立っていることもある。配るカードやサイコロの出目を技術だけで弄ったり、あるいは前述したような仕掛け道具に入れ替えることで、「今回はこいつに勝たせよう」「次はこっちに勝たせよう」

「ここで全員負けにして金を回収しよう」とする。

その一方で、ギャンブルが成立していくように気を配らなければならない。普通の商売だって客はいろいろと文句をつけてくるものだが、金のかかったギャンブルとなれば必死さの具合も段違いだ。目が血走っている者も珍しくない。

「結果に納得いかない」と暴れる者を押さえつけ、また追い出さなければいけないこともあろう。あるいは、イカサマを行った人間を見つけ、罰を下さなければいけないこともある。ギャンブルの胴元に国家や反社会的集団が多いのもある意味納得で、暴力を振るって押さえ込む力が強い方が向いているからだ。

ファンタジー世界とギャンブル

ここまではギャンブルに関係する事情を紹介した。それでは具体的に、あなたが作るファンタジー世界では、どんなギャンブルが楽しまれているだろうか。

歴史を遡れば、ギャンブルの原型は祭りにおける未来予測の儀式にあった。なにがしかの行いの結果によって作物の実りや狩猟の成功などを占うわけで、現代でいえば靴占い（靴を飛ばしてどう着地するかで天気を占う）が近しい。つまり、なにがしかの事象の結果に別の出来事の成功・失敗を託すという点で、ギャンブルによく似ているわけだ。

やがて人々が自分の財産をそれなりに蓄えるようになると、「賭け」も神聖なものから俗なものになっていく。古代エジプトや古代ギリシャにはすでに各種のギャンブルがあって、人々を熱狂させていたようだ。古代ローマになるとさまざまな賭博が行われたのだが、代表的なものとしては戦車レースや、闘技場で剣闘士や猛獣を戦わせ、その勝敗に賭けるギャンブルが人々の娯楽になっている（剣闘士賭博自体は古代ギリシャからあったが）。

では、中世ヨーロッパになるとどうだろうか。この時期、各地の農民たちはギャンブルを楽しめるくらいには財産を持つようになり、たびたび集まっては賭けに興じた。そこで行われた種目は基本的には古代ギリシャ・古代ローマ帝国以来のもので、貨幣を投げて表裏を予想したり、犬や鶏を戦わせたり、サイコロ賭博を行ったりした。もちろん、中世の農村に剣闘士はい

ギャンブルで金は稼げるか？

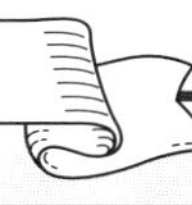

運に自信があれば、ギャンブルで稼ごうと思うのは当然

ギャンブルは構造的に儲からない!?

手段①：技術・知識・チート	手段①：胴元になる
ギャンブルを有利に進めるためのコツはないわけではない	構造的に親（胴元）しか儲からないようになっている

特にイカサマがきちんと機能すれば、しっかり儲けられる	自分が親（胴元）としてギャンブルを主催すればいい！
イカサマが相手にバレたら当然ただでは済まない！	賭け客を満足させつつ、不満を黙らせる運営が必要

ないし、戦車レースもやるわけがないが、あなたの作る世界では「大きな都市では古代以来のそのような文化を保持していた」としても特におかしいことはない。

中世末期になるとトランプ（プレイイングカード）が登場する。これを使って多様なゲームが行われたが、多くの場合同時にギャンブルでもあったようだ。トランプを用いたギャンブルは婦人層にも受け入れられた。悪役令嬢が同じ階級の女性相手に勝負を挑む時に、トランプを用いた勝負を挑むのはアリかもしれない。もちろん、トランプ以外のゲーム類も古くからあり、時代を重ねて変化していった。詳しくはシリーズ二巻『開拓』を参照のこと。

近世ヨーロッパではトランプ以外にも新しいギャンブルが流行った。一つは各種スポーツを用いた勝負の結果に金をかけるもので、ビリヤードやテニスなどがこの時代に現れ、お金を賭けた勝負が行われた。一気に金が動くギャンブルとしては、競馬やドッグレースなどの結果で行うギャンブルも盛んにあり、また富くじ（宝くじ）にも人々は熱中した。これらは中世ヨーロッパ風世界にあってもさほどの違和感はないだろう。

計画してみるチートシート（金儲け編）

そもそも金で何をするのか

金にはできることもたくさんあるが、
できないこともあるので、整理が必要

具体的にどう金を作るのか

物の売り買い、資産の換金、犯罪、
ギャンブルなどなど、選択肢は無限大

金儲けで起きそうなトラブルは？

普通常の商売はもちろん、犯罪や
ギャンブルでは問題がついてきやすい

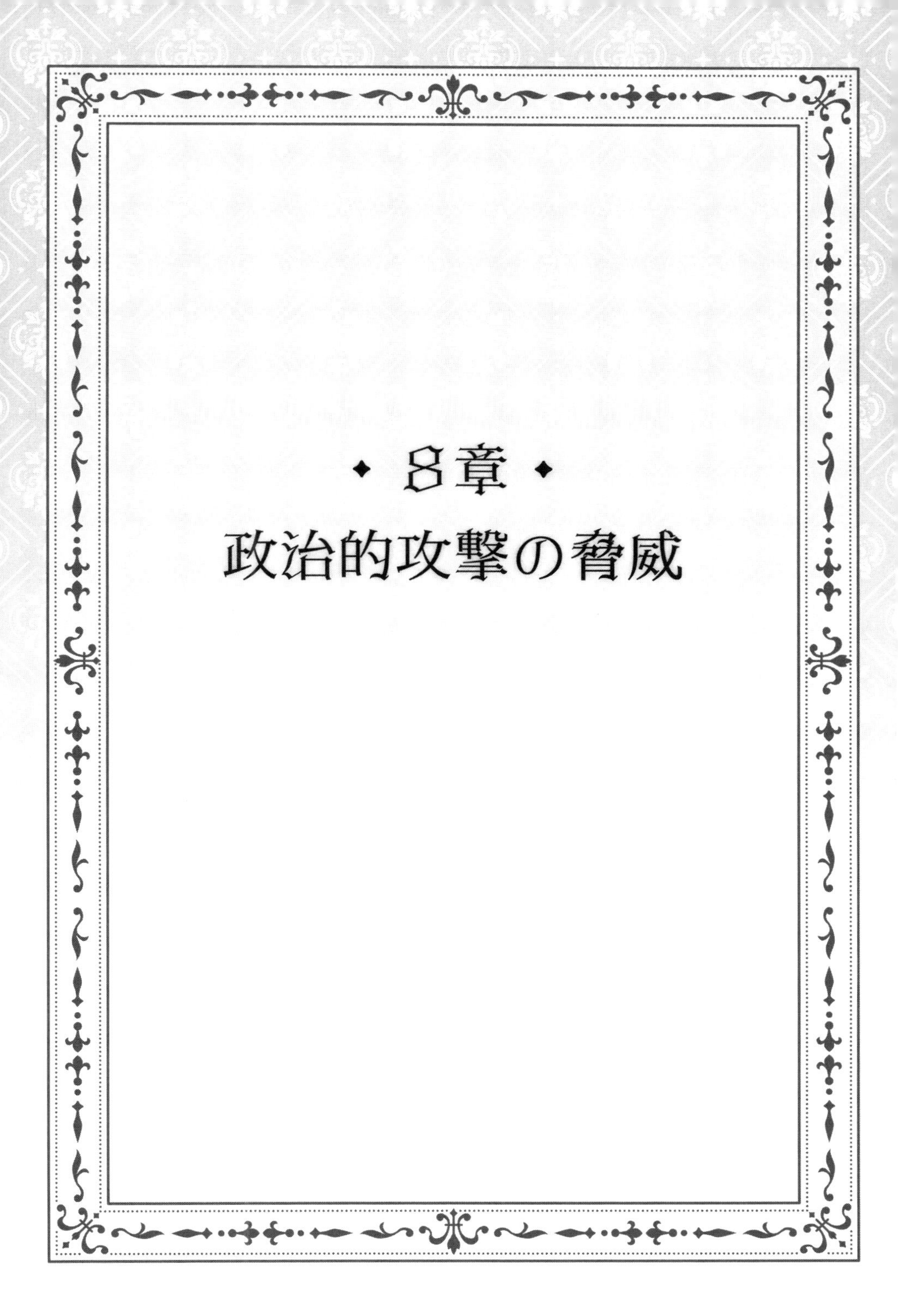

◆ 8章 ◆
政治的攻撃の脅威

権力基盤への政治的攻撃

悪役令嬢が悲劇・破滅へ追い込まれるにあたって、最もよくあるパターンは、なんらかの政治的陰謀・政治的闘争に巻き込まれるケースであろう。

悪役令嬢の権力・特権の源泉である親の政治的立場や、家の権力・財産が、「親が失脚した」「家が破産した」「犯罪に問われ、特権を没収された」などの形で失われる。どうしてそうなったのかと言えば、何者かが政治的に働きかけた結果だった――というわけだ。

そこでここでは、権力基盤への政治的攻撃とそのメカニズムがあるのかを紹介する。

政治的闘争は必然

そもそも、上流階級・特権階級の世界は政治的闘争と無縁ではいられない、というところから紹介したい。

特に悪役令嬢が上流階級の、それも王族や大貴族のような上澄み層に属している場合、陰謀や政争に巻き込まれないでいる方が難しい。

一見して平和に見える上流階級の世界――例えば華やかなパーティーを毎日行って楽しげな会話が繰り広げられている宮廷も、実際には野生の世界さながらの激しい戦場になっている。

ただ、それが物理的な食うか食われるかの生存競争ではなく、「少しでも自分の権限を広げ、財産を増やしたい」「自分の権力を守るためにはライバルを一人でも減らさなければならない」という類の政治的闘争なので、目立たないだけなのだ。

もちろん、常に一定の激しさ・勢いで政治的闘争が行われているわけではない。あちこちで中小の勢力が自分たちの利益を拡大・維持するために小競り合いを繰り広げていることもある。あるいは、二つの大派閥が並び立ち、自分たちが勝利者になるべく（そして勝った暁にはリーダーからおこぼれをいただくべく）激しい対立をしていることもある。

このあたり、当事者たちの心理を掘り下げていくと以下のようになる。

「すでに権力を持っている人々も、現状に満足せずさらに上を目指している」

「その背景にはもっと偉くなりたい、もっと豊かな暮らしをしたいという上昇意識や、ライバルに負けたくないという競争意識がある」

「しかしそれだけではなく、拡大し続けて周囲より強い存在であり続けなければ、他者に襲われ、奪われるという恐怖・警戒心がある」

「そのようにいちいち疑問に思ったりせず、上流階級の人間にとって政治闘争をするのは息をするよりも当然のことだと考えている人もいるだろう」

――このように分解すると、一見して私たちに理解しがたい「すでに金持ち・特権者なのに、さらなるお金や社会的立場を得ようとする人」の気持ちもわかるのではないか。

さらに一歩進んで、次のようなストーリーパターンが考えられる。

読者にとって理解しやすい現代人的なメンタリティーを持つ主人公・視点キャラクターが、既に見てきたような金持ち・特権者的な価値観を持つライバルや敵役（父親がこの位置に座るのが特に典型的）に反発し、対立する。しかし、やがて相手を超克し、あるいは距離をおいて、客観的に見られるようになると、「考え方としては今でも好きになれないけれど、あの人がそのように振る舞ったのにはあの人なりの理由があったんだ」「たくさんの人を率い、守る立場では、自分の勢力を大きくするチャンスを見過ごすわけにはいかなかったんだ」と一定の理解を示すようになる……。成長がわかりやすいストーリーといえよう。

政治的闘争の手段

それではここからいよいよ、具体的な政治闘争とその手段を見ていこう。

最も明確に、わかりやすく、自らの手も比較的汚さず、そして確実に政敵を排除する方法は、「相手を犯罪者に仕立て、処罰・処刑に追い込む」ことである。自分が表立って仕掛けたのではなく、あくまで国家という仕組みやその統治者が排除したということで、リスクも減る。

それも、ちょっとした犯罪では処罰や処刑にならないかもしれない。もみ消されたり、あるいは「そもそも貴族は庶民とは法律上の規定が違うので、問題にならない」ということも考えられる。例えば貴族が庶民を戯れに殺したとしても、そのことを表立って責められる人は多くあるまい（倫理上の問題はまた別）。

では、具体的にはどんな犯罪を暴けば（濡れ衣を着せれば）政敵を排除することができるのか。

その筆頭は端的に記せば「国家やその統治者への反逆」であろう。実際に兵を率いて反乱を実行したケースはもちろんのこと、武器や食料など戦争用物資、また兵士などを準備したり、反乱の計画を具体的に練っているだけでも、反乱を疑われ、処罰されたとしても仕方がない。

貴族や軍人が単純に反乱のための武力蜂起を計画しているだけでも大問題だ。よくて当人と主要メンバーが処刑、普通に考えれば一族郎党が処罰対象になる。流石に一族郎党皆殺しは多くの時代と地域において「やりすぎ」という評価を受けるであろうが、それでも苛烈な君主であったり、あるいは貴族たちが激しく政治対立をして不信が蔓延していたりしたら、十分ありえる話だ。

ここからさらに罪状が重くなるのは、いわゆる「外患誘致」――つまり、外国と結びついて国家体制を揺るがしたり、君主を倒そうと企んでいるケースだ。普通、国内だけで成立する内乱よりも、他国を引き入れて企んでいる（あるいはそもそも他国からの勧誘や指示を受けて活動している）方が、より問題が大きいものと見なされる。それは国を売る行いに他ならないからだ。

とはいえ、封建主義体制であれば貴族や領主も国家に対して強い忠誠心は持たないのが当たり前。特に辺境の領主などは自国の首都よりも他国の領土の方が近くなるし、条件や状況次第で寝返りを企んでおかしくない。また、政治的に立場が危うくなった貴族が、「今のままだと粛清されるが、自分ひとりではどうにもならない。助けてくれそうな大貴族も思いつかない。であればいっそ外国の軍隊を引き入れて今の王を倒してもらうしかないのではないか」と考えることもあろう。もちろん、計画が失敗すればすべてを失う。

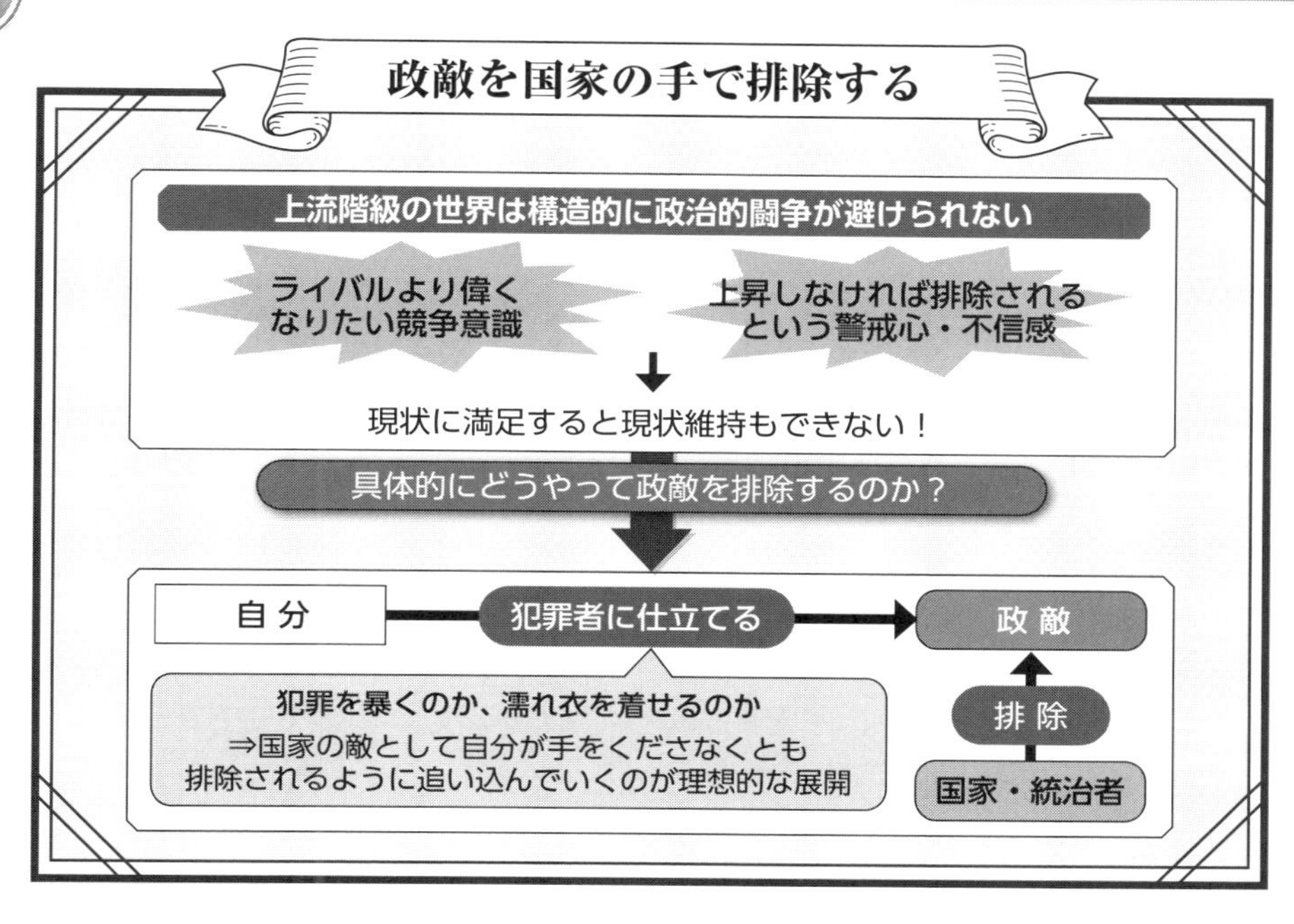

ただ、計画を嗅ぎつけられた（あるいは濡れ衣を着せられた）相手が言い逃れできないようにするためには、まだ手順が必要かもしれない。場所が「国王を上座においた重臣会議」なのか、「裁判所で裁判官（この裁判官を王や聖職者が務めることもあるだろう）の前で」なのか、それとも別の形なのかはあなたの作る世界次第だが、何かしらの申し開きの機会は与えられる可能性が高いからだ。ここで逃げられては困る。

反乱の計画書や、「たしかに○○伯爵は陛下への反逆を計画しておりました」と主張する人間が必要だろう。しかもそのような証拠なり密告者なりが突然出てきても偽装工作が疑われる。そこで、以下のような工作が必要になる。

○○伯爵の屋敷を捜索したら、反乱のための味方を誘う手紙が出てきた——伯爵自身はそんな手紙を書いた覚えはないと主張している。あるいは、伯爵の部下や伯爵の屋敷をうろついている怪しげな人物を捕らえ、尋問・拷問してみたら反乱計画について白状した（本人は真実を語ったと信じているが、実際には嘘を信じさせられているだけだったりする）。

国家への反逆疑い

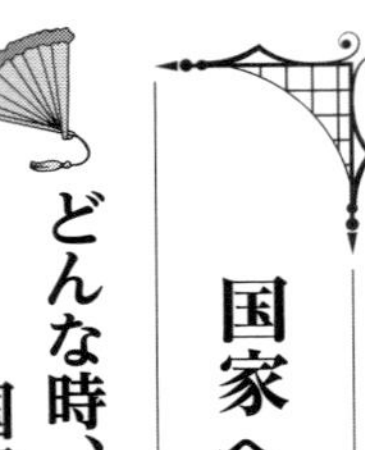

どんな時、国家への反逆を疑われるのか

失脚の最大理由になる「国家への反逆」を疑われる原因は、直接的な反乱計画だけとは限らない。「軍を動かしたわけではないけれど、国家に反逆したのも同然」と見なされるような振る舞いはいろいろと考えられる。

例えば、国王や王族、あるいは国王を支える有力貴族や役人の暗殺・毒殺を企んだりしたならば、それはもう国家への反逆であると見なされても文句が言えない。要人が傷ついて一時的に政治が行えなくなったり、ましてや殺されて永遠に退場するなどということになれば、国家の統治がうまくいかなくなる。これが国家の統治体制に対する攻撃行為であることは明らかだ。

――あるいは、もう少しわかりにくい形で「この振る舞いは国家への反逆に等しい」とみなされることもあるだろう。典型的なのは、「国家の威信・権威を傷つける行い」だ。

本シリーズ一巻『侵略』、二巻『開拓』でもそれぞれに紹介してきたことだが、国家は威信や権威、つまり「強そう」「偉そう」「余裕がありそう」を大事にする。これらの印象が十分にあれば、周囲はそうそう攻め込んでこないし、内部勢力もいちいち逆らったりしない。攻撃したり反逆したりして得られるものよりも、敵対して失うものの方が多いだろう、と判断するからだ。

もし国の統治体制が揺らげば、都市の治安が守れなくなったり、郊外で山賊や野盗の活動が活発になったり、野獣の侵入や諸外国の侵略が防げなくなったりして、人々の暮らしと国家の安泰にも悪い影響が出る。だからそのような反逆行為は「悪」であり、許してはならない、というのが統治者側のロジックだ。

そして、威信や権威を傷つける者に対して、国家は時に攻撃性をむき出しにする。

例えば、国の象徴である紋章や国旗などを粗雑に扱って汚したり、壊したり、あまつさえ意図的に破壊しようなどという行いは、国そのものを傷つけるものと同じ、と見なされることが多い。国家としてこれを放置すれば内からも外からも「国を守れない程度の弱体国家」と軽視され、威厳が落ちる可能性が高い。結果、誤って傷つけた者は通常以上の罰を受けることになるだろうし、狙って傷つけたのであればまさに反逆者として追われる可能性が高い。

国家や王族にとって大事な場所での私闘や狼藉、大事な物を汚したり傷つけたりすること、あるいは場にふさわしくない下品な振る舞いも、しばしば「これを許すことは国家の権威を傷つけること」と見なされるようだ。

例を挙げてみよう。江戸時代日本で起きた元禄赤穂事件（いわゆる「忠臣蔵」事件）のきっかけは、江戸城の松之廊下にて赤穂藩主・浅野内匠頭が吉良上野介に斬りつけたことだった。浅野は切腹を申し付けられ、赤穂藩もお取り潰しとなったが、吉良は当時の武家社会の慣行である「喧嘩両成敗」に反してお咎めなしになった。ここから赤穂浪士たちによる仇討ちの物語が始まる――のだが、ここで注目したいのは浅野が厳罰に処された理由だ。

理由はいろいろあるが、中でも場所と時期が大きかったと思われる。当時の江戸城は日本の実質的な統治者（王）である徳川将軍の住居であり、また統治の中心地であった。中でも松之廊下は将軍が家臣たちと対面する白書院につながっている非常に公的な意味合いの強い場所で、しかも事件が起きたのはちょうど、朝廷から江戸幕府への使者を迎える重要な儀式の真っ最中であった。二重に「公」性が高まっていたわけだ。

しかも時の将軍・徳川綱吉は文治政治を主導し、物事を喧嘩や切り合いで解決するのではなく社会的な仕組みによる秩序を重視した人だった。つまり、浅野の振る舞いは二重にも三重にも幕府と将軍の政策に反し、その権威を棄損するするものであったため、厳罰を受けるのも当然であったのだ。

具体的なルール違反

もう少し具体例を探ってみよう。一般的に、権威づけ・威厳向上・秩序の形成を狙って、以下のようなルールが意図的に制定されたり、あるいは自然と生まれたりする。

「やってはいけないことを決める（王しか身につけてはいけない装飾品がある、高貴な人には直接話しかけてはいけない、など）」

「入ってはいけない場所を区分けする（王自身、王族、貴族、一般役人……という具合に身分や立場で切り分ける。単に序列をはっきりさせることが目的なだけでなく、王のハーレムは男子禁制（誰の子か明確にするため）など、実務的な意味があることも」

「身分や立場を外的に示すルールが決められる（服の種類や色、装飾品などが社会的な立場に合わせて決まっている）」

「身分・立場・階級違い、あるいは統治者による許可なしでの、関係性を深めることの禁止（前者は既存秩序を揺るがす蟻の一穴になることを恐れており、後者は有力貴族が血縁的に結びついて統治者を凌駕する存在になることを恐れている）」

「王や貴族など支配階級を堂々と批判したり、陰口を叩いたり、揶揄したりすることの禁止（政治をすれば批判されるのは当たり前で、偉い立場にいれば嫉妬されたり嫌われたり憎まれるのは当然だが、それを所構わず言うのも下品と見なされることが多い）」

――以上、一通り並べてみた。

これらの中には見つかり次第即厳罰に処されるものもあるだろうし、ちょっと眉を潜められるくらいで済むものもあろう。

公に裁かれたり罰を下されるようなことはなくとも、それこそ陰口を叩かれたり、悪評が広がったりしてしまうこともあろう。「家で家族にだけ言っているならまだ良いが、王城みたいな公的空間で堂々と言うようでは庇いきれないよ」ということもありそうだ。

庶民がやったら大問題（不敬罪！）で牢屋に入れられるようなこともあるし、王族や貴族なら「よくないことですから、気をつけてくださいよ」と説教される程度で済むこともあるかもしれない。

状況で変わる「問題行動」

以上のような「問題の程度」は時代や地域、文化でも変わるし、時の権力者の性格や統治の方針によっても変わってくる。

鷹揚な性格の王は、自分の政策が少々非難されようと、陰口を叩かれようと全く気にしないかもしれない。一方で「私的な空間でどれだけ自分を悪しざまに罵ってくれても構わないが、公的な空間で王を非難するようなことは絶対に許されない。公私の別をつけるとはそういうことだ」などという考え方をする王もいるだろう。

もっと極端に走って、「どんな状況でも王と国家に対して無礼な振る舞いをする者は許さない。そこで密告を奨励するため、王をそしるような不届き者が現れたらどんどん報告してほしい。十分な褒美を与えるであろう」などと宣言する王が現れてもおかしくない。

こうなると、あることないこと次々密告する者が出現する。恐ろしいのは、褒美目当ての密告者や、「あいつを蹴り落とせば俺が有利になる」「とにかく嫌いなあいつを消したい」と考えて、真っ赤な嘘の密告をする者が出てくることだ。これは王や国家の批判・悪口だけでなく、先に列挙したようなルール・マナー違反のどれでも起きうる問題である。また、歴史的には異端審問や魔女狩りでも似たようなことはあったようだ。本書該当部分も併せて参照してほしい。

密告奨励社会が息苦しいのは当然のことだ。そこまでではなくとも、各種ルールやマナーによって身分・階級・立場の切り分けがあまりにも厳密に行われすぎると、社会が流動性を失い、例えば優秀な人材を供給することができなくなったり、上流階級の人々がそれ以外の人々の心情や状況を理解できなくなったりして、衰弱していくことがままある。

そこで、ルールはありつつも、「例外」も程よく作っていくのが社会の知恵だ。

例えば、服装や装飾品の縛りを公的な空間や儀式の時だけにとどめ、それ以外の日常的なシーンではある程度階級や立場が近ければ混ざり合えるようにする……というのも一つの手だろう。

他にも、「酒場や風呂、賭博場などの私性や猥雑性の強い場所、あるいは酒宴や祭りなど特別なイベントの時は無礼も許される（まさに「無礼講」というのはそういうことだ）」や、「道化師や聖職者など、世俗的

国家は威信を傷つける者を許さない

国王・支配者は国家の威信を傷つけ、秩序を乱す者を許さない
⇒国家への反逆に等しい、と見なす

国の威信が揺らげば、外からは攻撃され、内は乱れる

徹底的に弾圧して、威信の揺らぎを防止する！

秩序を乱し、威信を揺るがす行いとは？

- 要人への攻撃・暗殺
- 国家の象徴を毀損
- 公の場での無秩序行為
- 身分・立場を超える行い
- 有力者の人脈づくり
- 公然とした上位者批判

な上下関係から解放された特別な立場の人だけは、王だろうと貴族だろうと気にせず文句を言うことができる」という具合だ。

――これらの例外がルールとしてしっかり明記されていたり、王や大貴族、聖職者などの権威・実力者がしっかり裏付けになってくれているならいい。しかしあくまで不文律である場合、ある日突然ひっくり返され、「不敬である」「不文律？　そんなものは知らん」そして「このような無礼をなすとは国家への反逆を企んでいるに違いない」と罪に問われる可能性はゼロではない。

現代社会でも、口では無礼講だと言うけれど実際に宴会で無礼な振る舞いをされたらムッとする上司などいくらでもいるだろう。中世的世界の王や貴族は、その気になれば現代日本のサラリーマン上司よりも大胆にこの種の権力の行使ができてしまう存在なのだ。とはいえ、封建主義体制なら王も貴族もそこまで絶対的権力者ではない、味方をうまく集めることができれば、強引な振る舞いをしてきた相手を逆に窮地へ追い込むこともできる。これは同種の状況と同じだ。

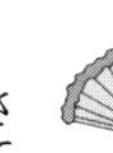

疑いから逃げる、疑いが追ってくる

さてここまで、基本的には統治者側のロジックによって、「どのような振る舞い・行いが国家への反逆と見なされるか」という話をしてきた。

あなたの物語の主人公が政治的な攻撃をされる側である場合、自分自身がこのような振る舞いをしないように気をつけたり、あるいは家族や親しい人がやらかしてしまった際にうまくもみ消して、政治的な問題に発展しないように気をつける必要がある。

とはいえ、トラブルを一切起こさずに生きていくことなどそうそうできるものではないし、本当に些細なミスが大問題へ発展することも珍しくない。なによりも、アクシデントが起きてくれなければ物語がドラマチックにならない。

物語を作る側としては、主人公の周囲にトラブルメーカーを配置して（あるいは主人公自身が悪役令嬢的な気質からトラブルメーカーになってしまって）、適宜政治的な闘争のきっかけが生まれるように仕向けるべきであろう。

一方、主人公が政治的な攻撃を仕掛ける側であるなら、話は全く別だ。別項で紹介するうわさ話やスパイなども活用しながら、政治的ライバルをどんどん追い詰めていかなければならない。

そうして、相手が反乱・反逆をせざるを得ない状態に追い込んだならば、後はもう「実際に反乱したので国王の軍勢が鎮圧した」でも、「反乱・反逆しておかしくない状態になったので、証拠をでっち上げたり、不敬だと言いがかりをつけたりして逮捕・失脚へつなげた」でも、好きなように料理すれば良い。この時、主人公が統治者の座にいたり、法律や裁判、官憲に影響力を発揮できるポジションにいたら、いよいよ相手を始末するのは簡単だ。

――ただし、相手が特別な能力を持っていたり強力な軍団を擁しているなどして只者でなかった場合、事態がいよいよ厄介になる可能性がある。反乱鎮圧に向かった軍勢が叩きのめされたり、裁判の場で偽証拠や言いがかりを明らかにされて、不利になったりすることだって十分ありえる。こうして逆転する側に主人公を置くのも、一つの定番であろう。

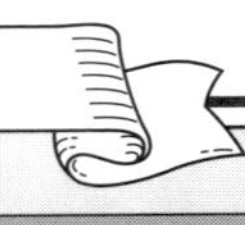

「反逆」との向き合い方

政治的陰謀家が考えるべきこと

自分の周囲の反逆疑惑を沈静化する	ライバルの周囲の反逆疑惑を煽る

↓

最終的にはライバルを反逆者の立場に追い込めば良い

物語的にはトラブル・アクシデントが起きてほしい

一方、本物の反逆者は何を考えているのか……？

↓

現状を維持し続けることが悪であり、ひっくり返すことこそ正義
（本人がどのくらい主張を信じているかはまた別）

現行秩序とは真っ向からぶつかるからこそドラマが生まれる

反逆者のロジック

以上、政治闘争の延長として「国家への反乱・反逆」を見た。だから、攻守どちらもロジックは保守的で、現在の統治体制を良しとする前提で話してきた。

しかし、反乱や反逆が必ずしもそのような考え方や立場に基づいて行われるとは限らない。いいやむしろ、濡れ衣的にではなく反乱や反逆を企む者は、全く正反対のロジックに基づいて行動しているはずだ。

彼らの多くは今の統治体制を問題視し、不満を持っているような人物だ。一応の秩序は成立しているが問題が山積みになっている、あるいは秩序が崩壊していて、多くの被害や犠牲者が出てしまっている。このような状態では秩序を守ることは善にならない。そのような理解の下、「今のままではこの国はよくならない。だからやるのだ。これは正義の行いなのだ」と心から信じている、あるいは信じるふりをして仲間を扇動し、テロリズムを実行させる。

以上のような立場の違いを持つ両者のぶつかり合いは、物語を大いに盛り上げるだろう。

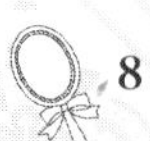

潜入者の活躍と脅威

潜入者とは？

スキャンダルを掴んでうわさを流すにしても、反乱や反逆の話を探り出したりでっち上げたりするにしても。スパイ（間諜、密偵）がいなければ話にならない。陰謀家たちがどれだけ優れた頭脳の持ち主であっても、彼や彼女が重要な情報を調べ上げ、あるいは忍び込んで工作をしなければ、芸術的な政治陰謀も実現しないのである。

本シリーズ一巻『侵略』においては、主に国家同士の戦争・外交の舞台で活躍するスパイ――敵対する国の情報を盗み出したり、破壊工作をしたり、戦場で敵の様子をうかがったり――を「潜入者」として紹介した。

しかし、潜入者が活躍できる舞台はそのような国同士の関係だけではない。そこで、この項では国や地域の内部での対立や紛争、それらを動かす陰謀・計画のために奔走する潜入者たちのあり方と活躍を紹介することとしたい。

さて、『侵略』では、潜入者をいくつかに分類して紹介した。以下、簡単にまとめてみよう。

「生間（忍び込み、帰って来る潜入者）」
「郷間（買収・説得された現地民間人）」
「内間（買収・説得された現地の役人・要人）」
「反間・二重スパイ（敵方潜入者を味方につける）」
「死間（間違った情報を信じ込んだ潜入者）」
「使い捨て間者（危険な仕事をする臨時雇い）」
「草・スリーパー（時が来るまで長期間潜入する）」

この分類は、本書で扱うような政治的闘争で活躍する潜入者・スパイにもおおむね適用できる。以下、悪役令嬢者及び同種作品おける各種潜入者の様子を見てみよう。

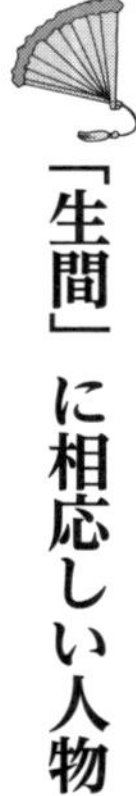

「生間」に相応しい人物

「生間」ができるのはどんな人物だろうか？

パッと思いつくのは、腕利きの潜入者であろう。求められる情報や破壊するべき対象は、厳重に警備された屋敷や城塞の中で守られていることが多い。そのため、高い壁を飛び越え、頑丈な扉や鍵を破り、衛兵や住人たちの目をかいくぐり、目的を達成しなければならない。

あるいは、完全な変装・変身の技術によって他人になりすますことができたなら、堂々と中に入って必要なものを盗み出し、そのまま出てくることも可能だろうか。

怪盗紳士ルパンやルパン三世、００７のような、フィクションの中だけに存在する類の超人でなければ、このやり方で任務を達成するのは難しい。あるいは、特別な技術や魔法、超能力の助けが必要だろう。

「インテリジェンス」的手法

しかし、別のやり方では、超人的潜入者でなくとも無事情報を抜き取り、生還することができるかもしれない。

「インテリジェンス」と呼ばれる現代スパイの情報工作・情報収集においては、テレビや新聞・インターネットなどで一般にも伝えられているニュース、あるいは国家や会社が広報などの形で公に発信している情報が注目される。

つまり、わざわざ警備厳重な施設に忍び込んで情報を盗んだりしなくとも、それら公開されている情報から類推することで、必要な情報を獲得できることが多い、というわけだ。

具体例を、まずは現代を舞台に考えてみよう。ある組織が今後積極策で行くのか、消極策で行くのか。また、複数ある部署やチームのうちどれを主力に位置づけるのか。そのような方針は公開情報からある程度見えてくる。つまり、「次の社長は○○氏で、この人はこういう派閥に属していて、こういう人脈を持っており、自身はこういう経歴でここまで出世した。ということは、今後は会社をこういう方針にもっていくのではないか……？」と類推するわけだ。

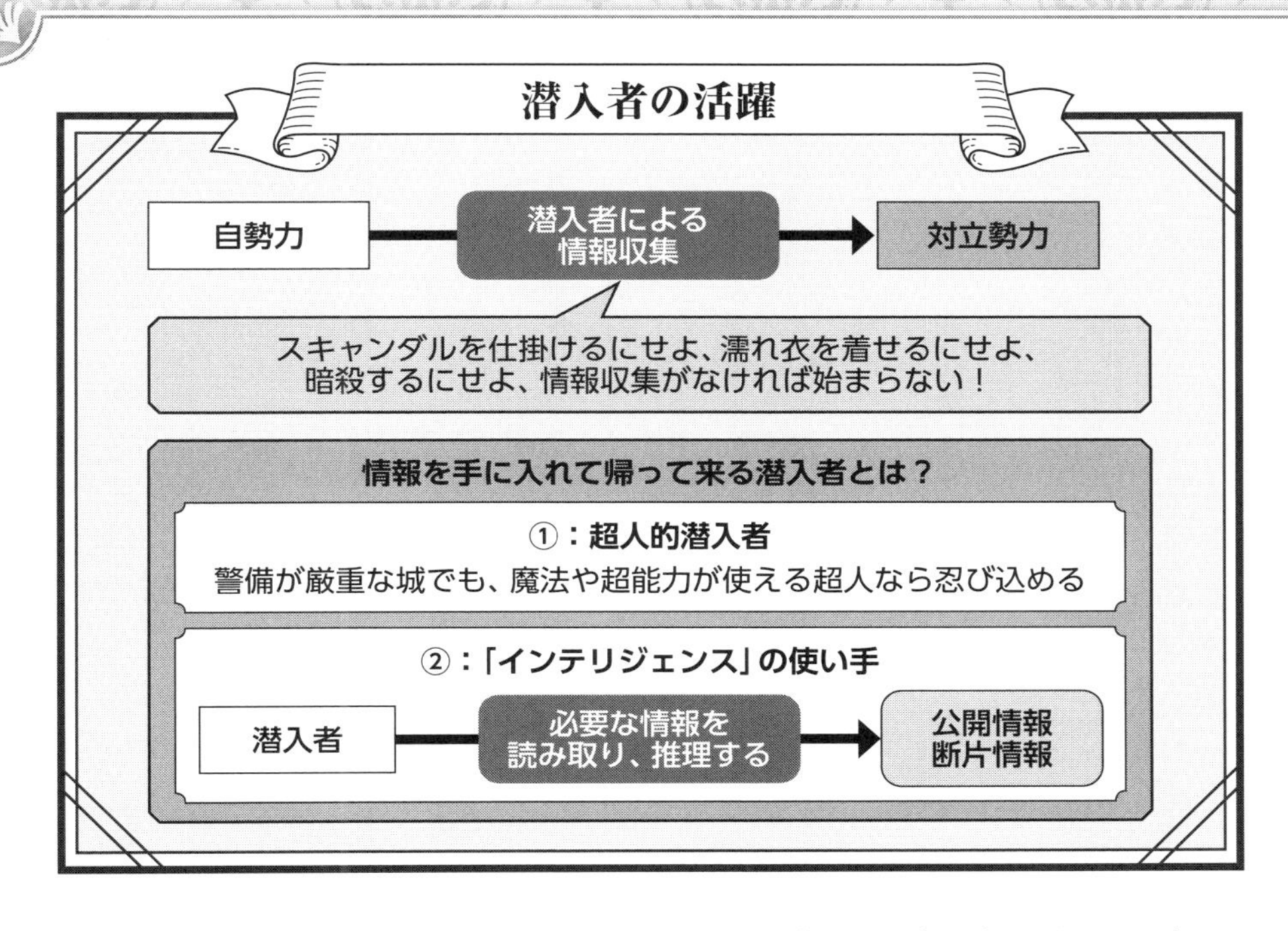

これと同じ発想を中世的世界で行うことは十分可能だ。といっても、現代のように国家や教会、商会やギルドといった集団が公に情報を発信する時代ではない。国家や地域の歴史、過去の偉大な人物について記した書物はあっておかしくないが、それらが正確に過去を書いているとは限らないという問題がある。「国家や王族、貴族にとって不都合であったとしても正確な事実を残すべき」という価値観は比較的新しいものであり、歴史書はそれが記された時代、作った人間の政治的な事情で内容が捻じ曲げられるのが当たり前だった。

このような時代において、情報を持っているのは基本的に「人」だ。そこで、主にうわさ話を集めるか、事情通の人間から聞くことになる。今の宮廷で権力を持っているのがどんな人物か。どんな派閥があって、どんな人間関係があって、過去に何があったか。もちろん、うわさ話は正確さに欠けるし、事情通であっても利害関係があれば話を捻じ曲げたり、自分の感情が入って不正確な証言をすることもあるだろう。

そこから「おそらくは正しいであろう」という推測を組み立てることができるのが、優れた潜入者、あるいは潜入者を統括する軍師や黒幕の資質というものである。

もちろん、公的情報からの推測も万能のやり方とは言えない。「あくまで推測に過ぎない」ということで間違った結果にたどり着いてしまうことも多いだろう。また、当然ながら「モノ」や「技術や知識のような特別な情報」を奪うこともできない。それらは潜入して持ち出したり、情報を持っている人間を誘拐して初めて得られる情報だ。

しかし、潜入のために必要な情報を引き出すだけなら、公的情報からの推測も役に立つ。「役職や人脈についての情報を整理したところ、求めている情報や物品を管理しているのはこの人物じゃないのか？」というのがわかりやすい例であろう。

職業に合致した情報収集

このような現代スパイの「インテリジェンス」的な情報収集をやるのに向いた、前近代世界の住人たちがいる。それは、政治的立場を乗り越えていろいろな場所へ入っていくことができる人々だ。

まず、「外交官」がわかりやすい。外交・交渉を役目とする彼らは、自分の所属する国家や勢力の後ろ盾を得て、友好国から敵対国まで、さまざまな場所へ赴き、交渉を行う。

外交官に加害を与えることはその後ろ盾に喧嘩を売ることにほかならないので、外交官は安全に他勢力の領域内に入ることができる。普通の人が立ち入れないような場所の門も彼らの前には開く。自然、情報源に接触し、情報収集を行う機会も増える、というわけだ。

それでも、あまりにも派手に情報収集をすると警戒され、危険視され、危害を受けたり追放されたりすることになるため、外交官は細心の注意を払う。

俗世とは別の領域にいる「聖職者（宗教者）」も、同じように情報収集に向いている。つまり、対立している国と国、あるいは内部勢力が睨み合っているような状態でも、「聖職者は俗世の争いとは無関係」という名分があるので、比較的入ってくるのを拒否されにくい。このような事情から、聖職者は時に外交官の役目を兼任することがある。

ただ、聖職者は普通国に仕えている外交官と違って

独立した存在であったり、あるいは宗教教団に属しているることがある点は注意が必要だ。つまり、国家や貴族が依頼して情報収集をしてもらったとしても、聖職者自身（あるいはその真の主人）次第で間違った情報がもたらされたり、あるいは別の場所へ情報が流される可能性が小さくないわけだ。

聖職者とはまた違った意味で、政治とは別の領域にいるからこそあちこちへ入っていく事ができる人々として、「商人」がいる。

商人と一口に言ってもピンからキリまでいるが、王族や貴族と取引ができるような大商人や、高貴な人々が欲しがる逸品——宝石や香辛料など——を扱える専門の商人であれば、情報収集にかなり有利と言える。普通の人が入れないような城の奥まで入っていったり、政界の情報通と会ったりすることができるからだ。

とはいえ、商人は聖職者以上に独自の思惑を持っていて当然の人々だ。得た情報そのものを商品として売りつけてくる可能性も考えておかなければならない。良くも悪くも賢い相手と考えておくべきだろう。

いろいろな国家や領域に迎えられる人々としては、ほかにも「専門の技術や知識をもった人々」がある。職人や学者、芸術家（画家や彫刻家など）、音楽家や舞手、劇団や奇術団といった人々が該当するだろう。彼らの技術や知識は他に代えようがない。それを求めて、王族や貴族がわざわざ他国から招いたり、本来庶民には立ち入らせないような城の中まで引き入れたりする。そこから潜入者としての仕事を行うのは、難しくない。

ただ、彼らは外交官や聖職者、商人と違って立場が弱い。後ろ盾もなければ財産もなく、怪しげな振る舞いをすればすぐに牢屋に入れられてしまうことが多そうだ。優れた芸術家ならパトロンがいるかもしれないが、そのような人がそうそう潜入者として目立つ振る舞いをするとは思えない。なぜならパトロンに迷惑がかかるからだ。

以上に挙げたような職業・立場は、情報収集だけでなく、他の潜入者行動にも役に立つ。

自ら忍び込むにあたっても信用があれば当然有用だ（城壁を乗り越えなくとも門を開けて入れてもらうのは簡単だ！）し、お付きの人々の中に専門の侵入要員を入れていけば自ら危険を冒す必要はない。ただ、「あの商人が行く先々で情報が盗まれている」などということになると、表の仕事に差し障りが出てくる。そのため、よほど重大な潜入者任務でなければ、自ら手を汚すことはないだろう。

もう少し現実的なのは、後述する「郷間」や「内間」のスカウトを担当することだろう。彼らなら、他勢力で働く役人や使用人たちと自然に接触することができる。そこから「スパイとして働いてくれないか」と勧誘するのは、他の人に比べれば遥かに容易であるはずだ。

スパイをスカウトする

「郷間」や「内間」になるのは現地人であり、「反間（二重スパイ）」になるのは相手方の潜入者（スパイ）だ。「草（スリーパー）」は普通、こちら側の人間を移住者として送り込み、長期間住まわせることで現地に馴染ませる。

どれにしても任務は過酷であり、また潜入者当人にとって失われるものが大きい。もともと持っていた信念や忠誠心を捨てることになったり、生活や人間関係を放棄することも多いからだ。また、見つかれば捕らえられ、尋問・拷問を受けることにもなるだろう。

では、どのようにして潜入者に危険な行いをさせるべく勧誘するのか。

精神に作用するような魔法や超能力・超技術——つまり「洗脳」技術があれば、この問題はかなり簡単に解決する。洗脳魔法で現地人や敵方スパイに「本来の仕事をしながら定期的に情報を流せ」と命令すれば、そう簡単にはバレない有能潜入者のできあがりだ。また、「時が来るまで自分がスパイであることを忘れていろ」と命令することで、スリーパーが発見される確率もぐっと下げることができる。現実の洗脳・マインドコントロール技術でもある程度似たことはできるともいうが、確実性には欠けそうだ。

より現実的な手法としては、薬物を用いる手がある。習慣性のある薬物の中毒に仕立てることで、「薬を今後ももらいたかったら情報を提供し続けるように」あるいは「俺たちを裏切ったら薬がもらえなくなるぞ、だから危険な仕事をしろ」と命令するわけだ。ただ、

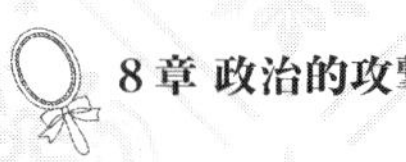

薬物中毒は日常生活にも影響が出て露見しやすくなる可能性がある。

「郷間」「内間」「反間」はスカウトがなかなか難しいスパイ（潜入者）であるため、魔法や薬物の力を借りて手っ取り早く勧誘する手段を紹介した。

しかし、そのような手法を用いることができない場合はどうしたらいいのか。また、そのような特殊なスパイだけでなく、潜入者全般において優秀な人材・必要な人材を集めるのは簡単ではない。

この問題は昔から国家や組織を悩ませてきたようで、これは四つの英単語の頭文字を取って「ネズミ」の意「MICE（マイス）」という概念がまとめられている。味の言葉にしたものだ。各単語とその内容は以下の通り。

①MONEY

お金。莫大な報酬を約束されてスパイになる、大金と危険を天秤にかけて大金に傾く――というのは非常にわかりやすい転び方と言えるだろう。

②IDEOLOGY

思想・信条。人は正義のためにこそ危険を冒すし、これまでの生活だって捨てられるものだ。

二十世紀、冷戦期のスパイは自由主義や共産主義といった自分が正義と信じる思想のために命を捨て、仲間を売った。前近代世界では、階級制度や専制主義のような（当人の感覚では）間違った社会のあり方を正すことを正義と信じ、スパイになる人もいるかもしれない。また、いつの時代でも宗教・信仰は人がスパイになる大きな原動力になる。俗世の立場や縁は、神の指示や命令よりも優先順位が低いと考える人はそう珍しくないからだ。

もっと個人的な事情もここに入ってくる。主人に対して恨みを持っていて復讐したいとか、主家の乗っ取りを画策している、などだ。利害が一致している間は信用できるスパイになってくれるだろう。

③COMPROMISE

言葉の意味としては「妥協」「和解」だが、ここでは何かしらの弱みを突かれてスパイとして働かされることを意味している。つまり、暴露されると困るスキャンダル案件を掴まれ、それをバラされるくらいな

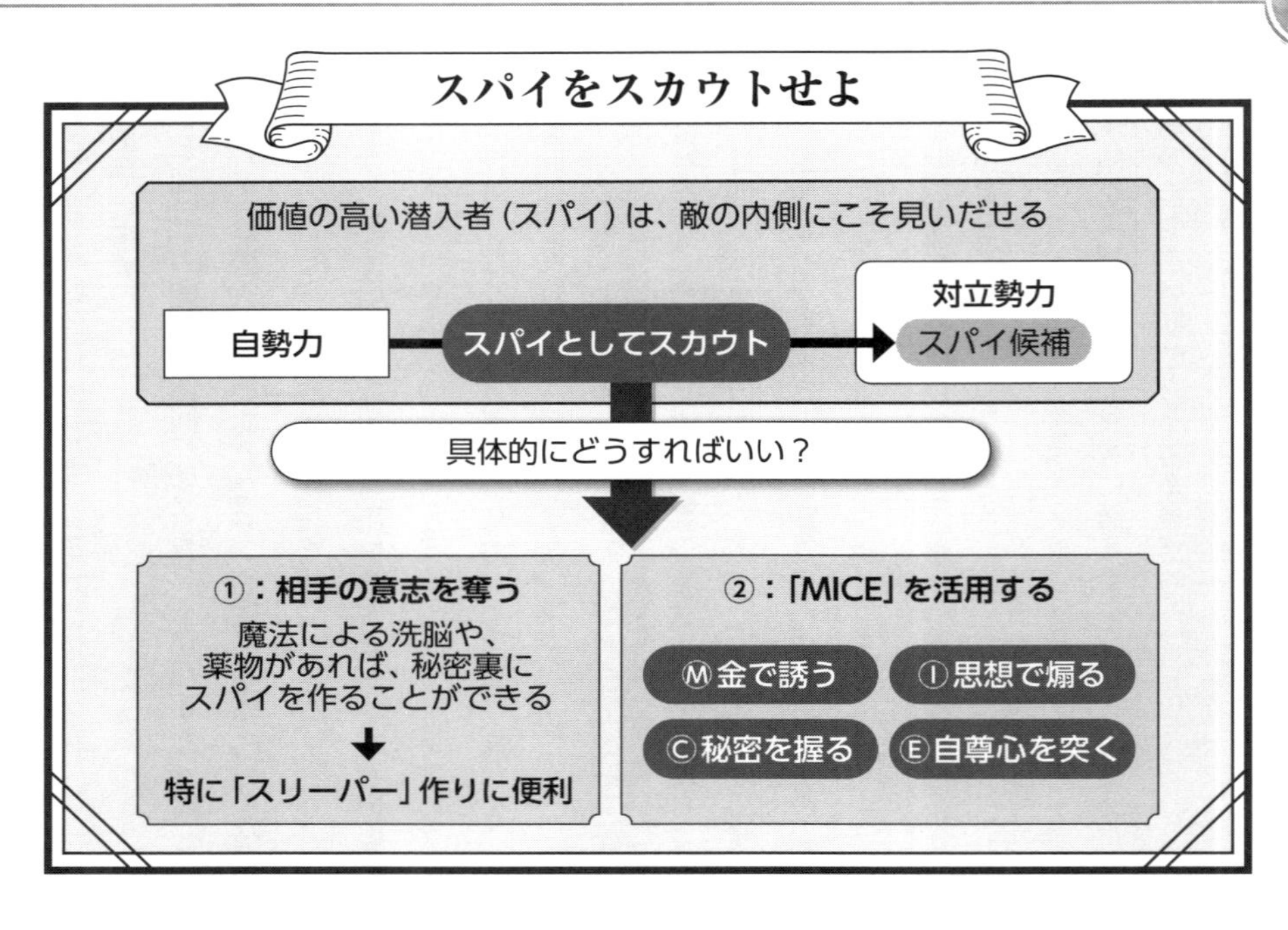

らと「妥協」するわけだ。

ではその秘密や弱み、スキャンダルをどうやって入手するのかと言えば、基本的にはスパイの仕事になるだろう。例えば、ある貴族の屋敷に努めているメイドを金で買収してスパイに仕立て上げ、主人が密かに囲っている愛人の情報を掴む。そのうえで、貴族に対して「この秘密をばらされたくなかったら」と脅迫を行い、より重要な情報に接する可能性の高いスパイを作り上げるわけだ。

④EGO

自尊心。褒められて悪い気分になる人はあまりいない（褒められ慣れていて何も感じなかったり、調子に乗った苦い経験のせいで反発する人はいる）。そこで、普段あまり褒められておらず、現状に不満を持っている人を褒め、おだてると、知っていることは何でもペラペラ喋るようになるものだ。

このタイプのスパイは、時に「自覚なきスパイ」になることがある。本人は自分がスパイになっている、国や主人を裏切っているとは夢に思わないが、ちゃんと情報源になっているのだ。

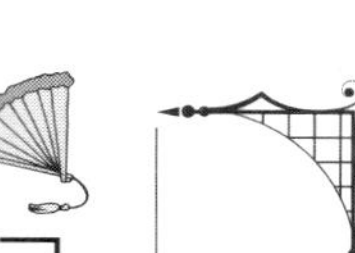

魔女か異端か

「魔女」

悪役令嬢が政治的攻撃を受けて転落・破滅する時にしばしば使われる口実・理由の一つに、「こいつは魔女だ！」というものがある。罪のない女性を魔女と決めつけて弾圧する「魔女狩り」ムーブメントは現代日本でも非常に有名であるし、また中世ヨーロッパと結びついて語られることも多い。そこから、悪役令嬢を魔女扱いするという連想になるのは理解できる話だ。

もちろん、「魔女」「魔女狩り」の概念は皆さんが悪役令嬢とそれに類する作品を作るのに役に立つ。しかし、誤解も少なからずある。例えば、「魔女狩り」はどちらかといえば近世ヨーロッパのムーブメントで、中世には同種の出来事である「異端審問」が猛威を振るった、などが一例だ。このあたりの話を本項で整理したい。

魔女、つまり「不可思議な力を持った女性」という概念自体は古くから存在した。ギリシャ神話にも「自分の島にやってきた船乗りを動物に変えてしまう魔女ヘカテー」や「神の力で惚れさせられた相手に尽くして残虐な行為をしたにも関わらず、最後にはその相手に裏切られる魔女メディア」などが登場する。

ちなみに、どうして女性に限定されるのかといえば、ここにも誤解が少なからずある。「女性の魔女に対して男性は魔法使いと呼ばれた」「しかし女性の方が圧倒的に多いので総称して魔女という言葉が使われるようになった」というのが実際であるようだ。

古代において魔女（あるいは魔法使い）は恐れられたが、同時に敬意を示される存在でもあった。神話・民話の中の魔女たちの姿からもわかる。なお、実際の生活においては魔女に重なる存在として占い師や巫女、薬の作り手がいたようだ。そんな彼女あるいは彼らの立場が大きく悪化し、時には「悪」とみなされるようになったのは、中世になってから――つまり、キリスト教が社会に広く浸透してからだ。キリスト教以前の宗教・神話とも結びつく魔女たちは、キリスト教社会において「異端」とみなされ、迫害の対象となったのである。

「異端」

「異端」については本シリーズ一巻『侵略』で紹介したので詳しくはそちらを見てほしい。ざっくりまとめると、「宗教において正しい教え（正統）に対して、間違ったものと認定された教え、あるいはその教えを信じている人」ということになる。

正統と異端の分化・対立は規模の大きな宗教であれば当たり前に起きるものだが、特にヨーロッパのキリスト教・カトリック教会では異端を敵視・排撃するムーブメントが巻き起こった。いわゆる「異端審問」だ。

もともとは単に破門だけで済んでいた（といってもキリスト教が大きな力を持つヨーロッパでの破門は一大事だが）異端認定が、やがて修道士を裁判官にした異端審問の流行により過激化し、多くの犠牲者・被害者を出すことになった。

この異端審問では密告が奨励された上、証人と被告人が裁判で論争するような仕組みもない。ではどのように異端を証明するかというと、基本的な手段は「拷問をくわえて自白させる」であった。本人が認めれば疑いようもなく異端ということになったため、「本当に異端か、そうでないか」よりも「とにかく疑わしい奴を捕まえて口を割らせるのが早い」ということになった。結果、拷問の過激化を招いたのである。

魔女狩りにせよ、異端審問にせよ、信仰・宗教という内心の部分に踏み込む問題であり、物証でその罪を問うことが難しかったせいか、自白が重視された。それどころか魔女狩りにおいては「なぜ自白しなかったのか、それは悪魔がこの魔女を守っているからだ！」という恐ろしいロジックまで用いられている。一度疑われれば決して逃れられない、ある種社会的な罠だったと言わざるを得ない。

それ以外のパターン

あるいは、あなたの世界には、「魔女」や「異端」

とは少し違う、しかし同じように「告発され、疑いをかけられただけで社会的に抹殺される」立場があるかもしれない。ありそうなものとしては「邪悪な存在との縁（悪魔憑き、悪魔に傷をつけられた、など）」や「神聖な存在からの罰（神々から呪いをかけられた、など）」、「不自然・ルール破りと見做される生まれや育ち（近親相姦、魔法による誕生、身分違いの恋、宗教で誕生時の祝福を受けなかった、など）」ほかが考えられる。

魔女にせよ、異端にせよ、それ以外にせよ。疑いをかけ、また告発するだけで人ひとりを社会から抹殺することができるなら、これほど安上がりで手っ取り早い政治的な武器はない。謀略渦巻く宮廷では、しばしば厄介なライバルやその身内にこの種のレッテルを貼り付け、政治的に抹殺しようとする策謀が企てられることだろう。

この時、しっかりと権力を握り、あるいは後ろ盾を持っている人なら、簡単に抹殺されたりはしない。むしろ堂々と反撃し、杜撰な疑いをかけてきた無礼を主張することで、相手をこそ政治的に排除してしまうことだろう。例えば皇太子とか、大臣とか、大貴族とかいった権力者たちを排除しようと思ったら、よほど証拠や証言が揃っていなければならない。そうでなければ簡単に疑惑をもみ消されてしまう。

しかし、政治的立場の弱い人々、権力もなければ後ろ盾もないという人であれば、こうはいかない。いかに冤罪だ、でっち上げだ、と叫んでも、力なき者の声は届かないというのが世の常である。魔女は実際には男性も女性もいたらしいが、特に魔女と呼ばれるのは、社会的地位の低い女性たちが特にターゲットにされたということがあったのかもしれない。

悪役令嬢にしばしば見られる「傲慢で、人を人と思わないような性格」の持ち主は、それゆえにこの種のレッテルを貼られた時にどうしようもなくなる可能性がある。日頃の行いから味方してくれる人が少なく、婚約者や父親などを後ろ盾にしていたとしても、彼らが世間体を気にして悪役令嬢を切り捨てるだろうからだ。しかし、そのようにして親しい人からも周囲全体からも見捨てられた悪役令嬢は、それゆえにこそ人間的成長を遂げたり、復讐の鬼になったり、残された真に友と言える人のありがたさに気づいたりするのかもしれない。

証拠があるケース

この辺りの事情は、あなたが作る世界がファンタジックなものであるなら、少し変わってくるかもしれない。というのも、史実の「魔女」「異端」その他がでっち上げであったり、証拠などなかったり、客観的に些細な違いであったりするのに対して、ファンタジー世界では明確な証拠――しるしが現れる可能性があるのだ。

つまり、「魔女にはこれこれこういう特徴がある」「異端者は必ずこのような姿をしている」「神の祝福（呪詛）を受けた人間にはこのような印が現れる」などだ。

この種の話は史実の魔女たちについてもしばしば語られるが、悪魔や魔術が作り話である以上、印もまた作り話であったはずだ。しかし実際に存在する場合、魔女や異端などを糾弾する側の態度もある程度変わってくる。拷問による自白の強要よりも、いかに印を見つけ出すかに重点が置かれるだろうからだ。

その印はさまざまな形を取りうる。「髪や目、肌の色が特徴的（白、黒、赤、青、緑、金、銀……）」なのは実にわかりやすいケースだ。もう一つの定番として、「特徴的な位置や形、性質（光を放ったり、血が滲んだり）を持つ痣がある」というのもある。いわゆる聖痕（スティグマ）だ。形ではなく行動に印が現れるケースも考えられる。「神聖な場所に立ち入れない」「神聖なものに触れると異変（火傷、苦痛、発光など）が起きる」「嘘がつけない」などがありそうだ。

印が現れる場所や法則が決まっているなら、魔女狩りや異端審問官は真っ先に容疑者の該当部分を確認することになる。逆に魔女なり異端なりであれば、絶対にその部分は隠すし、該当する状況には近づかない。髪の色なら付け毛や染色、目の色ならカラーコンタクト的なものがあれば使える。肌の色もやはり染めたり、あるいは薬の力が頼れるだろうか。痣も化粧で隠せる。それらをいかに隠すか、あるいはいかに見破るか、という戦いが演じられるわけだ。

あるいは、別の構造が見出されることもあるかもし

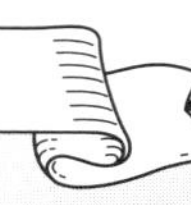

魔女と異端と……
悪役令嬢が破滅させられる定番のきっかけがある
当然迫害されるべき存在
魔女
悪魔と契約して
魔法を使う邪悪な存在
異端
正当な教えと違い、
否定される教えを信じる人々
他にも、迫害されてしまう存在がいてもおかしくない
魔女や異端は証拠なく
弾圧されることが多かった
⇒陰謀・政治闘争にとても便利
魔女や異端、邪悪な存在に
証拠があることも
⇒隠せればいいが、でっちあげも

れない。

例えば、「印が現れなかった相手を、それでもなお排除しよう」とする者もきっと出てくるはずだ。でっち上げであろうとなんだろうと、衆目が「あいつは魔女（異端）だ、だから排除されるのは当然のことだ」と見なしてくれるのは、政治陰謀を企む人間として非常に便利であるからだ。とはいえ、普通は証拠があるから排除される世界において、証拠なしに決めつけ、排除するのは簡単ではない。例えば、国王や大司教のような強大な権力と権威の持ち主であれば、強引に押し切ることも可能であろう。化粧や魔法によって印があるように見せかける手も使える。

拷問

異端にせよ、魔女にせよ、切っても切り離せないのが拷問である。

有名な拷問器具として「鋼鉄の処女（アイアンメイデン）」と呼ばれるものがある。これは人間一人を収められる棺状の物体だが、内側には鋭い針が何本も存在する。犠牲者をその内側に入れた上で蓋を閉めると、針が全身に突き立ち、大量失血で死に至る、という。とはいえこれは拷問器具としてはあまりにも殺傷力が強すぎる。現物も残っていないし、伝承が語られ始めたのも同時代ではなく後世になってからだ。創作と考えた方が良さそうだ。

実際、拷問によってターゲットに苦痛を与え、口を割らせたいなら、鋼鉄の処女のような仰々しい拷問具は必要ない。鞭打ち（革のしなる鞭も使われたが、短い棒状の鞭も用いられた）や水責め（水に沈めたり、濡れた紙を顔に貼り付けられたりすれば、普通は窒息の苦痛に耐えかねて本当のことを喋り出す）、指絞め具（最終的には潰してしまう）などの地味な拷問具を用いても、生まれたことを後悔するような苦痛を与えることは十分に可能なのだ。

なお、賢い人物であれば、そもそも「ターゲットに秘密を喋らせるための手段としての拷問を採用しない」と言うことも考えられる。実は拷問は非合理的な手段なのだ。

何が問題なのか。

まず、拷問を受けた人間が、苦痛から逃れたいばかりに嘘や間違った情報を口にする可能性が高い、ということがある。

真犯人を見つけようと容疑者を片っ端から拷問した結果、自称犯人が三人も四人も出てくるようではお笑いだ。同じようなことは、拷問的手段を用いない尋問でも起きうる。「知っていることを全部話せ」「話さないと困ったことになるぞ」「お前が話せばみんな楽になるんだ」と言い募る尋問担当者の威圧が効きすぎたり、口が上手すぎたりすれば、犯人でない人間を犯人にしてしまうことになりかねない。

もう一つ、拷問に慣れていない人間は「やりすぎ」てしまう可能性がある。

人を傷つけるのは精神的な抵抗を感じる苦しい作業でもあるが、一方でやっているとヒートアップし、自分を見失いやすい作業でもある。結果として、あくまで苦痛に留めなければいけないのに、うっかり致命傷を与えて殺害しかねないのだ。エンタメではプロの拷問吏はサディストとして描かれがちだが、実際には冷徹なプロであることが多いだろう。あるいは、サディストの顔を「相手を怯えさせ、口を開かせるための武器」として使えるタイプか、だ。

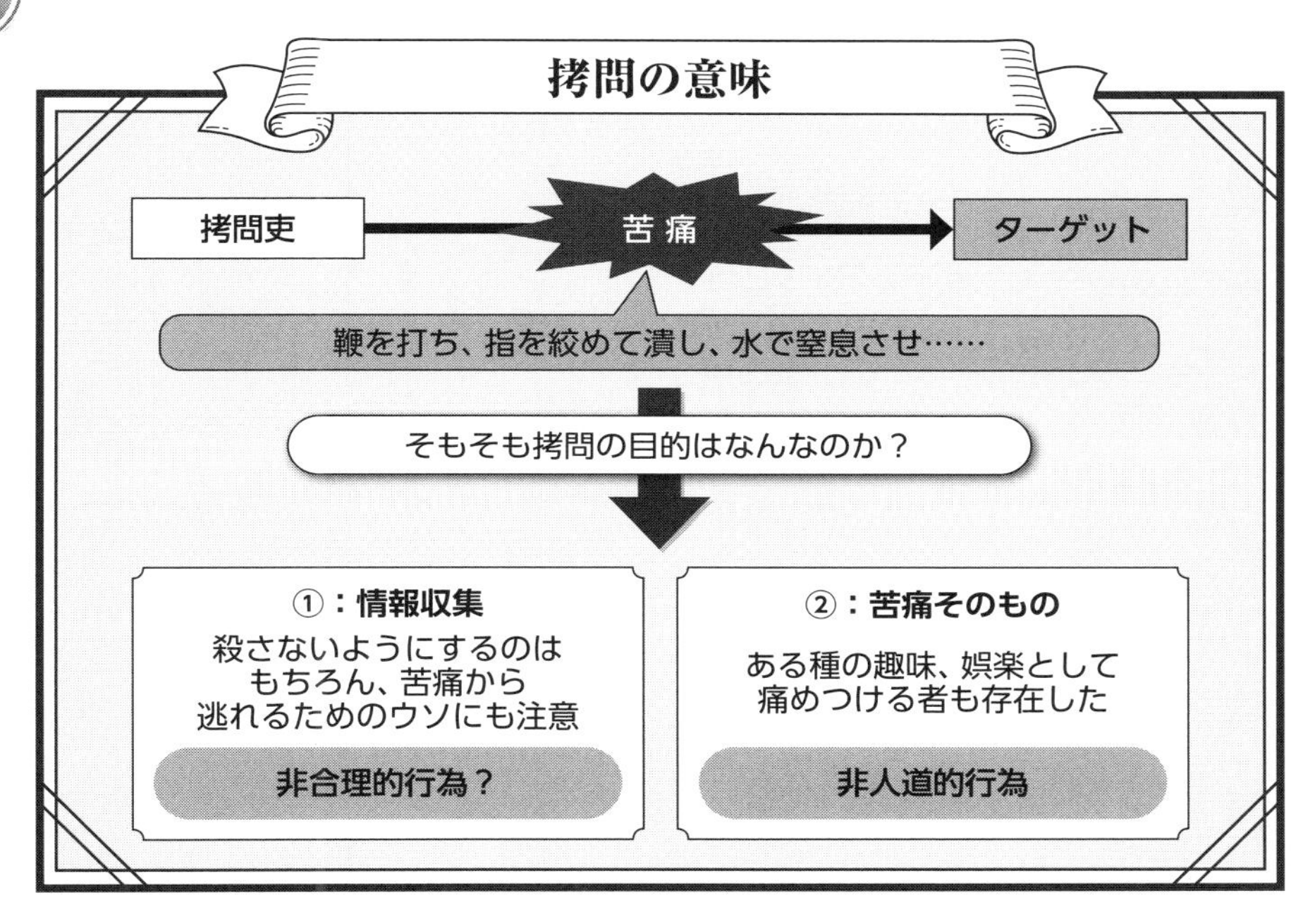

——これらの問題は、実は異端審問や魔女狩りでは問題にならない。しばしば目的が真の異端や魔女を探し出すのではなく、疑わしい人間に自白させることにすり替わってしまうため、偽りの自白であってもなんの問題もない。また、容疑者を殺しても何かしら理屈をつけて「やはり魔女（異端）だった」にしてしまえばいい。

そもそも拷問自体が目的になっている人間にとっても、この種の問題は意味を持たない。近世ヨーロッパ、トランシルヴァニアの貴族エリザベート・バートリーは、夫の死後に遺された自らの城で残虐行為に耽ったとされる。彼女は召使いや領民、さらには貴族の娘に至るまで徹底的な拷問と嗜虐行為のターゲットにした。さらにおぞましいことに、前述した「鋼鉄の処女」で殺した女性の血を集めさせ、浴びたという話まである。

——ここで言いたいのは、あくまで、情報を聞き出すための手段としては非合理だ、ということだ。悪役令嬢自身やその補佐役、恋をする相手のエリート、あるいはライバルなどにクールで賢い人物を登場させる時に役に立つだろう。

計画してみるチートシート（政治闘争編）

何のための政治闘争か

勢力拡大を目指しながらも、それは現状維持のためということも

政治闘争の手段は

相手の立場を揺るがして、最終的には国家から排除されるように仕向けたい

宗教的迫害が関わってくるか

魔女や異端、邪悪との関係などが証明できれば簡単に破滅させられる

結末としてどうなるか

陰謀の結果は破滅なのか、それとも逆襲を受けるのか

◆ 9章 ◆
殺害の脅威

暗殺に気をつける

この章では「殺すこと」による問題解決を紹介する。現代の価値観では人を殺すことは明確な「悪」であり、社会は普通それを許さない。しかし、前近代的な世界では、あるいは現代や未来世界であっても特異な状況では、時に「殺す」ことのハードルが下がる。その問題を解決しなければより多くの人が死んだり、多大な被害が出るような時は、なおさらだ。

とはいえ、主人公やその味方ポジションが他者を殺すことによって問題解決をはかるのは、読者によっては忌避感を覚えるかもしれない。しかし、主人公も自分が殺害のターゲットになることはある。その意味で本章は大いに役に立つだろう。

暗殺すれば問題は解決する、か？

混み入った政治的・社会的問題を解決する究極の一手として、古来より用いられてきた手段がある。それが「暗殺」——つまり、政治的に邪魔な相手、ライバルを殺害することによってゲーム盤から追い出してしまうわけだ。

ファンタジックな要素のない世界において、死者は何も語らないし、これ以上邪魔もしてこない。だから殺してしまう。実に短絡的な選択肢ではあるが、一方で効果的でもあるため、有史以来数々の暗殺者が放たれ、無数の犠牲者が生み出されてきた。

本題に入る前に、言葉の定義を確認しておこう。特にエンタメの文脈において、「暗殺」といえば、プロの暗殺者が音もなくターゲットに接近し、急所をひと突き。そして速やかに立ち去る、というイメージがあるのではないか。

ただ、少なくとも言葉としての暗殺は、必ずしもそのようなエンタメ的なプロの仕事には限らない。広い意味では「非合法の殺人全般」を指す言葉で、ここでいう非合法というのは「戦争や処刑による殺人以外」の意味と考えて良いだろう。法律で定められていたり、

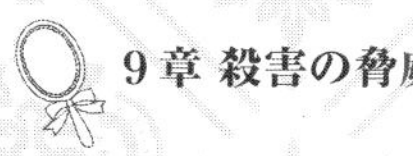

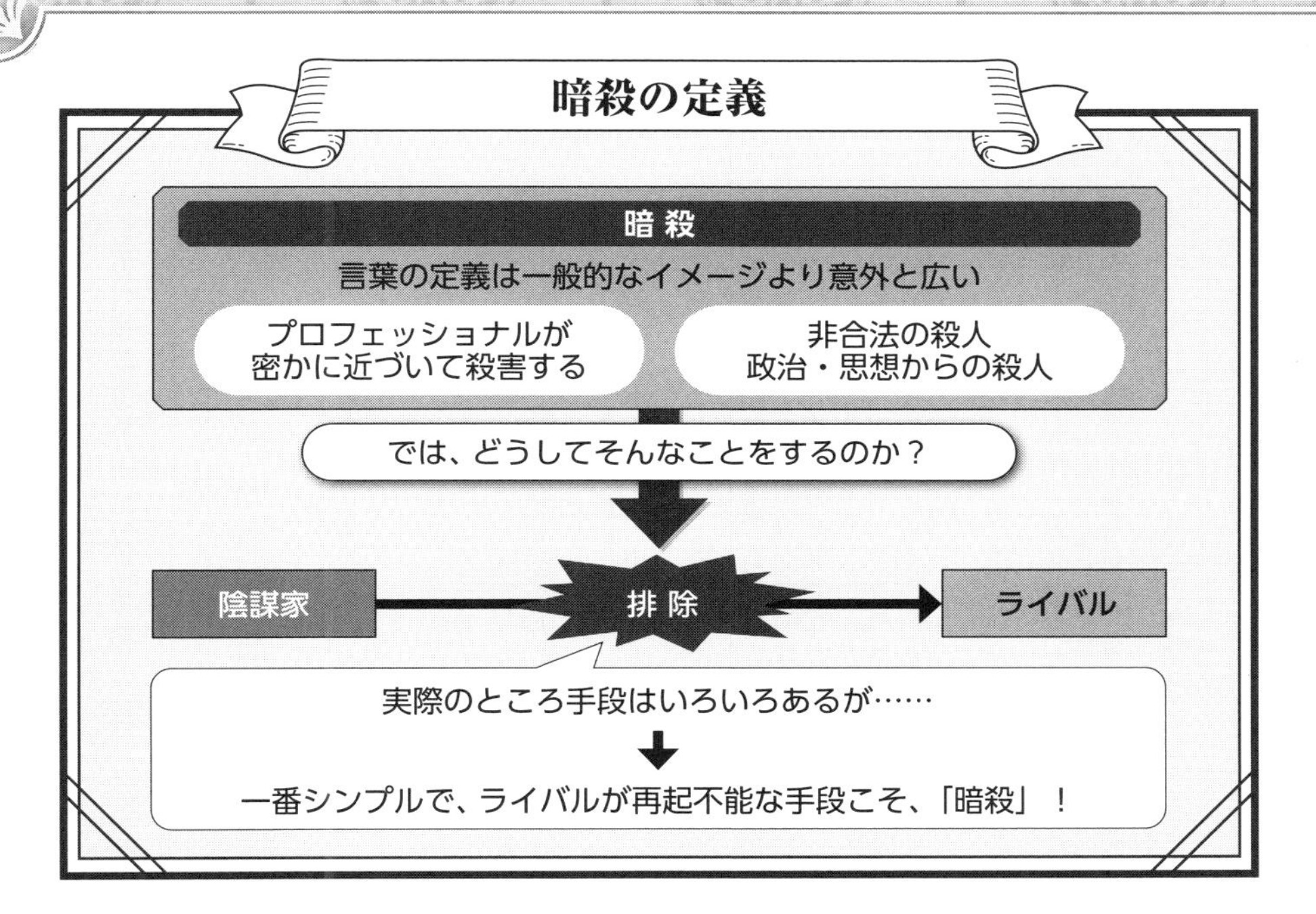

国が許していたりする以外の殺人は、全て暗殺なのである。狭い意味だとここに、「政治や思想における意見・立場の違いからの殺人」という位置付けがくっついてくる。

暗殺の定義
暗殺
言葉の定義は一般的なイメージより意外と広い
プロフェッショナルが
密かに近づいて殺害する
非合法の殺人
政治・思想からの殺人
では、どうしてそんなことをするのか？
陰謀家
排除
ライバル
実際のところ手段はいろいろあるが……
一番シンプルで、ライバルが再起不能な手段こそ、「暗殺」！

歴史的な暗殺

狭い意味での暗殺の中でも、特に有名なのは古代ローマ共和国におけるカエサルの暗殺であろう。ライバルを次々蹴落とし、終身独裁官としてローマ共和国の権力を掌握したカエサルは、のちのローマ帝国・皇帝制への道筋をつけた人物である。しかし、それ故に共和制を護持しようとする人々、また排除した政敵からはひどく憎まれることにもなった。にもかかわらず、カエサルは自分の安全にこだわっているようでは生きがいに欠けると考え、護衛の部隊を解散させてしまっていた。

結果、元老院の会場に入る直前、複数人による襲撃を受け、殺害されてしまったのである。この時の襲撃メンバーの中にはカエサルが親しく付き合っていたブルートゥス（ブルータス）がいて、カエサルが彼にかけた「ブルータス、お前もか」という意味の言葉はシェイクスピアの演劇で非常に有名になった。

こうしてカエサルは死んだが、ブルートゥスら共和制護持派の望みは叶わなかった。カエサルの死後、甥のアウグストゥスが立ってローマ帝国・皇帝制を成立させたからだ。暗殺はなるほど政治のゲーム盤から重要なコマを取り除くことはできる。だからと言って暗殺を成功させた側が政治闘争で勝利できるとは限らないのである。

もちろん、政治的に成功した暗殺もある。古代日本の飛鳥時代において、中大兄皇子と中臣鎌足は、当時権力をほしいままにしていた蘇我蝦夷・入鹿親子の排除を決断する。その背景には当時激化していた東アジアの情勢変化に対応するべく、誰が中心になって制度改革を行っていくかという主導権争いがあった。

中大兄皇子らは暗殺の実行タイミングとして、朝鮮からの使者がやってきて時の皇極天皇（中大兄皇子の母）と謁見する儀式の場を選んだ。入鹿が立場上必ず出席するからだ。この時、入鹿は本来帯剣していたが、道化（役者）に言いくるめられて外していたので、暗殺には絶好の機会であったと言って良い。しかし、いざ実行となったとき、本来の暗殺担当者たちが怯えてしまって斬りかかろうとせず、役に立たない。そこで中大兄皇子自身が飛び出してようやく暗殺が実行された、という。その後、息子が殺されたことを知った蝦夷は自らの屋敷に火をかけて自殺している。一連のこの出来事を「乙巳の変」と呼ぶ。

——以上の物語がどこまで正確に事実を語っているかはわからない。ディティール部分ではかなり創作が入っていることだろう。ただ間違いないのは、蘇我親子を殺した中大兄皇子が政治の主導権を握って「大化の改新」と呼ばれる政治改革を行ったこと、のちに天皇に即位して天智天皇となったこと、そして中臣鎌足は藤原の氏をもらって藤原氏の先祖となったこと。つまり、中大兄皇子らは暗殺後に政権をしっかり掌握したことで、暗殺の効果を最大限に生かした、ということである。

いかに殺すか

ではここからは、もう少し具体的に暗殺の有り様を

暗殺で問題が解決できる時

暗殺が成功したからと言って、望んだ結果になるとは限らない

ケース①：カエサルの暗殺	**ケース②：乙巳の変**
ローマの共和制を解体し、皇帝制への道を作ったカエサル	東アジア情勢が緊迫化する中、日本の実権を握っていた蘇我氏

共和主義者達によって暗殺！	**中大兄皇子等により暗殺！**
後継者により皇帝制へ	**蘇我氏滅亡、大化の改新へ**

成功・失敗の違いはどこから来たのか？

暗殺が成功しても、後継者が出たり政治が混乱するようでは失敗
⇒政治ライバルを排除した後、どうやって主導権を得るかが大事

見てみよう。

まずは暗殺の実行シチュエーション（どんな場所でどのように殺すか）から。

私的な空間に忍び込み、無警戒・無防備な相手を殺害する。これができるなら全く苦労はない。どれほど暗殺を警戒している人間であっても、自宅ではどうしても気が緩むだろうし、風呂に入っている時に護身の武器を持ち込むこともできない。寝ていれば当然無力だ。

しかし、暗殺されそうな立場の人が住む屋敷は、普通は高い壁やしっかりした扉に守られ、簡単には忍び込めない。ここに入り込み、私室でくつろいでいたり寝室でぐっすり寝ていたりする相手に、隠し持っていたナイフを叩き込めるような人間は、ある種の超人であると言っていいだろう。

現実的なところでは、その家の一員として潜り込む手がある。比較的簡単な方から、出入り業者、使用人、友人、家族の一員、というところか。この難易度は、その家の私的なスペースに近づける立場になろうとすればするほど上がる（使用人はかなりプライベートに

肉薄できることもあるが、逆に言えばそのような使用人に対しては身分調査がかなり厳密に行われる)。例えば、暗殺ターゲットの家の息子や娘に近づいて、恩人になったり、恋人になったりして家に招かれ、そこで近づいて暗殺する、ということも考えられる。

私的空間で襲うのが難しいなら、野外で襲うことになる。街中で、あるいは都市外で襲撃するわけだが、襲われる方だってそのようなシチュエーションが危険なことはよくわかっている。十分に警戒している護衛を突破できるかはしっかり考えなければならない。

この時に一つ物語のアイディアになるのは、「十分な護衛を用意できているはずなのにきちんと働かない」ケースがあることだ。

幕末日本において、時の大老・井伊直弼が暗殺された「桜田門外の変」はまさにそのような事件である。雪の降る日、江戸城へ登る井伊家の行列が桜田門の手前で襲撃された時、数多くいた行列の人々はほとんど護衛の役に立たなかった。

そもそも最初に駕籠訴(権力者への直接の訴え)を装った襲撃者たちに対して家臣たちが完全に油断していて反応できなかったこと、雪に濡れて刀がダメになることを恐れて覆いをかけていたので簡単には抜けなかったこと、そして使用人の少なからずが臨時雇いであったため忠誠心など欠片もなくすぐに逃げてしまい、この逃走に釣られて代々の家臣も多くが逃げてしまったこと。これらの結果、井伊直弼は少数の襲撃者によって暗殺されてしまったのである。

外で狙う時の問題としてもう一つ、ターゲットが必ず現れる場所がどこかわからない、ということがある。狙われる方だってわかっているから、ルートはあれこれ変えるかもしれないわけだ。そこで、「ここなら必ず現れる」場所を狙うことになる。ここまでに挙げた三つの歴史的暗殺事件、すなわちカエサルの暗殺、乙巳の変、桜田門外の変は全て、暗殺対象が絶対にそこに行く(そこを通る)ということがわかっている公的な行事やイベントを襲撃タイミングとして選んでいるわけだ。

また、政治的、宗教的、あるいは思想的なイベントを暗殺タイミングとして狙う大きなメリットには、ターゲットの居場所がハッキリすることに加えて、自

暗殺の各種シチュエーション

暗殺にふさわしいシチュエーション・手段を見い出せ！

忍び込む

相手が警戒していない
タイミングで接触できる！

⇒しっかりと守られているところへ忍び込んで行くのは困難

紛れ込む

家族や使用人に紛れ込めば、
比較的簡単に近づける

⇒十分な準備や手間をかけなければ、そもそも実行不能

野外で襲う

強力な武器が準備できるし、
待ち伏せも比較的簡単

⇒相手も警戒しているし、護衛もいる。どう突破する？

イベントを狙う

ターゲットが現れる場所と
タイミングがはっきりする！

⇒武器の持ち込みが難しかったり、主催者警備があったりが問題

然と守りが薄くなることがある。というのも、それらのイベント・行事にはターゲット以外にも有力者たちが集まっているわけで、そこに武器を持ち込んだり、あるいは多数の戦闘準備をした護衛を連れていけば、「武力に物を言わせて何かをするつもりなのか」と疑われてしまうわけだ。

そこで武器を持ち込まなかったり、持ち込むにしても純戦闘用ではなく儀礼用・護衛用の武器にしたり（剣はまさにこの用途で発達した）、連れて行く護衛の数を絞ったり（ゼロにしたり）するルールがあるか、あるいは不文律でそのように決まっていることが多い。そこを狙えば、たやすく殺せる。

本来ならばイベントの管理・運営側が暗殺など起きないように厳しく見張り、実際にことが起きたら運営側の人間（彼らだけが武器を持っていることも多い）が止める。このような仕組みがあり、運営側への信頼・信用があるからこそ暗殺ターゲットになるような人々もイベントに参加するわけだが、実際に凶行を阻止するのは簡単ではない。いや、場合によっては運営側とグルになっての暗殺さえありうるのだ。

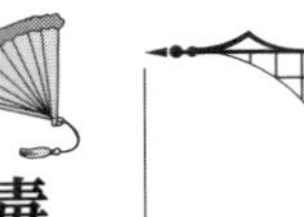

毒殺に気をつける

毒で暗殺する

暗殺の手段として古くから用いられてきたのが毒である。刃物なりなんなりの外傷による暗殺と比べた時、毒による暗殺はメリットが非常に多い。

死に繋がるような大きな傷を与えられるようなシチュエーションを作るのは簡単ではないが、毒を飲ませたり体内に送り込んだりする手段は無数に存在する。普通、コンパクトな刃物でごく小さな傷をつけただけでは人は死なない。しかしそこに猛毒が塗られていたならどうだろう、ということだ。

また、暗殺者とターゲットが必ずしも同じ場所にいなくてもいい、というのも大きなメリットだ。相手の食事に毒を盛ったあとで逃げ去り、その上で毒を口にして死んだ場合、追手はまず暗殺者には追いつけない。安全に暗殺ができるわけだ。

毒は自然の中に無数に存在する。牙に持つ血液毒で嚙んだ相手の血が止まらなくなる毒蛇や、刺した相手に激しい痛みを与える蜂の他、カエルやクラゲなども持っている動物毒。ジャガイモや枇杷(びわ)、鈴蘭のように食用・観賞用で有用なものから、日本三大有毒植物(トリカブト、ドクゼリ、ドクウツギ)など毒性で有名なものまで多種多様な植物毒。毒のあるものとないものを見分けるのが困難なキノコ類。鉱物の中にも毒性を持っていたり、毒を取り出せるものがある(例えば硫砒鉄鉱は単体では毒性はないが、焼くことで猛毒の亜砒酸を作り出すことができる)。

人類は古くよりこれらの毒を利用してきた。一方では毒として、もう一方では薬として。つまり、(科学の視点では)化学的な機能によって生物の働きに影響を与えるという点では全く一緒で、ただプラスの効果を与えている時は薬、マイナスの効果を与えている時は毒と呼ばれているだけなのだ。ある薬品が適切な量与えられれば薬になり、与え過ぎれば毒になることは

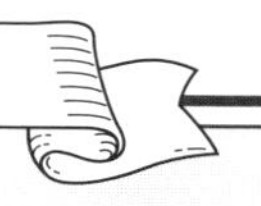

毒のポイント

毒は人類にとって長い友人の1つ

用法①
獲物を簡単に獲る

用法②
ライバルを排除する

用法③
幻覚を見せる

毒を理解するためのポイントが3つ

①：毒はその場にいなくとも効果を発揮する
⇒うまく使えば、自分の安全が確保できる

②：毒は自然界のあちこちに存在する
⇒動物や昆虫、植物、キノコなど、毒の原料も効果も多様

③：毒と薬は表裏一体
⇒基本的には「薬の量を間違えれば毒になる」

ままある。

この概念は私たちの歴史では十四世紀に医者にして錬金術師のパラケルススによって提唱されているため、中世～近世的ファンタジー世界にあっておかしくない。

もう少し具体的に踏み込んでみよう。毒の代表的な使い方は三つほど挙げられるようだ。まず、食料の獲得——つまり、獲物をたやすく得るための武器として。槍や矢ではなかなか倒れない大型の猛獣も、毒矢を用いれば倒せる。そして、猛獣が殺せるのだから人間も殺せるというわけで、政治的な敵・ライバルを排除するのにも用いられるようになった。最後に、幻覚を見させる類の毒は、宗教的儀式にもたびたび用いられる。毒キノコを口にすることでトリップし、宗教的な快楽や悟りを得ようとするわけだ。

毒を食べさせ、飲ませる

本書でメインに取り扱うのはこの内の二つ目、暗殺の手段としての毒物である。どのようにしたら、ターゲットの体内に毒を送り込むことができるだろうか。

一番わかりやすいのは、食べ物や飲み物の中に混ぜ込むことである。

例えば、食事の席に呼び出してもてなしたり、一緒に酒を飲んだり、食べ物や飲み物の贈り物をしたり、自分の経営する飲食店やホテルにターゲットがやってきたり、相手の屋敷に忍び込んで保存されている食べ物や飲み物に細工をしたり、相手方の料理人やワインの管理人を抱き込んだり。

そのような機会を狙って毒を入れ込むことができれば、ターゲットに害を与えることができる。殺害が目的なら死ぬ毒を飲ませてそのまま死ぬのを見守るか、あるいはさっさと逃げ出すか。しびれ毒を飲ませて動けないでいるうちに殺してしまったり、金品を奪ったり、どこかに幽閉したりすることもあるだろう。中毒性のある薬品を飲ませていいなりにしたり、幻覚作用のある毒によって狂人のような振る舞いをさせる（結果として社会的な信用を下落させる）など、毒を用いた搦手も考えられる。

とはいっても、しっかり守られた相手に毒を飲ませるのは簡単ではない。

毒にはしばしば色や味、匂いがついているので、毒の混ざった食べ物や飲み物を口にした相手が「これ、なにか味がおかしいぞ。腐ってるんじゃないか？」とそれ以上口にしてもらえない可能性がある。微量でも致死量に達する毒ならその時点で手遅れだが、そうでないなら助かってしまうだろう。

王族や貴族などは毒殺される危険を自覚しているため、常日頃から家臣が毒見する仕組みができあがっていることが多い。

つまり、お抱えの料理人が腕によりをかけて食事を作り上げても、そこから必ず「毒見役が食べて、なんの異常もないことを確認する」という過程が入っているわけだ。結果、高貴な身分の人は子供の頃から「豪華で本来美味しいはずの、しかし実際には冷めて味気のない料理」を食べ慣れている、ということがままある。

このような問題を乗り越えて毒を飲ませるには、どうしたらいいのか。

味や匂いで警戒されないためには、無味無臭の毒を用いるのがもっとも相応しい。このあと紹介する中ではヒ素が特にこの用途で用いられたようだ。

毒見役のチェックを回避するには、そもそも毒見が難しいシチュエーションを狙う手がある。パーティーや酒宴などで王侯貴族が口にする酒や食事をいちいち毒見させる例はあまり聞かない。あるいは、一対一の密会や、西洋のティーパーティー、東洋の茶席といったごく親しい仲で少数で行う催しでも、毒は普通警戒しない。そこで忍び寄り、そっと相手が手にしているグラスやコップに毒を仕込んだりするわけだ。毒殺が流行したルネサンス期のイタリアなどでは、毒を仕込めるスペースが作られた指輪があって、そこから毒を注ぐのである。

――それでも心配性の人間は毒見をつけてくるかもしれない。あるいは重要すぎる人物が毒見を義務付けられるということもある。そんな人物は毒殺できないだろうか。いや、例えば周囲の人々が「臆病だ」「過剰な警戒だ」とそしる流れを作らせ、もはや勇気を出して毒の盃を取らざるを得ないような状況を作る手などは使えそうだ。

摂取したら即座に死ぬような毒は、毒見役が口にすることで発見できる。では、毒見役に症状が現れるのが、主人が口にする後であったらどうだろう。誰も違和感を持たないまま毒殺が完成してしまう。そのような「遅効性の毒」があったら、毒見による対策はかなり難しくなる。

一回や二回ではほとんど症状は出ないが、何度も何度も繰り返して口にする中で症状が出る毒というものもある。このような毒も、毒見では見分けられない。体調不良になっていくターゲットを医者が診察した時、知識があれば「これは○○の毒による慢性症状だ」と見破ってくれることだろう。

毒と薬は紙一重ということから、薬に細工をして毒を飲ませる手法もある。お抱えの医者を抱き込むことができたなら、必要以上の薬を飲ませたり、あるいは薬と毒を入れ替えることも簡単だ。

当然、暗殺のターゲットになる側もそんなことはわかっているから、信用できない医者は雇わない。あるいは徳川家康のように自ら薬を調合しだすような権力者もいる。その警戒をいかにすり抜けて毒を仕込むか、あるいは仕込まれた毒をいかにかわすかはドラマになる。

毒を注入する

口から飲ませる手だけではなく、外部から何らかの形で注入する手も考えてみよう。戦闘で用いるなら短剣の刃に塗りつけたり、鏃にたっぷりとまとわせたりするものだが、陰謀のために毒殺を狙うなら、もうちょっと搦手を仕掛けたい。

定番の一つは、毒のある生き物を送り込むことだ。蛇、蜂、蜘蛛などをターゲットの部屋に送り込み、毒牙にかかるのを待つ。

これがただの生物だと果たしていつ攻撃してくれるかわからないが、うまく「芸」を仕込むことができれば、成功確率がぐっと上がる。あるいは、「この位置についたら必ず襲う」などのように条件づけたりしたり、攻撃性の強い毒性生物入りの箱を開けさせ、必ず攻撃されるように仕向けることができたら話が変わってくるだろう。もちろん、魔法や超能力によって生き物を自在に操れたら、全く事情が変わってくるのだが。

人を殺せそうもないささやかな傷をつけるいたずらが、実は毒の力で致命傷を与える罠になっている、というのはどうだろう。

封筒に入っている尖った金属、戸棚を開けたら出てくる小さな刃。人混みの中を歩いていたらどこからか投げつけられたつぶて。どれも大した傷は与えない。ちょっと皮膚が切れて血が滲む程度だ。しかしそこに毒が塗られていたらどうだろう。「これは一体なんだろう」とそのイタズラをためつすがめつ見ているうちに、毒が回ってばったり倒れる、なんてこともないとは言えない。

現実に存在する毒は、飲むか、体内に注入されるか、霧状になっているのを吸い込むかで取り入れられて、害をなす。触れるだけで害が発生する毒（化学物質）も多々あるが、それは例えばかぶれるなどの程度であって、皮膚についただけで劇的な効果を発するものはごく希少だ。

しかし、ファンタジックな毒の中には、ただ皮膚についただけで人を殺すようなものがあってもおかしくはない。そのような毒を手紙に塗れば、送られた相手はほぼ間違いなく死ぬ。また、目などの内臓がむき出しの部分には大きな効果を発揮する可能性があるため、

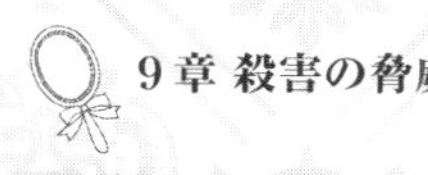

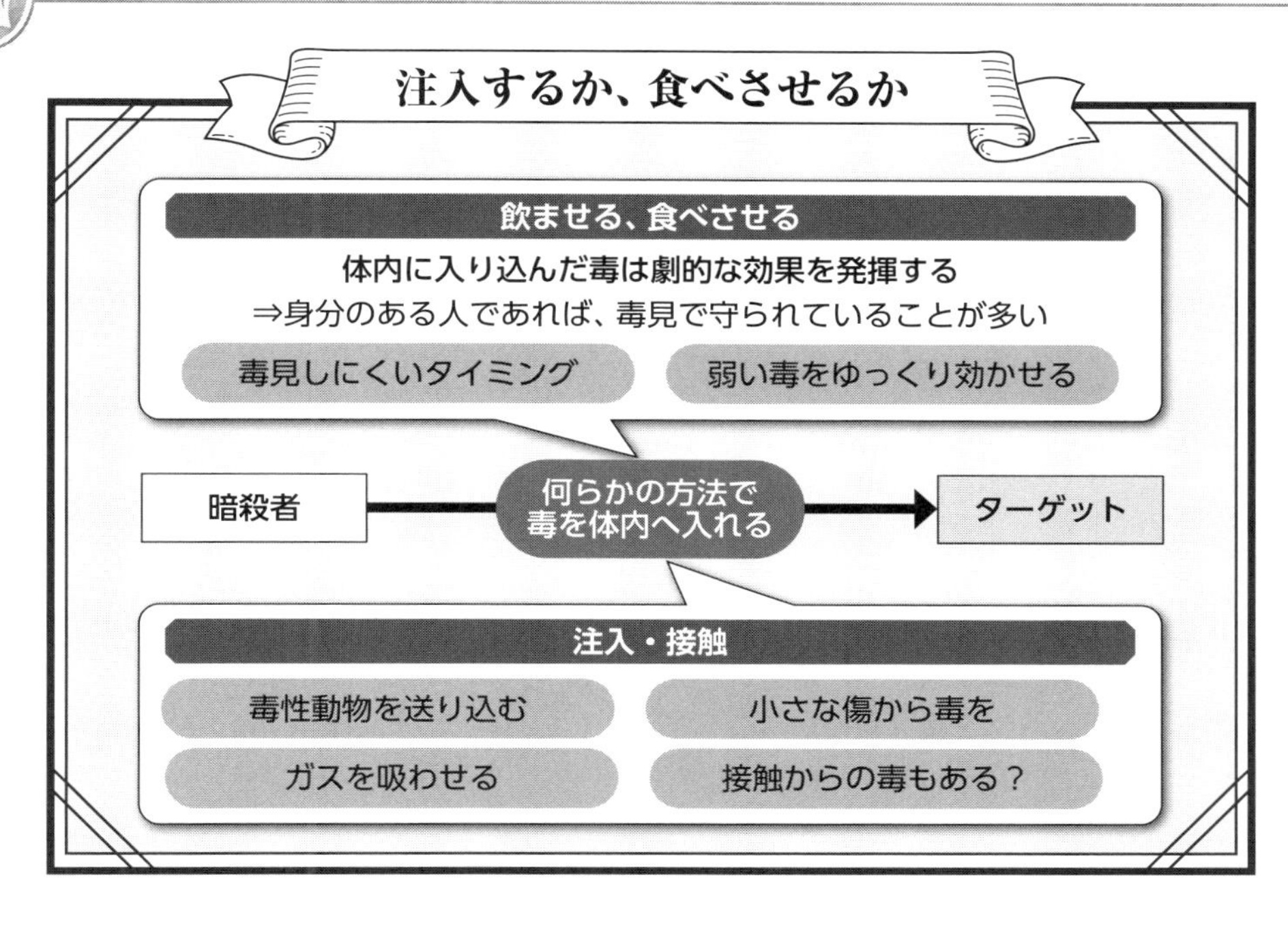
注入するか、食べさせるか
飲ませる、食べさせる
体内に入り込んだ毒は劇的な効果を発揮する
⇒身分のある人であれば、毒見で守られていることが多い
毒見しにくいタイミング
弱い毒をゆっくり効かせる
暗殺者
何らかの方法で
毒を体内へ入れる
ターゲット
注入・接触
毒性動物を送り込む
小さな傷から毒を
ガスを吸わせる
接触からの毒もある？

毒を液体に溶かしてかけることで害をなすこともあるだろう。

人間は普通、自ら毒を生み出すことはない。だから毒殺を警戒する人は、近づいていくる相手が何らかの形で毒を身に着けていないかを注意する。しかし、伝説によれば、人間の身体そのものに毒をまとわせることがあったという。

ある程度現実的なラインでは「爪に毒を塗る」というのが考えられる。尖った爪で皮膚を掻き、毒をターゲットの体内に送り込むわけだ。

よりファンタジー性が高まると、「毒手」が出てくる。武術・拳法の修行の一種として、手の皮膚に毒を染み込ませていくことで、拳で相手を殴り、あるいは触れるだけで、毒の効果を発揮させることができるのだ。とはいえ、自分の身体へ自発的に毒を取り込むのだから、ただで済むはずがない。リアルに考えれば、よくて「目的を達したら自分の腕を切り落として身体の他の部分を守る」であり、悪ければ「自分も死ぬ」しかない。ファンタジックな世界では、解毒薬を飲み続けることで毒を打ち消し、助かることもあるだろう。

真にファンタジックな伝説や物語の中には、「自分の身体そのものを毒とする」キャラクターも登場する。あるケースにおいて、彼や彼女は吐く息も、したたる涙や唾液も、体内を流れる血潮も、すべてが毒である。このような暗殺者が紛れ込んできたら、防ぐのは非常に厳しい。すべての道具を取り上げても、なお毒殺の危険性が消えないからだ。別のケースでは、身体が毒そのものにはなっていないが毒に慣れすぎて抵抗力を獲得しており、あらゆる毒が効かないという者もおり、この両者の性質を兼ね備えていることもある。

どうしてこのような特異な形質を獲得できるのか。「生まれついてそのような種族（体質である）」というのもあるが、多くの場合は「幼少期から毒を摂取する訓練を施されていたから」という形で説明するようだ。その変化形として「毒見役としてさまざまな毒に接してきたり、毒を嗅ぎ分ける訓練をした結果、身体が毒化したり毒への耐性を手に入れるに至った」というものもある。

このようなあり方は必ずしも荒唐無稽なものではなく、自然界に存在する毒性生物はしばしば「毒のある餌を常食することで自分も毒性を獲得する」という手順を踏んでいる。もちろん、自分はもともとその毒に抵抗力を持っているから、そんなことができるのだが。

実在した毒の数々

では、ここからは私たちの歴史において毒殺に用いられたさまざまな毒を紹介していこう。症状はあくまで一部代表的なものだけ言及している。

・ドクニンジン

名前の通りニンジン、あるいはセリにも似ているとされるこの緑色の植物は、種から花からあらゆる部分に毒を有している。古代ギリシャでよく用いられ、ソクラテスに死を与えたことで有名。

口にすると三十分以内に身体が震えたり言葉が出なくなるなどの初期症状が始まり、やがて痙攣から麻痺、呼吸困難など重篤化していき、ついには意識を失って亡くなってしまう。解毒剤はないが、胃洗浄は効果がある。体質次第では触っただけで皮膚に反応が起き、またネズミの尿のような不快な匂いもするという。

・ベラドンナ

イタリア語で「美しい女性」を意味するこの植物も、根にも葉にも毒があり、古くより用いられてきた。小さくツヤのある黒い実を果物と間違えて口にする事故も多かったようだ。

口にすると数分以内に症状が現れる。まずは口の乾きや吐き気などから始まるが、この時の瞳孔拡大作用からルネサンス期には目薬として用いられ、女性たちの流行にもなったという。やがて幻覚を見たりひどく眠くなったりし、中世の魔女たちはベラドンナにより空を飛ぶ錯覚に浸ったという。症状が重篤だと顔が赤くなり、痙攣や呼吸困難になるなどして、昏睡ののち死に至る。解毒剤としてフィゾスチグミンがある。

・トリカブト

またの名を「毒の女王」。この植物もまた全ての部分に毒を持っているが、特に塊根の成分が強く、薬用として、そして何よりも毒として用いられた。

トリカブトにまつわる伝説・逸話は多く、ギリシャ神話では冥界の番人である三頭犬ケルベロスの唾液が落ちたから毒性を持ったのだと説明する。中世には魔女たちがベラドンナと同じく空を飛ぶ幻覚を見るのに用いた他、悪魔召喚の儀式にも使ったという。また、「ウルフスベイン」の別名を持つのは、この毒を矢につけて狼退治に用いたからだ。

口にすると間もなく症状が出る。唇や喉が燃えるように感じられたりうずいたりした後、吐き気を感じたり喋れなくなったり、呼吸ができなくなったり目が見えなくなって、めまいや幻覚も見るなどして、最後には心臓が止まって死ぬ。特効のある解毒剤はない。

・鉛

鉛は柔らかく加工しやすいことから、過去から現在に至るまで利用されてきた金属である。日本も含め、あちこちで水道管に用いられていたことでも有名だ。しかし、実は毒性があり、体内に長い間かけてたまることでさまざまな障害をもたらす。古代ローマでは水道管だけでなく皿やコップ（鉛のコップで飲むとワインがまろやかになったという）にまで鉛が使われ、密かに多くの被害を与えていたと考えられている。

ゆっくりと鉛を摂取していくと、食欲がなくなったり、ひどく疲れたり、鬱になったり、性欲がなくなったり、眠れなくなったりした。これは古代ローマの貴族たちに特に見られた症状と合致する他、ベートーヴェンのそれとも重なり、実際に彼の亡骸からは鉛が検出されている。また、歯肉に青みがかかった線が出るのも慢性鉛中毒の特徴である。

急性中毒だと嘔吐や下痢など各種症状が出て、最後には痙攣、昏睡、死となる。

・水銀

常温でも液体のままという特徴を持つせいか、この金属は古くから神秘的な意味合いを見出されてきた。秦の始皇帝ほか、古代の支配者たちはしばしば不老不死を夢見て水銀を口にしたが、実際のところこの金属は強力な毒であった。

人間は通常状態でも体内に極微量の水銀をもっているし、口から取り入れる形では外へ排出する機能があるのである程度耐えられる。しかし量が多いと次第に慢性中毒の症状が出る。不安や鬱、手足のしびれや歩行困難などに始まり、嘔吐や震え、運動機能の障害などが起こる。特に、長期にわたる中毒では、歯肉が灰色の膜で覆われる症状と、腎臓のダメージのせいで尿が当初出過ぎ、やがて出なくなる症状が知られている。

・ヒ素

ヒ素は古代より毒として知られてきた元素である。特に中世、アラビアの錬金術師たちはこれを粉末状に加工することに成功した。粉になったヒ素は液体に混ぜても色が変わらず、匂いもしない。それどころかほのかに甘かったので、ワインとの相性が非常に良かった。

ルネサンス期のイタリアにおいて、有力勢力の一つに数えられたボルジア家の人々はこのヒ素を含む「カンタレッラ（他の成分としてリンと酢酸鉛とされる）」という毒を用いて、多くの敵を殺害したという。

ヒ素を飲まされると、胃が痛くなったり下痢をしたり尿が出なくなったり、あるいは皮膚や粘膜の炎症などの症状が出る。これが重症化すると体液の巡りが悪くなり、痙攣や麻痺なども起きて、ついに死へ至る。一方、少量のヒ素を飲まされ続けた時の慢性症状としては、顔やまぶたが腫れたり、皮膚が黒ずんだり、食欲がなくなったり下痢をしたりなどが現れる。

以上はあくまで史実の中世までのヨーロッパでよく

中世〜近世ヨーロッパの有名な毒

ドクニンジン	ベラドンナ
古代ギリシャでも用いられた あらゆる部分に毒がある植物 **⇒身体が震え、麻痺し、意識を失う**	目薬に用いられたことから 「美しい女」という名の毒性植物 **⇒幻覚。最後には昏睡して死ぬ**

トリカブト	鉛
「毒の女王」。さまざまな時代と 地域で狩りや毒殺に使用 **⇒幻覚を含む症状の末、死亡**	加工のしやすさや味の影響から 使われた金属。実は毒性がある **⇒常用で精神面に影響が**

水銀	ヒ素
神秘的な金属であり、不老不死 の薬とも言われたが実際は毒 **⇒精神・肉体両面に症状が**	混ぜ込んでも痕跡が残りにくく、 毒殺で大いに用いられた **⇒体液のめぐりが悪くなり、死ぬ**

他にも、毒蜂や毒グモ、フグ、キノコ、アヘンなど
さまざまな毒が用いられる可能性がある

用いられた毒であって、他にも多様な毒があなたの世界では用いられている可能性がある。

激しい痛みを感じさせる毒蜂や毒グモの毒や、血が固まらなくなる毒蛇の毒を抽出して用いる部族がいるかもしれない。呼吸を阻害するフグ毒も、フグに似た魚があなたの世界にいれば問題なく登場させられる。チョウセンアサガオの毒はかつて麻酔手術にも使われたように薬としても使えるが、少し量を間違えただけで昏睡から死に至る危険なものだ。ケシの実から抽出するアヘンは強力な麻薬であると同時に、毒の成分としても使われてきた。

これらの毒を更に強力で神秘的なものとして登場させたいなら、「毒の素材や製法が物語の舞台には存在せず、遠く離れた場所から持ち込まれた」とするのがおすすめだ。というのも、知られている毒であれば適切な解毒剤を用いたり治療を行ったりすることができ、またそもそも「この症状が病気のせいなのか毒のせいなのか」を見分けることもできる。しかし、知られていなければ対処不能になる。この点は見逃せない。

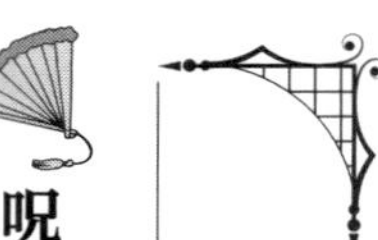

呪術・魔法的攻撃に気をつける

呪いで殺す

中世的世界で上流階級内部の暗闘が行われる際、物理的な暗殺・毒殺と並んで頻繁に使われる手法がある。それが呪詛・呪殺だ。

神、悪魔、精霊、死霊、仏……祈り願う対象はさまざまだが、とにかく超常の存在に祈り、願い、時には生贄を捧げ、「私の敵を呪い殺してくれ」と訴え、あるいは命令するのである。あるいは超常存在など関係なく、ただただ相手を呪い、傷つけたり殺したりするような魔法が存在すると信じられている世界もあるかもしれない。

呪詛・呪殺は魔法使いや呪術師、専門の役人や技術者が行うこともあれば、当事者自らが儀式に参加し、恨み憎む心を呪殺のエネルギーとし、術に込めることもある。

呪詛・呪殺の存在が公的に認められている時代・地域において、基本的に他者に呪いをかける行為は犯罪だ。それこそ暗殺を命じるのと同じこと、と理解されるのである。そのため、国家が公的に認めるケースを除き、呪殺を請け負うような人間はアウトロー・犯罪者ということになる。本人がやっている場合は、屋敷の奥、地下室、離れ、別荘、森の中など、とにかく人目につかないところに儀式の拠点を設置したり、儀式の際に変装するなどして、自分が呪いを行っていることを隠そうとするはずだ。

そこで、キャラクター自身あるいは周囲の人間が呪われている場合、「雇われて呪いをかけている人間は誰なのか」「不審な振る舞いをしている者はいないか」と調査して、呪いを行っている人間をどうにか確かめようとすることになるだろう。

また、「人を呪わば穴二つ」という言葉もある。自分の放った呪いが自分をも傷つけたり、あるいは呪いを返されて一人で破滅したり、ということもままあるものだ。呪いは簡単に手をつけていい行いではないのである。

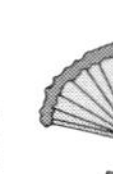

共感呪術（共感魔術）

具体的な呪いの手法・手段・道具は地域や時代によって変わる。しかし、呪いが作用するメカニズムについては非常に代表的な考え方があり、多くのケースに適応できるので覚えておいてほしい。それは「共感呪術（共感魔術）」という考え方だ。

この考え方では「似ている」「近しい」ものに魔術的な繋がりがあるととらえる。その繋がりを利用して相手に危害を加えるわけだ。共感呪術はさらに大きく二つに分かれる。

一つは「似ているものは同じもの」と考える類間呪術だ。わかりやすい例で言うと、呪いたい相手に似せて藁人形を作る。その上でこの人形に釘を打ち込むと、人形に似ている相手にも釘で打たれたかのような痛みが走る――似ているものは同じものだからだ。

もう一つは「繋がりがあれば（ルーツが同じなら）関係性が続く」とする感染呪術だ。先述した人形による呪いの際、相手の髪の毛や爪など身体の一部を人形に仕込むことで効果が増す、と考える。なぜなら、相手の身体の一部だったものがあれば、関係性が強化されるからだ。

これらは魔法全般に使える考え方だが、特に「呪う」というケースで多用される。

また、共感呪術の考え方だけで呪術が成立するわけではなく、他にも呪術の効果を上げるような要素を盛り込むのが普通だ。神や悪魔の名前を口にしたり。特別な力ある言葉（呪文）を唱えたり。特別な衣服や装身具を身につけたり。黄昏時や丑三つ時など特別な時間を選んで儀式をしたり。寺院や墓場など、神聖だったり邪悪だったりする場所を儀式の舞台にしたり。火を焚いたり。酒や薬物などでトリップ状態になったり……という具合だ。

これらに本当に呪術の成立に寄与する「力」がある場合もあれば、単に術者の気持ちを高揚させ、集中させるのが目的ということもあるだろう。そもそも休みなく呪文を唱えたり、延々と火の前にいたりすれば夢見心地になり、また幻覚も見て、自分たちの呪術が成功するのだと確信してしまうこともあろう。

呪いの効果

さて、呪術はどんな効果をもたらすのだろうか？

既に紹介したような「丑の刻参り」であれば、人形に五寸釘を打ち込んだのと同じ場所が激痛を発する。その痛みに耐えかねて心臓が止まってしまうこともあるだろう。

他にも、さまざまな呪いの効果が考えられる。悪夢を延々見させられてよく眠れず体力を奪われたり。動物や鳥、虫などに嫌われたり、襲われたり。身体の一部にアザが出たり。奇妙な幻を見させられ、現実と幻の区別がつかなくなったり。五感の感覚が狂ったり。病気になったり、という具合である。

——そして実のところ、これらの効果の多くは、あなたの世界に魔法や神秘が存在しなかったり、呪術師がある種のインチキであっても、実際に発生させることができるのをご存知だろうか。

つまり、人は「何者かに呪われている」と思うだけでもストレスを溜め、精神のバランスを崩し、幻を見たり病気になったりするものなのだ。また、何かしらの偶然で傷がついたり身体が傷んだりすると、それも「呪いのせいだ」と思い込んでしまう。

大事なのは本当に呪術や魔法があるかないかではなく、「ある」と人々が広く信じているかどうかなのだ。信じられていれば、呪いは時に本当に牙を剥く。その意味で、私たちの歴史における中世にも、呪いは本当にあった、といっていいかもしれない。

呪いを避ける手段

では最後に、呪いからいかにして身を守るべきか。

前述のように犯人を見つけられれば、儀式を中止させることで解決するかもしれない。しかし術者の呪力（魔力）によって成立する呪いではなく、神や悪魔の力を借りて行う呪いであるなら、術者が諦めてもそちらを止めなければ呪いが止まらない可能性もある。

呪いの元が止まらないなら、呪術・魔術的に対応するしかない。呪う者がいるならその呪いから身を守りたいと思う者もいるのが当然で、さまざまな時代や地域に呪い対策の方法が受け継がれている。

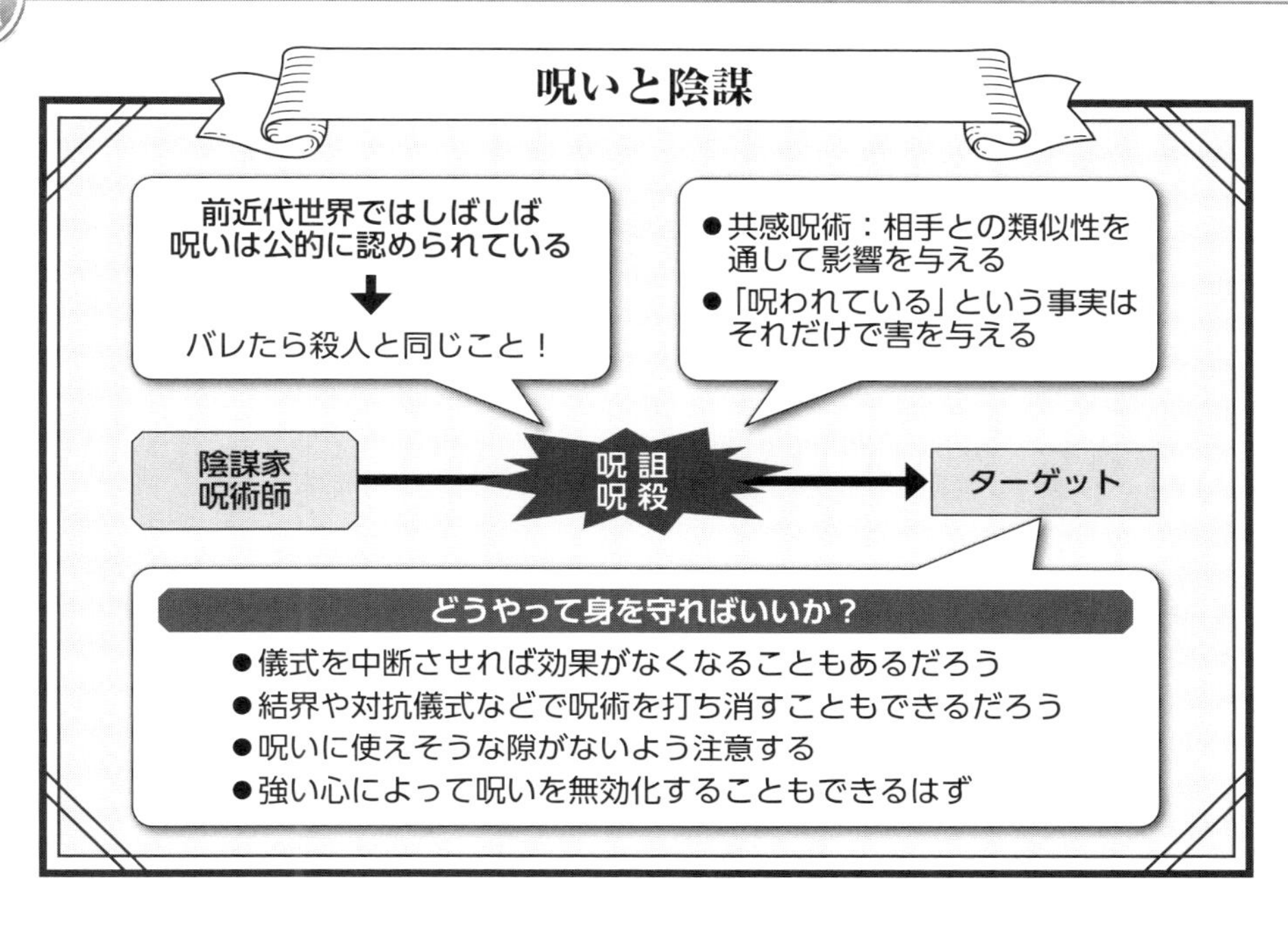

呪いと陰謀
前近代世界ではしばしば
呪いは公的に認められている
バレたら殺人と同じこと！
●共感呪術：相手との類似性を通して影響を与える
●「呪われている」という事実はそれだけで害を与える
陰謀家
呪術師
呪詛
呪殺
ターゲット
どうやって身を守ればいいか？
●儀式を中断させれば効果がなくなることもあるだろう
●結界や対抗儀式などで呪術を打ち消すこともできるだろう
●呪いに使えそうな隙がないよう注意する
●強い心によって呪いを無効化することもできるはず

わかりやすいのは呪いを防御することだ。結界を張る。元々結界になっている神聖な場所へ逃げ込む。呪詛を防御できる道具を身につけたり、身体へ呪文を書き込んだりする。呪い避け・呪い反射の儀式を行う。いろいろ考えられるが、ここまでに紹介してきた呪術のテクニックも使える。つまり、「似ているものは同じもの」で、「繋がりがあれば関係性が続く」ので、例えば自分の髪の毛を仕込んだ藁人形があれば、それは自分と同じ存在であり、呪いはそちらにいく可能性があるのだ。

共感呪術が一般的な世界では、「自分は呪われるかもしれない」と思っている人間は、呪いの材料に使われそうな自分の髪の毛などが盗み出されないように気をつけていることだろう。似顔絵も呪いに使われるので、描かせない貴族がいてもおかしくない。

呪いが「呪われている」と思うことで効果を発揮する部分があることを考えれば、最強の対呪術対策は「強い心を持つ」であるとも言える。ちょっと痛い、何か幻覚を見るなどしても、気にしなければ呪いがそれ以上のダメージを与えることはないからだ。

クーデター・私兵・戦争による暴力の恐ろしさ

濡れ衣を着せて罪に落としたり、スキャンダルや陰謀、政治的闘争で失脚させたり、刺客を送って密やかに暗殺したり……これらの手段はライバルや政敵を排除するにあたって、比較的穏当で上品な手段と言える。対して、過激で下品というべき手段もある。それは武力を用いて攻撃し、殺害したり、捕らえて裁判にかけたりすることだ。他国・他勢力の相手をターゲットにこれを行えば「戦争」であるが、自国・自勢力の相手に対して、内部対立の結果として行ったなら「私兵による暴力」あるいは「クーデター」になる。

私兵による暴力

私兵は私の兵と書く通り、私的な兵力（軍事力）のことである。前近代なら支配階級が私的な兵力を持っているのはごく当たり前だったが、近代以降は兵力・軍事力といえばまず国家の軍隊であるため、対比してこのように呼ぶようになったものと思われる。とはいえ、中世ファンタジー風世界においても「私兵」と呼ぶ方が似合う集団は存在し得る。

家や個人に仕える家臣・部下。金次第で命令を聞く街のチンピラ。貸し借りがあり、義理人情でつながった地域の人々や自警団。その自警団がより反社会的に発展したヤクザやマフィア。ある種の思想実現のために犯罪も辞さない党派。このような人々が、要請に応じて私兵として働くことがある。

私兵たちはしばしば地元に結びついているので情報収集に長けているし、逆にうわさを流すのもお手の物だ。必要とあれば殺人や放火まで躊躇なくやるような連中もいるが、そこまでではなくとも「調子に乗っているやつを痛めつけて、しばらくでかい顔ができないようにする」までならやってくれる人は多いだろう。護衛や、「最近妙なやつがうろついているから周囲を見張ってくれ」程度ならもっと気軽に応じてくれるはずだ。

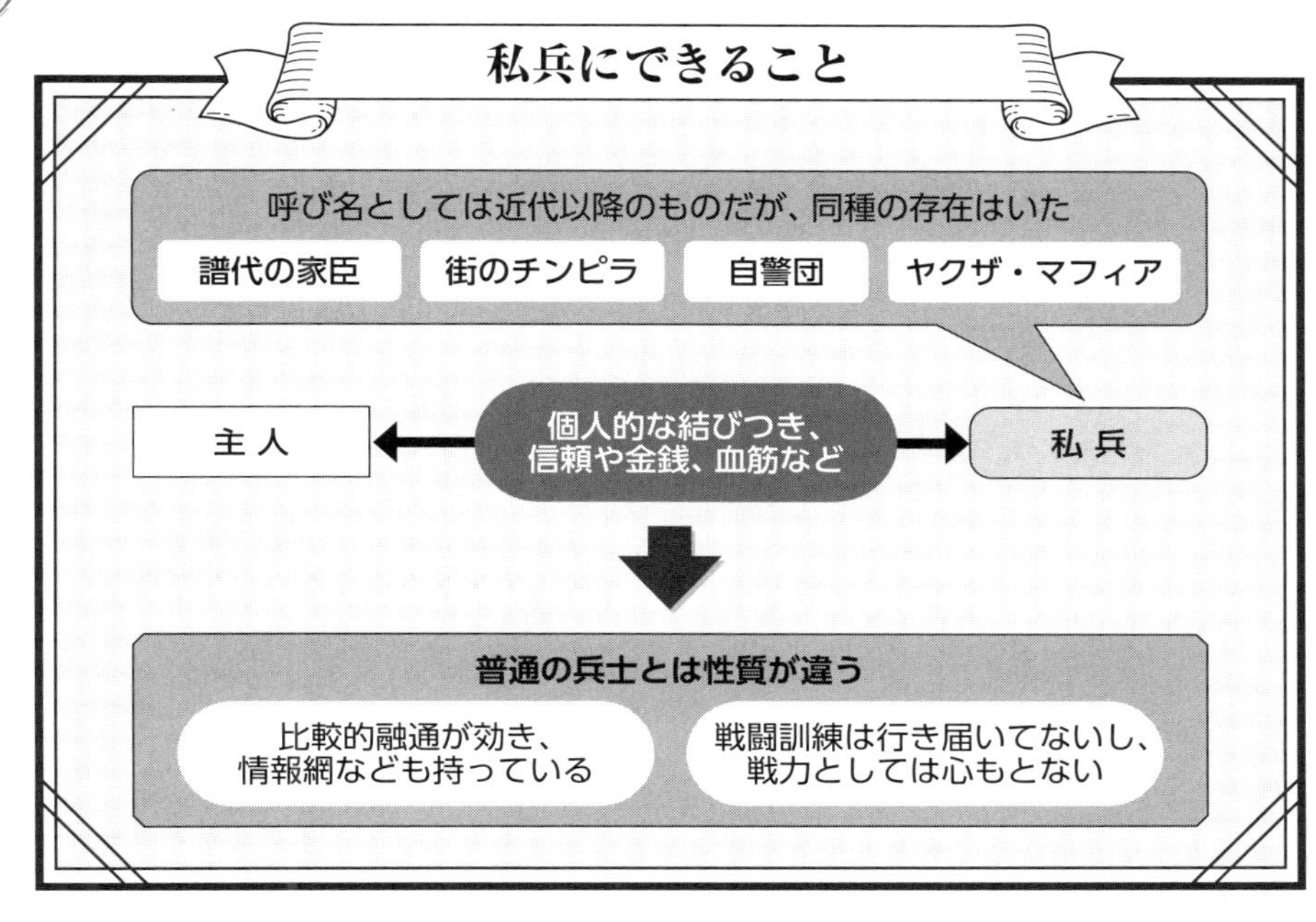
私兵にできること
呼び名としては近代以降のものだが、同種の存在はいた
譜代の家臣
街のチンピラ
自警団
ヤクザ・マフィア
主人
個人的な結びつき、
信頼や金銭、血筋など
私兵
普通の兵士とは性質が違う
比較的融通が効き、
情報網なども持っている
戦闘訓練は行き届いてないし、
戦力としては心もとない

彼らは基本的には私的な繋がりで結びついているので、公的な軍隊などよりも遥かに融通が利き、臨機応変に行動してくれる。味方にすれば頼りになるし、敵にそのような連中がいるなら注意深く対応する必要がある。配慮が足りなければ、主人公の行動はあっという間に筒抜けになってしまうことだろう。

逆に言えば、彼らは普通、公的な存在ではないし、戦闘訓練も十分ではない者が多い。犯罪行為をしている時に衛兵・官憲に見つかったら逮捕されてしまう。衛兵が一人や二人なら暴力で対抗することもできるかもしれないが、もっと増えたらどうしようもない。まして、訓練された騎士や兵士の軍団が投入されたらおしまいだ。逃げるしかない。

捕まったり、依頼人の家に逃げ込むことで誰に依頼されたかが公になると、依頼人自身の罪も問われることになるだろう。この時、依頼人が悪人であれば「お前のようなやつは知らん」と切り捨て、そこから私兵が裏切る展開に繋がるかもしれない。強い忠誠心を持っている私兵であれば、最初から罪が依頼人に行かないように心がけるだろう。

私兵は脅威ではあるが、自分の目的の助けになるものでもある。悪役令嬢としては、目的達成のために自分の手足になってくれる私兵がほしいだろう。しかし、簡単なことではない。金で雇える連中は忠誠心に難がある。もともと家に仕えている人々の忠誠は家の主人に向いていることがほとんどだ。市井の人々と深く縁を結ぶには、生まれつきの身分がむしろ邪魔になる。だからこそ、偶然出会った相手に真情を込めて向き合ったり、トラブルやアクシデントを通してぶつかり合ってわかりあった相手との間には、真の結びつきが生まれて、まさに手足の代わりになってくれる私兵が生まれうるわけだ。

クーデターの危機

政治的な権力争い、あるいは私兵による暴力などで問題が解決しない時、ほとんど最後の手段として用いられるのが武力による政権の奪取——「クーデター」だ。

この時に用いられる武力・軍事力は、私兵のような中途半端なものではない。最低でも衛兵や官憲のような警察力、そして本来は戦争に用いられる国家の軍団や、貴族や領主の持つ兵力だ。これらをもって、権力を奪取する。

攻撃ターゲットはその国の統治体制によって変わる。王国なら、まずは王宮を占拠しなければ始まらない。王や王族の身柄を押さえるとともに、権威の象徴になっていたり、国家としての命令を下すのに必要な場所・アイテムを自分たちの手に収める必要がある。豪奢な玉座、重要な命令書に押印する玉璽（特別なハンコ）、儀式の時に身につける王冠や錫杖などがそれだ。

これらがあれば、「我々は正当に国家を運営している」と主張して各種の命令を発したり、あるいは王族の中のひとりを傀儡の新王にして国を自由に動かすことができる。

王に匹敵するくらいの権力が別に存在するなら、そちらも押さえなければ意味がない。即位や国家運営を承認する宗教権威や、政治に口を出せるくらい勢力の強い大貴族などがこれにあたる。

政治体制が立憲君主制などに変化しているなら、議会の制圧も重要になる。ラジオやテレビに類するよう

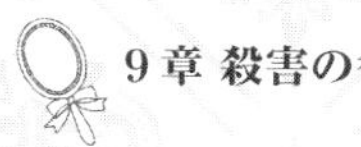

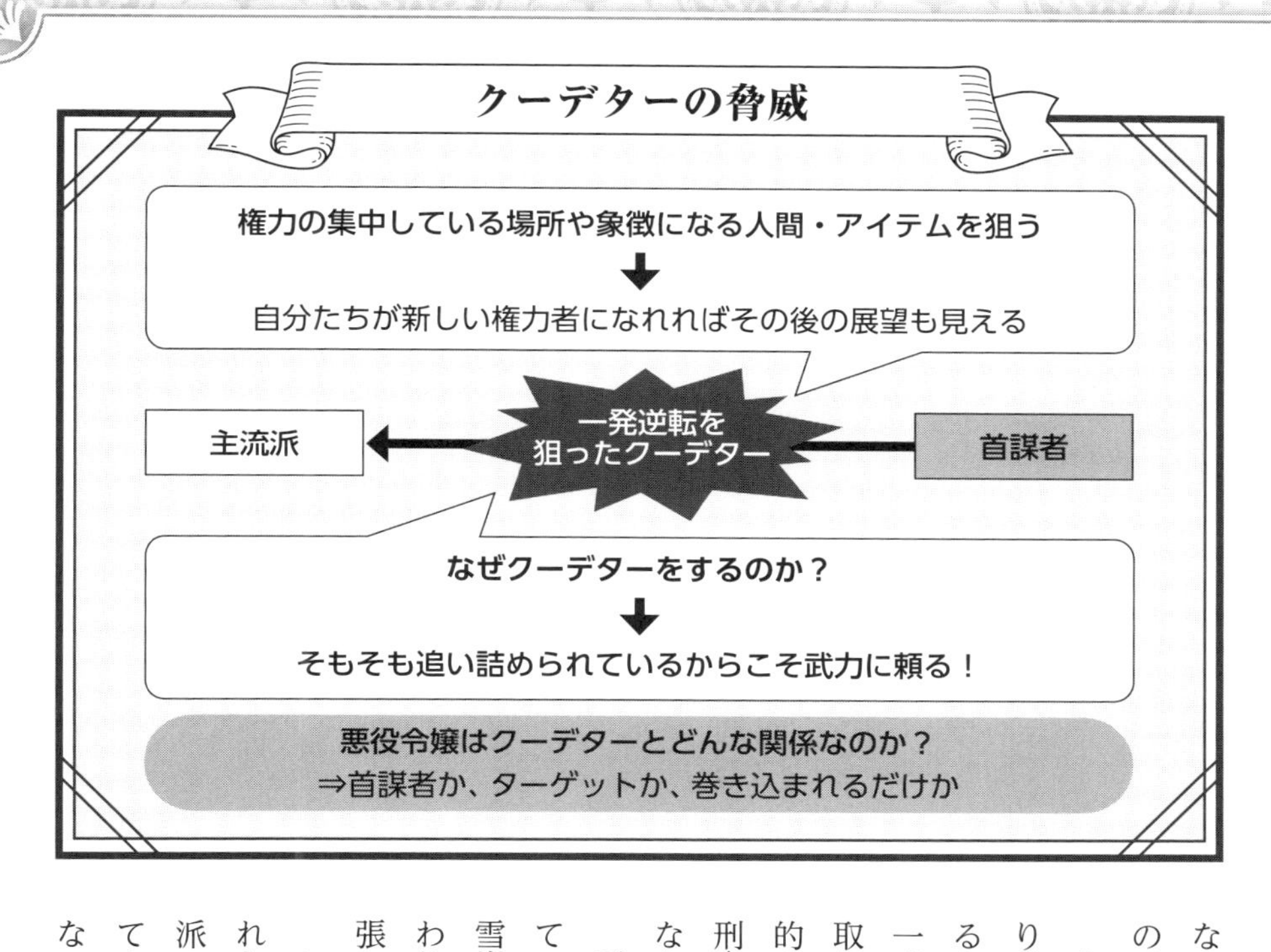

なメディアがあるならこちらも占拠しなければ、都合の悪い情報が発されてしまう。

さて、悪役令嬢はこれらの行動によって攻撃されたり、制圧対象になったりする立場だろうか？　該当するなら、事前に情報を掴んで逃げておくか、あるいは一度幽閉された後に脱出するかしなければ、身動きが取れなくなる。特に王女のようなクーデター派の積極的攻撃ターゲットである場合、最悪はそのまま公開処刑――ということで、クーデターこそが避けなければならない悲劇・破滅ということもあろう。

悪役令嬢自身は　クーデターのターゲットにはなっていないことも多いだろう。その場合、屋敷に兵士が雪崩込んでくるようなことはないかもしれないが、代わりに外には殺気立った兵士たちがうろつき、また見張っているので、全く外出できなくなってしまう。

この状況は、悪役令嬢にとって好機であろうか、それとも窮地であろうか。もちろん、当人がクーデター派のターゲットなら、窮地そのものであり、なんとしても阻止するか、幽閉状態から脱出しなければならない。自分自身でなくとも、味方がクーデターによって追い落とされてしまうようでは、その後の扱いが良いはずもない。よくて冷飯くらい、悪くて弾圧。自身の目的がなんであるにせよ、うまくいくはずもない——となれば、旧統治者か、あるいは新勢力を助けて、クーデター派を追い落とさなければならない。

クーデターを起こすなら

一方で、悪役令嬢自身がクーデター一味の一員であったり、首謀者であったり、黒幕であったり、ということもあろう。

ここで大事なのは、「クーデターは政治的弱者・劣勢の側が行う」ということである。政治的に強者であり、優勢であるなら、クーデターなど行う必要はない。しかしそうではなく、政治的攻撃で問題を解決できないからこそ、武力に頼り、クーデターを実行する。つまり、クーデターを起こすような勢力は、そもそも追い詰められているか、あるいは「短期的にはまだピンチとは言えないが、長期的には良い先行きが見えないので、ここは勝負に出るべきではないか？」と考えているのだ。悪役令嬢がクーデターを起こす展開にしたいなら、この辺りの事情をしっかり固めておこう。

なお、クーデターによく似た事件・行為として「革命」がある。こちらは非支配階級が従来の支配階級による統治・支配を打破しようと行うものだ。主に武力を用いた権力の奪取という点ではクーデターとよく似ているが、明確な違いもある。つまり、革命は既存の階級制度をひっくり返すための行いであり、対してクーデターはそもそも軍事力なり警察力なりを動かすことができる支配階級内部での権力争いのために行うもの、という違いがあるのだ。

非支配階級による政権転覆・権力奪取は中世的世界ではなかなか起こりにくい現象なので、中世の匂いを強く出したい場合は「革命」という要素は持ち出しにくいかもしれない。しかし、華やかな宮廷文化が似合う悪役令嬢ものは近世的な世界と相性が良く、となると革命テーマを持ち出してもさほど違和感がない。

しかし、非常に特異な出来事であるだけに、悪役令嬢が革命側につくにせよ、既存体制側につくにせよ、「なぜ民衆は長い間自分たちの頭の上に乗っていた支配階級を打倒し、革命をしようなどと思い切ったか」

という点についてはしっかり考えておかなければ違和感が大きくなる。

私たちの歴史でいえば、フランス革命においてはそもそも食糧危機をはじめ民衆の暮らしが著しく悪化していたことがあった。時代をさらに下ったロシア革命では資本主義への憎悪と危機感が訴えられた。このような背景事情を用意しておきたいところだ。

戦争

私兵による暴力も、クーデターや革命に巻き込まれることも、それぞれ悪役令嬢を傷つけ、捕え、命を失わせるに相応しい恐ろしい行いだ。しかし、これらの脅威はまだ比較的回避可能であったり、あるいは首謀者との交渉で財産や社会的地位と引き換えに命だけは助けてもらうことができるかもしれない。

だが、「戦争」はそうはいかない。戦争に乗じて人を傷つけ、捕え、そして殺してしまうのは、他の状況と比べて遥かに容易いものだからだ。

戦争は国家の命運を左右する重大な出来事である。戦いの中で統治者が討ち死にしたり、あるいは首都を攻め落とされたりすれば、国家としては滅亡するしかない。そうでなくとも、都市や領土、鉱山などを奪われば国家としての衰退を招く。

しかし、一般民衆にとっての戦争はまた違う存在であるかもしれない。戦火が迫ってきたならまず逃げるという選択肢があるからだ。また、侵略者が賢ければ、素直に恭順してきた民衆を無闇に傷つけて恨みを買ったりはしない。農村にせよ、都市にせよ、なるべく元のままにして食糧なり富なりを作り出してもらった方が絶対に良いからだ。となれば、早めに降伏して、しばらく少し税が増えるくらいは受け入れてやり過ごした方がいい、ということになる。

——とはいえ、いつもそう上手くいくわけではない。そもそも前近代の軍隊は物資を自弁、つまり自分で調達するのが普通だ。食糧や矢玉などを現地の商人から購入することも多いが、略奪して済ませることもごく普通にあった。気の立った兵士が乱暴・残虐な行いに耽ることも多かったろう。得た領地をなるべく傷つけず残そうという知恵の働かぬ指揮官は、略奪を奨励して兵士たちの士気を高めようとさえするかもしれない。

迫る危険

以上のような戦争を巡る事情は、悪役令嬢に二つの危険を招く。

一つは単純に、襲われ、奪われることの危険だ。悪役令嬢の住んでいる都市や集落が戦争に巻き込まれた場合、命の危険がある。上流階級としての身分や立場があり、それに恥ずかしくない限りの財産を持っていれば、当然襲撃・略奪のターゲットになるからだ。政治的立場次第では、人質にしたり、身代金をとったり、ということさえあるかもしれない。

事前に侵略側の指揮官と話をつけ、襲撃や略奪を防ぐことはできるだろうか。あるいは兵士たちを気品や迫力で圧倒し、手出しさせないことは可能だろうか。襲ってくるのが兵士ではなく暴徒化した民衆だったら？　悪役令嬢個人、あるいはその護衛がよほどに強力な戦闘能力を備えていたとしても、軍隊相手に屋敷とその住人を守り続けるのは難しい。そうなると、早めに逃げたほうがよい。

もう一つは、戦争を理由に行動を制限されたり、何かしらの陰謀に絡め取られたりする危険だ。

繰り返すが、戦争は国家にとっても、庶民にとっても、大変な重大事だ。つまり、「大事なんだから普段とちょっと状況が変わっても受け入れろ、戦争に協力しろ（そうすることがお前のためになる）」というロジックが成立するのである。

その結果、税金が上がったり、徴兵されたり、くらいであれば悪役令嬢にはさほどの悪影響はないかもしれない。ただ、政治・社会的立場、あるいは貴族の伝統次第では「あなたも国家を守るために出陣しなさい、それが義務だ」となってしまう危険は十分ある。このような時、戦争の中で合法的に邪魔者を消す……というのもままあるテクニックだ（詳しくはシリーズ第一巻『侵略』参考のこと）。

もっと露骨な危険が迫って来る可能性もある。戦争の危機感に乗じて、「あの家は他国と内通している」「あの人物は反乱を起こそうとしている」などと疑いをかけられるかもしれない。普段なら一笑にふされても、戦争の脅威の中で話が変わるからだ。情勢の変化に合わせて賢く振る舞う必要がある。

戦争以上の脅威はそうそうない

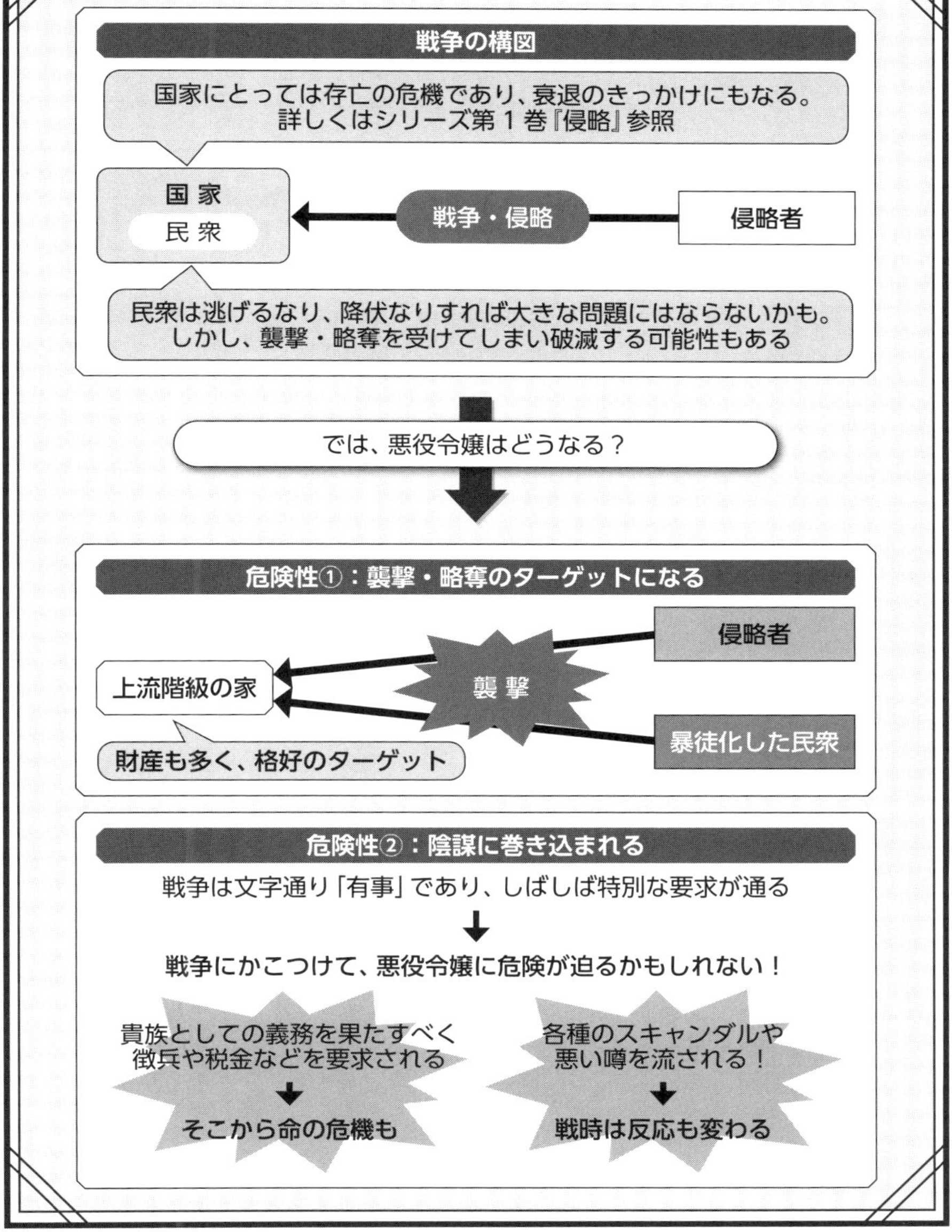

戦争の構図

国家にとっては存亡の危機であり、衰退のきっかけにもなる。
詳しくはシリーズ第１巻『侵略』参照

国家
民衆

戦争・侵略

侵略者

民衆は逃げるなり、降伏なりすれば大きな問題にはならないかも。
しかし、襲撃・略奪を受けてしまい破滅する可能性もある

では、悪役令嬢はどうなる？

危険性①：襲撃・略奪のターゲットになる

侵略者

上流階級の家

襲撃

暴徒化した民衆

財産も多く、格好のターゲット

危険性②：陰謀に巻き込まれる

戦争は文字通り「有事」であり、しばしば特別な要求が通る

↓

戦争にかこつけて、悪役令嬢に危険が迫るかもしれない！

貴族としての義務を果たすべく
徴兵や税金などを要求される

↓

そこから命の危機も

各種のスキャンダルや
悪い噂を流される！

↓

戦時は反応も変わる

計画してみるチートシート（命の危機編）

どんな危機なのか？

暗殺、毒殺、呪殺、暴力……
この章の内容を参考に、大まかに決めよう

誰が何のために？

理由もなく殺害や襲撃など企まない。
理由をきちんと掘り下げよう

具体的な手段は？

しっかり計算された暗殺もあれば、
激情に基づく殺害計画もあるもの

偶然や成り行きも

主人公とライバルの対立には関係なく
戦争が始まってしまうこともある

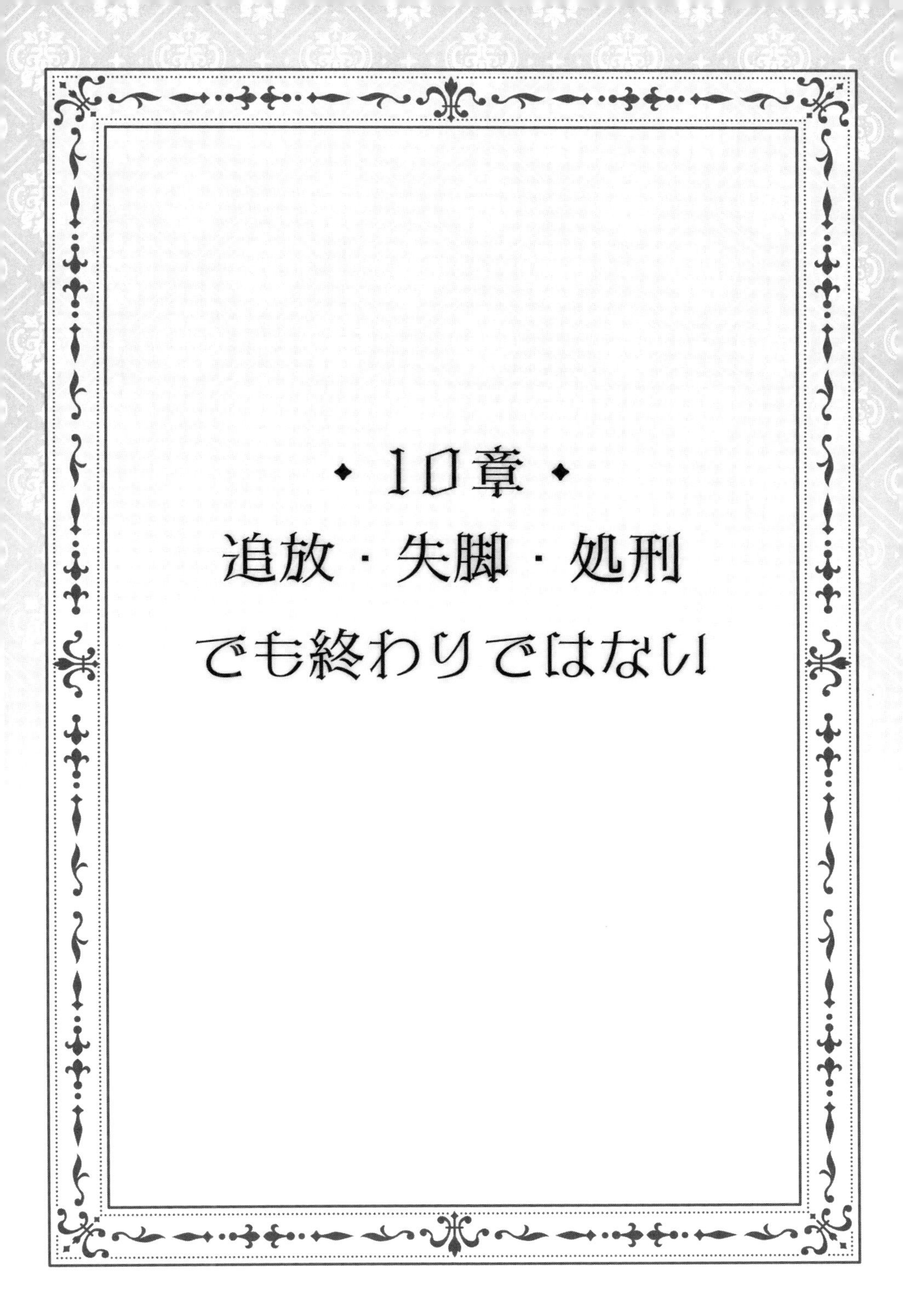

◆10章◆

追放・失脚・処刑でも終わりではない

処罰・処刑

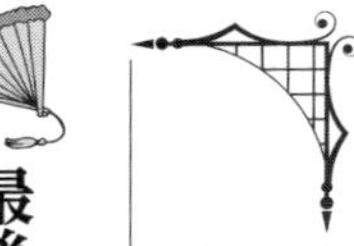

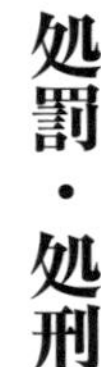

最後に処刑が待っている？

戦争に敗れて捕らえられ、あるいは政治闘争の末に失脚し、犯罪の濡れ衣を着せられ……。ともあれ、何かしらの形で処刑されてしまう。普通の物語ならバッドエンド確定だが、悪役令嬢ものでは必ずしもそうではない。「このままだと処刑されてしまうからなんとかする」あるいは「処刑されてからやり直す」のは、悪役令嬢ものの黄金展開であろう。

この時、「どんな手段で殺されるか」というのは比較的に枝葉末節の話かもしれない。斬られようが焼かれようが死ぬことに変わりはないからだ。

とはいえ、実際に処刑シーンを書く時に、その手段・手法は大事なディティールである。処刑方法とその体験の仕方によっては、「やり直し」の時にトラウマが残るかもしれない（墜落系で高所恐怖症になり、火炙りで火が怖くなる、など）。

さらには、各地域・各時代ごとに刑罰にはランクがあるものだ。同じ死刑であっても、高貴な人に適用される名誉ある死もあれば、卑しい立場の人間にもたらされる死もある。政治的陰謀の一環として、高貴な人間をあえて不適切な手法で死刑に処すにはある種の定番である。そこから、貴族にのみ許される死刑を下されて「自分の名誉は守られた」と安堵して死んでいく者もいれば、「どんなやり方であろうと死は死だ！名誉などとお為ごかしだ！」と喚く者もいるだろう（これは死後の世界や転生、また一族の利益・名誉を重視しない現代的な考え方ではあるが）。

具体的に、どんな罪に対してどの死刑が執行されるか、どの刑を貴人のものとし、どの刑を庶民や卑しい身分のものとするかは時代・地域ごとに全く違う。ある地域では非常に不名誉な処刑であり最悪の犯罪者・反逆者にしか行われないものが、別の地域では名誉ある刑で敬意を持って行われることもあろう。中世ヨーロッパなどモチーフにする地域の価値観をそのまま持ち込んでもいいが、「この地域にはこういう文明・文化があるのでこの死に方を名誉あるものとする（聖なる獣による死、罪を浄化する火による死、ほか）」などロジックを通すと、物語と世界観に説得力が出てくる。

死刑のいろいろ

以下、具体的に死刑の数々を紹介しよう。

私たちの歴史ではさまざまな「動物による処刑」が数々行われていた。飢えた犬をけしかける、象で踏み潰させる、象の牙に貫かせる、蛇に噛ませる、ワニや肉食魚に襲わせる、馬にくくりつけて引き摺らせる、蟻や蜂に攻撃させる、鳥に啄ませる……。

特にローマ帝国では猛獣をけしかける処刑が無数に行われた。円形闘技場で行われた一般的な処刑では、ターゲットを身動きでなくした上で、ひどく飢えて攻撃的になっていたライオン、豹、虎、熊、狼、犬などを解き放ち、食い殺させるのである。ローマでは動物による処刑は最悪の犯罪者に行われる卑しい刑であり、処刑される者には山賊などと並んでキリスト教徒の名も並べられていた。しかしその一方で民衆にとって最高の見せ物でもあり、観客にはお気に入りの処刑執行動物さえあったという。

人間は頭と胴体を切り離せば必ず死ぬ。だから剣あるいは斧による「斬首刑」は非常にわかりやすい死刑と言えよう。また、他の処刑法がしばしばターゲットを苦しめてから殺すのに対して、斬首は比較的そうではない（斬れにくい武器を使って苦しめるケースもあった）という特徴もあった。

斬首を行う際にはターゲットを座らせて首を前に差し出させるのが最もやりやすい。その次は座ったまま顎を引いたターゲットの首を斬る形で、直立不動のターゲットの首を斬るのが最も難しいとされる。最後のケースは執行人に極限の技術が求められ、比較的珍しいが、例えば中国では非常に身分のある人間の処刑に用いられた。

斬首刑のバリエーションとして、剣や斧ではなく機械式の処刑装置を用いる「ギロチン刑」が非常に有名だ。同種の装置は以前からあったが、フランス革命の時期にそれらを改良して作られたギロチン装置が代名詞的存在になっている。ターゲットはギロチン装置に固定される。彼の首の上から斜めの刃が重力で加速しながら落ちてきて、滑らかにその首を落とすのだ。

ギロチンには残酷な処刑装置というイメージがある。しかし実際には「死刑を全て斬首にする」という政治的決定を受けて、人間の肉と骨を断ち切らなければいけない斬首の難しさをカバーするための発明であり、さらには一瞬で苦痛なく罪人を殺せる人道的な処刑装置として開発されたものであった。しかしギロチンの登場は人を容易く処刑できてしまう状況を作り、多くの人々が罪を着せられて断頭台の露と消えたため、これこそがフランス革命の時代を血まみれにした、とする見方もある。

首を切り落とされるだけでなく、首を絞められて息ができなくなっても人は死ぬ。そこで「絞首刑」も古くから用いられた。よくある形では、ターゲットを椅子か台に立たせた状態で首に紐をかけ、台を取り外す。すると足場を失った身体は紐で吊るされた状態になり、当人の体重で首が締め付けられ、窒息して死ぬ。あるいは滑車にかけた紐を使ってターゲットを吊り上げ、同じように絞め殺すこともあった。十九世紀以降のやり方では、足元が開く処刑台を用いてターゲットを吊るし、その頚椎を破壊することで即死させるという。

火による処刑、「火刑」もさまざまな場所で見られた。火は多くの文化・宗教で浄化のイメージを伴ったので、重い罪、神に反するような罪を犯した人間が炎によって殺された。ヨーロッパの歴史においても、異端や魔女が数多く炎で処された。それにより魂が清められる、異端や魔女による罪が消える、と人々は信じたのだ。魔女であると断ぜられたジャンヌ・ダルクが火刑で殺されたのは象徴的出来事である。

ちなみに、炎で焼く以外にも、火で熱した金属で焼く、同じく熱した油に入れる、という形での死刑もしばしば行われた。

イエス・キリストは十字架に磔にされて一度死に、その後復活し、昇天したので、「磔刑」の道具であった十字架はキリスト教のシンボル的存在になったのである。

では本来の磔の方はどんな刑罰だったのかといえば、

以下の通りだ。ターゲットは（イエスがそうであったように）自ら十字架を背負って処刑場へ行くと、そこで釘によって磔にされる。この時、手のひらに打たれるイメージがあるが、それでは手のひらが裂けて自由になってしまうので、実際には手首に打ったとされる。両腕を高い位置で広げる形で磔になったターゲットは呼吸ができなくなり、窒息して死ぬ。

そのほかにもさまざまな形で罪人・悪人が処刑され、この世を去った。

毒を飲まされる。高いところから突き落とされる。身動き取れない形で水に落とされ、溺死する。首を絞められる。食事を断たれて飢え死ぬ。四肢を牛などに引っ張られ、引きちぎられる（車裂き刑）、生き埋めにされて窒息死する。ノコギリでゆっくりと身体を切断される。身体を串刺しにされる。生きたまま皮を剥がれる。鞭や棒で死ぬまで殴られる。矢や石を四方八方から撃たれ、投げられる。

これらの中にはあっさり死ねるものもあるし、時間をかけてじっくり死ぬので拷問的な意味合いを持っているものもある。

ファンタジー世界の死刑

ここまでは私たちの歴史で実際にあった死刑・処刑の方法である。しかし、ファンタジー世界ではもっと多様な手法があるはずだ。

例えば、既存の処刑が無効になるケースが想定できる。なぜなら「首を斬っても死なない人物」「一切の食事を取らなくとも死なない人物」「火にも水にも害されない人物」「呼吸ができなくとも死なない人物」「獣も恐れて襲い掛かろうとしない人物」がいるかもしれないからだ。

このような超常的存在に対しては、すでに紹介したような尋常の処刑法は意味がない。不可思議な存在であっても殺せるような、あるいはそれらの存在に合わせた固有の処刑法が必要になる。

特異な能力を持つ異種族やモンスターに対しては、その弱点を突く処刑が行われることだろう。ドラゴンの逆鱗を貫いたり、吸血鬼の胸に白木の杭を打ち立てたり、といった具合だ。

不死の存在に対しては、甦りを阻止する工夫が必要になる。強大な魔法の力や、神・悪魔の力を用いることで、不死の力を打ち消したり、魂を消し飛ばしたりして復活を完全に不可能にすることは可能だろうか。そこまでのことができないなら、封印して復活不能にすることならなんとかなるかもしれない。もっと物理的に「身体をバラバラにして遥か遠くに運び去り、身体がつながって蘇ることはできないようにする」ことの方が効果的という可能性もある。

あるいは、ファンタジー世界だからこそ可能な処刑手段があってもおかしくない。猛獣の代わりに魔獣・モンスターと戦わせたり、魔法によって殺害したり……というのは、単に既存の処刑をファンタジックな手法で代替しただけだ、とは言える。

つまり、モンスターや魔法、マジックアイテムなどでしかできない処刑法があるのではないか。例えば、「記憶を消して別人として暮らさせる」というのはどうか。元の個人を完全に消してしまうわけだ。あるいは、「呪いの力によって強制的に自殺させる」というのはどうか。他にもいろいろと工夫の余地がありそうではないか。

アジール

追放なり処刑宣告なりで主人公が危機的状況に陥った時、「アジール」に逃げ込むという選択がありえる。

実は、私たちの歴史において中世~近世くらいまでの間は、「誰かに追われていたり、罪に問われていたりしていたとしても、その場所に逃げ込みさえすれば少なくとも一時的には保護してもらえる場所」というものがあった。そのような場所を総称し、学問的にはアジールと呼ぶ。

アジール的な特権を持つ場所の代表格は聖地・宗教施設であった。つまり、「その場所は神の支配する土地であるため、仮に復讐や処罰などの目的があったとしても、逃げ込んだ者を俗世の人間が勝手に襲ったら、神に対する冒涜行為である」というロジックがそこにあったわけだ。

とはいえ、アジールに逃げ込めばそれで全てが解決するというのでは社会の治安がおかしくなってしまう。保護は基本的には一時保護であり、その間に裁判や話し合いが持たれたものと思われる。それでも、権力や

死刑—— 一巻の終わり

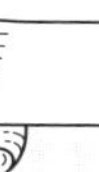
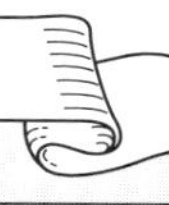

追い詰められ、政争に負け、破滅した悪役令嬢はどうなる？

追放されたり幽閉されたりで済んだらまだマシ

死刑を宣告されたら、そこで人生は終わり！

処刑・死刑と一口に言っても……

動物刑

凶暴な動物、攻撃的な動物をけしかけ、殺させてしまう

古代ローマでは人気の見世物になった

斬首刑

剣なり斧なりで罪人の首を斬り落とし、殺害する

処刑人の腕が良ければ、苦痛が比較的少ない刑になる

ギロチン刑

斬首刑のバリエーション。機械で手早く人の首を落とす

本来は人道的な処刑器具として考案された！

絞首刑

紐で首を吊って殺害する刑

単純に木にぶら下げて殺すやり方から、滑車を使ったり、近代的な床が開く手法まで

火刑

罪人に火を放ち、焼き殺す

火には浄化のイメージがあるため、宗教的な処刑ではしばしば火が用いられた

磔刑

十字架に磔にされると、人間は呼吸ができなくなって死ぬ！

キリストによって十字架は聖なるシンボルになった

その他の死刑

毒、落下、溺死、飢え死に、絞め殺し、車裂き、鋸挽き、串刺し、某叩き、射殺……

あらゆる殺し方の死刑がある

ファンタジー世界の死刑

死なない存在などは、どうやって殺す？

魔法や怪物による奇想天外な処刑法は？

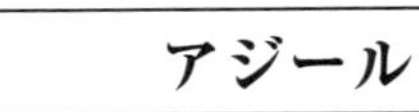

アジール

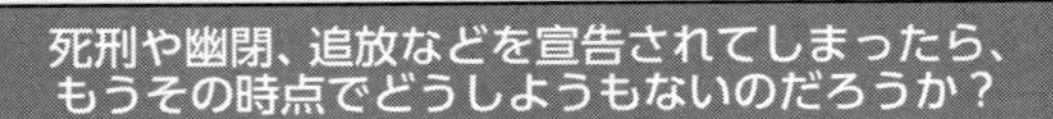

死刑や幽閉、追放などを宣告されてしまったら、
もうその時点でどうしようもないのだろうか？

緊急避難できる場所があるかもしれない

アジール

アジールは罪人・追われる人を保護する
⇒主に宗教的聖地だが、地方権力や境界的な場所も

罪が完全に許されるわけではなく、
一時的保護や裁判のやり直しなどレベル

時代が進み、国家の力が強くなると、アジールの力は弱まる

暴力で一方的に支配されるよりは、神の権威という第三者が入ってくるだけでもいくらか公平な結末が期待できるため、多くの弱者にとって救いと言える制度であったろう。

結果、古代ギリシャでは逃亡奴隷や犯罪者、借金を背負って逃げた人が神殿に逃げ込んだし、キリスト教化以降の古代ローマ帝国やその習慣を受け継いだ中世ヨーロッパ諸国でも教会がアジール的な役目を果たした。それどころか、船の渡場や水車小屋、領主の館などもアジール化したとされる。背景には、宗教的権威と独自の領地の力により教会の力が世俗の権力を押し除けるほどに強くなっていたことがあったようだ。

同種のアジールは日本にも存在した。中世に仏教寺院――中でも各地域を支配した武家と深いつながりを持つ寺院がアジール特権を与えられる傾向があり、ここでは中世ヨーロッパにみられたような俗・聖の権力対立は存在しない。

アジール特権を持ったのは宗教権威だけではない。「祭りの間だけ」「市が立っている間だけ（市＝市場は特定の時期だけ開かれるのが普通だった）」アジール的特権が認められるケースもしばしばあった。

あなたの世界にはもっと特殊なアジールがあってもおかしくない。神や精霊、悪魔、強大なモンスターなどが権威となって特権を実現させているのだろうか。「学校で成績トップを取り続けている間はアジール特権を享受できる」というのはどうか。「特定の期間（三日、十日、一年、十年など）逃げ通せば放免」というのも物語のネタになりそうだ。

アジールにも問題がある

しかし、このようなアジールが存在できたのも中世の、まだ国家権力による統治体制が不十分だった時代のことである。権力による統制が強まれば、アジールのような例外的ケースは当然許されなくなる。そもそも十三世紀くらいから「望まずに殺してしまったケースなら迎え入れられるが、故意の殺人ではダメ」など、アジールの権限に制限がかけられるケースも見られるようになっていた。

これまであげてきた例でも、ヨーロッパでは近世に絶対権力が確立する中でアジール的権力は剥奪されていき、日本でも戦国時代末期に強大な権力を獲得した天下人――織田信長や豊臣秀吉、徳川家康らによって従来アジール特権を与えられていた寺院から特権が奪われた。ただ、江戸時代日本にもごく少数の縁切寺（夫と離婚したい妻が特別な寺へ逃げこむことで離婚を認められる）としてアジールが残らなかったわけではない。

キャラクターが逃げ込んだのがそのような過渡期の、特権が不完全なアジールであったなら、物語をいろいろな方向へ転がしていくことができそうだ。

例えば「教会に逃げ込んだ犯罪者は夜の間だけ追及を免れることができるが、朝になったら必ず出なければいけないし、再びその教会に戻ることもできない」というのはどうだろうか。アジールとアジールを転々としながら自分の無実を証明する旅、というのは面白そうだ。

また、キャラクターをアジール側の人間にしてもいいかもしれない。逃げ込んできた人間が本当に罪人なのか調べたり、アジール特権を剥奪しようとする権力者と暗闘を繰り広げたりするのだ。

婚約破棄

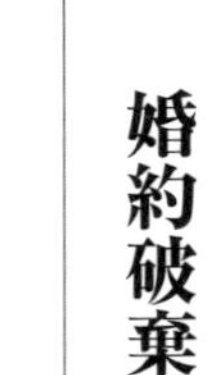

婚約破棄がなぜ重大なのか

悪役令嬢を「破滅」させる最も典型的なイベントが「婚約破棄（離婚）」だ。王族や貴族、英雄の婚約者（婚姻者）である悪役令嬢が、婚約者から婚約破棄を一方的に通達されてしまう。多くの場合、この通達はある日突然、それもパーティーなどの公の場で行われることとなる。そのため、悪役令嬢は出来事そのものの衝撃と、それを見聞きした周囲の人々からの好奇や同情、軽蔑の視線やヒソヒソ話に晒されることの屈辱の、両方に耐えねばならない。ここから追放されるケースも珍しくない。

通達された悪役令嬢のリアクションとその後はそれぞれだ。嘆き悲しんだり狼狽えて何もできなくなる者あり、その場はどうにか逃れて逆転のチャンスを狙う者あり、逃げられたと思ったのにその先で更なる追求や告発・断罪を受ける者あり。かと思いきや堂々と受け入れる者あり、喜んで婚約破棄して新天地へ旅立つ者あり。ここはキャラクター性次第というところだ。

では、どうして婚約破棄（離婚）が重大イベントとして扱われるのか。それは、前近代世界の、それも上流階級の世界において、婚約（結婚）が個人の問題ではなく、家や組織、国家の問題だからだ。ある家とある家、ある国とある国が深く結びつく時に、その象徴として各家の人間が婚約し、結婚する。だから、婚約が破棄されるというのは、両者の関係そのものを破棄するということに他ならない。ある種の宣戦布告と受け取る者も多いだろう。

ここからもわかる通り、前近代世界の婚約破棄（離婚）は個人恋愛の問題ではなく、まず第一に政治の問題なのである。そのため、王族や貴族、あるいは有力商人の娘など、上流階級の家に所属している悪役令嬢にとって、婚約破棄をされる＝家に損害を与えた、ということに他ならない。上流階級の社会においても、家の内部でも、「大きな失敗をした人間」として扱われることになり、面目が立たなくなるわけだ。

破棄する側は政治としてやっているのか

とはいえ、この「恋愛ではなく政治の問題」という側面は、通達される方だけの問題ではない。通達する方にとっても重要な問題なのである。果たして、悪役令嬢への婚約破棄を伝えた王族なり貴族なりは、政治問題として認識した上で決断したのであろうか?

まず、「全て分かった上で婚約を破棄した」というケースが考えられる。その場合、さらに「個人の決断なのか、上位者（例えば国王など）と話し合った上での決断なのか」が大事だ。全く個人の決断であれば、彼が何かしらの野心に基づいて決めたことに違いない。話し合ってのことであれば、王族や国家などが周到に計画を立てて悪役令嬢らを追い詰めようとしているということになり、いよいよ事態は深刻になる。

婚約破棄は非常に厄介な問題なのだが、あらかじめ明確な目的を持って実行したのであれば、そのようなマイナス面もきちんと計算に入れ「このくらいの問題なら無視できる」と見積もっていたり、あるいはあらかじめ悪評を流したり、根回しを済ませておいて、悪役令嬢を追い詰める算段が整っているはずだ。

野心なり、計画なりがあったとして、その目的は何だろう。悪役令嬢が所属する家や組織と手切れし、落ちぶれさせ、壊滅させ、支配しようというのか。それとも、別に新しい味方を懐に引き入れようというのであろうか（その場合、間髪入れず新しい婚約者を紹介するに違いない）。

破棄する側もあくまで恋愛のことなのか

一方で、「恋愛のことしか考えていない」ケースも考えられる。婚約者は新しい恋人、あるいはもともと想っていた本命への気持ちを抑えきれず、政治的な事情を考えず（あるいは少々考えはしたものの、迷いを振り切って）婚約破棄を宣言してしまったわけだ。

このケースの変形として、婚約者がやめろと言ったのに、新しい恋人が独断専行的に婚約破棄を宣言したり、公の場で婚約者に「ここであの女との婚約破棄を宣言してほしい」と詰め寄ったりすることもある。

こちらのケースでは、危機的状況へ追い込まれるのは悪役令嬢ではなく婚約者の側かもしれない。繰り返すが、上流階級の婚約・結婚は政治問題なのだ。国や家、地域の利益に基づいて取り決めたことを、個人の感情に基づいてひっくり返すなどということは、普通許されない。

悪役令嬢の家が婚約破棄をきっかけに王国から離反したり、謀反を起こしたりしたら、どうするのか？そこまで極端なことはなかったにしても、関係性がギクシャクすれば何かしら不利益が出ることはあろう。あるいは、他の貴族や他国が「個人の感情で婚約などという大事な話をひっくり返すとは、あの国は信用できないのでは……？」と不信感を持つ可能性も高い。

この時、婚約者個人あるいは王国によほど強い権力があれば（つまり、絶対主義的・独裁主義的であれば）、反対意見をもみ消すことができるだろう。しかし、封建主義的な王族などの場合は権力も弱く、貴族や有力者の顔色も窺わねばならない。となると、相手が格下の貴族であろうと婚約破棄など気軽にやっていいはずがない、ということがわかっていただけるだろう。明確にわかった上でやっているなら根回しもできているだろうが、感情に任せて婚約破棄をしてしまった場合、恥をかくのが婚約者である可能性はかなり高い。

問題解決の手段はあるのか

そこで、先の展開として「揉み消す」や「取り消す」、「軟着陸させる」が考えられる。

揉み消す場合、文字通り「なかったことに」する。王子と悪役令嬢の婚約破棄などなかったのだ。婚約破棄宣言が内々で行われていたり、あるいは「新しい恋人や取り巻きたちは確かにそんなようなことを言っていたが、王子自身は何も言わなかった」であれば、どうにかなかったことにすることも可能かもしれない。ただ、王家が悪役令嬢やその家に大きな借りを作ることは間違いない。

なかったことにできないなら、正式に婚約破棄を取り消すしかない。その場合、王家が悪役令嬢側に対して借りを作るのは同じだ。また、新しい恋人（およびその背景の勢力）もぬか喜びさせるので、そちらも傷つけ、借りを作ることになる。

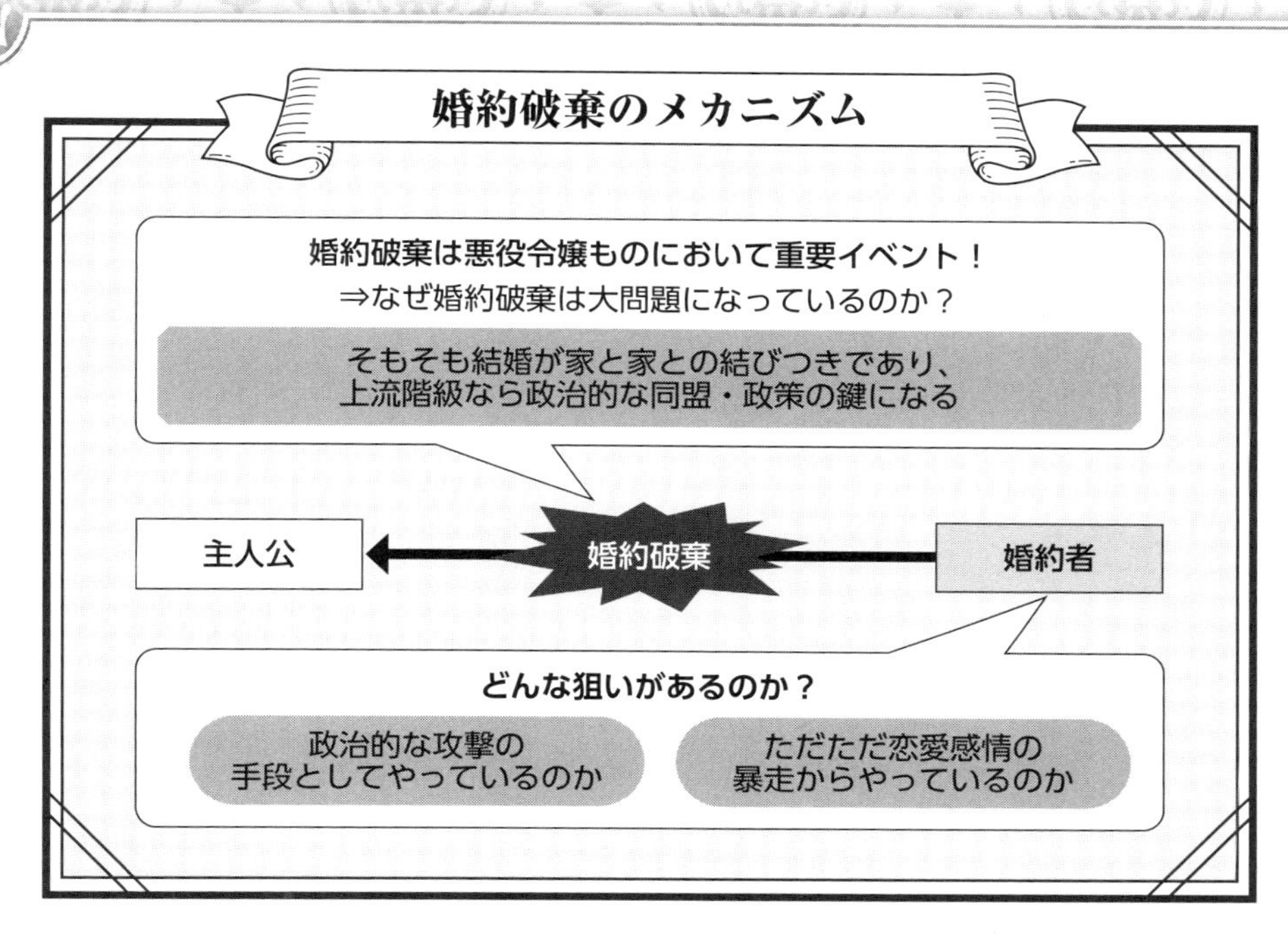

婚約破棄のメカニズム
婚約破棄は悪役令嬢ものにおいて重要イベント！
⇒なぜ婚約破棄は大問題になっているのか？
そもそも結婚が家と家との結びつきであり、
上流階級なら政治的な同盟・政策の鍵になる
主人公
婚約破棄
婚約者
どんな狙いがあるのか？
政治的な攻撃の
手段としてやっているのか
ただただ恋愛感情の
暴走からやっているのか

加えて、一度決定したことを取り消してしまうと、権威が大きく傷つく。古くより「綸言汗の如し（皇帝が口にした言葉は汗のようなもので、戻すことはできない）」というが、その無理をあえてやるのだから、貴族たちや民衆が白い目で見ることは避けようがない。「婚約破棄などという大事を深く考えずにやって、しかも取り消すような人は、信用できないのではないか？」と疑われてしまうのだ。

軟着陸、というのはどういうことか。婚約破棄をなかったことにもできないが、今更取り消すことも不可能なので、「婚約破棄はそのままするけれど、悪役令嬢とその家には何かしらメリットを与えて黙ってもらう」ということだ。王の側の力が明確に強かったり、悪役令嬢本人やその家が王の力を削るつもりがない場合は、これで本当に軟着陸する。

しかし、王が王子への愛情ゆえに無理やり軟着陸コースを選んだ場合は、厄介なことになるかもしれない。悪役令嬢側が与えられるメリットに納得せず、国家運営のために必要な仕事をしなくなったり、他国に味方するようなことになったら大変だ……。

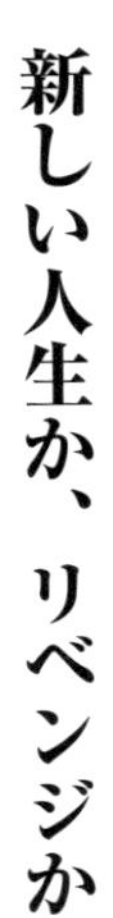

新しい人生か、リベンジか

　死の淵から蘇ったのか、時を遡ってやり直したのか。処刑直前に牢獄から抜け出したのか、アジールに駆け込んで追及を逃れたのか。婚約破棄され、追放されてひと段落したのか。具体的な手段はともかくとして、悪役令嬢が危機的状況を脱したとしよう。では、その後どうするのか？　それが本項の主題だ。

再挑戦

　一番シンプルなのは、「やり残したことに再挑戦する」だ。織田信長が本能寺の変を生き延びたら、裏切り者の明智光秀を討伐し、再び天下統一に向けて邁進するに違いない。同じように、悪役令嬢及び類似キャラクターたちの中にも、「チャンスを得たからには必ずや本来の目的を達成してくれよう！」と野心や情熱の炎に身を焦がすタイプが少なからずいることだろう。

　しかし、それではあまりにも物語がシンプルになりすぎるきらいがある。また、そもそも何かしら問題があったから悲劇的結末や破滅を迎えたわけで、その問題を放置したまま同じ目的に挑戦しても、上手くいかない可能性が高いのではないか。さらに言えば、高慢・情熱・直情的なキャラクターであったとしても、誰かに裏切られたり、成功するはずの計画が頓挫していたりすれば、何かしら自分自身に疑念を抱いたり、反省したりする方が自然ではないか。死や転生などのショッキングな出来事を体験していればなおさらだ。

　というわけで、「本来の目的に再挑戦はするが、一度失敗してしまったことから何かしら変化や成長をしていたり、あるいは反省して同じ失敗をしないように務める」パターンというのが考えられる。

　もちろん、ドラマチックな出来事を体験したからと言って、人間そうそう変われるものではない。自分では反省しやり直しているつもりであっても、上手くいかないことが続くとついつい昔の傲慢な自分が出てきてしまうこともあろう。あるいは、本人は変わったつもりでも周囲が見る目は変わっていなかったり、あるいは積年の恨みを燃やしている人がいたりして、妨害をされたり、衝突したり、というのもままある話だ。一度破滅してしまっているなら世間からの評判や信頼が地に落ちていて、ゼロからやり直さなければいけないことも珍しくない。

そのような苦難をいかに乗り越えて、成長を遂げ、また目的を達成するか、が物語の見せ場になる。

目的の変更

悲劇や破滅を体験し、心身に何らかの影響を受けたなら、社会的な身分や職業はある程度そのままでも、目的や目標を変更したくなる、ということは十分あり得る。

「もともとやりたかったことは今の精神や肉体ではもう無理だ。新しい目標を模索してみよう」あるいは、「せっかく命が助かったのだ。考え方も変わって、従来の目的をそのまま目指すのではつまらないと感じる。いっそ、もっと大きな獲物を狙ってみようではないか」というわけだ。

これも織田信長を例に挙げてみよう。本能寺で九死に一生を得た信長が、天下統一とは別の目標を掲げた可能性はないだろうか。信長は天下統一後の目標として、ユーラシア大陸への進出を目指していたという話がある。本能寺で死なずに済んだ信長が日本という国に見切りをつけ、さっさと大陸へ出てしまう、というのはどうだろうか……。

目的や性格、信条が変われば、立場にも大きな違いが出てくるだろう。具体的には、誰が敵で誰が味方が変わる。場合によっては敵と味方がそっくり入れ替わる可能性さえある。「以前のあなたであれば利害が一致したが、今は違う」「今あなたがやろうとしていることには賛同できない」「昔のあなたには心情的に味方できなかったが、今は違う」ということがあちこちで起きうるのだ。

これによって、さまざまな局面で「因縁の対決」が起きるし、各キャラクターたちが「もともと思っていたが言えなかったこと」「ずっとやりたかったができなかったこと」を言えたり実行したりできるようになり、物語に動きが生まれ、ドラマチックになる。

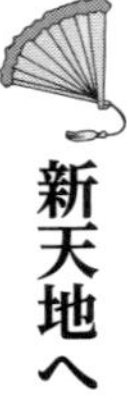

新天地へ

ここまでは、従来の身分や職業をある程度そのままにできたケースを紹介してきた。しかし、すべてのキャラクターたちがそのような幸運に味方してもらえるとは限らない。

生き延びはしたものの、その代わりに本来持っていた能力や財産、信用、味方を失ってしまった結果、元の身分や職業には戻れないキャラクターも相当数いるはずだ。

しつこく織田信長の例を引かせて貰えば、命は助かったもののすでに明智光秀は羽柴秀吉によって討たれ、「信長死後の政治体制」がすっかり確立していた……というような状況であろうか。今更表に出ても秀吉によって密かに殺されるだろうと判断した信長は、名を変え、姿を変え、潜伏する。その後、再び世間を驚かせることができるかどうかは、彼次第、というわけだ。

このようなキャラクターのうち、幸運に恵まれた人々は、自由で新しい人生を楽しむことができる。つまり、自分のことなど誰も知らない新天地で新しい生活を始めるのだ。そこで何をするかは、まさに物語が何を求めているかによる。

根本的な目標や性格は変わっていないパターンもあるだろう。名前も姿も全て変わってしまってもやりたいことは変わらず、新天地であらためて挑戦を始める人もいるかもしれない。異世界で再び天下取りを始める織田信長、と例えればわかりやすいだろうか。

ただこの場合も、本当にそのまま同じことをやる（やれてしまう）ようでは面白みに欠ける。状況が違い、環境が変わり、取り巻く人々も異なれば、もとものやり方や持ち越せた能力を使ってうまくいくところもあれば、失敗したりギクシャクしてしまったりすることもきっとあるだろう。自己認識や自信と違ってうまくいかない展開を通して落ち込んだり、反省したり、成長したり……というのはなかなかドラマチックで面白い展開だ。

以前とは違う挑戦をするのなら、何をするか。戦闘能力や問題解決に役立つ能力（推理や知識、探索、交渉など）を持っているキャラクターなら、バトルや冒険で活躍するのが似合うことだろう。いわゆる「追放もの」はこのパターンで展開することが多い。

　こちらのパターンでも、「以前との状況・環境の違い」が大事になってくる。例えば、騎士として戦場で戦ってきたキャラクターが、名を変えた一介の傭兵として荒野のモンスターと戦うにあたっては、何かと困惑することになるだろう。槍持ちや馬の世話をしてくれる従者がいないし、集団戦と個人戦ではコツも違う。しかし、長年にわたって鍛えた身体能力と武器技術、また戦場で養った勘がモンスター退治で役に立たないということもないはずだ。

　ピンチを作るにしても、カッコ良さを演出するにしても、この「違い」を活用していきたい。

スローライフへ

　好んでか好まざるか、名前や姿、そして目的も職業も何もかも変えなければいけないこともあるだろう。

　いわゆる「スローライフ」ものでは、農業や狩猟、漁業、あるいは料理やものづくりの職人仕事に関わりながら、ゆったりと日々を暮らすことが多い。織田信長で言うなら、生き延びて全くの異郷（ヨーロッパなのか、それとも現代日本なのか？）にたどり着いた彼、心機一転商売を始めたり、職人修行を始めたりするようなものだ。

　上流階級として、有能な仕事人として、現代日本人としての、忙しく責任の多い生活から解放されて、自然と向き合う日々を満喫する。あるいは、社会の仕組みや自分のために働いてくれる人々に支えられた便利な暮らしから、自然と向き合い、何もかも自分の手でやらねばならぬ不便な暮らしへ急に切り替わり、四苦八苦しながらもやがて順応して逞しくなっていく。

　ただ、本当の意味でスローライフ、穏やかな暮らしをされてしまうと、物語としてのドラマチックさが失われてしまう。そこで、「新天地で友人たちのために奮闘したり、昔のコネを使ったりして活躍しているうちに、以前の因縁が蘇ってトラブルを呼び込んでしまう」であったり、「もともと関係していた事件・トラブルが大きくなって、新天地にまで影響を与えるようになり、今の生活を守るために立ち向かわざるを得なくなる」などの展開が必要になる。

新しい人生は待っているか？

命が助かった悪役令嬢は、その後どんな人生を送るのか？

再挑戦

失敗を乗り越え、やり損ねた目標に向けたもう一度立ち向かう

一度失敗しているのだから、なにか変わっているものがある

目的変更

失敗の影響を受け、新しい目的を掲げるようになる

⇒自分自身が変われば状況も変わり、敵味方も入れ替わる

新天地

物語の舞台が変われば、主人公が同じであっても見えてくるものが変わってくる

環境の違いは何をもたらすか

スローライフ

新しい穏やかな人生を送る

⇒実際には何かが起きる

- 現状を守るために頑張る
- なにかの要求をされる

あるいは、もっと苦しい状況も想像できる。生き延びられたはいいものの、助けてくれた相手（それは有力な貴族や商人かもしれないし、神や悪魔かもしれない）に首根っこを掴まれてしまい、自由に行動することができなくなってしまっている、というパターンだ。この場合、どんな展開があり得るか。

一つは、恩人との関係にフォーカスしていくパターンだ。キャラクターは当初、恩を感じながらも、自由を与えてくれない相手に反発心を持っている。しかし、やがて交流するうちにその関係性が変わっていく。相手側の事情を知ったり、自分側に問題があることに気付いたりして、自由を与えていなかったことを受け入れるか、そこまでではなくとも意味があったことを知るわけだ。

もう一つ、キャラクターがエージェント・スパイ的な活躍をこなしていくパターンも考えられる。この場合、恩人との関係も大事だが、同じ立場の仲間や、任務で関わった人々との関わりの中で成長したり、変化したり、気付いたりして、改めて「自分はどうするか」と考えることになるだろう。

計画してみるチートシート（ターニングポイント編）

主人公に訪れる結末

破滅の結果として訪れたのは追放か、
幽閉か、処刑なのか

救いの手はあるのか

政治的な救いなのか、神や悪魔の助けなのか、
アジールへ逃げ込めたのか

再出発はどんな形で

再出発はすんなり行くのか、
新しいトラブルが起きるのか

主人公はどう変わるのか

破滅や悲劇は、心身にも
様々な影響を与えることだろう

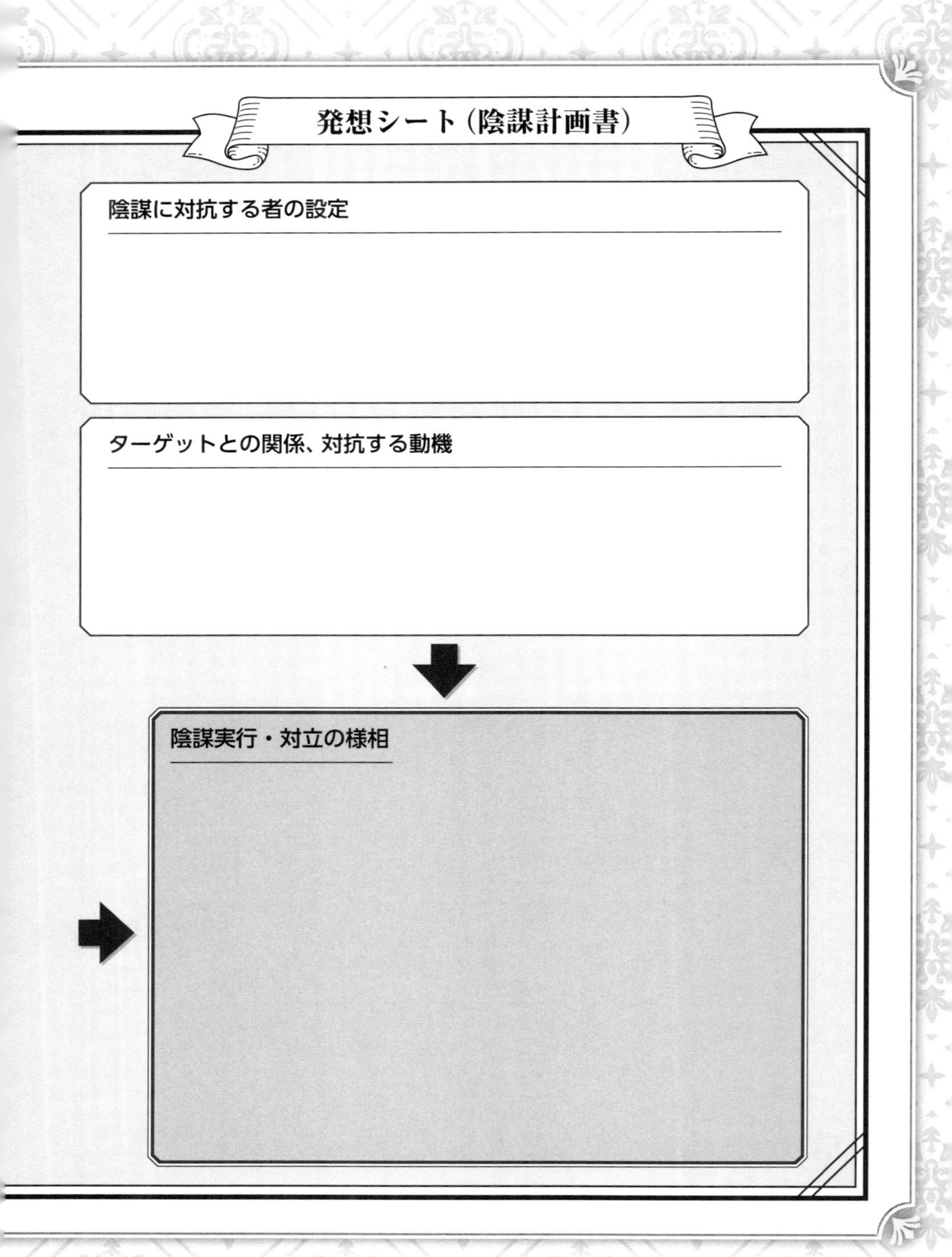
発想シート（陰謀計画書）
陰謀に対抗する者の設定
ターゲットとの関係、対抗する動機
陰謀実行・対立の様相

作品タイトル

物語舞台設定 「　　　　　　　　　　　　　　　　　　　　　　」

陰謀を計画・実行する者の設定

陰謀を行う背景・動機

陰謀を成立させるための武器

発想シートサンプル（陰謀計画書）

陰謀に対抗する者の設定

ダイ・ラーカ帝国中期以来の筆頭大貴族、サンサーラ公爵家の長女サリナ（本作の主人公）。冷たい印象を与える美女で、信奉者も少なからずいるが忌み嫌う人も多い、いわゆる「悪役令嬢」。政治的事情から皇太子の婚約者となっており、そのことを疑問に思ったこともない。皇太子の人格・能力に不満を持ったこともない。

ターゲットとの関係、対抗する動機

皇太子から婚約破棄を突きつけられる立場であり、陰謀のターゲット本人。皇太子に対して個人的な愛情を抱いていたわけではないため、さほどショックは受けなかった。しかし、新たな恋人を迎えた後の皇太子とその取り巻きたちの振る舞いが常軌を逸し始めたため、自らのためでも皇太子のためでもなく帝国のために事情を探り始める。

陰謀実行・対立の様相

皇太子から婚約破棄を突きつけられた大貴族の娘・サリナは周囲の予想をよそに素直にそれを受け入れ、身を引き、そのまま周囲のうわさや奇異な目も無視して、皇太子やその取り巻き、新恋人アリシアなどと同じ学校で普通に日々を送る。

しかし、皇太子らによる奇行が目立ち、その影響により学校や帝都のあちこちで事件が起きるようになると、突如としてサリナは動き始める。皇太子への諫言、実地の問題解決などを積極的に行うようになる。

彼女は皇太子への愛情はなかったが、帝国への愛情は異常なほどに持っていたのだ。しかし、サリナによる問題解決はたびたびアリシアにより妨害を受け……？

「帝国の花嫁」

物語舞台設定 「ダイ・ラーカ帝国」

大陸中央部の平原に広大な領土を持つ帝国。1000年に及ぶ長い繁栄を享受してきた世界有数の大国である一方で、軍事力はその版図の広さからするとおぼつかなく、たびたび周辺国家や遊牧民族による侵略に脅かされてきた。帝国はそれらの国家や民族と貿易を行うことで豊かさを提供し、また時には帝家にそれらの血を受け入れることで滅亡を防いできた。帝国首都には中流階級出身で将来のエリート役人・軍人候補の若者から大貴族の子弟、周辺国家・民族の要人子弟、さらには帝家の若者までが通う学校がある。大陸の政治を担う人々がここで若き日に交流することが、帝国の維持と繁栄を支えてきた背景もある。

陰謀を計画・実行する者の設定

ダイ・ラーカ帝国皇太子の新恋人として突如登場した少女、アリシア。当人は積極的な意思表示をしないにもかかわらず、なぜか皇太子を始めとして多くの若者が彼女の虜になり、「将来的な皇后として相応しい」として熱狂的に支持するようになっていく。

陰謀を行う動機

公開されている身元は「帝都の新興商人の娘」。しかしその正体は、100年前に帝国の陰謀によって滅ぼされた小国の末裔である。復讐として帝国の弱体化を目指す。

陰謀を成立させるための武器

限定的な未来視と魅了の能力を持ち、将来的に成功して帝国の命運を左右するような若者を味方につけることで権力を急激に伸ばしていく。

おわりに

戦争や外交など、主に外向きにスケールが大きなエンタメを作るための素材・発想を提供した一巻『侵略』、よりスケールの小さな、個人の身の回りにフォーカスした二巻『開拓』に続いて、本書三巻『悪役令嬢』では、政治や陰謀など主に内向きにスケールが大きなエンタメに特化した内容になっている。

以上三作があれば、主に前近代的な世界を舞台にしたエンタメを作るにあたって、事件やトラブル、アクシデントなど物語をドラマチックにするためのシチュエーション作りに困ることはそうそうないはずだ。もちろん、基本的な考え方は現代や未来を舞台にした作品でも役に立つはずなので、是非広く活用してほしい。

より具体的に「各時代や各地域がどんな暮らしや文化を持っていたのか？」が知りたい方、あるいはもっとアクションやバトルなどが派手な冒険を想定している方は、ESブックス様から刊行した『物語づくりのための黄金パターン 世界観設定編シリーズ』を読んでいただければ役に立つかと思う。特に『異世界ファンタジーのポイント75』と『中世ヨーロッパのポイント24』が皆さんの用途に大いにハマるはずだ。

最後に、一番大事なことを何度でも繰り返したい。「エンタメに求められるのはリアリティ（それっぽさ、説得力）であってリアル（本物そのもの）ではない」。キャラクターの活躍やストーリーの展開に違和感を与えさせ、物語への没入を邪魔するのは良くない。だからリアリティは欲しい。しかし、リアルそのものである必要はない。むしろ、現代人の読者にわかりやすくなるようにあえてリアルさを削ったり、現代的な価値観を入れ込むことで、リアリティが増すことさえある。本シリーズ三作の内容も、全てはそのためにあるのだ。

榎本秋

主要参考文献

『日本国語大辞典』小学館
『日本大百科全書 ニッポニカ』小学館
『世界大百科事典 改定新版』平凡社
稲村悠（著）『元公安捜査官が教える「本音」「嘘」「秘密」を引き出す技術』WAVE出版
ジョージ・サイモン 著／秋山勝 訳『他人を支配したがる人たち　身近にいる「マニピュレーター」の脅威』草思社
木村靖二、岸本美緒、小松久男（編）『詳説世界史研究』山川出版
宮崎正勝（著）『「モノ」で読み解く世界史』大和書房
宮崎正勝（著）『「モノ」の世界史―刻み込まれた人類の歩み』原書房
ウィンストン・ブラック（著）、大貫 俊夫（監修）、内川勇太、成川岳大、仲田公輔、梶原洋一、白川太郎、三浦麻美、前田星、加賀沙亜羅（訳）『中世ヨーロッパ　ファクトとフィクション』平凡社
河原温、堀越宏一（著）『図説　中世ヨーロッパの暮らし』河出書房新社
ジョゼフ・ギース、フランシス・ギース（著）、栗原泉（訳）『中世ヨーロッパの城の生活』講談社
池上正太（著）『図解 中世の生活』(F-Files No.054) 新紀元社
新星出版社編集部（編）『ビジュアル図鑑 中世ヨーロッパ』新星出版社
松田美佐（著）『うわさとは何か　ネットで変容する「最も古いメディア」』中央公論新社
桐生操（著）『やんごとなき姫君たちの秘め事』角川書店
松本典昭（著）『図説　メディチ家の興亡』河出書房新社
クレール・コンスタン（著）、伊藤俊治（監修）、遠藤ゆかり（訳）『ヴェルサイユ宮殿の歴史』創元社
ベン・ハバード（著）、上原ゆうこ（訳）『［図説］毒と毒殺の歴史』原書房
秋山裕美（著）『図説拷問全書』原書房
マルタン・モネスティエ（著）、吉田春美、大塚宏子（訳）『図説死刑全書』原書房

著者略歴

榎本海月（えのもとくらげ）

ライター、作家。榎本事務所に所属して多数の創作指南本の制作に参加する他、専門学校日本マンガ芸術学院小説クリエイトコースで担任講師を務める。著作に『物語を作る人必見！登場人物の性格を書き分ける方法』（玄光社）などがある。

榎本事務所

作家事務所。多数の作家が参加し、小説制作・ライティング・講師派遣など幅広く活動する。

榎本秋（えのもとあき）

作家、文芸評論家。1977年、東京生まれ。書店員、編集者を経て作家事務所・榎本事務所設立。小説創作指南本などの多数の書籍を制作する傍ら、大学や専門学校で講師を務める。本名（福原俊彦）名義の時代小説も合わせると関わった本は200冊を数える。著作に『マンガ・イラスト・ゲームを面白くする異世界設定のつくり方』（技術評論社）などがある。

編集協力：鳥居彩音（榎本事務所）
本文デザイン：菅沼由香里（榎本事務所）

物語（ものがたり）やストーリーを作（つく）るための
異世界（いせかい）“悪役令嬢（あくやくれいじょう）”計画書（けいかくしょ）

発行日　2024年 12月　1日　　第1版第1刷

著　者　榎本（えのもと）　海月（くらげ）／榎本事務所（えのもとじむしょ）
編　著　榎本（えのもと）　秋（あき）

発行者　斉藤　和邦
発行所　株式会社　秀和システム
〒135-0016
東京都江東区東陽2-4-2　新宮ビル2F
Tel 03-6264-3105（販売）Fax 03-6264-3094
印刷所　日経印刷株式会社　　Printed in Japan

ISBN978-4-7980-7103-9 C2093

定価はカバーに表示してあります。
乱丁本・落丁本はお取りかえいたします。
本書に関するご質問については、ご質問の内容と住所、氏名、電話番号を明記のうえ、当社編集部宛FAXまたは書面にてお送りください。お電話によるご質問は受け付けておりませんのであらかじめご了承ください。